©2014 J. M. Gougeon
All rights reserved

Aucune partie de ce livre ne doit être reproduite sous quelque forme que ce soit sans la permission de l'auteure, sauf pour un court passage destiné à une revue.

No part of this book may be reproduced in any form whatsoever without the express permission of the author except for short passages for a review.

**ISBN-13:
978-1500198213**

**ISBN-10:
1500198218**

Fiction

Published by Gougeon

Tous les personnages et les évènements de ce récit sont fictifs. Toute ressemblance à des personnes et des faits réels est purement accidentelle et non voulue par l'auteur. Les lecteurs pourront localiser Winnipeg, Steinbach et St-Pierre-Jolys sur la carte du Manitoba. En revanche, les villages de Rochelle, Ste-Eugénie et St-Alcide ont été inventés par l'auteure.

Je voudrais remercier, le constable Dave Leblanc, d'avoir si patiemment répondu à toutes mes questions vis-à-vis des procédures d'investigation de crime que pratiquait la GRC pendant les années soixante. S'il y a erreur dans mon récit concernant ces procédures, la responsabilité est la mienne d'avoir mal interprété et représenté l'information qu'il m'a donnée.

Couverture par Angèle Gougeon

Le fruit de la haine

Prologue

Lors de sa première journée de travail au manoir St-Louis, le garde malade Sylvain Rousset, frappe à la porte de Mme Laurencelle. Elle ne répond pas. Il entrebâille la porte et jette un coup d'œil dans la chambre. Personne. Il entre et commence à changer les draps du lit. Derrière lui, la porte de la salle de bains s'ouvre.
- Qui es-tu?

Sylvain se retourne. Une petite dame au dos courbé et aux cheveux blancs marche lentement vers lui en s'appuyant sur une marchette.
- Mme Laurencelle ! Je vous croyais au petit-déjeuner.
- J'y vais. Mais tu dois avant tout répondre à ma question ?
- Votre question ?
- Ton nom ?

Il sourit en indiquant de son index le badge épinglé à sa chemise.
- Sylvain Rousset. Enchanté de faire votre connaissance madame.

Il lui présente sa main qu'elle serre fermement malgré l'arthrite qui lui ronge les doigts.
- J'ai connu un Sylvain moi. Un homme très épatant.
- C'est vrai? Qui était-il?

- Un caporal de la Gendarmerie Royale Canadienne.
- Vraiment ! Comment l'avez-vous connu ?

Elle ne répond pas et ses yeux fixent le vide. Sylvain croit avoir commis une gaffe en lui posant cette question impertinente. Cependant, elle recommence à parler.

- Il était très grand et mince. Et puis il avait des beaux yeux bruns pétillants et de longs cils épais. Comme il était élégant dans son costume de la gendarmerie !

Elle secoue la tête et sourit. Puis elle ajoute,
- Et puis, il était très intelligent. Il a réussi à appréhender un meurtrier dans mon village natal lorsque j'étais adolescente.
- Vraiment !

Elle hoche la tête.
- Connaissiez-vous la victime ?
- Oui. Je l'ai très bien connue.
- Qui était—
- Je connaissais aussi le meurtrier.
- Ah oui ?
- Si tu veux, je vais tout te raconter lorsque tu auras le temps.
- Allez-y, je vous écoute ?
- C'est une longue histoire qui va sûrement prendre plusieurs heures à raconter. Et puis, je dois me rendre à la salle à manger sinon je vais devoir me passer du petit-déjeuner.

Sylvain sourit. Puisque c'est une véritable histoire de chasse au meurtrier et qu'il adore les romans policiers, il décide de prendre le risque de perdre un peu de son temps libre à l'écouter.

- D'accord, Mme Laurencelle. Je reviendrai après ma journée de travail, vers seize heures.

La vieille dame sourit en sortant.

Si j'interromps mon récit à tous les moments saillants en feignant la fatigue, il se verra obligé de revenir souvent. J'aurai quelqu'un avec qui causer durant au moins une semaine, si pas plus.
    Elle rit aux éclats en entrant dans la salle à manger. Les autres convives lui lancent des regards contrariés. Elle hausse les épaules et s'assoit à la place qui lui est désignée. Elle se fout bien de l'opinion des autres pensionnaires.
    Ils sont tous des octogénaires et des nonagénaires qui ne quittent leur chambre que lorsque c'est le temps de la bouffe. Ils sont tellement prisonniers de leur petit monde qu'ils n'ont plus rien d'intéressant à dire. Comment s'en tirer autrement, puisqu'il n'y a rien à faire dans ce mausolée. *Je n'aurais jamais choisi de vivre ici si je ne souffrais pas de cette satanée arthrite qui me rend infirme.*
    Madame Laurencelle n'a que soixante-six ans et devrait être en moyen de s'occuper de ses besoins. Toutefois la maladie affecte presque tous ses jointures et lui sape toutes ses forces. Tout mouvement est difficile et douloureux.
    Si seulement j'avais pu avoir des enfants, rumine-t-elle. Ils s'occuperaient de moi et je n'aurais pas à vivre ici. Éric, mon deuxième mari, m'aidait bien mais il est décédé l'an dernier et me voilà seule à nouveau. Que c'est donc difficile de vieillir !
    La vieille dame secoue la tête pour chasser ces pensées démoralisantes. Aujourd'hui, c'est un jour de jubilation. Cet après-midi, elle allait avoir de la visite, une commodité très rare dans ce manoir de fin de vie.

    À seize heures, Sylvain revient à la chambre de Mme Laurencelle. Elle l'invite à s'asseoir à une petite

table en face d'elle. Sur la table, il y a un album de photos et des vieux cahiers d'écoliers.
- J'ai des photos, dit-elle.
- Des photos du meurtre ?
- Mais non, voyons. Comment aurais-je pu obtenir ça ?

Puis, sans lui donner la chance de poser d'autres questions, elle commence son récit. Son poisson a mordu à l'appât et elle ne lui laisse pas l'occasion de s'échapper.

Chapitre 1

Caporal Sylvain Trudel de la Gendarmerie Royal Canadienne, affecté à la brigade de St-Pierre-Jolys, se rend à l'hôpital de St-Alcide accompagné de l'agent Mark Rosser. Vers treize heures quinze, docteur Laplante avait appelé pour signaler la mort suspecte de Rose-Alma Chartier, une citoyenne du petit village de Rochelle. Les deux agents doivent surveiller le cheminement du corps de l'hôpital à la morgue à St-Boniface.
- *I suppose you're going to speak French and I won't understand a thing*, dit Mark.
Il passe la main dans ses cheveux blonds coupés en brosse et dévisage Sylvain de ses grands yeux bleu-pâle. Sylvain lui lance un sourire narquois.
- *We'll speak franglais*.
Mark fronce les sourcils et détourne le regard. Trudel connaît fort bien l'attitude de son collègue à son égard. Il est le *frog* nouvellement arrivé du Québec qui a été assigné au Manitoba pour répondre aux besoins linguistiques du public francophone. Il soupire car cette constatation lui rappelle son enfance.

Son père voulait à tout prix qu'il maîtrise l'anglais et était déterminé de l'envoyer faire ses études dans une école anglaise à Outremont. Sylvain s'était débattu contre cette décision mais son père n'avait pas démordu.

- Ça va te donner une meilleure chance de réussir dans la vie, avait-il argumenté.

À l'âge de douze ans, son père embaucha un tuteur pour faciliter son apprentissage de l'anglais oral et écrit. Sylvain avait retenu l'espoir que son père changerait d'avis avant son entrée au secondaire. Néanmoins, à quatorze ans, il se trouva à la porte d'une école anglaise, un sac bourré d'effets classiques sur le dos.

Son apparition en classe ne fut pas trop remarquée. Cependant, à la prise de présence, son nom le trahit. Tous les regards se tournèrent vers lui. Quelques étudiants ricanèrent. À la suite, la grande majorité des autres étudiants s'était moqué de son accent et l'avait surnommé *Sylvester the Frog*, et *Frenchie*. Sylvain avait réussi à encaisser avec flegme les sobriquets et les quelques coups frappés hors de vue des professeurs. Par contre, il n'avait pas pu avaler l'attitude de supériorité que lui réservaient ses pairs qui ne le croyaient pas à leur hauteur à cause de son patrimoine et son accent. Sylvain s'était donc jeté avec acharnement dans ses études pour faire valoir son intelligence. Il avait bien réussi, arrivant presque toujours en première place dans ses cours. Mais ses réussites ne lui avaient pas valu le respect. Au contraire, les autres étudiants lui en voulurent d'avoir eu l'audace de les surpasser. Sylvain avait supplié son père à maintes reprises de le retirer de cette école inamicale. Ça n'avait rien servi. Son père n'avait pas démordu.

Et voilà qu'à présent, son subordonné lui faisait ressentir ce même mépris. Tant pis ! Le meurtre était très rare dans les petits patelins manitobains et un crime de ce calibre aurait dû mériter l'attention personnelle de l'Inspecteur Greene de la brigade de Steinbach. Trudel sait que Greene l'a choisi pour cette enquête à Rochelle à cause de sa connaissance du français.

Trudel, malgré l'attitude négative de son collègue, allait converser avec les gens du village en français afin de rassembler leurs témoignages. Ce ne devrait pas être trop difficile de recueillir de l'information car, dans un petit village où tout le monde se connaît, on peut apprendre quasiment tout sur une personne en parlant aux voisins. Par contre, c'était la première fois qu'il se trouvait à la tête d'une enquête impliquant un meurtre. C'était un grand défi devant lequel il devait se montrer à la hauteur.

À son arrivé à Saint-Pierre-Jolys, Trudel avait été déçu d'avoir à partager un bureau avec un anglophone. Comment arriver à répondre aux besoins linguistiques des francophones en étant accompagné d'un agent qui ne comprenait pas un mot de français et qui s'offusquait si on le parlait devant lui ?

À quatorze heures, ils arrivent à l'hôpital de St-Alcide. Un homme bedonnant, portant un veston blanc de médecin, rencontre les agents à la porte de l'hôpital. Il se présente en avançant la main.

- Docteur Laplante.

Sylvain lui serre la main

- Enchanté Docteur. Je suis le caporal Trudel. Voici mon collègue, le constable Rosser.

Les sourcils levés, Rosser hoche la tête en toisant le médecin. Il lui en veut, ainsi qu'à Trudel d'avoir osé parlé en français devant lui. Docteur Laplante le parcourt du regard avant de se retourner pour mener les deux agents au corps.

Un jeune homme en habit d'ouvrier est assis sur une chaise devant la porte d'une salle de traitement. Il se lève en voyant le médecin et les agents s'approcher.

- Merci, Robert. Tu peux retourner à ton travail maintenant, dit le médecin.

Docteur Laplante se retourne vers les agents.

- J'ai demandé au concierge de surveiller la porte de la salle jusqu'à votre arrivée pour m'assurer que personne n'y entre.
- Merci, Docteur. Vous avez bien fait, déclare Trudel.

Rosser a les poings fermés et le visage crispé. Trudel reprend la conversation en anglais.

- J'ai appelé le coroner et il nous a expédié un corbillard pour transporter le corps à la morgue. Il devrait arriver sous peu.
- C'est bon, dit le médecin.

Il a répondu en anglais et, dès lors, la conversation se passe dans cette langue.

Les deux agents, accompagnés du médecin, entrent dans la chambre où se trouve le corps recouvert d'un drap blanc.

- Ses vêtements étaient intacts, ... pas dérangés, ni déchirés. Je les ai coupés aux ciseaux pour mieux l'examiner car je n'étais pas certain à son arrivée si sa mort méritait l'attention de la police. J'ai placés les vêtements aux pieds de la victime, déclare docteur Laplante.
- Qui a amené la défunte ici ?
- Le mari l'a trouvée. L'épicier de Rochelle, un dénommé Alfred Michaud, les a conduits dans sa voiture.

Trudel découvre les pieds de la défunte et s'adresse au médecin.

- Est-ce qu'il y a évidence d'agression sexuelle ?
- Je n'ai rien vu de suspect. Le coroner pourra vous en dire plus à ce sujet.

Trudel hoche la tête.

- Mark, occupe-toi des vêtements, pendant que je recouvre ses mains.

Rosser enfile des gants et examine les vêtements avant de les placer dans un sac. Le cou, le bout des manches et le bas de la robe sont un peu effilochés mais le reste est intact, sauf pour la coupure infligée par les ciseaux du médecin. Aucune évidence que la robe ait été enlevée de force. Même chose pour les sous-vêtements. Il place les vêtements dans un sac. Puis il prend une vignette adhésive de sa poche et écrit le 15 juillet 1968, le nom de la victime, le numéro du dossier, suivit du chiffre relié à la collecte de preuves. Il signe la vignette avant de la coller à l'ouverture du sac.

Pendant ce temps, Trudel, les mains affublées de gants, examine les mains de la victime.

- L'ongle de l'index de la main droite est déchiqueté. Elle a pu essayer de se défendre, observe-t-il.

- Si c'est le cas, l'assassin a sûrement reçu des égratignures, dit Rosser.

- Possiblement. Il faudra faire l'analyse de ce qu'on trouve sous ses ongles, répond Trudel.

- Avez-vous remarqué s'il y avait des égratignures sur le mari, docteur ? demande Rosser.

- Non. Je n'ai rien vu.

Trudel attache un sac autour de chaque main. Sur chaque sac, il colle une vignette adhésive contenant l'information concernant le cas. Il signe l'étiquette. Puis il repousse le drap pour examiner la victime.

- Comme vous voyez, elle a une vilaine plaie à la tempe gauche, déclare docteur Laplante.

- Oui. Elle a dû recevoir un rude coup. Si l'assassin se tenait devant elle, il est sûrement droitier, dit Trudel.

Le médecin hoche la tête.

- Avec quoi l'a-t-on frappée, pensez-vous docteur ?

- Un objet contondant de forme arrondie, presque ovale ? Une roche ? Peut-être même un poing. Le mari a les doigts rouges et enflés. J'ai cru qu'il souffrait de l'arthrite, mais je pourrais me tromper.

- Merci de m'avoir mis sur cette piste, Docteur.
Trudel scrute le visage de la morte. Ses longs cheveux bruns grisonnants, imprégnés de sang coagulé sont attachés sur la nuque avec un vieux ruban rose, maculé de sueur et de sang. Les yeux fermés, le visage serein, elle paraît dormir paisiblement.
-Aurait-elle beaucoup saigné ? demande Trudel.
- D'ordinaire, les plaies à la tête saignent beaucoup. Tout dépend de la longueur de temps entre l'assaut et la mort. L'enflure entourant la blessure suggère qu'elle n'est pas morte sur le coup. Et puis, je présume qu'il y aurait eu une assez grande perte de sang à l'intérieur de son crâne.
Trudel hoche la tête. Quelqu'un lui en voulait terriblement pour l'avoir frappée avec tant de violence. Une querelle conjugale ? Il faudra voir quel genre d'homme était le mari aux doigts rouges et enflés.
La défunte n'était sûrement pas une grande beauté dans son vivant. Le nez un peu long, la bouche trop petite. En somme, une apparence plutôt ordinaire qui n'attirerait ni admiration, ni dédain. Trudel décroche l'appareil de son cou et prend des photos.
- Est-ce qu'il y a d'autres blessures sur le corps ? s'enquiert Rosser.
- Une contusion superficielle derrière la jambe droite, entre le genou et la cheville. D'après la couleur, j'estime que le bleu date de plus de vingt-quatre heures. À part ça, rien.
Trudel repousse le drap au pied du lit et soulève doucement la jambe droite de la victime.
- Absence de rigidité cadavérique ? souligne-t-il.
- La mort est trop récente. Puis, il faut considérer la perte de sang qui, en général, retarde le déclenchement de la rigidité, dit le médecin.

Trudel examine le bleu qui est presque rond et d'un diamètre d'environ quatre centimètres. C'est une plaie trop superficielle pour soutenir une hypothèse d'abus physique. Toutefois, il choisit de fouiller plus loin dans cette direction.
- Était-elle votre patiente ?
- Oui, je la voyais de temps à autres. J'étais là lorsqu'elle a accouché de sa fille.
- Avez-vous vu des signes d'abus physique, des fractures, des contusions sur son corps, lorsqu'elle se présentait à votre bureau, poursuit Trudel.
- J'ai vérifié son dossier avant votre arrivée. Il n'y a aucune référence à des blessures qui indiqueraient l'abus.
- Qu'elle âge a-t-elle?

Le médecin prend un dossier sur une table et le consulte avant de répondre.
- Sa date de naissance est le 23 mai 1922, donc quarante-six ans. Je l'ai vue pour la première fois en octobre 1947. Elle était enceinte. Elle a accouchée... une fille... le 15 mars 1948. Elle avait déjà deux enfants. Deux garçons. Puis en 1950, une fausse-couche au premier trimestre, suivie d'une autre deux ans après, et encore une autre trois ans plus tard. Elle est venue me voir il y a un mois se plaignant de flux menstruel plutôt élevé. Je lui ai recommandé une consultation avec un gynécologue de Winnipeg.
- Ce problème de flux aurait-il contribué à sa mort ?
- Aucunement. Si elle avait été en pleine menstrues, ça aurait pu quelque peu contribuer à sa mort à cause de la perte de sang. Mais ce n'est pas le cas.

Le médecin recouvre le corps. Trudel se tourne vers lui et commence à lui parler en français mais il

s'arrête en voyant les sourcils froncés de son collègue. Il reprend en anglais.
- Quand est-elle arrivée à l'hôpital ?
- Vers douze heures cinquante. Je l'ai déclarée morte à treize heures quinze, mais elle est décédée avant ça. Le corps était encore chaud à son arrivé mais avec la température qu'il fait aujourd'hui, ça ne veut rien dire.
- Qu'a dit le mari au sujet des circonstances entourant la mort de sa femme ?
- Il m'a dit qu'elle était allée à pied au magasin en passant par les bois et qu'elle n'était pas revenue. Alors, vers midi, lorsqu'il est arrivé des champs, il est allé voir et il l'a trouvée allongée sur le sentier à une courte distance du magasin.
- Une histoire plutôt louche ça ! Il l'a probablement tuée, dit Rosser.

Le médecin hésite avant de reprendre la parole.
- S'il l'a tuée, il le regrette beaucoup car il avait l'air bouleversé.
- Et votre estimation de l'heure du décès ? demande Trudel.
- C'est impossible de définir l'heure exacte de sa mort puisqu'il y a tellement de facteurs à considérer, la température du lieu où se trouvait le corps, le genre de vêtements portés par la victime, son âge, s'il y a eu perte de sang... Pleins de facteurs qui affectent le commencement de la lividité et de la rigidité. Puis le corps a été déplacé plus d'une fois. Selon, l'épicier, elle a été transportée sur le dos d'un cheval jusqu'à l'épicerie et puis en voiture pour se rendre à l'hôpital. Lorsque je suis arrivé à la voiture avec un assistant, elle était plus ou moins assise à côté de son mari. Ce dernier avait passé le bras derrière elle pour la soutenir. Les pieds et le bas des jambes de la victime étaient un peu marbrés, ce qui m'a tout de suite averti que le sang ne circulait plus et avait

commencé à s'accumuler dans les parties les moins élevées du corps.
 Il frotte son crâne chauve avant de recommencer à parler.
 - Je crois qu'elle aurait pu mourir au moins une heure avant son arrivée à l'hôpital, disons entre onze heures et onze heures trente.
 - Pouvait-elle être encore vivante lorsque son mari l'a trouvée ?
 - Si le mari l'a trouvée vers midi, sûrement pas. Puis, en cas du contraire, avec une telle blessure à la tête, je doute fort bien qu'elle ait repris connaissance.
 - Savez-vous où vivent les Chartier ? demande Trudel.
 - Sur une ferme à Rochelle. L'épicier, M. Michaud, pourra sûrement vous renseigner.
 - Est-ce que le mari a été avisé qu'une investigation est en cours ?
 - Je lui ai dit qu'il fallait faire une autopsie et que je devais avertir la police. Le pauvre mari ne voulait pas que l'on déshonore le corps de sa femme. Il a accepté après que je lui aie expliqué que je n'avais pas le choix, qu'il fallait déterminer la cause de sa mort. Il croyait qu'elle s'était frappée la tête en tombant. Je ne crois pas que ce soit le cas.
 Un bruit provient du corridor et deux hommes apparaissent. Ils poussent un brancard. Les agents et le médecin se déplacent pour les laisser passer. Deux hommes grands et musclés, un au pied du lit et l'autre à la tête, prennent les quatre coins des draps, soulèvent le corps et l'insèrent dans un sac mortuaire. Lorsqu'ils ont fermé le sac, Trudel s'approche et fixe à la fermeture une vignette adhésive sur laquelle l'information nécessaire à l'enquête et sa signature sont inscrites. Les deux employés

funèbres, escortés des agents de la GRC, transportent le corps au corbillard.

En entrant dans la voiture, Rosser s'adresse à Trudel sur un ton véhément.

- Pourquoi n'as-tu pas examiné le corps de plus près pour voir s'il y avait d'autres blessures ?

-Le docteur Laplante s'y connaît mieux que nous, et puis c'est au coroner d'y voir.

Rosser le regarde, ouvre la bouche puis la referme. Il étouffe sa réplique par déférence envers son supérieur. Il ne se fie pas à la compétence de Trudel, malgré le fait que ce dernier ait cinq ans d'expérience de plus que lui. Il détourne la tête et reprend son air boudeur.

Trudel ne peut s'empêcher de sourire.

- Mark, appelle le bureau de la GRC à Steinbach avec la radio et demande-leur d'envoyer quelqu'un pour boucler la scène du crime.

- Comment vont-ils trouver le lieu ?

- Dis-leur de demander à l'épicier du village où est située la ferme des Chartier. Une fois à la ferme, il faudra demander au mari où il a trouvé la défunte.

Chapitre 2

Le constable, Gerry Whitehead de la brigade de Steinbach se rend à Rochelle pour boucler le périmètre du lieu du crime. Il espère que M. Chartier parle l'anglais. Whitehead comprend le français puisque sa mère s'adresse toujours à lui dans cette langue. Par contre, il ne se sent pas à l'aise de le parler.

Un panneau routier lui annonce qu'il doit tourner à droite pour se rendre à Rochelle. Il ralentit et tourne sur une route de gravier sillonnée comme une planche à laver par la pluie et le passage répété des roues. Un autre panneau lui indique qu'il reste encore quinze kilomètres avant d'arriver à Rochelle. Il grimace devant un aussi long trajet sur une route si peu carrossable. Une voiture roulant dans la direction opposée passe à côté de lui en soulevant un rideau de poussière. Il se voit obliger de conduire à l'aveuglette jusqu'à ce que la poussière se dissipe. Une poudre fine s'infiltre dans l'habitacle et le fait tousser.

Le trajet lui paraît interminable. Enfin il se trouve devant un panneau qui lui annonce le village de Rochelle. Il passe devant quatre fermes éloignées l'une de l'autre avant d'arriver à un carrefour. Il appuie sur les freins. Aller de l'avant ou tourner ? La route devant lui est étroite et peu utilisée. En plus l'herbe pousse entre des traces à peine visibles. Il élimine ce choix et regarde à la droite. Il ne discerne aucune résidence dans cette direction, alors il tourne à gauche. Les maisons sont plus rapprochées mais il n'y a pas d'épicerie en vue. Aurait-il choisit la mauvaise route ? Il continue d'avancer et, à sa gauche, il y a une école. À côté de l'école, un bâtiment proéminent en stuc blanc avec un grand perron d'une hauteur supérieure à la norme. Il n'arrive pas à identifier à quoi sert cette structure. L'absence d'affiche commerciale lui indique que ce n'est pas l'épicerie.

Il entend des coups de marteau mais n'arrive pas à discerner leur provenance. Un peu plus loin, c'est le bureau de poste. Et, à une distance d'un demi-kilomètre de l'école, il se trouve devant une petite maison. Une grande affiche de Coca-Cola est accrochée à la vitrine. L'absence de nom sur le magasin l'inquiète. Une épicerie devrait être nommée. Dans son village natal, c'était *L'épicerie Martin*. Il s'arrête néanmoins pour vérifier.

Il entre dans le petit bâtiment et une clochette au-dessus de la porte tinte. Un vieil homme avec un cigare fumant entre des lèvres jaunies par le tabac est assis derrière le comptoir. L'homme ferme le journal qu'il est en train de feuilleter et dévisage l'agent en affichant un air surpris. Whitehead lui adresse la parole en anglais.

- Bonjour, monsieur. Pourriez-vous me dire où est la ferme des Chartier ?

- C'est la maison bleu-pâle à côté de l'école. Elle est un peu éloignée de la rue et elle est très haute, la plus haute maison du village.

- Merci, monsieur.

Le vieil homme ouvre la bouche pour parler mais Whitehead sort avant qu'il en ait la chance. Il ne veut pas avoir à expliquer sa présence au village afin de ne pas éveiller la curiosité des gens et les inciter à se rendre sur le lieu du crime.

Arrivé chez les Chartier, il voit un homme dans la cinquantaine, aux cheveux bruns coupés très courts, assis sur le perron derrière la maison. Le dos courbé et l'air triste, l'homme fixe le sol. Voyant la mine de l'homme, Whitehead déduit qu'il est le mari. Lorsqu'il s'avance pour se présenter, l'homme sursaute et le dévisage d'un air égaré. Whitehead lui adresse la parole en anglais en lui avançant la main.

- Mr. Chartier. Je suis le constable Gerry Whitehead de la Gendarmerie Royale Canadienne. Je suis venu pour boucler le lieu où vous avez trouvé votre femme.

Joseph se lève. Il est aussi grand que Whitehead qui fait presque les deux mètres. Joseph lui prend la main en le fixant d'un air déboussolé. L'homme se rassoit sur le perron mais reste muet. Whitehead attend. Devrait-il répéter sa question en anglais ou tenter de s'exprimer en français ? Lorsqu'il s'apprête à lui répéter le but de sa visite, l'homme se décide enfin de s'adresser à lui, en français.

- Ma femme n'est pas ici. Elle est tombée et puis elle est...

Joseph baisse la tête et renifle. Whitehead observe le pauvre homme, ne sachant que faire.

Un jeune homme, grand et musclé aux longs cheveux roux et frisés, sort de la maison et met fin à son dilemme. Le jeune homme regarde l'agent, les sourcils froncés. Whitehead se présente de nouveau en anglais et est soulagé lorsque le jeune homme lui répond dans la même langue.

- Bonjour, constable Whitehead. Je suis Maurice Chartier, le fils de Joseph.

- Enchanté. Je suis venu boucler le lieu où ton père a trouvé ta mère.

- Je ne sais pas au juste où c'est.

Maurice se tourne vers son père et pose la main tendrement sur son épaule. Joseph soupire, se lève lentement et se dirige vers l'étable.

Sans se retourner, il dit dans un anglais dont le son des *h* est absent et celui des *th* est prononcé en *d* ou *t* :

- Je vais aller chercher les chevaux et je vais vous y conduire.

Il continue son trajet vers l'étable, le dos courbé et la tête basse.

- Pourquoi aller à cheval ? demande Whitehead à Maurice.

- Il va vous conduire par le sentier que maman à pris. Ça va aller plus vite à cheval.

Whitehead hoche la tête et retourne à sa voiture. Il ouvre le coffre et sort un rouleau de ruban jaune. Joseph réapparait après quelque temps avec les chevaux. Whitehead attrape les rênes que lui tend Joseph et monte comme un habitué de la selle

Le cheval de Joseph avance lentement, ce qui permet à Whitehead d'examiner le sol le long du sentier. Dans une petite clairière, il aperçoit plusieurs traces de chaussures qui traversent le sentier. Ne voulant pas s'arrêter pour les examiner par peur de perdre Joseph de vue il lève les yeux afin de trouver un point de repère. Au même moment, il entend un martellement à sa droite. Il voit le grand bâtiment en stuc blanc. Son toit à pic perce à peine la voûte de feuilles. Trois hommes sont sur le toit, dont une grande section est dénudée jusqu'à la planche. Il reconnait le bâtiment près de l'école et découvre, en même temps, la source du martellement. L'un des trois hommes regarde dans sa direction. Whitehead le salue de sa main.

- Hé regardez ! C'est la police. Qu'est-ce qu'il vient faire ici celui-là ? crie l'homme à ses compères.

- Peut-être qu'il est venu appréhender la laide ! répond un autre.

Le respect de la loi et de ceux qui la représente n'a aucune prise sur eux, alors les trois hommes rient aux éclats en reprenant leur travail.

Whitehead secoue la tête et commande à son cheval de presser le pas afin de rattraper Joseph qui le devance de plusieurs mètres. Après environ sept minutes, ce dernier tire soudainement sur les rênes et laisse échapper un grand sanglot qu'il essaie aussitôt de camoufler en toussant.

S'adressant en anglais, il dit,
- C'est ici que je l'ai trouvée. Elle était couchée là à côté de l'arbre.

Whitehead descend du cheval.
- Comment était placé le corps de votre femme sur le sol ?

Joseph le regarde d'un air éberlué.
- Était-elle couchée sur le dos, sur le côté ou sur le ventre ? Où était sa tête, ses pieds ?

Joseph soupire et descend de son cheval. Puis, il se penche et décrit la position du corps de sa femme.
- Elle était sur son dos, sa tête ici près de l'arbre et ses pieds là.

Il étouffe un autre sanglot.
- Comment étaient placées ses mains et ses pieds ?
- Ses jambes étaient droites, l'une contre l'autre. Ses mains étaient rejointes sur sa poitrine.
- Rejointes sur sa poitrine ?
- Oui, l'une dans l'autre comme ça.

Joseph enlace ses doigts et place ses mains sur sa poitrine.
- Qu'avez-vous fait lorsque vous l'avez trouvée ?

Joseph respire profondément avant de répondre. Puis il parle comme si le souffle lui manquait.

- Ses yeux étaient fermés. Je l'ai appelée. Je n'ai pas pu l'éveiller. Il fallait l'amener à l'hôpital. Je l'ai soulevée. Puis je l'ai montée sur mon cheval. Après ça je me suis rendu chez le vieux Michaud pour qu'il nous conduise à St-Alcide.

- À quelle heure avez-vous trouvé votre femme ?

- Quand je suis arrivé des champs un peu après midi, ma femme n'était pas encore revenue du magasin. Je suis partie tout de suite à cheval pour aller voir. Je l'ai trouvée là.

L'homme tente de retenir ses larmes sans y parvenir. Whitehead le renvoie chez lui en le remerciant de son aide.

Joseph ne bouge pas. Il regarde l'herbe aplatie par le corps de sa femme, les yeux fixés sur la flaque brunâtre près de l'arbre. Finalement, il remonte à cheval et lui fait faire demi-tour.

- Vous me ramènerez le cheval quand vous aurez fini.

Puis, la tête basse, il laisse flotter les rênes et se fie à son fidèle animal pour retrouver le chemin de la maison.

Whitehead regarde Joseph s'éloigner. Il ne peut s'imaginer ce que doit ressentir cet homme devant la perte de sa femme. S'il arrivait quelque chose à sa propre femme, il ne croit pas qu'il arriverait à reprendre le train de sa vie. Il secoue la tête pour chasser ces pensées attristantes puis s'éloigne du sentier pour attacher le cheval.

Whitehead délimite le périmètre de la scène avec le rouleau de ruban jaune en se servant des arbres pour soutenir le ruban. Lorsqu'il a fini, il se rend à l'endroit derrière le grand bâtiment en stuc blanc où il avait aperçu des empreintes de chaussures. Il lève les yeux vers le bâtiment. Les trois hommes sont encore sur le toit et ne semblent pas se soucier de sa présence. Il les observe un moment avant d'encercler l'endroit avec le ruban jaune. Puis il retourne à la scène du crime. Il doit surveiller le site jusqu'à l'arrivée des techniciens.

Whitehead se demande ce qui a pu entraîner quelqu'un à abattre une femme dans ce petit village. Là où la vie est tranquille, prévisible, et l'où rien sort de l'ordinaire. Cette mort apparaîtra sûrement à la une des cancans pendant plusieurs années à venir.

Quelqu'un avait dû se laisser emporter par la colère, la jalousie ou la haine. Son père lui avait souvent répété lorsqu'il était enfant, qu'il fallait toujours maîtriser ses émotions et qu'on ne devait pas frapper quelqu'un sauf pour se défendre. En plus, lorsque venait le temps de se défendre, on devait frapper seulement pour prendre le dessus, puis on s'éloignait de la situation sans frapper un coup de surplus. Son père, un autochtone de la grande tribu des Cris, était le parangon d'humilité, de patience et de sang-froid. Gerry l'admirait beaucoup et il était fier lorsque sa mère lui disait qu'il avait hérité du tempérament de son père.

Lorsque Gerry avait décidé de se joindre au rang de la GRC, ses parents avaient été très surpris. Pourquoi voulait-il se lancer dans une carrière où régnait la violence ? Il était trop doux et paisible pour ce genre de travail. Il leur avait répondu qu'il aimait venir en aide aux autres et que c'est ce qu'il envisageait accomplir au sein de la GRC.

Chapitre 3

Le corbillard arrive à l'hôpital St-Boniface et se rend à l'arrière du bâtiment. Le coroner, un homme dans la soixantaine et exhibant une calvitie très avancée, achevait une autopsie sur un jeune homme maigre dont le corps était recouvert de contusions. En entendant les employés des pompes funèbres entrer, il se retourne pour leur indiquer où placer la nouvelle arrivée. Le coroner recouvre le corps sur sa table d'autopsie d'un linceul et s'approche des agents en enlevant ses gants de caoutchouc. Il a l'air épuisé, mais son visage s'anime en voyant Trudel.
  - Sylvain, c'est bon de te voir, dit-il en français.
  - Bonjour, Docteur Blais. Comment allez-vous?
  - Très bien, merci.

Rosser toussote et Trudel se tourne vers lui. Il le présente au docteur en anglais.
  - Docteur Blais, je vous présente le constable Mark Rosser.

Le médecin s'approche de Rosser pour lui donner la main. Rosser a à peine le temps de le saluer, que Blais se retourne et s'adresse à Trudel en français.
  - Qui m'as tu apporté aujourd'hui, Sylvain?

Trudel lui donne l'information reliée au cas pendant que le docteur Blais consulte l'horaire des autopsies.

- Avez-vous plus ou moins déterminé l'heure du décès ? demande Docteur Blais.
- Docteur Laplante de l'hôpital de St-Alcide estime qu'elle est morte entre onze heures et onze heures trente, répond Trudel.
- Ah ! C'est Laplante qui l'a examinée. Il s'y connaît bien dans cette affaire puisqu'il a joué le rôle de coroner pendant plusieurs années avant de reprendre son rôle de médecin de campagne. Je vais tout de même prendre la température du foie de la victime pour déterminer le temps du décès.

Puis le coroner regarde son horaire et ajoute,
- J'ai une ouverture mercredi à dix heures. Est-ce que ça vous convient ?
- C'est très bien. Merci docteur.

En sortant de la salle d'autopsie, Rosser à l'air enragé.

Trudel lui demande en anglais : Qu'est-ce qui ne va pas, Mark ?
- *You're always speaking in French and I don't understand!*
- On a simplement fixé un temps pour l'autopsie. C'est pour mercredi à dix heures.
- *If you had spoken in English, you wouldn't have to translate for me.*

Trudel ne répond pas. Au Manitoba, il n'a pas souvent l'occasion de parler sa langue maternelle et il ne peut pas passer une occasion de le faire. Il ne tente pas de faire comprendre ce besoin à son collègue.

En chemin vers Rochelle, Rosser est de mauvaise humeur. Trudel s'en fiche. En conduisant, il repasse dans sa tête les faits reliés au crime. Un gros coup infligé avec violence à la tempe gauche. Ses vêtements n'étaient pas déchirés ou dérangés et pas d'indications apparentes d'abus sexuel ou physique sur le corps. Le mari avait les doigts rougis. Peut-être à cause de l'arthrite ? Peut-être que non. Dans un cas pareil, le coupable est souvent le mari ou un autre membre de la famille. Espérons que les recherches et les prélèvements effectués par les techniciens aboutiront à quelque chose. Sinon, il sera très difficile de solutionner cette affaire. Pourvu que personne ne soit allé piétiner le lieu du crime avant l'arrivée du constable de la brigade de Steinbach.

Lorsque Trudel et Rosser arrivent à Rochelle, la voiture des techniciens de scènes de crimes est stationnée près de l'épicerie. Une dame, très courte, rondelette et aux cheveux gris attachés en chignon sort du magasin en voyant arriver les deux agents. Elle se présente.

- Anita Michaud. Vous voulez sans doute vous rendre à l'endroit où Joseph a trouvé Rose-Alma, dit-elle en français.

Trudel hoche la tête. Rosser regarde la dame avec hauteur.

- Suivez-moi. Elle dévisage Rosser d'un regard contrarié.

Elle conduit les deux agents à une cloison dans la clôture, puis elle se retourne pour leur adresser la parole.

- Suivez ce petit chemin qui mène dans le bois et vous allez trouver les autres.

Lorsqu'elle refait son chemin vers l'épicerie, Trudel l'entend bougonner.

- Il paraît qu'il ne parle pas français ce petit blond effronté.

Rosser passe devant Trudel et se lance sur le sentier. Ce dernier pourrait corriger l'audace de son subordonné, mais il choisit de laisser tomber. Il est si souvent nécessaire de remettre Rosser à sa place qu'il doit ignorer sa rudesse de temps à autres afin d'éviter de lui tomber sur le dos à tout bout de champ.

En peu plus loin sur le sentier, Trudel et Rosser entendent des voix. Rosser marche encore plus vite pour le devancer afin de s'assurer que la conversation entre eux et les techniciens se fasse en anglais. Trudel laisse tomber car il ne punit ni dispute ses subordonnés devant d'autres personnes. Une leçon qu'il a apprise de son père. Lorsqu'il était enfant et que son comportement déplaisait à ses parents lorsqu'il y avait de la visite, son père levait les sourcils et disait son nom d'un ton qui requérait derechef son attention, sans en dire plus. Sylvain savait qu'il recevrait la réprimande et la punition après le départ des invités. Il ne peut s'empêcher de grimacer en pensant combien de fois il se surprend à imiter son père.

Rendu au site, Rosser s'adresse aux techniciens.

- *How's the search going?*

Un homme de petite taille aux cheveux noirs et drus est penché pour examiner le sol. Il s'apprête à lui répondre. Toutefois, en voyant Trudel, il s'adresse à lui en français.

- Sylvain ! C'est bon de te revoir.
- Tu es venu seul pour faire le prélèvement de preuves, demande Trudel en anglais.

Bernie répond dans la même langue car il a bien remarqué l'expression contrarié de Rosser lorsqu'il s'est adressé à Trudel en français.

- Non, Reg Ross travaille sur le sentier à quelques distances au sud d'ici. Il fait des moulages des traces de chaussures que Gerry a trouvées le long du sentier lorsque M. Chartier l'a conduit ici.
- Gerry ?
- Gerry Whitehead, le constable de Steinbach.

Trudel regarde l'homme de Steinbach debout près de Rosser. Il dépasse ce dernier par au moins huit centimètres. Le visage bien bronzé et les cheveux noirs un peu trop longs pour un constable de la GRC, il se tient droit comme une sentinelle.

Trudel lui adresse la parole.

- Tu as trouvé des empreintes de chaussures Gerry ?

- Oui. Il y a une petite clairière où le terrain est sablonneux et il y a très peu d'herbe. Ce qui fait que les traces sont très distinctes. Trois empreintes différentes. Donc au moins trois personnes. Trois hommes, jugeant par la dimension des empreintes, sont partis d'un grand bâtiment en stuc blanc et ont traversé le sentier pour aller dans les bois. Puis, ils sont retournés en direction du bâtiment. Il y avait trois hommes qui recouvraient le toit du bâtiment lorsque je suis arrivé mais ils ne sont plus là.

- Peut-être que ce sont eux qui l'ont tuée, dit Rosser.

- C'est possible. Le bâtiment en stuc sert à quoi, Gerry ?

- Je ne suis pas allé voir.

Trudel fronce les sourcils. Whitehead aurait pourtant eu la chance d'y aller lorsqu'il a conduit Reg à l'endroit où il a vu les empreintes.

- Tu aurais dû aller vérifier.

Whitehead hoche la tête sans rien dire. Trudel le dévisage sévèrement. Puis il hoche la tête. Il avait lui aussi passé devant ce bâtiment et il n'avait pas pu déterminer lui non plus à quoi il servait.

- As-tu eu la chance de parler au mari ?

- Oui.

Whitehead sort son calepin, s'approche de Trudel et lui décrit l'entrevue avec Joseph Chartier.

- Elle avait les mains jointes sur sa poitrine ? demande Trudel.

- C'est ce qu'a dit le mari.

- Peut-être qu'elle priait avant de mourir, lance Rosser.

Il rit, mais puisque personne ne rit avec lui, il baisse la tête et affiche la moue d'un enfant mécontent. Trudel tourne son attention vers le technicien qui vient de lui adresser la parole.

- Près du tronc de cet arbre, l'herbe est aplatie et il y a une flaque de sang. J'ai aussi trouvé des gouttes de sang là, là et là, dit-il en montrant du doigt les petits drapeaux blancs qu'il a plantés dans le sol.
- Tu as pris des échantillons de sang ?
- Oui, de tous les endroits où j'ai trouvé des gouttes.
- La victime avait un ongle cassé. Elle a peut-être réussit à égratigner son agresseur. Il faudra faire une analyse de la formule du sang pour déterminer si le meurtrier n'aurait pas laissé quelques gouttes de son propre sang.
- D'accord. Ça pourrait nous aider si le sang par terre est d'une différente formule que celle de la victime. Sinon, on n'apprendra rien.
- La défunte a une vilaine plaie à la tempe gauche. Je ne vois pas où elle aurait pu se frapper à la tempe en tombant ici, surtout qu'elle a été trouvée sur le dos. Docteur Laplante de St-Alcide croit que le coup a été infligé par un objet contondant et arrondi
- C'est bon. Je vais faire tout mon possible pour trouver cet objet.

Le hennissement d'un cheval fait sursauter Trudel.

- À qui appartient ce cheval ?
- Il appartient à M. Chartier. Il me l'a prêté pour me rendre ici, lui répond Whitehead.

Trudel acquiesce de la tête puis il ordonne à ses deux collègues d'examiner le bord du sentier pour voir s'il y avait d'autres traces de bottes.

- Si vous en trouvez, suivez-les pour trouver leur provenance.
- Gerry va vers l'épicerie pendant que je vais en direction de la ferme, suggère Rosser.
- Bonne idée. Et Mark, va au bâtiment en stuc blanc que Gerry a vu. S'il y a quelqu'un, demande qui était sur le toit aujourd'hui.

Trudel retourne son attention au technicien qui a recommencé à parler.

- J'ai trouvé un petit bouton blanc ici.

Simard indique du doigt un endroit à une distance d'environ trente centimètres du tronc de l'arbre. Le technicien prend une photo du bouton sur le sol où il l'a trouvé. Puis il le ramasse avec des petites pinces et l'examine.

- En plastique et de la dimension d'un bouton de chemise d'homme.

Il le montre à Trudel en le tenant avec les pinces avant de l'insérer dans un petit sac. Trudel entend Whitehead crier.

- Il y a des traces ici.

Whitehead lui montre deux empreintes de chaussures près d'un arbre. Elles sont faites par des chaussures de sport d'homme, en jugeant par leur grandeur et leur motif d'adhérence.

- Quelqu'un était debout, face à l'arbre. Je me demande ce que la personne faisait, dit Trudel.
- Peut-être qu'il urinait, répond Whitehead.
- Peut être. Ou encore, il espionnait quelqu'un. Je vais demander à Bernie de faire des moulages de ces traces et de prendre des échantillons du sol. Où mènent les traces?

- Il m'est impossible de déterminer la provenance ou la destination de l'individu qui a laissé ces empreintes puisque ce sont les seules que j'ai trouvées. Si ce n'était pas du sable qui fait surface près de l'arbre on n'arriverait pas à les distinguer non plus dans ce détritus de vieilles feuilles mortes, d'aiguilles de pins et de bouts de branches sèches.

- Ouais. Continue tout de même de chercher et appelle-moi si tu en trouves d'autres.

Trudel retourne à l'endroit où travaille Simard.

- Les empreintes que Whitehead a trouvées sont positionnées comme si quelqu'un était debout près d'un arbre. Peut-être qu'il y aurait de l'urine.

Bernie ne répond pas. Il vient d'apercevoir le jeune Reg Ross qui s'approche à grands bonds, le dos courbé comme un vieillard. Son torse court perché sur de longues jambes lui donne l'apparence d'être juché sur des béquilles.

- Reg, va voir Whitehead là-bas et fait des moulages des empreintes qu'il a découvertes. Puis prend des échantillons de l'écorce de l'arbre et d'autres du sol entre l'arbre et les empreintes. Il pourrait y avoir de l'urine.

Pendant que Simard racle l'herbe de ses mains, Trudel regarde le sentier. Il est bien piétiné et l'herbe près de l'arbre aux pieds duquel on a trouvé la victime est très aplatie. Rien d'étonnant puisque le mari est venu à cheval, a juché sa femme sur le cheval et est reparti. Il est ensuite revenu avec le constable Whitehead. Comment arriver à déterminer ce qui est un indice pertinent dans une zone de crime aussi polluée.

- Il y a une autre empreinte partielle de chaussure ici. Elle n'est pas très distincte mais le motif d'adhérence sur le talon est bien visible, dit Bernie.

En se penchant pour examiner l'empreinte, Trudel entend un roulement de tonnerre. De gros nuages noirs montent à l'ouest. Il espère que les techniciens auront fini avant que l'orage se déclenche.

- Je crois que c'est une empreinte de chaussure de sport.

Trudel se penche pour voir l'empreinte plus distinctement. Les empreintes qu'a trouvées Whitehead ont elles aussi été laissées par des chaussures de sport. Leur motif d'adhérence est semblable. Il faudra les juxtaposer pour les comparer. Et puis, combien d'hommes à Rochelle portent des chaussures de sport ? Il pourrait y en avoir plusieurs.

- Des grands pieds.
- Oui. Ça un indice important, dit Simard.
- Tout ce qu'on peut déterminer est qu'un homme est venu sur le lieu du crime. Même à ça, ces empreintes auraient pu être laissées avant le crime, ou après.
- Tiens, une roche. Il y a du sang et un long cheveu gris collé sur la roche, dit Simard.

Il indique du doigt une roche presque ovale, d'environs dix centimètres en longueur, huit en largeur et d'une épaisseur de presque huit centimètres au centre. Elle gît à environ deux mètres du lieu où la victime à été trouvée.

- L'arme du meurtre ?
- Sûrement.
- Il va falloir prendre un échantillon des cheveux de la victime pour les comparer. Aussi, il faudra l'examiner pour voir si le meurtrier y a laissé ses empreintes digitales.

Trudel se trouve chanceux. Les découvertes d'une empreinte de chaussure assez distincte et l'arme utilisée pour commettre le crime sont deux atouts qui vont sûrement l'aider à faire avancer son investigation. Si c'est le meurtrier qui a laissé l'empreinte de chaussure, il n'a pas tenté de couvrir ses traces. Il n'a pas non plus essayé de dissimuler l'arme. Deux indices qui semblent indiquer que le meurtre n'était pas prémédité, qu'il a été commis sur un coup de tête. Le meurtrier a pu s'enfuir après le choc d'avoir commis un meurtre, ou il était sans expérience et ignorait le danger de laisser de telles preuves.

Le temps passe au ralenti pendant que Simard continue de fouiller le sol. Le tonnerre gronde de plus en plus fort. La tempête s'approche vite. Reg et Whitehead reviennent.

- Nous avons pris des échantillons de l'écorce de l'arbre, du sol et des débris sur le sol, dit Ross.

Trudel hoche la tête.

- Avez-vous trouvé d'autres empreintes de chaussures ?

- Non j'ai cherché mais je n'en ai pas vu d'autres, répond Whitehead.

Un gros son de cloche résonne.

- La cloche de l'église ? demande Bernie.

- Le son ne semble pas venir de très haut. Puis, je n'ai pas vu d'église en arrivant, répond Trudel.

- Il doit bien y en avoir une, dit Bernie.

- Oui. Il y en a dans tous les villages, acquiesce Trudel.

Rosser revient vers eux, un sourire narquois aux lèvres.

- Je n'ai pas trouvé d'autres traces de chaussures près du sentier. Mais je suis allé au bâtiment couvert de stuc. C'est une église, annonce Rosser.

- Mais il n'y a pas de clocher ! dit Whitehead.

- Non, pas de clocher mais derrière il y a un cimetière. Puis il y des blocs en verre placés en forme de

croix dans la paroi du devant et une grosse cloche sur le perron avec une inscription que je n'ai pas pu lire puisqu'elle est écrite en français. Vous l'avez entendu sonner ?
- C'est toi qui as sonné ! dit Trudel.
Rosser hoche la tête, avec la fierté d'un enfant taquin qui vient de jouer un mauvais tour.
- As-tu copié ce que ça disait sur la cloche, Mark ? lui demande Trudel.
- Non. Je n'écris pas en français. Il va falloir que tu ailles le lire toi-même, répond Rosser d'un ton grognard.
Trudel lui lance un regard surpris et puis fâché. Rosser maintient son regard malgracieux pendant quelques secondes. Puis il rougit et baisse la tête. Trudel continue à l'observer. Il a envie de le remettre à sa place devant tout le monde afin de l'humilier le plus possible. Il inspire profondément, détourne le regard et laisse dissiper sa rage. Il doit adresser ce manque de respect de la part de Rosser mais ce n'est pas le moment. Une expérience humiliante de cette sorte ne ferait qu'aggraver la situation entre eux.
- Une église. Il va falloir aller jaser avec le curé pour connaître l'identité des couvreurs, dit Trudel.
Le tonnerre vrombit et le vent s'élève. Trudel décide de renvoyer les deux constables avant que l'orage surgisse.
- Mark et Gerry, on a presque fini ici. Je m'occupe du reste. Retournez au bureau. Prenez le véhicule stationné à l'épicerie. Je vais ramener le cheval et discuter avec le mari.
Les deux agents se dirigent vers l'épicerie. Le temps est lourd. En peu de temps le soleil s'obscurcit.
- J'ai trouvé un caillou. Il ne semble pas appartenir ici, dit Reg.
Il montre un endroit à deux mètres de l'arbre où gisait la victime mais sur le côté opposé du sentier

- Ce n'est probablement rien. Prends-le tout de même. Qui sait ? Peut-être que c'est important, dit Bernie.

Simard se lève et étire ses jambes raides d'avoir été pliées pendant plusieurs heures de fouille au niveau du sol.

- Je crois que nous avons fini. J'ai examiné le sol en avançant en spirale, commençant au tronc de l'arbre pour finir au périmètre du lieu. Je ne crois rien avoir manqué. Puis, si on traîne plus longtemps, on va se faire mouiller.

Trudel acquiesce de la tête. Les deux techniciens ne perdent pas de temps à rassembler leurs effets. Puis ils saluent Trudel avant de s'éloigner sur le sentier menant à l'épicerie.

Lorsque Trudel se dirige vers le cheval, une pluie fine commence à tomber. Il place sa main gentiment sur le flanc de la jument et la détache de l'arbre. Il tente de monter sur la bête et manque son coup. C'est plus compliqué qu'il ne l'avait prévu. Il se reprend et arrive tant bien que mal à se jucher sur le dos de la pauvre bête. L'animal hennit en lui jetant un regard inquiet.

Pendant que Trudel se débat avec les rênes, la jument se faufile entre les arbres, lui heurtant les jambes contre les troncs. La pluie devient torrentielle et Trudel n'arrive toujours pas à manier les rênes. Il se laisse glisser du dos du cheval, perd son équilibre et tombe à plat sur le sol. Heureusement, il n'a pas lâché les rênes. Le cheval s'arrête et Trudel se lève. Il tire sur les rênes pour guider le cheval vers l'épicerie puisque c'est le refuge le plus près. La jument hennit et tire la tête vers la ferme. Trudel tient bon et arrive finalement à gagner la partie. Il court vers l'épicerie, le cheval au trot à ses côtés.

En peu de temps, Trudel se retrouve derrière le magasin. Il attache le cheval à la clôture et s'empresse

d'entrer. Une petite clochette tinte. Un vieil homme, un cigare odorant à la bouche, est debout derrière le comptoir. Il regarde Trudel avec surprise.
- Vous êtes tout trempé monsieur l'agent !
- Ouais. Il pleut à boire debout.
- J'espère que vous avez des vêtements de rechange.
- Malheureusement, non. Vous êtes Alfred Michaud ?

L'homme hoche la tête.
- Je suis le caporal Trudel de la GRC.
- Qu'est-ce que je puis faire pour vous ?
- Je suis venu enquêter sur la mort de Rose-Alma Chartier.
- Enquêter sur la mort de la Chartier ! Mais c'était un accident. Elle s'est frappée la tête en tombant. Non ?

Trudel ne veut pas divulguer plus d'informations que nécessaire.
- Nous n'avons pas encore déterminé comment elle est morte, monsieur. Je suis venu vous demander ce que vous en savez.
- Moi, ce que j'en sais ? Mais je n'en sais rien ! J'avais juste fini mon déjeuner quand Joe Chartier est arrivé avec sa femme plaquée à plein ventre sur son cheval, la tête en bas, les pieds et les bras ballants.

Alfred éclate de rire. Il reprend vite son sérieux en voyant le visage austère du caporal. Il reprend son récit.
- Joe m'a demandé de conduire sa femme à l'hôpital de St-Alcide. Je les ai emmenés. Puis on est revenus, moi et Joseph.
- À quelle heure, au juste, Joseph est-il arrivé ici?
- Je ne sais pas trop. Midi quinze, ou midi trente.
- Est-ce que Joseph a dit quelque chose en chemin ?

- Il braillait. Puis il a dit à Rose-Alma qu'il ne pouvait pas vivre sans elle.
- Comment s'entendait Joseph et sa femme ?
- Si vous pensez que Joseph aurait pu faire du mal à sa femme, vous vous trompez. Joseph est bien trop doux.
- Alors ils s'entendaient bien entre eux ?
- Ouais. Mais je n'ai jamais compris pourquoi Joseph avait marié une femme comme ça.
- Alors, vous n'aimiez pas Rose-Alma ?
- Non ! Personne ne l'aimait.
- Personne ! Pourquoi ?
- Elle était bien laide puis elle faisait des beaux yeux à tous les hommes, même après qu'elle avait marié Joseph.
- Elle faisait des beaux yeux aux hommes ?
- Ouais. Elle regardait à terre presque tout le temps. Mais de temps en temps elle levait les yeux et elle regardait un homme de manière séduisante.
- Et qu'en pensait Joseph ?
- Il ne s'en rendait même pas compte. Il était aveugle à ce qu'elle faisait.
- Peut-être qu'il l'a finalement appris.
- Non, mon caporal, je ne pense pas.
- Pensez-vous qu'il y a quelqu'un dans le village qui aurait haï Mme Chartier assez pour vouloir la tuer ?
- Tout le monde la détestait, mais personne ne voulait la tuer. On riait bien d'elle, la laide, c'est tout.
- Est-ce que les parents de Rose-Alma vivent au village ?
- Les Caron ! Non, ils sont tous les deux morts depuis quelques années. Le père était un bon homme mais la mère...

Il secoue la tête.

- Mais la mère..., répète Trudel en espérant qu'Alfred élabore.
- Elle était méchante. Elle criait tout le temps.

Il s'arrête pour rire un peu avant de continuer.
- C'est elle qui a surnommé Rose-Alma *la laide*. Puis elle avait raison, sa fille était bien laide.
- La mère de Rose-Alma l'a surnommée *la laide*?
- Ben oui. Puis, si quelqu'un disait à la mère Caron que Rose-Alma lui ressemblait, elle était insultée.

Alfred rit pendant un moment puis il prend une grosse bouffée de son cigare. Trudel reste bouche bée. Il n'arrive pas à comprendre comment une mère aurait pu donner un tel sobriquet à sa fille. Il avait vu le visage de la morte. Elle ne méritait sûrement pas ce sobriquet.

- La mère de Rose-Alma était donc très méchante envers sa fille ?
- Méchante ! Bien, elle criait tout le temps après tous les enfants, surtout Rose-Alma.
- Le père Caron, est-ce qu'il défendait sa fille ?
- Il ne disait jamais grand-chose, puis il était d'accord que sa fille n'était pas bien belle. Par contre, je ne l'ai jamais entendu l'appeler *la laide*.
- Personne au village n'est venu à la défense de Rose-Alma ?
- À sa défense ! Ce n'était pas de nos affaires. Ils étaient ses parents, ils pouvaient bien faire ce qu'ils voulaient. Puis c'était drôle.
- Vous avez mentionné qu'il y avait d'autres enfants ?
- Oui, ils étaient sept en tout. Ils sont tous partis vivre à Winnipeg, à part Rose-Alma.
- Comment étaient les autres enfants ?
- Pas trop pire. Ils ne sortaient pas gros. Ils sont partis à la ville aussitôt qu'ils ont fini l'école. Quelques-

uns même avant de finir leur huitième. On riait bien d'eux au village.

- Tout le village se moquait des enfants Caron ?
- Oui. De toute la famille. La mère était toujours fâchée et s'en prenait à toute la famille. Elle était mal bouchée en plus. C'était une drôle de famille.

Alfred rit aux éclats. Trudel secoue la tête et se demande si tous les résidants de ce sacré village sont aussi insensibles que ce vieillard.

- Où se trouve la ferme des Chartier ?
- C'est la grosse maison bleue à deux étages au sud de l'école. Vous passez devant l'église, ensuite l'école et vous verrez la maison des Chartier. Elle est plutôt éloignée de la rue.
- Merci. Avant de quitter j'aimerais que vous me disiez où vous étiez ce matin.
- Moi ! Mais ici. Ma femme est allée aux funérailles de Rita Savoie à St-Alcide avec notre fille Brigitte et son mari Armand. Ça fait que je ne pouvais pas m'absenter.
- Qui est venu au magasin cet avant-midi ?
- Les deux petites-filles de Lucien Gagner. Des fillettes d'environs cinq et six ans. Elles voulaient des bonbons. Ne me demandez surtout pas leurs noms parce que je n'ai aucune idée. Je ne connais pas le nom de toute la progéniture des villageois. J'en ai assez à essayer de me souvenir à qui ils appartiennent.
- À quelle heure sont-elles venues ?
- Je ne sais pas trop. Vers dix heures trente, je suppose. Et puis j'étais très occupé. Le camion qui livre la marchandise est arrivé vers neuf heures et j'ai dû tout ranger sur les étagères moi-même. Ma femme était partie et mon petit-fils Roland qui vient m'aider d'habitude était malade. Je n'avais pas le temps d'aller me promener.

Surtout pas pour aller tuer la laide de Joseph Chartier, si c'est ce que vous m'accusez d'avoir fait. Ah oui, j'allais oublier. Eugène Roux, le soûlot, est venu après que le camion de livraison est parti et il m'a cassé les oreilles avec ses niaiseries pendant au moins une heure pendant que je rangeais les marchandises sur les tablettes. Son haleine sentait l'alcool comme d'habitude. Je ne payais pas attention à ce qu'il me chantait et il a décampé en faisant claquer la porte. Ce qui m'a beaucoup soulagé.

Trudel se demande où était passé Eugène Roux après être parti de l'épicerie. Il se lève pour partir car il n'en peut plus de respirer cette fumée étouffante, et il craint de perdre son sang-froid avec ce vieillard antipathique. Il veut éviter ça car il ne veut pas risquer de se mettre les gens du village à dos à ce point de l'enquête. Plus tard peut-être mais pas dès le début. Malgré ses bonnes intentions, il n'arrive pas à être cordial avec Alfred.

- À quelle heure est-il arrivé ?
- Je ne sais pas. Je ne passe pas le temps à regarder l'horloge ! Un peu de temps après le départ des petites garces à Gagner.

Il ouvre la porte sans le saluer et quitte en laissant claquer la moustiquaire.

Il entend le vieux crier.

- Ne cassez pas la porte !

Trudel n'arrive pas à comprendre comment un commerçant aux manières aussi grossières arrive à maintenir une clientèle. Son statut d'unique épicier au village devait sans doute lui garantir le succès.

Chapitre 4

La pluie a déjà cessé et un bel arc-en-ciel resplendit à l'est. Trudel prend les rênes du cheval et le guide vers la rue. Il ne tente même pas de monter pour éviter un nouvel échec embarrassant et risquer d'être ridiculisé par les citoyens. Il se sent épier malgré qu'il n'y ait personne en vue. En passant devant le bâtiment en stuc blanc, il reconnaît que c'est une église, telle que Rosser l'avait dit. Il s'approche de l'église, attache le cheval à la balustrade du perron et monte les marches. Il se penche pour lire l'inscription sur la cloche.
   - *Dédiée à la chapelle de Notre Dame de l'Annonciation. Le 14 mai 1952.*
   Il rit car si Rosser s'était donné un peu de peine, il aurait pu comprendre l'inscription car les mots *chapelle*, *Notre Dame*, *Annonciation* et *mai* s'écrivent avec les mêmes lettres, ou presque, dans les deux langues. Il secoue la tête et redescend les marches.
   Il faut que je trouve qui était sur le toit. Ils sont sûrement impliqués dans cette affaire. Sinon, ils sont des témoins. Il ne voit pas de presbytère dans la cour de l'église. *Où se loge le curé ?*
   Devant lui se trouve un petit sentier qui part de l'église, traverse la cour de l'école et va jusqu'à une haute

maison bleue décorée en blanc. Il prend le sentier pour se rendre chez les Chartier.

Le souvenir de sa conversation avec le bonhomme Michaud lui brûle l'estomac. Quel homme horrible. Des souvenirs de son séjour à l'école anglaise lui reviennent à l'esprit. Il les repousse.

En arrivant chez les Chartier, il contourne la maison pour rejoindre la porte de derrière. Un homme dans la cinquantaine est assis sur la première marche du perron. Une jeune femme aux longs cheveux roux est assise à ses côtés, le bras autour de la taille et la tête sur l'épaule d'un homme dans la cinquantaine. Deux jeunes hommes sont debout près de la porte le regard bas. Personne ne l'a vu arriver. Trudel garde le silence. Ce tableau de famille en deuil lui crève le cœur. Il aime bien son travail mais il n'arrive pas à s'endurcir au désarroi d'une famille devant perte d'un proche. *Je ne trouverai pas le coupable ici.* Enfin, il se dégage la gorge avant de les saluer.

- Bonjour. Je suis le Caporal Trudel de la GRC.

La famille le regarde sans réagir. Leur cœur alourdi sape toute leur énergie. Maurice se dégèle en premier et se nomme. Puis il se retourne et présente sa famille.

- Mon père, Joseph. Mon frère Arthur et ma sœur Monique.

Trudel leur serre la main à tour de rôle. Les enfants sont tous de jeunes adultes. Il présume que Monique est la cadette de la famille. Sa tête est penchée par en avant et ses longs cheveux roux recouvrent son visage. Trudel se dégage la gorge une deuxième fois avant de s'adresser à Joseph.

- Je suis venu... vous parlez au sujet de votre femme. Je sais qu'il est tard et que ce n'est pas un moment opportun pour une visite,... mais je dois savoir qu'est-ce qui... qu'est-ce qui s'est passé.

Monique lève la tête et le dévisage de ses yeux verts pendant un moment avant de lui adresser la parole.

- Entrons donc dans la maison où on pourra s'asseoir confortablement et boire une tasse de thé.

La vaisselle du souper est encore dans l'évier. Multiples bocaux remplis de cornichons sont rangés sur le comptoir. Monique essuie la table en vitesse pendant que les hommes s'assoient. Puis elle s'empresse de remplir la bouilloire d'eau pour ensuite la placer sur la cuisinière. Elle prend un pain que sa mère a confectionné ce matin même et le tranche. Elle laisse échapper un sanglot.

- Maman ne va plus nous faire du bon pain.

Étouffant ses larmes, elle continue de trancher le pain puis elle l'apporte à la table avec un bol de beurre et un autre rempli des confitures aux fraises. Personne ne parle et le pain reste inentamé. Trudel, qui n'a pas mangé depuis le matin, est affamé. L'arôme du pain frais le fait saliver. Maurice l'invite à se servir.

Trudel prend une tranche et y ajoute du beurre avant de prendre une grande bouchée. Le pain est délicieux.

- Très bon pain, dit-il entre deux bouchées.

Monique apporte des tasses et une théière à la table. Des larmes coulent sur ses joues pendant qu'elle sert le thé.

Trudel zieute le pain mais, par politesse, il n'ose pas se servir d'un autre morceau. Maurice l'invite de nouveau à en prendre.

Trudel gobe sa deuxième tranche de pain pendant que les autres fixent la nappe. Il aimerait bien en manger une autre, mais par politesse il refuse la troisième invitation de Maurice. Il regarde autour de lui en sirotant son thé. Des placards blancs affixés au mur et un comptoir de mélamine reluisant indiquent que la cuisine a été rénovée récemment. Une porte s'ouvre sur le salon. Un vieux divan et une chaise reposent sur un plancher d'érable usé mais bien ciré. Une chaise berceuse dans un coin repose sur un tapis round fabriqué à la main avec des bouts de tissu tressés en cordes. Il connaît bien ce genre de tapis puisque sa grand-mère en fabriquait lorsqu'il était petit. Pour rompre le silence écrasant qui règne dans la maison, il décide de jaser un peu sur un sujet anodin.

- La cuisine vient d'être refaite ?
- Oui. Arthur et moi avons fait les placards, répond Maurice d'un ton monotone. Il n'a vraiment pas envie de converser.
- C'est Maurice qui a fabriqué les placards. Il fait des beaux meubles. Moi, je n'ai aucun talent dans la menuiserie. J'aime mieux les livres, dit Arthur.

Contrairement à son frère aîné, les cheveux du jeune homme sont d'un brun foncé et coupés très courts. En plus, il est de plus petite stature que son frère. On ne les croirait pas frères au premier abord. Seuls leurs yeux verts et leurs manières semblables les trahissent.

- Tu ne veux pas devenir fermier comme ton père, demande Trudel à Arthur.
- Malheureusement non. Je fais mes études au Collège Saint-Boniface en ce moment. J'ai l'intention de me lancer en droit.
- C'est un excellent choix, mais les études prennent plusieurs années et sont coûteuses, dit Trudel.
- Ouais. Je reçois des bourses et je suis sous le parrainage d'un monsieur bien friqué de Saint-Boniface.
- Ah oui ! Que te demande-t-il en retour ?
- De bien réussir mes études.

Trudel hoche la tête. Il avait entendu parler de ce genre de parrainage. Il ne croit pas que son père qui était trop fier aurait accepté que ses enfants profitent de ce genre de charité. Mais Trudel n'avait jamais eu à faire demande puisque son père était le gérant d'une succursale d'une des banques nationales et il avait les moyens de payer l'éducation de ses enfants.

- Et toi, Maurice. Tu t'intéresses à la ferme ?

Maurice hausse les épaules.

Joseph lève la tête.

- Aucun de mes enfants s'intéresse à devenir fermier. Je ne les blâme pas. C'est impossible de survivre sur une petite ferme maintenant.

Trudel hoche la tête de nouveau. Exactement ce que son grand-père maternel lui disait il y a déjà plusieurs années. Rien n'avait changé depuis.

- Qu'allez-vous faire de la ferme ?

Joseph, le regard dans le vide, ne répond pas. Il n'avait probablement jamais contemplé cette question.

- Dans quoi te lanceras-tu, Maurice, si la ferme ne t'intéresse pas ?

- J'aimerais ouvrir une petite fabrique de meubles à Saint-Boniface. Mais, je dois aider mon père sur la ferme. Surtout maintenant que Maman est partie.

Joseph regarde son fils aîné avec surprise. Maurice n'avait sûrement pas abordé ce sujet auparavant. Joseph baisse la tête sans rien dire.

- Et toi Monique ? demande Trudel.

- Moi. Je commence mes études en éducation à l'Université du Manitoba en septembre. Si...

- Si..., répète Trudel.

- Si mon père arrive à trouver assez d'argent pour payer mes études, chuchote-t-elle, comme si elle ne voulait pas que son père l'entende.

- Je trouverai l'argent. Même si je dois vendre la ferme. Mes enfants auront tous la chance de faire ce qu'ils veulent de leur vie, annonce Joseph d'un ton fier.

Les enfants le dévisagent l'un et l'autre d'un air surpris mais ne disent rien.

Trudel regarde sa montre. Il est dix-huit heures trente. Le meuglement des vaches de plus en plus fréquent dans le pré près de l'étable indique que les Chartier n'ont pas encore commencé la mulsion du soir et il lui reste beaucoup de questions à leur poser.

- M. Chartier, je viens vous parler de la mort de votre femme. D'après ce que nous avons trouvé sur le lieu où vous l'avez trouvée, nous avons déduit qu'elle ne s'était pas blessée en tombant. Elle a reçu un vilain coup à la tempe gauche.

- Quoi ? Comment c'est arrivé ? demande Maurice.

- Je ne sais pas. Nous avons trouvé certains indices à l'endroit où vous avez trouvé votre femme M. Chartier. Il faut que vous me racontiez ce qui s'est passé aujourd'hui. Il dévisage chaque membre de la famille à tour de rôle pour leur indiquer qu'il s'adresse à tout le monde.

- Où est-ce qu'on commence ? demande Monique.

- Que faisait votre mère avant d'aller au magasin ?

- Elle avait fini de faire son pain et elle lavait des bocaux pour faire des cornichons. Il nous manquait du vinaigre alors elle est allée au magasin. Elle est venue au jardin m'avertir avant de partir, répond Monique.

- Que faisais-tu dans le jardin ?

- Je ramassais des concombres pour faire des cornichons.

- Tu es restée dans le jardin après que ta mère est partie ?

- Oui, pendant presqu'une heure. Jusqu'à ce que j'aie fini de ramasser les concombres.

- Qu'elle heure était-il quand ta mère est partie pour le magasin ?
- Vers dix heures trente. Puis elle ne revenait pas.
- Comment s'est-elle rendue au magasin?
- Elle a marché. Elle a passé par le petit chemin dans le bois. Elle passe toujours par là.
- Pourquoi?
- Je ne sais pas. Elle fait toujours ça.

Trudel regarde les autres membres de la famille.
- Est-ce plus court par le bois ?
- Pas vraiment. Elle aime mieux passer par le bois, répond Maurice.
- Où étiez-vous Maurice lorsque votre mère se rendait au magasin?
- J'étais dans le champ à trois kilomètres au nord du village avec mon père et Arthur. On faisait du foin.
- Comment vous êtes-vous rendus au champ?
- Papa à cheval. Moi et Arthur en tracteur.
- À quelle heure êtes-vous revenus du champ?
- Vers midi. Monique nous a dit que maman avait quitté pour se rendre au magasin et qu'elle ne revenait pas. Papa est allé voir et il l'a trouvée.

Trudel réfléchit pendant un moment et les autres restent silencieux. Si Maurice dit vrai, les trois hommes étaient tous éloignés de la maison lors de l'incident. Monique était seule à la maison. Elle serait donc le seul membre de la famille qui aurait pu faire du tort à sa mère. Il ne croit pas vraiment qu'un membre de la famille soit coupable mais il reconnaît qu'il ne doit pas tirer de conclusions avant d'avoir tous les faits. Il doit vérifier l'alibi des trois hommes et celui de Monique. Quelqu'un dans le village a dû voir passer les hommes et aperçu Monique dans le jardin. Il retourne son attention à la famille.

- Je dois prendre des empreintes de vos chaussures.
- Pourquoi ? demande Maurice.
- On a trouvé des empreintes de chaussures sur le sentier et sur le lieu où ton père a trouvé ta mère. Il nous faut les empreintes de vos chaussures pour éliminer les vôtres.

Joseph, qui avait relevé la tête en entendant le propos de Trudel, hoche la tête.
- Il a raison les enfants. Allez chercher vos chaussures.

Trudel prend l'empreinte de chaque chaussure que lui apporte la famille. Il n'y en a pas beaucoup, un maximum de trois paires chacun, y compris leurs bottes de caoutchouc. Il en aurait trouvé un nombre dix fois plus élevé dans la garde-robe de sa petite sœur. Il remarque qu'ils n'ont pas apporté celles de Rose-Alma.
- Je dois aussi prendre les empreintes des chaussures de votre mère, dit-il en regardant Maurice.

Maurice tourne le regard vers sa sœur qui s'empresse d'aller chercher les souliers de sa mère. Une paire de souliers usés, bien cirés, et une paire de bottes en caoutchouc.
- C'est tout ?
- Oui. À part de celles qu'elle portait quand elle est...
- Oui. Bien sûr. Merci, Monique.

Les empreintes finies, il prend une grande respiration avant de leur adresser la parole.
- M. Chartier, je dois vous avertir que l'autopsie se fera mercredi à dix heures. Le corps de votre femme sera sans doute libéré le lendemain.

Joseph étouffe un sanglot. Ses enfants s'approchent de lui et essaient tant bien que mal de le consoler. Trudel remarque les mains rougies de Joseph.

- Qu'est-ce qui est arrivé à vos mains, M. Chartier ?

Joseph lève les yeux. Le regard égaré. Il demeure bouche-bée et muet.

L'air fâché, le ton de Maurice monte.
- Mon père souffre de l'arthrite !

Trudel hoche la tête et se lève. Il croit avoir assez importuné la famille à ce moment.

Avant de partir, il s'enquiert sur l'emplacement du presbytère.
- Je vais aller faire rentrer les vaches. Il faut bien les traire.
- Il n'y en a pas ici. Rochelle est une mission de Ste-Eugénie et c'est là que se trouve le presbytère. Il est à la gauche de l'église, répond Maurice sèchement.

Maurice accompagne Trudel à la porte. En sortant, il s'adresse à sa famille.

Trudel se rend à sa voiture. Il est fatigué. La visite au presbytère attendra bien au lendemain. Il est surpris lorsqu'il entend la voix de Maurice derrière lui.
- N'allez pas croire que Papa aurait pu faire du tort à Maman. Papa est l'homme le plus doux que je n'ai jamais connu. Ma famille souffre beaucoup depuis que nous avons appris la mort de Maman et nous n'avons certainement pas besoin de vos accusations.
- Je te crois Maurice. Par contre, je dois poser ces questions. C'est mon boulot.

Maurice continue de le regarder avec tristesse.
- Je vous jure que vous ne trouverez pas le coupable dans ma famille. Allez chercher ailleurs. Il faut que vous trouviez le monstre qui a fait ça à maman.

Les larmes aux yeux, le jeune homme serre les poings et se rend à l'étable. Trudel secoue la tête. Les gens commencent déjà à se tourner contre lui, et il ne fait que commencer son enquête.

    Trudel contourne le coin de la maison pour retrouver la voiture avec laquelle Whitehead était arrivé. En passant au sud de la maison il aperçoit un jardin de passe-roses blanches et roses. Puis des roses sauvages sont plantées en rang sur un terrain cultivé et bien désherbé près de l'endroit où est stationnée la voiture. Quelqu'un avait pris le temps de s'occuper de planter des fleurs. Il se demande si c'était Rose-Alma. En tout cas, la personne responsable devait avoir un penchant pour les roses. Pourquoi des roses sauvages et non des roses cultivées ? Une pénurie d'argent ? Les roses étaient coûteuses. Puis, elles étaient fluettes et ne survivraient probablement pas les hivers rigoureux du Manitoba. Ça n'avait aucune importance en ce qui concernait le crime. Pourquoi son cerveau pondait-il toujours ces questions anodines ? Sa fiancée, Catherine, s'en plaignait souvent et l'accusait de ne pas pouvoir faire une promenade avec elle sans observer tout ce qui se passait autour d'eux et de se poser une multitude de questions inutiles.

    Trudel ne perd pas de temps à quitter ce lieu de deuil. En chemin vers son logis, il cherche à trouver une façon de garder Rosser occupé pour ne pas l'avoir dans les jambes pendant les interviews qu'il envisage faire le lendemain. Puis il trouve la solution. Avant son départ pour St-Alcide, un fermier de la région avait rapporté la disparition de dix bêtes à cornes. Ça tomberait donc sur Rosser d'essayer de résoudre ce cas de bovins au large.

Chapitre 5

À son arrivée au presbytère de Ste-Eugénie à neuf heures, Trudel se rend à l'église en espérant trouver le presbytère tout près. À gauche de l'église se trouve une petite maison bien tenue. Dans un panneau de la fenêtre, un crucifix est suspendu. Il arrête la voiture et sort sous un soleil ardent. Il transpire dans son habit en tissu trop épais pour un jour d'été aussi cuisant. Il s'essuie le visage de son mouchoir et aborde le trottoir menant à l'avant du presbytère. Il monte les trois marches du perron. Vérifiant sa tenue d'un coup d'œil, il se trouve bien mis. Il frappe à la porte.

En attendant qu'on réponde, il admire le parterre de passeroses blanches et de pétunias panachés sous la grande fenêtre du salon. Personne ne vient lui ouvrir alors il frappe plus fort. Il entend enfin un bruit de pas qui s'approchent. La porte s'ouvre en grinçant, un bruit qui lui rappelle celui de la porte de Séraphin Poudrier dans les épisodes radiodiffusées au poste CKSB.

Une dame très grande et mince, aux cheveux gris échevelés et au visage mince ruisselant de sueur apparaît. Elle porte une vieille robe fleurie recouverte d'un vieux tablier blanc tacheté de sang et d'autres saletés qu'il n'arrive pas à identifier. Plantée dans le cadre de la porte, elle le dévisage rudement de ses grands yeux gris, mi-couverts de cataractes.

Trudel enlève immédiatement sa casquette et s'apprête à la saluer. Elle ne lui donne pas le temps d'ouvrir la bouche.

- Que ce que tu veux toi? Grogne-t-elle en essuyant ses mains tachetées de sang sur son tablier.

Surpris par ce manque de civilité et la vue du sang sur les mains de la femme, Trudel prend du temps à répondre. Une odeur désagréable s'échappe de la maison et lui donne envie de fuir. La dame lâche un grand soupir, puis elle dit,

- Ben, moi je n'ai pas toute la journée à attendre. Dis-moi pourquoi t'es icitte ou j'te ferme la porte au nez.

Trudel s'empresse à répondre.

- Je suis le caporal Trudel de la GRC.

- La G, R quoi ? Qu'est-ce que ça mange en hiver ça ?

- La Gendarmerie Royal Canadienne.

Elle hausse les épaules et grimace,

- Ben j'm'en fous qui tu es, ça m'dit pas pourquoi t'es icitte !

Trudel, de plus en plus décontenancé par cette femme grossière, balbutie,

- Je... je viens voir M. le curé, l'abbé Ristain.

- Ben, fais ton pis, c'est le curé ou l'abbé que tu veux voir ?

Elle rit aux éclats. Sans lui laisser le temps de réagir, elle se retourne,

- Hé M. le curé, quelqu'un te veux !

Puis elle lui ferme la porte au nez. Trudel entend ses pas s'éloigner. Il se gratte la tête. Il n'arrive pas à croire que cette sorcière puisse être la bonne du curé. Et tout ce sang ! Serait-elle la meurtrière ? Une bonne intrigue de roman policier.

La porte s'ouvre et un homme vêtu d'une soutane apparaît. Il est petit, au ventre imposant et son rond visage est illuminé par des yeux gris pétillants, magnifiés par des verres épais. Il examine Trudel pendant un moment comme s'il était en train de décider s'il devait le laisser entrer. Puis il sourit, se présente et donne la main à son visiteur.

- Je suis le curé Ristain. Vous êtes de la police?
- Oui, M. le curé. Je suis le Caporal Trudel de la GRC. J'enquête sur la mort de Rose-Alma Chartier.

Le curé l'invite à entrer. Trudel n'a pas fait deux pas dans la maison qu'il entend des grands coups secs provenant de la cuisine.

- Ma bonne, Anastasie, débite des poulets pour les mettre en conserve. Elle a la main forte.

Le curé sourit en voyant le regard déconcerté du caporal. Puis il fait signe à Trudel de le suivre et le conduit à son bureau. Avant de fermer la porte, il appelle la bonne.

- Anastasie, je ne veux pas être dérangé.

Il ne reçoit aucune réponse mais le bruit des coups abrupts du couteau de la bonne semblent s'amplifier. Trudel ne peut s'empêcher de frissonner. Le curé qui a remarqué sa réaction vient à la défense de sa bonne.

- Elle est un peu rude mais elle ne ferait pas mal à une mouche.

Trudel n'arrive pas à croire que cette vieille sorcière puisse posséder un cœur qui lui permettrait d'être gentille envers qui que ce soit.

- Que puis-je faire pour vous, caporal?
- Je viens vous parler de Rose-Alma Chartier, du village de Rochelle.
- Ah oui, la pauvre femme. Tout le monde en parle. Il parait qu'elle est tombée et s'est frappée la tête.

- Je ne sais pas encore au juste comment elle est morte, mais je suis convaincu qu'elle est la victime d'un meurtre, M. le curé.
- Victime d'un meurtre ! Vous n'êtes pas sérieux ? Je connais tout le monde du village de Rochelle. Il n'y a personne capable de commettre un meurtre dans cette communauté.

Trudel entends le plancher craquer derrière la porte et déduit que la bonne les espionne. Il ne veut pas qu'elle entende ce qu'il veut discuter avec l'abbé alors il lui supplie de baisser la voix. Le curé hoche la tête.
- Ouais. On ferait mieux de ne pas attiser la curiosité d'Anastasie.
- Justement ce que je pensais. J'aimerais vous demander quel genre de personne était Rose-Alma.
- C'est... c'était une drôle de personne. Elle était timide avec moi. Il me semblait qu'elle avait peur de moi. Lorsque je lui parlais, ses yeux regardaient ailleurs et elle me paraissait mal à l'aise. J'ai fait des recherches dans les paperasses des curés qui m'ont précédé et j'ai cru comprendre pourquoi. Comme vous savez, elle n'a que trois enfants. Certains curés avant moi lui donnaient de la misère parce qu'elle n'accouchait pas assez souvent. Ils l'ont accusé à maintes reprises de ne pas remplir son devoir de femme catholique. J'ai essayé de lui faire comprendre que je ne lui en voulais pas pour ça, que ce n'était pas de sa faute, mais je n'ai jamais réussi à l'apprivoiser.
- Comment était-elle avec les autres gens?
- Vous savez j'aimerais mieux pas répéter les cancans des autres, surtout sur le caractère d'une pauvre défunte, par respect pour son âme.
- Je vais interviewer tous les gens du village, mais j'aimerais bien connaître votre opinion à ce sujet.

Le curé le regarde sans rien dire pendant un long moment avant de parler.

- Si ce que je dis reste entre vous et moi et je ne nommerai personne, ni ce qu'on m'aurait confessé. Et puis, je vous jure qu'aucune de mes brebis ne m'a jamais confessé de péchés bien sérieux... rien que des petits péchés véniels... rien de bien grave.

Il est tout gonflé de son importance de curé.

- Ça reste entre vous et moi, M. le curé. Dites-moi ce que pensaient les autres paroissiens au sujet de Rose-Alma ?

- Ça ne fait que six mois que j'ai été nommé curé dans cette paroisse mais j'ai pu voir que personne n'aimait Rose-Alma. Les hommes l'accusaient d'être coquette envers eux et les femmes lui en voulaient d'essayer d'entraîner leurs hommes dans le péché.

Trudel a déjà entendu ça par l'entremise d'Alfred Michaud, mais il veut entendre ce qu'en pense le curé.

- Qu'est-ce qu'elle faisait pour essayer d'attirer les hommes ?

- Les hommes disaient qu'elle leur faisait des beaux yeux et qu'elle marchait en se branlant les fesses pour leur faire avoir de mauvaises pensées. Plusieurs hommes sont venus s'en confesser. Jamais je ne vous dirai qui.

- Alors, c'était une séductrice. Pourtant elle n'était pas particulièrement belle. Pas laide non plus.

- Elle était assez mince et bien mise, mais pas extrêmement belle, non. Néanmoins, on l'accusait de courir après les hommes. Moi je ne l'ai jamais vue comme ça. Comme je vous ai dit, elle avait peur de moi. Il se peut qu'elle ne savait pas comment se comporter avec les hommes autrement et qu'elle n'osait pas avec moi.

Trudel le dévisage un moment.

- Sans oublier vos prédécesseurs qui la maltraitaient.
- Bien, je ne dirais pas qu'ils la maltraitaient...

Trudel l'interrompt en lisant directement de ses notes, *Ils lui faisaient de la misère parce qu'elle n'accouchait pas souvent.*

- Oui... bien sûr, mais... mais sûrement pas par méchanceté. C'était les croyances du temps.
- Sûrement pas, par méchanceté !

Son ton est moqueur.

Le visage du curé s'empourpre.

- Auriez-vous autre chose à me dire au sujet de Rose-Alma et sa famille ? dit Trudel.
- Sa famille... C'est une très bonne famille. Ils viennent à la messe tous les dimanches et ils sont généreux. Joseph travaille fort et il a un très grand cœur. Il vient souvent à l'aide des autres et donnerait sa dernière chemise à quelqu'un de plus nécessiteux que lui. Les deux gars, Maurice et Arthur, sont bien respectueux et travailleurs comme leur père. La fille, Monique, est très bien élevée et très intelligente. Une famille exemplaire quoi.
- Une famille exemplaire qui avait une séductrice comme mère. Ça n'a aucun sens. Il me semble, M. le curé, que si Rose-Alma—si vous me permettez d'utiliser l'une de vos expressions—*courait après les hommes,* elle n'aurait pas su élever de si bons enfants.
- Joseph se serait assuré que ses enfants soient bien élevés.
- Mais c'est la mère qui passe le plus de temps avec les enfants. Rose-Alma a dû exercer une grande influence sur ses enfants.
- Joseph aurait insisté. Il ne se laisse pas facilement enjôler.
- Joseph serait-il donc bien têtu ?

- Joseph têtu ! Mais où êtes-vous allez me chercher ça ?
- Mais, vous venez de me dire qu'il aurait insisté et qu'il ne se laissait pas facilement enjôler.
- Ce que je voulais dire c'est qu'il savait ce qu'il voulait et qu'il aurait demandé à Rose-Alma de bien élever ses enfants.
- Et si elle ne l'avait pas fait ?
- Bien, je ne sais pas moi. Je ne vis pas avec eux. Et puis Rose-Alma a dû être d'accord parce que les enfants sont bien élevés après tout !

La tête du pauvre curé se brouille de plus en plus à mesure que l'interview avance. Il commence à perdre son sang-froid.

Trudel le regarde d'un air interrogateur.

- Alors, elle était donc une bonne mère ?
- Bien oui, je n'ai jamais prétendu autrement !

Le pauvre curé ne se souvient plus exactement ce qu'il avait déclaré à Trudel à ce sujet il n'y a que quelques minutes. Trudel remarque qu'il a l'air mécontent. Les sourcils levés et le visage rouge, il évite le regard du caporal. Trudel décide de ne pas trop pousser car il aura sûrement besoin de lui reparler. Néanmoins, il risque une autre question.

- Comment étaient-ils comme couple, Joseph et Rose-Alma?
- Joseph l'aimait. Il se vantait toujours qu'il avait une très bonne femme.
- Et Rose-Alma, comment était-elle avec Joseph?
- Je ne sais pas. Comme je vous ai dit, elle était timide avec moi, et tout le monde au village refusait de lui parler.

Trudel décide qu'il ne pourra pas tirer plus d'information du curé Ristain pour le moment.

- Merci de votre temps. Vous m'avez beaucoup aidé.
- De rien.

Le curé est visiblement soulagé devant le départ imminent du caporal. Trudel met la main sur la poignée de la porte. Puis il se retourne vers le curé.

- J'ai remarqué que le toit de la chapelle de Rochelle a été refait récemment. Qui a fait le travail?
- Les frères Parent, André, Richard et Ronald. Ils ont fait un beau travail. Vous avez besoin de refaire votre toit, caporal ?
- Peut-être.

Trudel qui ne veut rien lui expliquer, lui demande l'adresse des couvreurs.

- Les deux plus jeunes, Ronald et Richard vivent avec leurs parents sur la deuxième ferme à l'est en entrant dans le village de Rochelle et André, dans la petite maison blanche en face du bureau de poste.

Trudel remercie le curé, le salue et sort en refermant la porte du bureau derrière lui. Il lève le regard et sursaute. Anastasie est debout devant lui.

- Rose-Alma était la meilleure femme au monde. Ce n'est pas vrai ce qu'ils disent dans le village.
- Vous la connaissiez ?

Anastasie lui fait signe de la suivre. Elle le guide vers la cuisine, puis ferme la porte derrière eux. L'odeur qui l'avait accueilli à son entrée au presbytère s'intensifie lorsqu'il entre dans la cuisine. Il regarde autour et aperçoit une cuve remplie d'entrailles de poulet sous la table. Anastasie commence à parler.

- Quand j'ai eu mon Luc il y a bien des années de ça, Rose et venue m'aider à accoucher. Je vivais en face de chez eux à ce temps-là. Mais elle est venue m'aider quand elle m'a entendu crier. Elle avait rien que seize ans mais elle m'a aidé. Sa mère l'a chicanée quand elle a su

que Rose m'avait aidée. C'était une bien mauvaise personne sa mère. Elle ne m'aurait jamais aidée celle-là. Il faut que tu trouves le vaurien qui a fait ça à Rose.
- Savez-vous comment Rose-Alma et Joseph s'entendaient?

Ce qu'il n'a pas pu apprendre du curé, il espère l'apprendre de la bonne.

- Ça fait plusieurs années que je n'ai pas vu Rose-Alma mais elle était tout excitée quand elle a rencontré Joseph. Elle avait un bon cœur.

Trudel en a assez de l'odeur fétide d'excréments de volaille, intensifiée par la chaleur infernal de la cuisine. Il reviendra lui parler s'il le faut, un jour où elle aura fini ses conserves de poulet. Il la salue et sort par la porte arrière.

En roulant vers Rochelle, il croit que le curé a raison. Anastasie a du cœur, plus de cœur que le vieux Michaud en tout cas. Puis il se demande si les frères Parent sont impliqués dans cette affaire.

Chapitre 6

Arrivé à Rochelle, Trudel gare sa voiture devant le bureau de poste, car le maître de poste, comme le curé et l'épicier, est bien placé pour connaître tout ce qui se passe au village. Trudel pousse la porte et une petite clochette sonne. Il ne voit personne dans le bureau. Après quelques minutes, une femme dans la cinquantaine, grande et mince aux longs cheveux blonds parsemés de gris, entre par la porte arrière du bureau. Elle apparaît surprise de voir un gendarme chez elle.

Trudel se présente. La dame reste bouche-bée pendant un moment puis elle sert la main de Trudel et se nomme.

- Aline Beauchamp. C'est mon mari Marc et moi qui nous occupons de la poste.

Trudel ne perd pas de temps à expliquer la raison de sa visite.

- Je suis venu vous parler de la mort de Mme Chartier.

- La pauvre Rose-Alma. Je n'arrive pas à croire qu'elle est morte. Il y a beaucoup de monde qui riait d'elle mais moi je la trouvais gentille. Elle était pas mal gênée mais bien polie.

- Pourquoi les gens riaient-ils d'elle ?

- Il y en a qui disaient qu'elle courait après les hommes. Je n'ai jamais cru ça. Je ne l'ai jamais vu approcher un homme pour essayer de l'emmouracher. Elle se tenait toujours près de Joseph et elle était une bonne maman. Mon mari ne croit pas ces histoires non plus. Il trouvait Rose-Alma bien gênée, mais très respectueuse envers lui.
- Comment cette rumeur a-t-elle commencé, Madame ?
- Je ne sais pas trop. Ça fait bien longtemps. Quand elle était encore jeune fille à l'école, je crois.
- Qui a commencé la rumeur ?
- Je ne sais pas mais Louise, la cousine de Rose-Alma, aimait bien la répandre. Je l'ai souvent entendu dire à un homme que Rose-Alma avait les yeux sur lui. Puis elle riait bien fort en voyant l'homme se fâcher. Elle trouvait ça bien drôle. Elle a même approché Marc par trois reprises.
- C'est quoi le nom de famille de la cousine Louise ?
- Elle s'appelait Louise Viens. Elle s'est mariée à un anglais de Winnipeg, un dénommé Larry Rand. Elle vie à St-Alcide depuis son mariage.
- Connaissez-vous son adresse ?
- Non, mais Anita Michaud à l'épicerie est sa tante. Elle pourra vous renseigner.
- Merci. Selon vous, comment s'entendaient Joseph et Rose-Alma ?
- Je suis certaine que Rose-Alma aimait Joseph. Je ne l'ai jamais entendue se plaindre de lui. Et Joseph aimait bien sa femme. Il se vantait toujours d'avoir la meilleure femme au monde et, vous savez, il avait raison. Elle avait un grand cœur. Elle aurait aidé n'importe qui, même ceux qui riaient d'elle.

- Est-ce qu'il y aurait d'autres gens dans le village qui pensent comme vous ?

- Très peu. Ça me fait mal au cœur de les entendre dire que le village est bien débarrassé par sa mort. Ce n'est pas juste ça !

- Croyez-vous qu'il y aurait quelqu'un au village qui aurait haï Rose-Alma assez pour la tuer ?

- Mon Dieu, non ! Les gens étaient méchants avec elle, mais assez pour vouloir la tuer ? Je ne peux pas y croire.

- Pourtant elle a été tuée et il est fort probable que le coupable vit ici au village.

- Je sais. Mais je n'arrive tout de même pas à y croire.

- Pensez-y et faites-moi savoir si quelqu'un vous vient en tête. Auriez-vous vu les couvreurs sur le toit de l'église hier ?

- Les frères Parent. Oui, je les ai vus arriver. Puis j'ai entendu leurs coups de marteau presque toute la journée.

- Avez-vous remarqué s'ils sont descendus du toit pendant la journée ?

- Non. Mais les coups de marteau ont cessés vers midi.

- Les coups auraient-ils cessé avant ça dans la matinée ?

- Si c'est le cas, je ne m'en suis pas aperçu.

Elle fronce les sourcils.

- Vous ne croyez sûrement pas que se sont eux qui...

- Je soupçonne tout le monde à ce point de l'enquête.

- Même moi ?

Trudel rit.

- Même vous.

- Je m'avoue innocente. Je ne quitte pas la maison pendant les heures d'ouverture et quelques personnes sont venues chercher leur courrier hier matin. Vous pouvez aussi éliminer mon mari car il est allé à Ste-Eugénie réparer le tracteur de son frère Michel hier matin. Marc est très reconnu pour ses talents en réparation de moteurs.

Trudel sourit en hochant la tête.

- Qui sont les gens qui sont venus hier matin au bureau de poste ?
- Laissez-moi penser.... Berthe Colombe, Josée Parent avec son bébé qui ne cessait pas de pleurer, Lucien Gagner, Eugène Roux, Simone Monier qui vit en face des Chartier... Je crois que c'est tout. Vous allez vérifier mon alibi ?
- Je voulais seulement savoir qui rôdait dans les alentours hier. Avez-vous vu passer Joseph Chartier et ses fils hier matin ?
- Joseph et ses fils. Mais oui. Ils passent chaque jour vers huit heures trente et ils reviennent vers midi.
- Vous êtes certaine qu'ils ont passé à huit heures trente et ne sont pas revenus avant midi ?
- C'était avant l'ouverture du bureau de poste et j'ouvre à neuf heures. J'arrosais mes fleurs devant la maison quand j'ai entendu le tracteur. Maurice conduisait et Arthur était assis sur la charrette. Ils m'ont saluée de la main. Puis Joseph est passé avec ses deux chevaux. Il était monté sur l'un de chevaux et tenait l'autre par les guides.
- Les avez-vous vus revenir du champ ?
- Oui.
- Avez-vous remarqué l'heure ?
- Oui. Berthe Colombe était au bureau de poste. Lorsqu'on a entendu le tracteur, on a toutes les deux regardé dehors pour voir si c'était eux avant de regarder l'horloge. Et c'était eux. On a bien rit parce que les

Chartier étaient à l'heure comme d'habitude. On pourrait régler nos horloges à partir du va et vient de Joseph et ses fils. Mais vous ne croyez sûrement pas que Joseph ou un de ses fils auraient pu faire du mal à Rose-Alma ?

Trudel ouvre la bouche pour répondre mais elle reprend la parole.

- Oui, je sais. Vous soupçonnez tout le monde.

Trudel la salue en sortant. Il est heureux d'avoir enfin trouvé une personne charitable dans ce village. Il traverse la rue à pied pour se rendre chez André Parent. À mi-chemin il entend la voix d'Aline le rappeler.

- Caporal, j'ai oublié que le petit Dufour était venu vers dix heures. Je venais de sortir mes brioches à la cannelle du four lorsqu'il est arrivé. C'est le fils de Brigitte et Armand Dufour. Un gamin de quinze ans. Il ne faisait pas bonne mine.

- Comment ?

- Il avait l'air malade.

- Merci Madame.

En entrant dans la cour d'André Parent, Trudel aperçoit un jeune homme, portant une combinaison d'ouvrier, en train de ranger quelque chose dans une grande remise. L'homme se retourne en entendant Trudel approcher. Il sursaute, puis il se dépêche de fermer la remise à clef.

- Bonjour. Je suis le caporal Trudel de la GRC.

L'homme hoche la tête mais ne se présente pas, obligeant Trudel à clarifier son identité.

- Vous êtes André Parent ?

L'homme hoche la tête de nouveau. Il semble distrait et mal à l'aise. Trudel se demande ce que ce dernier vient d'entreposer dans la remise. Puisqu'il n'a aucune raison valable de lui demander de l'ouvrir, il s'en tient au but de sa visite.

- Je suis venu vous parler de Rose-Alma Chartier.
- La laide ! Pourquoi vous voulez parler d'elle ? La rumeur dans le village est qu'elle est morte en tombant dans le bois.
- En réalité, elle a reçu un vilain coup à la tête.
- Quoi ! Quelqu'un la frappée ?

Prétend-il être surpris ?

- Oui. Je sais que tu étais sur le toit de l'église avec tes frères hier après-midi. Avez-vous vu quelque chose ?
- On a vu la police passer avec Joseph.
- À quelle heure ?
- Je ne sais pas trop. Pendant l'après-midi.
- Vous n'avez rien vu avant ça ?

André détourne les yeux avant de répondre.

- Non.

Trudel dévisage le jeune homme pendant un moment. Ce dernier enlève sa casquette et se frotte la tête. Trudel est convaincu que les trois frères ont été témoins de quelque chose, ou pire, qu'ils sont impliqués dans le meurtre.

- Vous n'auriez pas vu Rose-Alma passer ?
- Non.
- Il y a des traces de chaussures qui partent de l'église et mènent dans le bois derrière l'église.
- Ah oui ! Ce n'est pas moi, ni mes frères. On était sur le toit.
- Vous n'êtes pas descendus pour vous promener dans le bois ?

En disant cela, Trudel regarde les chaussures du jeune homme. Ce sont des bottes de travail en cuir, d'un style très commun chez les ouvriers et les fermiers. André ne dit rien.

- Alors, ça ne vous dérangerait pas trop si je prenais vos bottes pour en faire les empreintes ?

- Pourquoi vous voulez faire des empreintes de mes bottes ?
- Pour voir si ce sont vos bottes qui ont fait les traces dans le bois. Comme ça je pourrais vous éliminer de la liste de suspects.
- Je vous ai dit que je n'y suis pas allé ! Ni mes frères ! Vous ne me croyez pas ?
- En ce moment, je ne crois personne. Je vais trouver qui était dans le bois derrière l'église, même s'il faut que je prenne les empreintes des chaussures de tous les hommes du village.
- Pas les femmes ?
André laisse échapper un petit rire nerveux.
- Alors je peux prendre l'empreinte de vos bottes ?
- Je ne peux pas vous donner mes bottes ! C'est ma seule paire.

Trudel le croit. D'ordinaire les ouvriers ne possèdent qu'une paire de bottes de travail. La majorité des hommes de ce village de fermiers ne doivent posséder que deux paires de chaussures, une pour le dimanche et l'autre pour le travail.
- Je sais. Je veux en prendre les empreintes immédiatement et te les redonner.

André marche machinalement jusqu'au perron de la maison et enlève ses bottes. Trudel prend les bottes et, en se rendant à sa voiture, il les examine et trouve que ce sont des dix. Il examine les semelles. Elles sont fabriquées de cuir avec un motif d'adhérence simple et bien usé. Les talons montrent tous les deux de l'usure vers l'arrière du côté antérieur de la semelle et il y a un trou de la taille d'un clou de toiture à la pointe de la semelle gauche. Il sort du papier, une bouteille remplie de poudre noire et un petit pinceau. Il trempe le pinceau dans la poudre et la répand sur la semelle d'une des bottes. Un fois fini, il place la botte sur le papier pour en faire une empreinte. Il devra expédier ces empreintes aux techniciens afin qu'ils les comparent aux moulages effectués sur le lieu du crime. Trudel prend un air sérieux et secoue la tête en espérant énerver André pour le rendre plus coopératif. Ce dernier s'essuie le visage avec son mouchoir. Trudel sourit. Il a bel et bien réussi à le faire suer. Il lui rend ses bottes.

 - Ne marchez pas dans la maison avec vos bottes avant d'essuyer la poudre.

 André prend ses bottes en dévisageant le caporal avec dégoût. Trudel ne lâche pas.

 - Vous êtes certain que vous n'êtes pas allé dans le bois derrière l'église hier ?

 André laisse échapper un grand soupir mais il ne dit rien.

 - Écoutez. Si vous y êtes allé, il vaut mieux me l'admettre tout de suite. Une fois qu'on a comparé vos empreintes à celles qu'on a prises dans les bois, on va le savoir.

 C'est un bluff, car avec des bottes à semelles bien usées, il n'y a pas beaucoup de critères distinctifs qui permettent d'identifier à cent pour cent la bonne botte. Il pourrait y avoir plusieurs hommes au village qui portent la même marque de botte, de la même pointure et aux semelles bien usées. Mais Trudel veut le faire parler. Ce qui ne sera sans doute pas facile car André ne semble pas le genre à se laisser facilement emberlificoter. Il est donc surpris lorsque ce dernier commence à parler.

 - Ouais. Mes frères et moi on y est allé. Ronald a vu un chevreuil et il voulait essayer de l'abattre avec sa fronde.

 - Il voulait abattre un chevreuil avec sa fronde ?

 - Ouais. Il n'a que dix-sept ans. Il lui prend de drôles d'idées parfois. Richard et moi on est allé avec lui pour voir ce qu'il en adviendrait.

- À quelle heure êtes-vous allés dans le bois ?
- Je n'ai pas de montre mais c'était pendant l'avant midi, peut-être vers onze heures.
- Qu'est-ce que vous avez fait dans le bois ?
- Rien le chevreuil n'était plus là, ça fait qu'on est remonté sur le toit.
- Vous n'avez pas vu Rose-Alma pendant que vous étiez dans le bois ?
- Non, on n'a rien vu. On est retourné sur le toit tout de suite.

André évite de regarder Trudel. Il s'essuie le visage de nouveau et piétine le sol nerveusement. Trudel l'observe pendant un moment avant de répéter sa question.
- Alors vous n'avez pas vu Rose-Alma ?
- Non, je vous ai dit ! On n'a pas vu la laide.

André s'accote sur un vieux camion rouillé. *Les frères Parent* est inscrit sur la porte en lettres moulées. Le visage cramoisi, il évite le regard du caporal. Peut-être que ses deux frères cadets seront moins réticents. André tourne la tête vers la maison, Trudel fait de même et aperçoit un mouvement dans l'une des fenêtres. Une jeune femme dont les yeux sont fixés sur André d'un air mécontent, berce un bébé dans ses bras. Aussitôt qu'elle remarque que Trudel l'épie, elle disparait dans la pénombre. Trudel se promet de revenir parler à cette femme lorsque son mari sera absent.

Il remercie André de sa coopération. Ce dernier se retourne et se dirige vers un petit sentier qui mène à un grand champ.
- Où vit ton père, lui demande Trudel.
- Pas loin. Trois maisons d'ici. C'est la petite maison grise avec une grande galerie blanche.

André se met à courir sur le sentier. Trudel retourne à la voiture et se dépêche à faire marche arrière. *Ce sentier doit mener à la ferme de son père. Il semble y avoir des sentiers partout dans ce satané village. Un vrai nid de vipères ! Puis, ce gars-là ment. Il faut que je questionne ses deux jeunes frères avant qu'il puisse les avertir.*

En roulant vers la ferme du père Parent, Trudel aperçoit un homme au volant d'un tracteur auquel est attachée grande charrette vide. Le conducteur tourne dans la rue sans même regarder s'il y a de la circulation. Trudel serre les freins. Sa voiture dérape plusieurs fois avant qu'il arrive à la redresser. La charrette roule à petit train et lui bloque complètement la route. Il ouvre la fenêtre, sort la tête et ordonne à l'homme de se ranger sur le côté. Son cri est anéanti par le tapage du tracteur. Il klaxonne. Aucune réaction de la part de l'homme. Frustré, Trudel tente de faufiler sa voiture entre le fossé et la charrette mais il n'y a pas assez d'espace. Il déclenche la sirène. L'homme tasse son tracteur et sa charrette sur un côté du chemin pour le laisser passer. Lorsque Trudel passe à côté du tracteur, le conducteur le salue de la main. Trudel ne lui rend pas son salut. Il est certain qu'André est déjà arrivé chez son père.

Arrivé à la ferme des Parent, Trudel aperçoit André debout devant la grange avec ses frères. En voyant sortir Trudel de sa voiture, André se tourne vers lui, se croise les bras et le dévisage d'un œil narquois.

- Ces gars-là cachent quelque chose. Dommage que je n'aie pas pu arriver avant André. Maintenant, il va être difficile de faire parler ses frères.

Devant les trois hommes, Trudel se présente de nouveau et offre sa main à Richard. Ce dernier regarde le sol et garde les deux mains enfouies dans ses poches. Ronald regarde aussi le sol. Trudel se tourne vers André.

- Je veux parler à tes frères. Peux-tu s'il te plaît nous laisser.

- J'reste ici. Vous pouvez pas m'empêcher !

- Bon ! Dans ce cas, je vais les emmener au bureau de la GRC pour les interviewer.

Trudel n'a pas vraiment l'intention de les arrêter mais il veut se débarrasser d'André. Il croit que les deux plus jeunes frères seront plus maniables sans lui. André frappe le sol avec son pied.

- Maudite police ! Toujours après déranger tout le monde.

Il se retourne et se dirige vers le sentier. Trudel l'observe. André ne va pas loin. Ça lui est bien égal du moment que les deux autres croient que leur frère est parti. Il regarde Richard et Ronald. Les yeux baissés, ils ressemblent à deux enfants qui attendent craintivement une punition paternelle.

- Quand vous avez travaillé sur le toit de l'église hier, êtes-vous allés dans le bois derrière l'église ? demande Trudel.

Richard répond sans lever le regard.

- Tu sais bien qu'on est allé, André te l'a dit.
- Oui, André me l'a dit mais je voulais l'entendre de vous. Et toi aussi, Ronald ?

Ce dernier lance un regard furtif à Trudel avant d'avouer d'y être allé.

- À quelle heure êtes-vous allés dans le bois ?
- Entre neuf heures et midi, répond Richard.
- Qu'est-ce que vous avez fait dans le bois ?
- J'ai vu un chevreuil et j'voulais le tuer avec ma fronde, répond Ronald d'une voix tremblante.

Il évite de regarder Trudel dans les yeux.

- À part du chevreuil, qu'est-ce que vous avez vu dans le bois ?
- Rien. André et moi on n'a même pas vu le chevreuil, répond Richard d'un air bourru.

Il commence à s'impatienter. Il a hâte que le caporal les laisse en paix.

- Toi, Ronald, as-tu vu quelque chose d'autre que le chevreuil ?
- Non, répond Ronald à voix basse.
Trudel le dévisage. Ronald se balance nerveusement d'un pied à l'autre. Puis il passe la main dans ses cheveux noir-charbon. Son visage long et mince, bruni par le soleil, affiche un air hébété. Trudel aimerait le voir seul. Il est certain qu'il arriverait à le faire parler.

Puisqu'il n'a aucune plainte contre les trois frères en ce moment, à part du fait qu'ils sont allés dans le bois le jour d'avant. Il n'a aucune preuve qu'il ont vu Rose-Alma ou qu'ils ont été témoins de quoi que ce soit concernant le meurtre. Il leur demande donc leurs bottes pour en faire les empreintes.

Les bottes de Richard sont neuves et de la même marque que celles d'André. Ce sont des neuf et le motif d'adhérence est très distinct. Celles de Ronald sont des douze. De très grandes chaussures pour un jeune de dix-sept ans. Elles sont très usées et il y a une grande fente dans la semelle du pied gauche. Les empreintes de cette chaussure devraient être assez faciles à identifier.

Lorsque les empreintes des chaussures sont terminées, Trudel les rapporte à leurs propriétaires avant de partir. Il ne croit pas pouvoir obtenir plus de renseignements de ces trois hommes rebutants pour le moment. Il devra attendre de trouver des indices qui les incriminent. Et si ça arrivait, il les séparerait pour arriver à leur tirer plus facilement les vers du nez.

En sortant de la cour des Parent, un homme d'une soixantaine d'années arrive sur un tracteur. Le tracteur lui paraît familier. La casquette de l'homme encore plus. C'est l'homme qui lui avait bloqué le chemin.

En montant sur la route, il tourne à droite et trouve le chemin d'où était sorti le tracteur qui lui avait bloqué le chemin. En avançant plus loin, il s'aperçoit que ce chemin mène vers la grange des Parent. Il rage en se rendant compte qu'il vient de se faire jouer. Le père est dans le jeu lui aussi. Cette famille à sûrement quelque chose de grave à cacher pour avoir cherché à l'emmerder avec autant d'acharnement.

Chapitre 7

Trudel est affamé. Il arrête sa voiture à l'ombre d'un grand chêne dans la cour de l'église pour manger le déjeuner que sa logeuse lui a préparé. Il allume la radio pour se changer les idées. Le timbre du midi sonne. Trudel déplie le papier ciré qui entoure son sandwich et un arôme de poulet rôti s'en dégage et lui donne l'eau à la bouche.

Sur la route un tracteur passe. Les deux fils Chartier reviennent à la maison pour leur déjeuner. Il est presque midi tapant. Le père apparaît sur son cheval après quelques minutes. Aline Beauchamp avait raison, les Chartier sont ponctuels.

À la radio, l'annonceur discute avec un scientifique le sujet de l'identification de l'ADN qui a été effectuée le 25 avril 1953 et des développements récents dans ce domaine. Trudel monte le volume. Le scientifique explique l'usage possible de l'ADN en criminologie, surtout pour l'identification d'un suspect. Un seul cheveu trouvé sur le lieu du crime aurait le potentiel de fournir un échantillon d'ADN suffisant pour mener à l'identification du coupable. *Ça, par exemple, c'est intéressant. Je vais suivre ça de près.*

L'annonceur passe à la récente victoire de Pierre Elliot Trudeau et ses Libéraux. Les éloges fusent autour de

Trudeau, hormis quelques critiques. Trudel ne sait que penser du nouveau Premier Ministre. Cet homme, méconnu il n'y a que six mois, a su gagner le support d'un grand nombre des membres du parti Libéral et se faire élire Premier Ministre du Canada. Saura-t-il accomplir de grandes choses pour le pays ? Ou, est-ce qu'il sera ordinaire comme presque tous ses prédécesseurs ? Suite à ce rapport, on annonce la grande probabilité d'une grève des employés de Postes Canada. *Rien de nouveau, ils sont toujours en grève.* Puisque cette grève imminente l'irrite, il éteint la radio.

    Le sandwich gobé, Trudel s'attaque à la pomme qu'il trouve au fond du sac. Aline lui a dit que Louise Rand s'amusait à faire fâcher les hommes avec ses médisances au sujet de Rose-Alma. Un mauvais penchant qui a dû causer beaucoup d'amertume et de haine envers la victime. Il décide de rendre visite à cette dame au sens de l'humour malsain, mais avant il lui faut aller voir sa tante, Anita Michaud, pour obtenir son adresse. En roulant vers l'épicerie, il souhaite qu'Alfred soit absent et se demande si Anita va se montrer plus charitable envers la défunte.

    Une forte odeur de cigare l'assaillit aussitôt qu'il ouvre la porte de l'épicerie. Alfred est assis derrière le comptoir entouré d'un nuage de fumée.

- Bonjour, mon caporal. Je ne pensais pas vous revoir sitôt.

- Je veux parler à votre femme.

- Anita, la police te veut ! Vous n'allez tout de même pas me dire, mon caporal, que vous pensez que c'est ma femme la meurtrière ?

Sans attendre une réponse de Trudel, il rit à plein cœur, son gros ventre marquant la cadence de ses hoquets hilares. La dame, qui le jour d'avant lui avait indiqué comment se rendre sur le lieu du crime, apparaît à la porte

qui sépare l'épicerie de la résidence. Un arôme savoureux se répand dans l'épicerie.
- Bonjour, caporal. Vous voulez me voir?
- Oui, si vous avez quelques minutes ?

La porte de l'épicerie s'ouvre et une petite fille d'environs dix ans entre. Elle tient une pièce de vingt-cinq cents dans sa main. Les yeux fixés sur l'étalage de bonbons, elle s'y rend comme une abeille attirée par une fleur.
- Venez à la cuisine, caporal. On pourra s'asseoir pour causer en privé, dit Anita.

La vieille dame marche en se dandinant et ses cheveux gris s'échappent en mèches fourchues de son chignon. Elle tire une chaise de la table et invite Trudel à s'asseoir. Du four, elle retire quatre tartes fumantes. Elle en place trois sur le châssis pour qu'elles refroidissent et en place une sur la table avec une assiette et une fourchette.
- Voulez-vous un morceau de tarte fraîche ?

Trudel accepte volontiers. Il y a longtemps qu'il n'a pas dégusté une tarte confectionnée à la maison. Sa locatrice fait de bons gâteaux mais elle s'avoue incapable de rouler une bonne croûte.
- Voulez-vous de la crème glacée avec votre tarte ?
- Oui, s'il-vous-plaît.

Anita coupe un copieux morceau de tarte fumante, le place dans une petite assiette et le garni d'une généreuse portion de crème glacée. Anita lui tend son morceau de tarte fumante garni d'une généreuse portion de crème glacée. Puis elle s'assoit en face de lui. Trudel prend une bonne bouchée et ne peut s'empêcher de grimacer. La tarte a un arrière-goût qui ne lui est pas familier. Anita n'a pas manqué l'expression sur son visage.

- Vous n'êtes pas habitué au goût de la saccharine, caporal ?
- La saccharine ?
- C'est un substitut pour le sucre. Mon petit-fils Roland souffre du diabète. Puisqu'il vient souvent nous voir, je prépare mes desserts sans sucre.
- Ah oui. Qu'elle âge a-t-il?
- Quinze ans.
- C'est jeune.
- Il en souffre depuis l'âge de six ans.

Trudel, ne sachant que répondre, hoche la tête et s'efforce de prendre une autre bouchée, puis une autre. Il se hâte d'avaler le reste de sa tarte par politesse avant de lui mentir.

- C'est délicieux.

Puis il repousse son assiette et lève les yeux.

- Je suis venu vous demandez ce que vous connaissez sur Rose-Alma et sa famille.
- Joseph est un bon homme. Il travaille fort et est très charitable. Mais il est tellement bonasse qu'il s'est laissé duper par sa vilaine femme. Il n'a jamais voulu entendre parler mal d'elle.
- Et les enfants ?
- Des bons enfants. Très polis et dévoués envers leur père.
- Pas envers leur mère ?
- Oui, ils l'obéissaient.
- Rose-Alma était donc une bonne mère ?
- Je suppose. Elle travaillait fort puis elle s'occupait de ses enfants mais je suis sûre que Joseph en avait gros à dire là-dessus.
- Gros à dire ?
- Il aurait poussé sa femme à bien prendre soin de ses enfants.

- Elle ne l'aurait pas fait si Joseph ne l'y avait pas obligée ?
- J'en doute. Puis elle prétendait être bien dévouée envers Joseph mais elle faisait des beaux yeux à tous les hommes lorsqu'il n'était pas autour.
- Que voulez-vous dire par, *Elle faisait des beaux yeux* ?
- Elle regardait toujours vers le sol mais lorsqu'un homme approchait elle le regardait de biais puis baissait tout de suite les yeux.
- Elle était peut-être gênée.
- Oui, oui, elle était gênée mais ça ne l'empêchait pas de regarder les hommes.
- Et vous, vous ne regardez pas les hommes ?
- Oui, mais pas pour leur faire de beaux yeux.
- Vous ne pensez pas que les regards que lançait Rose-Alma aux hommes étaient des regards de malaise ou de peur ?
- Pourquoi aurait-elle eu peur des hommes ?
- Parce qu'ils la maltraitaient !
- Ils étaient méchants avec elle seulement quand elle leur faisait des beaux yeux.

Son ton est colérique et son regard cassant. Trudel lui sourit avant de poser sa prochaine question. Elle fronce les sourcils. *Se moquerait-il d'elle ?*

- Donc, selon vous, la façon dont Rose-Alma regardait les hommes n'avait rien à faire avec la gêne ?
- Absolument pas. Puis elle s'en vantait à sa cousine Louise.
- Et, si Louise mentait ?
- Pourquoi mentirait-elle ?
- Peut-être que ça l'amusait.

- Louise est trop bonne pour aller répandre des mensonges à propos des gens. Elle a un grand cœur et puis elle est bien pieuse.

Trudel ne voit aucun avantage à poursuivre cette conversation puisqu'Anita n'admettrait jamais qu'elle ait pu se tromper au sujet du caractère de Rose-Alma.

- Pourriez-vous me donner l'adresse de votre nièce Louise Rand ?

- Pourquoi voulez-vous son adresse ?

- Vous m'avez dit que Rose-Alma lui avouait ses désirs envers les hommes. J'aimerais lui parler à ce sujet.

Anita le dévisage sans rien dire. Elle n'arrive pas à lui faire confiance mais finalement elle lui donne l'adresse afin de mettre fin à l'entrevue dans les plus brefs délais. Sa nièce aura à se débrouiller avec ce policier qui fourre son nez partout.

Trudel éteint le moteur de la voiture dans la cour d'André Parent. Il croit que ce dernier est absent puisque le vieux camion rouillé n'est plus dans la cour. Les pleurs d'un jeune bébé se font entendre lorsqu'il frappe à la porte. Puis le bruit des pleurs s'approche et la porte s'ouvre.

Une jeune maman, un bébé sur l'épaule et les cheveux en broussaille vient ouvrir. Elle tente de calmer l'enfant en lui tapant doucement sur le dos. Le petit crie encore plus fort et la jeune dame arbore un air découragé. Trudel, qui avait souvent surveillé ses jeunes cousins pendant son adolescence, tend les bras et lui demande de lui passer le bébé.

La jeune dame hésite, puis elle n'en peut plus alors elle lui passe l'enfant. Trudel le prend et le berce doucement dans ses bras en lui chantant une berceuse. Le bébé se tait, puis recommence à hurler. Trudel marche avec lui autour du salon en continuant de chanter. Le bébé se calme, fait un hoquet puis ferme les yeux. Lorsqu'il est

bien certain que le bébé s'est endormi, il le pose gentiment sur le divan.
- Vous êtes bon avec les bébés. Ça fait au moins une heure que j'essaie de le calmer sans y arriver.
- Ma mère m'a dit que les bébés sont très sensibles à nos humeurs et ils s'inquiètent lorsque nous sommes fatigués et moins patients.
- Vous avez des enfants ?
- Malheureusement pas.

Il change de sujet car il n'a aucune envie de parler de sa vie privée.
- Comment vous appelez-vous ?
- Josée. Josée Cardinal avant mon mariage. Je viens de St-Alcide.
- Et le bébé ?
- Guy.
- C'est un joli nom.
- Merci.

Trudel hésite avant d'aborder le sujet de la remise. Il ne veut pas effaroucher la jeune mère avant d'avoir obtenu l'information qu'il cherche. Elle le surprend lorsqu'elle lui lance d'un ton colérique.
- J'ai dit à André d'arrêter. Je savais que c'était pour nous mettre en trouble. Mais il ne m'a pas écoutée. Maintenant on va être ruinés.

Trudel attend en espérant qu'elle en dise plus sur le sujet, mais elle reste debout devant lui en regardant le plancher et en secouant la tête.

Enfin, puisqu'elle n'élabore pas, il se résigne.
- Vous lui avez demandé d'arrêter de faire quoi ?

Elle fronce les sourcils.
- Rien. Pourquoi êtes-vous ici ?
- Vous parliez d'avoir demandé à votre mari d'arrêter de faire quelque chose.

Le regard apeuré, elle s'éloigne en reculant de lui.
- Je n'ai rien dit de la sorte !

Puisqu'elle refuse de revenir sur ce point, Trudel aborde le sujet du meurtre.
- Je suis venu vous parler de Rose-Alma.
- Je ne la connais pas. Ça fait seulement un an que je vis ici. Je ne connais personne, surtout pas la laide.

Elle dévisage Trudel d'un regard méfiant. Reconnaissant qu'elle n'a aucune intention de parler, Trudel sort en la saluant. Elle sait ce que fait André et elle n'approuve pas mais ce qu'il fait ne semble pas être relié au meurtre de Rose-Alma. Que fabrique donc cet homme ? Lui et sa famille ?

Trudel se rend chez les Chartier. Il sait que les trois hommes seront absents puisqu'il a entendu le tracteur passer pendant qu'il parlait à Anita. C'est donc un moment idéal pour voir Monique.

La jeune fille épingle la lessive sur une corde dans la cour. Les roues de la voiture crissent sur le gravier lorsqu'il freine. Monique ne se retourne pas. Trudel ferme la porte de la voiture et s'approche. Elle ne semble pas encore avoir constaté sa présence. Trudel se racle la gorge bruyamment. Elle sursaute et se tourne vers lui.
- Bonjour, Monique. Comment vas-tu ?
- Bien.

Elle regarde par terre.
- J'aimerais te parler, dit Trudel.
- J'ai beaucoup de travail à faire.
- On peut parler en travaillant.

Il prend un drap du panier à linge et le lui passe. Elle le prend et l'accroche à la corde. Il continue à lui passer la lessive en lui parlant.

- Le coroner m'a confirmé que le corps de ta mère sera libéré jeudi matin. Peux-tu avertir ton père ? Ou préfères-tu que je revienne l'avertir moi-même.
- Non, ça va. Je vais lui dire.

Trudel hésite. Il veut savoir ce que Monique pense au sujet des relations entre ses parents mais elle est tellement vulnérable en ce moment qu'il n'ose pas. Elle lui facilite la tâche en abordant le sujet elle-même.

- Papa trouve ça pénible. Ils s'aimaient tellement mes parents. Pourquoi est-ce que c'est arrivé ça ? Qui a fait ce mauvais coup ?

Elle se tourne vers lui et pleure. Il veut la prendre dans ses bras pour la consoler mais il se retient. Il y a sûrement des yeux aux aguets qui cherche le scandale, comme il y en a dans tous les petits villages. À sa surprise, la jeune femme se jette dans ses bras en sanglotant. Il lui tapote le dos.

- Je suis désolé. Je ne sais pas encore qui l'a fait. Mais je te promets de faire de mon mieux pour trouver le coupable.

Elle se distance de lui, essuie ses larmes sur son tablier et le regarde tristement. Elle a de beaux yeux verts, qui complémentent bien ses cheveux roux. En fait, elle est très belle avec son petit nez retroussé, ses longs cils brun-roux et ses taches de rousseur. Il ne peut retirer les yeux de son visage. Elle rougit. Il détourne aussitôt les yeux.

- Tu... tu as dit que tes parents s'aimaient beaucoup. Comment est-ce qu'ils démontraient leur amour ?

Le regard dans le vide, elle ne dit rien pendant un bout de temps. Trudel attend patiemment.

- Ils souriaient en se voyant. Ils s'embrassaient en se quittant et en se retrouvant. Puis, ils se fâchaient rarement l'un contre l'autre. S'ils se disputaient, ça ne durait jamais longtemps. L'un ou l'autre venait s'excuser et puis ils s'embrassaient.

- Tu n'as jamais entendu ton père se plaindre de ce que faisait ta mère ?

- Jamais. Il nous disait toujours qu'il avait la meilleure femme au monde et que nous avions la meilleure mère. Et, il avait raison. Maman est... était une bonne personne.

- As-tu déjà entendu quelqu'un du village parler méchamment de ta mère ?

- Pourquoi quelqu'un ferait ça ? Maman était bien gênée et puis elle n'avait pas beaucoup d'amis. Puis ceux qui...

Elle ne finit pas sa phrase. Elle ouvre la bouche, la referme puis regarde à terre.

- Ceux qui...

Trudel avait espéré l'encourager à finir sa phrase en la répétant, mais Monique ne mord pas. Elle continue à fixer le sol. Puis elle ramasse son panier vide et se dirige vers la maison.

- Il faut que j'écosse les pois.

Elle cache quelque chose. Mais quoi ? Il ne veut pas l'effaroucher, alors il laisse tomber. Il la quitte en promettant de revenir.

Chapitre 8

Le ciel s'alourdit lorsqu'il reprend la rue principale de Rochelle après avoir quitté Monique. De gros nuages noirs s'approchent et de grosses bourrasques de vent soulèvent la poussière de la route, obligeant Trudel à fermer les fenêtres de la voiture. Il rumine sur le fait qu'il fait mauvais presque à chaque fois qu'il vient à Rochelle, comme si le ciel se révoltait contre la méchanceté des habitants.

Se souvenant de ce que Maurice Chartier lui avait dévoilé au sujet du champ où les Chartier coupent le foin, trois kilomètre vers le nord, il fixe le totalisateur journalier de sa voiture à zéro en partant de leur ferme. Au bout de trois kilomètres, il arrive à un cul de sac. Il faut tourner à droite ou à gauche. Maurice n'a pas mentionné qu'il fallait faire un virage.

Le bruit d'un tracteur attire son attention et au fond du champ il en aperçoit la source. Arthur est au volant. Trudel l'identifie par sa petite taille et ses cheveux courts, brun foncé. Maurice est debout sur la charrette, ses longs cheveux roux frisés sortent de sa casquette et, soulevés par le vent, lui fouettent le visage. Joseph, plus au fond du champ, est assis sur un gros râteau tiré par deux chevaux. Il empile le foin en andains. Même après la perte de sa femme, il est obligé de faire le foin pour nourrir ses bêtes pendant l'hiver. L'été est court et il n'y a pas de temps à perdre.

Trudel ne veut pas déranger les trois hommes car il n'a rien à leur apprendre pour le moment. Il cherche quelqu'un qui les aurait vus au champ pendant le meurtre pour les éliminer de la liste des suspects. À sa droite, il entend un chien aboyer. Derrière une clôture de bois tombant en ruine, un chien jappe avec acharnement. Puis il grogne en montrant les dents. Ce bon chien de garde n'aime pas la présence d'une voiture inconnue à proximité de sa résidence. Plus loin dans la cour, une petite dame, le dos courbé et les mains sur les hanches, observe avec méfiance la voiture de police. Trudel fait un virage à droite et se dirige vers la maison. Le chien court à sa rencontre et saute sur la porte. Un jet de salive frappe Trudel au visage lorsque le chien se met à japper par la fenêtre ouverte. Il ferme la fenêtre en vitesse et un filet de bave glisse sur la vitre.

Trudel n'ose pas sortir de la voiture. Il salue la dame de sa main. Elle ne fait rien pendant un long moment et Trudel entrouvre un peu la porte. Le chien tente de pousser son museau par la fente entre la porte et la carrosserie, alors il referme la porte. Trudel regarde la dame et lève les deux bras en signe d'impuissance. Elle lui sourit avant de rappeler son chien.

- Ici Prince !

Le chien tourne la tête vers sa maîtresse mais ne lâche pas. Il se remet à japper. La dame s'approche de la voiture. Elle appelle son chien d'un ton impérieux. La bête jappe une dernière fois et puis s'en va à petit trot vers la maison, la tête basse et la queue entre les pattes. Il se couche sur le perron, les yeux vigilants. Trudel ouvre la porte de la voiture et sort. Le chien relève la tête et jappe. La dame le fait taire. Il baisse la tête en gémissant.

- Vous pouvez venir Monsieur. Il n'est pas mauvais. Il est plus bruyant que dangereux.
Trudel marche vers elle en gardant l'œil sur la bête menaçante. Il se présente.
- Enchantée, caporal. Je m'appelle Élisabeth. Élisabeth Marchand.
- Enchanté de faire votre connaissance Mme Marchand.
- Appelez-moi Élisabeth.
- Seulement si vous m'appeler Sylvain.
- D'accord. Veux-tu entrer ? Je viens de préparer une bonne limonade.
Trudel accepte volontiers et elle lui demande de venir à la cuisine. Le dos rond, les jambes enflées, elle marche lentement. Sa robe est bien usée mais très propre et ses chaussures n'ont plus de lacets. Le chien jappe et sa maîtresse lui dit encore une fois de se taire. En montant sur le perron, Trudel ne fait pas confiance à ce chien récalcitrant et il garde l'œil sur lui. Le chien grogne lorsque Trudel passe à côté de lui.
- Prince, je t'ai dit de te taire. Salle bête ! Tu es loin d'être obéissant.
La dame passe par le salon et se rend à la cuisine. Les meubles sont usés mais bien astiqués et sont tous recouverts de tissu brodé et garni de dentelle. Tous ces meubles avec ces napperons brodés lui rappellent la maison de sa grand-mère maternelle qui est décédée en janvier dernier. Il s'arrête devant une petite table près du divan afin de mieux examiner le napperon. Une fine dentelle crochetée main entoure un tissu de coton blanc sur lequel est brodé une image de la Sainte Famille.
- Vous l'avez brodé vous-même ?
Élisabeth se retourne.

- J'ai brodé la plupart de mes napperons, mais pas celui-là. C'est Rose-Alma Chartier qui me l'a offert en cadeau un jour de Noël. Elle faisait du beau travail.
- Elle venait souvent vous voir ?
- Tous les lundis soirs. Elle m'apportait du pain frais, du lait, de la crème et de la viande fraîche. Elle était tellement bonne envers moi. Depuis que mon mari est mort l'année dernière, je n'ai pas de grands revenus. Mon mari coupait du bois et le vendait. On vivait assez bien avec ça. À un temps, je faisais de la couture et de la broderie pour gagner des sous mais mes yeux ne sont plus bons et mes mains tremblent trop. Puis, je suis trop vieille pour aller faire le ménage ailleurs. Je n'ai que ma petite pension du gouvernement pour me maintenir. Joseph et Rose-Alma m'aident souvent.

Elle se retourne brusquement et continue vers la cuisine. Elle tire un mouchoir de la poche de son tablier, s'essuie les yeux et se mouche tout en marchant. Elle ouvre le réfrigérateur et sort un gros pot de limonade. Les mains tremblantes, elle le place sur un plateau et y ajoute deux verres.

- Allons s'asseoir à l'ombre sur la véranda. Il fera moins chaud, dit-elle d'une voix émue.

Trudel accepte en se penchant pour prendre le plateau.

- Laissez-moi l'apporter, Mad... Élisabeth.

Elle ouvre la porte qui mène à la cour derrière la maison et lui fait signe de placer le plateau sur une petite table en métal rouillé. Elle s'assoit sur l'une des deux berceuses placées de chaque côté de la table. Trudel remplit les verres avant d'occuper l'autre.

- Votre limonade est délicieuse, Élisabeth.
- Merci Sylvain. Je t'offrirais quelque chose à manger mais je n'ai rien d'approprié.

- Ne vous en faîtes pas Élisabeth. Je n'ai pas faim. Il est déjà très bon de votre part de m'offrir à boire.

Elle est silencieuse et pensive. Elle sursaute lorsque Trudel prend la parole.

- Vous avez bien connue Rose-Alma ?

Elle acquiesce d'un signe de tête. Trudel attend patiemment pendant quelques minutes car il est apparent qu'elle se bat contre ses émotions. Les larmes coulent malgré elle. Il lui laisse le temps de se calmer avant de reprendre la parole.

- Comment était Rose-Alma ?
- J'ai été très peinée quand Monique est venue m'avertir hier soir. J'ai eu de la difficulté à le croire. Rose-Alma était très généreuse envers tout le monde, même ceux qui riaient d'elle.
- Elle savait que les gens se moquaient d'elle ?
- Oh oui, elle le savait. Elle en pleurait souvent quand elle venait me voir, mais elle leur pardonnait toujours. Moi, par contre, je n'arrive pas à pardonner leur méchanceté.
- Est-ce que Joseph savait que les gens se moquaient de sa femme ?
- Je ne le crois pas. Il aurait défendu Rose-Alma s'il l'avait su. Il aimait bien sa femme. Ça m'a surpris de le revoir au champ ce matin avec ses fils. Il doit être tellement affligé par la mort de Rose-Alma. Lui et les enfants. Pauvre famille. Mais vous savez le devoir avant tout. C'est tout comme Joseph ça.

Trudel hoche la tête.

- Alors, personne ne défendait Rose-Alma ?
- Les Beauchamp et moi. On a essayé à maintes reprises de la défendre et de faire voir aux autres que Rose-Alma était une brave femme. Puis cette histoire de vouloir d'autres hommes que son mari, ça ne tient pas

debout ça. Elle était dévouée envers son mari. C'est cette Louise Rand qui a commencé tout ça. Elle est vilaine celle-là. Je ne sais pas comment elle a pu attirer un si bon mari.

- Comment savez-vous que Louise a répandu des mensonges au sujet de Rose-Alma ?

- Elle est venue s'en vanter. Puis elle trouvait ça vraiment drôle. Lorsqu'elle m'a dit ce qu'elle faisait, je lui ai dit que je ne voulais plus la voir. Elle s'en foutait bien. Puis j'ai essayé de parler à d'autres femmes pour leur faire savoir ce que Louise m'avait dit, mais elles ne voulaient rien entendre. Il faut croire que les gens préfèrent penser mal des autres. Je suppose que la vie est plus intéressante comme ça.

- Malheureusement, vous avez raison. Mais dans ce cas, la méchanceté des gens du village semble avoir été dirigée contre une seule personne.

- Oui, même Eugène Roux, le soûlot du village, est plus respecté que Rose-Alma l'était.

Trudel ne dit rien et Élisabeth se berce doucement, le regard lointain. Un coup de tonnerre résonne au loin.

- Si cette tempête se dirige vers nous, Joseph et ses fils vont venir se réfugier ici.

- Ils viennent chez vous pendant les tempêtes ?

- Bien oui. Ça ne serait pas bien chrétien de les laisser se faire mouiller et de prendre le risque de se faire frire par la foudre. Ils abritent leurs chevaux dans la grange et viennent se réfugier dans la maison.

- En parlant des hommes Chartier, les avez-vous vus dans le champ hier matin ?

- Oui. J'ai entendu le tracteur tôt le matin et quelques temps plus tard, le tambourinement des sabots sur la route. J'étais assise ici à me bercer et ils m'ont tous les trois saluée en passant.

- Est-ce qu'ils sont restés au champ toute la matinée ?

- Oui, je n'ai pas grand chose à faire ici alors je les regarde travailler entre mes petits sommeils.

- Alors l'un d'eux aurait pu partir lorsque vous sommeilliez ?

- Oh non ! Le bruit du tracteur ou des chevaux m'aurait réveillée. Je dors d'un sommeil très léger. J'ai entendu le teuf-teuf du tracteur tout la matinée. Vers dix heures trente, Joseph est venu abreuver ses chevaux à l'auge à côté de ma grange. Puis il est revenu avec ses chevaux vers midi avant de retourner à la maison pour déjeuner. Joseph attache toujours l'un des chevaux à l'ombre du gros chêne près de la grange et retourne à la maison avec l'autre. Il adore ses chevaux et en prend bien soin. Il en a un troisième, une petite jument qu'il a surnommé Princesse et sur laquelle il aime bien se promener. Celle-là il ne la fait pas trop travailler. Elle n'est pas faite pour les durs labeurs comme ces deux juments qui tirent le râteau en ce moment.

Trudel hoche la tête. Voilà l'alibi pour les trois hommes Chartier. Même si l'un d'eux aurait pu passer sans être observé par Élisabeth, il lui aurait été difficile de revenir sans être aperçu. Puis il, aurait fallu que les trois hommes soit dans le coup car aucun d'eux ne pourrait s'absenter sans être remarqué par au moins un des deux autres. Non. Il ne croit pas que ce soit le mari ou l'un des fils qui ait fait le coup.

Élisabeth observe les trois hommes dans le champ. Puis, elle se tourne vers Trudel, les sourcils froncés.

- Tu ne penses tout de même pas qu'un de ces braves hommes aurait pu tuer Rose-Alma ?

- Non. Mais je voulais les éliminer de ma liste des suspects.

- Ta liste des suspects ! Vous savez ça pourrait inclure tous les hommes que Louise a approchés pour répandre ses mensonges au sujet de Rose-Alma.
- Oui, c'est vrai. Puis il y a toute une liste de femmes aussi.
- Les femmes ? Je n'y avais pas pensé mais je suppose que c'est une possibilité. En tout cas tu peux m'éliminer de ta liste. Je n'ai pas la force de tuer un chat, laissez faire une dame forte comme Rose-Alma.

Trudel rit et elle rit avec lui. Le tonnerre roule de nouveau. Trudel se lève.

- J'ai d'autres entrevues à faire. Merci pour la limonade et votre bonne compagnie.
- Tu es bien charmant, Sylvain. Si tu as d'autres questions à me poser n'hésite pas à revenir. J'en sais pas mal long sur tout le monde du village. J'y ai vécu toute ma vie.
- Je reviendrai certainement vous voir et boire votre merveilleuse limonade.

Elle lui sourit et s'apprête à se lever pour l'accompagner.

- Ne vous dérangez pas, Élisabeth. Je vais faire le tour de la maison pour retourner à ma voiture.

Trudel regarde le chien avant d'avancer. Il a les yeux fermés. L'agent avance un pas. Le chien ouvre un œil puis le referme. Trudel se met à marcher. L'animal lève la tête paresseusement mais ne bouge pas.

- Ne t'inquiète pas Sylvain. Je vais le retenir.
- Merci. Au revoir, Élisabeth.

Elle le salue de la main et Trudel retourne à sa voiture sans être inquiété par le chien. Le pauvre agent est loin de se compter parmi les cynophiles et le comportement de ce vieux chien de garde à son arrivée n'a que réaffirmé ce penchant. Un penchant loin d'être réservé aux chiens mais qui se s'étend envers les animaux en général. Il ne déteste pas les animaux, il les apprécie bien, mais de loin. Pourtant il a passé plusieurs étés à la ferme de son grand-père. Ce dernier avait maintes fois encouragé Sylvain à s'approcher des animaux pour les caresser. Sylvain s'approchait d'eux avec précaution et leur frottait le museau. Toutefois, aussitôt qu'il voyait une langue qui se dirigeait vers sa main, il la retirait en vitesse.

- Ne t'inquiète pas. Il ne te mordra pas, lui répétait son grand-père.

Sylvain n'arrivait pas à leur faire confiance. Son grand-père lui disait que les animaux étaient très sensibles aux humeurs des personnes et se méfiaient de ceux qui avaient peur. Sylvain lui avait affirmé avec véhémence qu'il n'avait pas peur des animaux. Le problème était qu'il ne les aimait pas, un point c'est tout. Surtout pas les poules qui lui picoraient les doigts lorsqu'il allait leur enlever leurs œufs.

Il adorait ses grands-parents et il aimait bien passer quelques semaines chez eux mais il ne fallait pas lui demander de se faire des amis parmi les animaux. Ce sentiment envers les animaux avait commencé lorsqu'il avait environ quatre ans. Dans ce temps-là ses grands-parents avaient un gros berger allemand qui aimait sauter sur les gens et leur lécher le visage.

Un jour, Sylvain marchait à côté de sa mère lorsque le chien avait sauté sur lui et l'avait bousculé. Il n'avait pas eu la chance de rouspéter. Le chien lui lavait le visage de sa grosse langue rugueuse et lorsqu'il avait ouvert la bouche pour crier, la langue puante du chien s'y était introduite. Sylvain s'était débattu mais le chien le tenait collé au sol.

Lorsque ses parents et ses grands-parents avaient enfin remarqué ce qui se passait et avaient chassé le chien, Sylvain avait déjà subi la plus grande frousse de sa vie et il n'allait pas s'en remettre facilement. Les adultes n'en avait pas fait trop de cas. Ils l'avaient relevé et essuyé ses larmes. Puis ils avaient tenté de le rassurer en lui disant que le chien n'était pas méchant, qu'il voulait seulement lui donner un beau gros baiser.

Son père, homme de ville, n'avait jamais trop supporté les animaux non plus. Et il n'avait jamais donné la permission à ses enfants d'avoir un animal de compagnie. Sylvain n'en avait pas souffert mais sa sœur, au contraire, ne cessait de demander la permission d'adopter un petit chat ou un petit chiot. Son père avait catégoriquement refusé à chaque fois, malgré les implorations de sa fille et les remontrances de son épouse.

Sylvain ne veut pas ressembler à son père qui est très autoritaire et entêté. Il se promet de permettre à ses enfants, si jamais il en avait, d'avoir des animaux de compagnie s'ils en avaient envie. Du moment qu'ils en prendraient soin eux-mêmes et les tiendraient loin de lui.

Chapitre 9

À St-Alcide, Trudel roule lentement en lisant le nom de chaque rue. Anita Michaud lui a donné l'adresse, 221, rue Mercier. Mais ce nom de rue n'apparaît sur aucun des panneaux. Finalement, il trouve la rue en question. Elle longe le côté latéral nord de l'église. *Pourquoi ne pas l'appeler, rue de L'Église comme on le ferait dans tout autre village ?* Il tourne à droite et aperçoit le 31. Puisque les nombres diminuent à mesure qu'il avance, il fait demi-tour, retraverse la rue principale pour enfin se trouver devant le 221.

Une petite maison brune au toit pointu recouvert de bardeaux bruns, aux faux volets roses, aux pots de fleurs assortis pendus autour d'une porte rose-foncé, est coincée entre deux grosses maisons. Le gazon est vert et fraîchement tondu.

Trudel monte le menu perron. Puisque la porte est ouverte, il frappe à la moustiquaire. Une odeur de pain frais s'échappe de la maison. Une courte dame au ventre bombé s'approche de la porte en se dandinant sur ses grosses jambes arquées. Elle s'essuie les mains sur son tablier et ouvre. Les cheveux défaits et le visage rouge et ruisselant de sueur, elle lui sourit en dévoilant une bouche presque édentée.

- Bonjour Inspecteur Trudel. Entrez, entrez.

C'est évident qu'Anita l'a avertie par téléphone. Trudel s'en doutait. Il aurait préféré arriver sans être annoncé mais il savait bien qu'Anita appellerait sa parente aussitôt que la porte de l'épicerie s'était refermée derrière lui. Il aurait bien aimé pouvoir entendre la conversation entre ces deux femmes.

- Caporal Trudel, corrige-t-il en avançant la main.

Elle lui présente une grosse main potelée aux doigts courts et grassouillets. Au premier abord elle paraît d'humeur bonasse, mais une lueur malicieuse dans ses yeux indique le contraire.

- Allons au salon. Il fait moins chaud.

Il la suit jusqu'au salon. Un homme mince aux cheveux blonds parsemés de gris et aux yeux verts lui sourit. Il se lève.

- Mon caporal, dit-il en anglais.
- C'est mon mari, Larry Rand, dit Louise en français. Elle fait une grimace.

Larry invite Trudel à s'assoir dans une vieille chaise bourrée aux bras recouverts de carrés de dentelle blanche. Louise et Larry s'installent chacun à leur bout du divan.

- J'aimerais vous parler de Rose-Alma, commence Trudel.
- La pauvre Rose-Alma. C'est incroyable ce qui lui est arrivé, murmure Louise, le visage attristé.
- Oui, affreux, ajoute Larry en français.

Trudel peut à peine distinguer son accent anglais tant il parle bien le français. Dans un mariage mixte, une des deux personnes se voit obligée de parler la langue de son partenaire. Larry avait dû choisir, ou s'était senti obligé, d'apprendre le français.

- Quel genre de personne était Rose-Alma ? demande Trudel.

- Elle était..., commence Larry.

Sa femme lui coupe la parole.

- Elle était une étrange personne. Elle n'allait nulle part sans Joseph et elle le suivait de près quand ils allaient faire des visites familiales ou participaient à des activités au village.

- Elle était donc très gênée, dit Trudel.

Larry hoche la tête.

- Elle avait peur de tout le monde, affirme Louise.

- Pourquoi était-elle si craintive ?

Larry ouvre la bouche mais sa femme ne le laisse pas parler.

- Je ne sais pas. Elle a toujours été stupide comme ça.

- Même lorsqu'elle était petite ?

Trudel jette un regard à Larry qui soulève les épaules en signe d'ignorance. Ce dernier n'a pas dû connaître Rose-Alma pendant son enfance puisqu'il n'est pas natif de Rochelle. C'est Louise qui répond.

- Oui. Elle regardait toujours le plancher quand elle parlait à quelqu'un.

- Et vous ne savez pas pourquoi elle était si gênée ?

- Aucune idée.

- C'est peut-être parce que ses parents l'appelaient *la laide !*

Larry a crié. Il ne voulait pas que sa voix soit enterrée par celle de sa femme qui tente de parler en même temps que lui. Louise dévisage son mari d'un regard furieux.

- Tais-toi. Rose-Alma était ma cousine, pas la tienne !

Larry regarde Trudel en haussant les épaules. Louise se tourne vers Trudel le visage rouge de colère.

- Ses parents l'appelaient la laide ! répète Trudel.

- Oui mais ce n'est pas une raison d'être si gênée.
- Et quand elle est devenue adolescente, comment était-elle ?
- Très pol….
- Je t'ai dit de te taire !

Larry hausse de nouveau les épaules. Trudel dévisage Louise en attendant qu'elle réponde à sa question.

- Vous voyez ce que je dois supporter de cet homme !

Elle lance un nouveau regard furieux à son mari avant de se retourner vers Trudel.

- Rose-Alma était toujours gênée et les gars ne l'aimaient pas. Ils la trouvaient trop laide et ils l'insultaient.

Elle parle sans prendre le temps de respirer afin d'empêcher son mari de parler.

- Pourtant Rose-Alma n'était pas si vilaine, pas plus vilaine que bien d'autres au village, dit Trudel.

Larry sourit et hoche la tête sans rien dire.

- Rose-Alma pas si vilaine ! Vous ne l'avez pas connue. C'est pour ça que vous pensez ça. Elle était la femme la plus laide que j'ai connue !

Je l'ai vue et elle n'était pas laide. Plus belle que toi en fait !

- Pourquoi est-ce que les jeunes hommes lui en voulaient tant ?
- Parce qu'elle leur faisait des beaux yeux !
- N'est-ce pas normal pour une jeune fille de faire des beaux yeux à des gars qu'elle trouve beaux ?

Larry observe sa femme avec intérêt.

- Oui, mais Rose-Alma était trop laide. Les gars la détestaient.

Elle parle avec condescendance comme si elle s'adressait à un idiot. Trudel tente de lui faire avouer sa méchanceté envers Rose-Alma.

- Et vous quel rôle avez-vous joué dans tout ça ?

Le regard de Louise est arrogant.

- Je n'ai rien à y voir moi !

Larry avance son torse pour mieux observer le visage de sa femme.

- Pourtant j'ai appris que vous vous amusiez à faire fâcher les hommes en allant leur annoncer que Rose-Alma avait les yeux sur eux.

Larry se lève du divan, le visage furieux.

- Tu as fait ça, Louise ?

Louise, le regard tranchant, lui ordonne de s'asseoir. Il reste debout devant elle l'air écœuré. Elle lui lance un regard dédaigneux puis s'adresse à Trudel.

- Qui vous a dit ça ?

- Ce n'est pas important qui l'a dit. Ce que je veux savoir c'est pourquoi vous faisiez ce genre de commérage envers votre cousine ?

- Des commérages ! De quoi parlez-vous ?

- Vous approchiez un homme et prétendiez que Rose-Alma avait des intérêts sexuels envers lui. Puis vous trouviez cela bien amusant lorsque l'homme allait brimer Rose-Alma. À quel âge avez-vous commencé ce jeu malsain ?

Louise ne se soucie même plus de nier. Elle rit aux éclats. Larry à l'air furieux. Il lève la main pour frapper sa femme, puis il change d'idée. Il sort en trombe de la maison.

- Bon débarras !

Louise se tourne vers Trudel et rit. Trudel attend qu'elle reprenne son sérieux.

- Un jour lorsqu'on était à l'école et Rose-Alma avait environ treize ans, elle m'a dévoilé qu'elle trouvait Lucien Gagner très beau. C'était supposé être un secret entre nous deux mais je n'ai pas pu m'empêcher de l'annoncer à Lucien. Il était enragé et il a traversé la cour de l'école à la course. Puis il a frappé Rose-Alma au visage et l'a appelée une truie. Tout le monde a ri. C'était vraiment drôle.

Trudel se souvient d'avoir déjà entendu le nom de Lucien Gagner. Mais où ? Il souligne le nom deux fois dans son calepin. Il devra revoir ses notes après cette entrevue pour faire le lien.

- Et comment Rose-Alma s'est-elle sentie devant votre trahison ?

- Elle était fâchée. Elle m'évitait dans la cour après ça et elle jouait seule. Même ses frères et sœurs l'évitaient.

- Mais vous avez continué d'approcher les garçons pour les avertir que Rose-Alma avait les yeux sur eux ?

- Pourquoi pas ? C'était amusant. Tout le monde riait.

- À part Rose-Alma. Ça a dû être très pénible pour elle ?

- Elle gardait les yeux baissés quand les gars lui criaient des insultes puis elle allait se cacher derrière un buisson comme une bête sauvage.

Elle a le fou rire. Trudel attend que son explosion de rire cesse avant de continuer.

- Personne n'allait à sa défense ?

- Aline Bernier la défendait. C'est Aline Beauchamp maintenant. Une vraie sainte nitouche !

- Vous voulez dire une belle âme chrétienne qui pratique la charité envers ses pareils. N'est-ce pas ce que la bible nous enseigne ?

Louise hoche la tête et lui lance un sourire narquois pour lui indiquer qu'elle reconnaissait qu'il la visait avec cette référence biblique. Elle continue de le regarder d'un air moqueur sans commenter.

- Et vous avez continué de jouer ce jeu aux dépens de Rose-Alma lorsqu'elle était adulte ?
- Oui, c'était trop amusant pour laisser tomber.
- Quels hommes avez-vous approchés avec vos mensonges ?
- Beaucoup. Elle rit.
- Qui ?
- Il y en a trop. Je ne peux pas m'en souvenir.
- J'aimerais surtout avoir les noms de vos victimes les plus récentes. Qui sont-elles ?

Elle sourit puis ouvre la bouche pour parler mais la referme. Elle regarde le vieux tapis usé. Son visage se tend, puis elle sourit en hochant la tête. Trudel aimerait bien pouvoir lire ses pensées. Qu'est-ce qui se brasse dans cette tête méchante ?

- Ça fait longtemps que je ne l'ai pas fait, au moins un an. Puis je me souviens pas qui c'était.
- Vous êtes certaines, Madame, qu'il n'y a rien de plus récent ?
- Je vous le jure sur la tête de mon mari.

Elle rit aux éclats. Trudel soupire. Il devrait terminer la conversation sur ce point, mais il ne peut quitter sans frapper un coup à la dignité de cette vilaine femme.

- Alors vous dites que vous répandiez des mensonges sur Rose-Alma pour vous divertir. Peut-être. Mais moi je crois que le jeu vous décrochait plus que ça. Vous gagniez en même temps l'attention des hommes. Je crois que c'était réellement pour cela que vous le faisiez.
- Quoi ? Je n'avais pas besoin d'attirer l'attention des hommes moi !

- Pourtant vous êtes loin d'être belle. Sûrement moins belle que Rose-Alma.

Louise se lève, l'air furieux et les mains sur ses hanches.

- Sortez d'ici monsieur ! Vous n'avez pas le droit de m'insulter comme ça.

- Je vous quitte avec grand plaisir, Madame, parce que je ne peux plus supporter d'être en votre présence.

Trudel sort et retrouve Larry assis sur une marche du perron. Ce dernier se lève pour laisser passer Trudel, puis il le suit à sa voiture.

- Je savais que ma femme pouvait être méchante, mais pas à ce point-là. Je ne l'ai jamais frappée mais aujourd'hui son comportement m'a tant déplu que j'en ai eu envie. Je ne veux pas devenir un de ses hommes lâches qui frappent leur femme. Je ne sais pas comment je vais continuer de vivre avec elle. Si ce n'était pas de mes six enfants et de mes petits-enfants, je l'aurais quittée il y a bien longtemps.

Il se dirige vers la maison en se secouant la tête. À mi-chemin, il se retourne.

- Mon caporal, Rose-Alma était une brave femme. Elle était très gênée mais plaisante. Elle n'a jamais essayé de m'emmouracher. Puis elle n'était pas vraiment laide. Elle était bien ordinaire et elle ne méritait pas le sobriquet de *laide*, surtout pas de la part de ses parents. J'arrive difficilement à comprendre comment ma femme a pu se montrer si méchante envers elle.

- Je crois qu'au début, lorsque Louise était jeune, elle approchait les hommes avec ses mensonges pour attirer leur attention. Puis elle a trouvé cela tellement amusant qu'elle n'a pas voulu arrêter.

- Je comprends qu'elle voulait l'attention des hommes pendant sa jeunesse, mais je ne peux accepter qu'elle l'ait fait aux dépends de sa cousine. C'est fendant puisqu'elle se fait passer pour être une grande chrétienne. Elle récite constamment son chapelet et va à la messe tous les matins.

Il reste debout devant Trudel pendant un moment puis il s'éloigne le dos courbé, comme s'il portait un lourd fardeau.

Avant de retourner à Saint-Pierre-Jolys pour faire ses appels, Trudel doit se rendre à Steinbach où il a été convoqué par l'Inspecteur Greene. Il ignore le but de ce rendez-vous mais il soupçonne l'implication de Mark Rosser. Est-il allé se plaindre à Greene ? *Qu'il aille se faire pendre ce mécontent !*

Arrivé à Steinbach, il stationne sa voiture devant le bureau de la GRC. Sa montre lui indique qu'il est quinze heures cinquante. Greene l'a convoqué pour seize heures. Il prend quelques minutes à inspecter son habit et sort son mouchoir pour polir ses souliers poussiéreux. Enfin, il vérifie son visage dans le rétroviseur et sourit. *Qu'est-ce qu'il peut bien me faire ? Me dégrader? M'envoyer ailleurs ?*

Il sort de sa voiture et se dirige vers le bureau. La réceptionniste lui demande de s'asseoir dans la salle d'attente. Il recommence à s'énerver au sujet de cette convocation inattendue. Mais quand Greene sort de son bureau, il est de bonne humeur.

- Te voilà Sylvain. Je suis content que tu sois venu. Je n'ai pas eu beaucoup de temps à converser avec toi depuis ton arrivée il y a trois mois.

Il invite Trudel à le suivre dans son bureau.

- Du café, caporal ?
- S'il-vous-plaît.

Greene se retourne et demande à une dénommée Sylvia d'apporter deux tasses de café.

Ils ont à peine pris leur siège quand Greene commence à parler.

- Comment va l'enquête sur la mort de la dame de Rochelle ?

- Les techniciens ont fait la fouille. Je n'aurai pas les résultats de leurs trouvailles avant la semaine prochaine. Puis il y a eu beaucoup de va et vient sur le site du crime. Le corps de la victime à été enlevé par le mari, qui était venu à cheval. Le mari a ensuite placé le corps sur son cheval et l'a apporté à l'épicerie du village. Plus tard il est retourné avec Whitehead, à cheval encore une fois, pour lui indiquer où il avait trouvé sa femme. Donc un lieu de crime assez contaminé. Il sera difficile d'isoler les indices que le meurtrier aurait pu laisser sur le site. L'autopsie se fait demain à dix heures. J'ai quelques suspects mais pas de preuves valables encore.

- Tu as interviewé les villageois.

- Quelques-uns mais j'en ai encore plusieurs à voir.

- Est-ce que tu trouves que c'est utile de t'entretenir avec eux en français ?

- Oui. Certainement. C'est la langue maternelle de presque tous les villageois.

- C'est bon. C'est justement pourquoi je t'ai fait venir au Manitoba. Mais, passons à autre chose.

Trudel se raidit. De quoi veut-il discuter ? Sylvia entre avec le café et Greene attend qu'elle sorte.

- Que penses-tu de Mark Rosser ?

- Une assez nouvelle recrue. Il n'a que deux ans d'expérience. Il démontre beaucoup d'enthousiasme dans son travail.

- Oui. Et ses talents d'investigateur ?

- Comme je disais tout à l'heure, il démontre beaucoup d'enthousiasme dans son travail. Seulement...

- Seulement ?

Trudel hésite. Il regarde son interlocuteur. Greene attend patiemment.

- Il lui arrive assez souvent de sauter trop vite à une conclusion. Puis il refuse de lâcher le morceau lorsqu'il croit avoir trouvé une solution. Ce qui fait qu'il ignore les indices qui ne correspondent pas à sa façon de penser. Une erreur assez commune chez les nouveaux investigateurs, je crois.

Greene hoche la tête et puis baisse le regard avant de parler.

- Comment réagit-il lorsque tu parles le français devant lui ?

Trudel avait soupçonné que Mark était allé se plaindre. En revanche, il pourrait dénigrer Mark en dévoilant à Greene qu'il se croit meilleur que lui et qu'il suit ses ordres de mauvaise grâce. Mais Trudel reconnaît qu'il partage le même défaut que Rosser, la difficulté d'accepter les ordres d'un supérieur. C'est pour cette raison qu'il admire l'inspecteur Greene qui lui laisse beaucoup d'autonomie. Il s'en tient donc au problème de langue.

- Il n'aime pas ça alors j'essaie de ne pas le faire lorsqu'il est présent.
- Mais tu dois parler le français si ça facilite ta tâche.
- D'accord, mais je crains que ça lui déplaise.
- Ça c'est son problème. Puis, si tu veux je pourrais le faire muter ailleurs.

Trudel réfléchit. Il se trouverait bien débarrassé. Mais il ne connaît pas de constable dans la région qui parle le français et Greene pourrait lui envoyer quelqu'un encore moins tolérant que Rosser.

- J'ai un constable, Gerry Whitehead, qui comprend le français mais ne le parle pas. Je pourrais te l'envoyer au lieu de Rosser.
- Gerry comprend le français ?
- Mais oui. Sa mère est francophone.

Trudel est bien tenté d'accepter l'échange. Notamment, un collègue qui comprend le français sans toutefois le parler est supérieur à un qui refuse de l'entendre parler. Mais il ne veut pas se faire voir comme un hargneux qui se débarrasse de ses subordonnés parce qu'ils lui déplaisent.

- Je veux bien garder Rosser. Il enquête sur la disparition de dix bovins près de St-Pierre-Jolys. J'aimerais qu'il continue d'investiguer ce cas. Mais, si vous pourriez me passer Whitehead pour un jour ou deux, j'aurais un petit travail d'espionnage à lui proposer.
- Ça a rapport au meurtre ?
- Je crois que oui.
- Dans ce cas, je te le passe volontiers pour quelques jours
- Merci, Inspecteur.
- De rien. Je l'envoie à ton bureau vers quinze heures. N'oublie pas de me garder au courant de ton investigation.
- Bien sûr.

Trudel sort et pousse un grand soupir. Tout était allé pour le mieux, et si Rosser continuait de le contrarier, il n'aurait qu'à le faire muter ailleurs.

Chapitre 10

Arrivé à Saint-Pierre-Jolys après sa conversation avec Greene, Trudel est heureux de constater que Rosser n'est pas revenu. Il voudrait lui briser le crâne, tellement il est fâché contre lui. L'attente lui donnera la chance de se calmer afin de régler cette affaire avec le plus de tact possible.

Trudel doit faire quelques appels concernant un cas d'effraction à la quincaillerie du village. Une fenêtre a été brisée. Quelqu'un est entré et a consommé trois bouteilles de vins. Deux bouteilles vides ont été trouvées sur les lieux, l'autre manquait.

Trudel n'avait pas perdu de temps à dénicher les deux adolescents qui avaient fait le coup. Saouls, ils s'étaient endormis sur la véranda de leurs parents, une bouteille de vin vide à côté d'eux. Trudel avait promis aux parents de revenir lorsque les deux garçons se réveilleraient.

Trudel appelle le propriétaire et les parents. Il arrive à leur faire résoudre le problème à l'amiable. Les deux adolescents devront travailler à la quincaillerie jusqu'à ce qu'ils aient dédommagé le propriétaire. Whitehead frappe à la porte du bureau de Trudel au moment où il raccroche le téléphone.

- Bonjour Gerry. J'ai une petite faveur à te demander.
Gerry s'assoit sur la chaise en face de Trudel.
- Une faveur ?
- Oui. Lorsque je suis allé interviewer André Parent au sujet du meurtre de Rose-Alma Chartier à Rochelle, son comportement était un peu bizarre. En me voyant, il a vivement fermé la porte de sa remise. Il faisait une drôle de tête. J'ai essayé de lui tirer un peu d'information sur le meurtre, mais sans grand succès. Je suis convaincu qu'il se passe quelque chose d'incongru chez lui. Ça n'a peut-être rien à faire avec le meurtre, mais si par contre on découvrait qu'il joue dans des affaires illégales, ça pourrait lui délier la langue un peu en ce qui concerne le meurtre.
- Qu'est-ce que vous voulez que je fasse ?
Trudel lui explique son plan.
- Je cours chez moi et je reviens dans une vingtaine de minutes.
Trudel avait oublié que Whitehead habitait à Saint-Pierre-Jolys. Whitehead se lève et s'apprête à sortir du bureau.
- Je vais te conduire à Rochelle, dit Trudel.
- Si... Si ça ne vous dérange pas trop, j'aimerais prendre ma voiture personnelle. Comme ça je pourrai rester aussi longtemps que nécessaire, même y passer la nuit s'il le faut.
- D'accord. Assure-toi de bien dissimuler ta voiture.
Whitehead sort en sifflotant. Trudel se rend au tableau noir sur lequel il a inscrit les faits concernant le meurtre. Il ajoute le nom d'Aline Beauchamp et alibis sous les noms des hommes Chartier. Elle les a vus aller au champ et elle, ainsi que Berthe Coulombe, les ont vus revenir. Il écrit ensuite le nom d'Élisabeth Marchand qui

les a vus au champ toute la matinée. Les hommes Chartier sont donc éliminés de la liste des suspects. Aucun alibi pour Monique Chartier à moins que quelqu'un ne l'ait vue dans le jardin au moment du crime. Il souligne le nom Parent deux fois et ajoute un point d'interrogation. Ils sont ses meilleurs suspects à cause de leur proximité au moment du crime. Quel serait leur motif ? C'est l'élément le plus important d'un crime, sauf pour les crimes qui ne sont pas prémédités. Pourtant il fallait être enragé pour frapper une femme avec tant de force. Quelque chose avait provoqué l'attaque.

    Les commérages de Louise élargissent considérablement le champ des suspects. Un membre de la famille Parent aurait-il été une victime récente de ses cancans ?

    Plusieurs autres questions lui montent en la tête. Est-ce que les empreintes près de l'arbre au lieu du crime appartiennent à un des frères Parent ? Est-ce que les empreintes pourraient être celles d'une femme, une femme avec des grands pieds ? Est-ce qu'une femme aurait pu frapper avec assez de force pour infliger une telle blessure ? Dans quelques jours il devra appeler le labo pour voir ce que les techniciens ont à rapporter. Il n'obtiendrait pas un rapport complet mais ils lui donneront bien quelques bribes d'information qui pourraient l'aider à se former une opinion sur l'identité de l'assassin.

    Il remet la craie dans la rainure du tableau. Il lui reste plusieurs gens à interviewer et c'est ce qu'il planifie d'entreprendre le lendemain après l'autopsie. Marc Rosser entre sur le coup, ses vêtements recouverts de poussière, son visage égratigné. Il a l'air éreinté et démoralisé. Il s'affaisse sur une chaise.

    - Tu n'as pas réussi à résoudre l'histoire des vaches perdues ?

- Non. Qui aurait cru qu'une simple disparition de bête à cornes serait si difficile à solutionner ? Mais j'en ai trouvé une.
- Ah oui. Alors les autres ne devaient pas être loin.
- J'en doute.
- Pourquoi ?
- Parce que je l'ai trouvée la tête la première dans un vieux puits abandonné.
- Un vieux puits abandonné ?
- Oui, le fermier, Harry Loewen, a acheté un coin de terre d'un vieux fermier qui, dans le passé, avait creusé plusieurs puits avant de trouver de l'eau potable et n'avait jamais rempli les trous. Il les avait simplement recouvert de vieilles planches. Je suppose que la bête a flairé l'eau, s'est approchée et les planches pourries se sont effondrées. Harry dit avoir trouvé trois autres puits après avoir perdu un autre animal l'an dernier. Il croyait avoir rempli tous les trous. Évidemment, il en avait manqué au moins un. Harry se fait de la bile parce que ce sont ses jeunes enfants qui sont chargés de rassembler le troupeau pour les conduire à la mulsion du soir.
- Il serait plus prudent qu'il y aille lui-même. Et tu n'es pas arrivé à trouver les autres bêtes ?
- Non. J'ai fait le tour de tout le pré dans lequel se trouvaient les vaches au temps de leur disparition. J'ai suivi la clôture pour voir s'il y avait une brèche. Je n'en ai pas trouvée.
- Tu as l'air fatigué.
- Oui. Tu sais combien de kilomètres j'ai dû fouler pour longer cette satanée clôture ? Au moins six ! Puis il y avait des roses sauvages enracinées sous la clôture et il fallait que je les repousse pour mieux voir.
- As-tu examiné la clôture de près à tous les endroits ?

- Lorsqu'elle était en pleine vue je l'examinais rapidement d'une petite distance. Pourquoi ?
- Juste une idée qui m'est venue. Pendant les vacances d'été, lorsque j'étais petit, j'allais passer quelques semaines sur la ferme de mon grand-père paternel. Mon grand-père faisait le tour de sa propriété assez souvent pour vérifier sa clôture et je l'accompagnais. Lorsque la clôture de mon grand-père juxtaposait celle d'un voisin et il voyait une broche défaite sur la clôture de ce dernier, il la réparait sans avertir son voisin. Peut-être qu'il y avait des barbelés décrochés dans la clôture de Harry et qu'un de ses voisins les a recloués sans l'avertir.

Rosser ne dit rien. Son écœurement envers l'affaire est nettement affiché sur sa figure. Trudel n'a pas le cœur de l'incommoder encore plus en exprimant son mécontentement envers lui. Pourtant il doit mettre tout au clair.

- Mark, j'ai été convoqué par l'Inspecteur Greene aujourd'hui. Il m'a dit que tu étais allé te plaindre à mon sujet.

Rosser rougit et baisse les yeux.

- Je... Je n'aurais pas dû. Tu es mon chef et je te dois le respect.

Il est évident qu'il prononce ses excuses à contre cœur. Greene avait dû l'exiger de lui. Trudel est loin d'être satisfait et il veut l'engueuler. Mais Mark a l'air tellement piteux que Trudel laisse tomber.

- Bon. Du moment que tu ne recommences pas.

Rosser regarde le plancher sans rien dire. Trudel a faim. Il a une entente avec sa locatrice Mme Gosselin. Elle ne devait jamais l'attendre pour le dîner et, à l'heure qui se faisait, elle aurait déjà rangé les plats et lavé la vaisselle. Son collègue devait lui aussi être affamé. Il décide de l'inviter à dîner.

- As-tu mangé, Mark ?
- Non.
- Viens, je te paie un hamburger au Routier.

Visiblement surpris, Mark dévisage Trudel. Puis il hoche la tête et se lève lentement.

- Je suis affamé malgré ma fatigue. Après, je vais me reposer afin d'être en forme pour refaire un minutieux examen des barbelés demain matin. Je vais les examiner au microscope s'il le faut.

Trudel rit et Rosser rit avec lui.

- Alors tu ne m'accompagnes pas à l'autopsie demain matin ?
- J'avais oublié. On part à quelle heure ?
- Vers huit heures trente.

Les arômes de patates frites et de viande rôtie les accueillent à l'entrée du restaurant. Les ventilateurs vissés au plafond n'arrivent pas à chasser la chaleur écrasante et les nombreux convives s'éventent avec le menu. Trudel et Rosser ont à peine le temps de s'asseoir lorsque la serveuse se présente. C'est une jeune fille aux cheveux brun foncés, aux yeux marron accentués de longs cils épais et au sourire radieux.

- Puis-je vous offrir quelque chose à boire ?
- De l'eau bien froide, dit Trudel.

Rosser ne dit rien. Il a les yeux fixés sur la serveuse qui semble l'avoir ensorcelé.

- Et vous monsieur ?

Rosser clignote des yeux et se racle la gorge avant de commander une boisson gazeuse. Lorsque la serveuse s'éloigne, il la suit des yeux jusqu'à la cuisine.

- Que veux-tu manger ?

Rosser prend le menu et le survole des yeux.

- Un hamburger et des frites.

La serveuse pose les boissons sur la table en regardant Rosser.

- Vous avez décidé ?
- Deux hamburgers et frites, dit Trudel.

Elle parvient à décoller son regard du bel homme aux yeux bleus et aux cheveux blonds pour noter leur commande. Puis elle s'éloigne en se dandinant sous le regard admiratif de Rosser. Trudel rit.

- Gisèle est très belle, dit Trudel.
- Gisèle ? C'est qui ça ?
- Notre serveuse.
- Tu la connais ?
- Non. Mais son nom est épinglé à sa blouse.

Rosser sourit. Puis son attention est de nouveau attirée vers la serveuse qui revient de la cuisine pour servir d'autres clients. Elle semble être la seule à servir la clientèle qui ne cesse d'affluer.

Leur nourriture prend une éternité à arriver. Rosser, qui avait retrouvé un peu d'énergie en apercevant Gisèle, se glisse de plus en plus bas sur son siège et son visage épuisé n'invite pas la conversation. À l'arrivée de leur nourriture, Rosser se redresse vivement pour se donner bonne mine. Gisèle lui tape légèrement l'épaule.

- Bon appétit !
- Qu'est-ce qu'elle a dit ? demande Rosser en anglais.
- *Enjoy your food.*

Rosser hoche la tête et se met à manger. À la sortie du restaurant, Trudel donne une légère tape dans le dos de son collègue et lui souhaite une bonne soirée.

- À demain, répond Rosser.
- J'espère que tu n'es pas trop fatigué pour rentrer chez toi.
- Non, ça va aller.

Trudel se rend à sa chambre. Mme Gosselin lui demande s'il a mangé en le voyant entrer.
- Oui, merci Madame.
Trudel lui souhaite bonsoir. La vieille dame, l'air surpris, lui demande,
- Pas de musique ce soir ?
- Non je suis épuisé.
Trudel et sa locatrice ont pris l'habitude d'écouter de la musique classique chaque soir après le repas. Madame Gosselin possède une grande collection de disques et Trudel y a ajouté ceux qu'il a apportés de Montréal. Le premier soir de son arrivée chez elle, il avait trouvé ça opportun qu'ils aient tous les deux le même goût en musique.

En entrant dans sa chambre, il trouve une lettre sur sa table de chevet. Une lettre de Montréal. Ses parents ? Non. Sa fiancée, Catherine. Il pousse un long soupir en s'assoyant sur son lit. L'enveloppe est légèrement parfumée et il la regarde longuement avant de l'ouvrir. Catherine avait piqué une crise lorsqu'elle avait su que Sylvain partait pour le Manitoba. Elle l'avait prié de refuser d'y aller et de reprendre ses cours de droit. Les parents de Sylvain appuyaient fortement ce propos.

Sylvain avait rencontré Catherine pendant sa première année en droit. Il s'était engagé à prendre des cours de droit pour plaire à ses parents, surtout à son père. Il avait interrompu ses cours avant la fin de la première année pour se joindre aux rangs de la Gendarmerie Royale Canadienne, au grand désappointement de ses parents. Catherine l'avait encouragé à choisir son propre destin et de ne pas laisser les autres décider pour lui. Maintenant, elle regrettait l'appui qu'elle lui avait donné et s'était rangée dans le camp de ses parents. Personne n'approuvait sa décision d'aller au Manitoba, sauf sa petite sœur José qui lui enviait d'avoir la chance de visiter d'autres coins du pays. Pourtant ce n'était pas la première fois qu'il devait s'éloigner de Catherine.

Elle n'avait pas été trop contrariée lorsqu'il était parti servir au Parlement à Ottawa. Il pouvait revenir la voir à Montréal pendant ses journées libres. Il avait passé deux ans à Ottawa avant d'être muté à Edmundston au Nouveau Brunswick. Les visites étaient devenues plus rares et plus courtes, compte rendu du temps nécessaire pour faire le trajet aller et retour. Son placement au Manitoba trois ans plus tard enlevait toute possibilité de visites, car le voyage prenait au moins trois jours en voiture. Il n'était pas question de prendre l'avion puisque ce n'était pas à la portée de ses moyens. Les deux amoureux devaient donc attendre aux vacances de Sylvain en mai de l'année suivante pour se revoir.

Sylvain était peiné d'être éloigné de Catherine mais il ne voulait pas se retrouver à l'université à s'ennuyer dans une classe de droit. Le boulot d'un policier était beaucoup plus intéressant et il ne déplorait pas les fréquentes mutations qui lui permettaient d'explorer le Canada. Avant de quitter Montréal, il lui était venu l'idée géniale de proposer le mariage à Catherine. Ils se connaissaient depuis sept ans, c'était grand temps. Elle avait accepté et le mariage était fixé au 3 mai 1969.

Trudel avait quitté Montréal en fin mars. Au début, il envoyait une missive chaque vendredi à son amour. Elle ne tardait pas à répondre, en le suppliant avec plus en plus d'insistance de revenir à Montréal. Il lui répondait toujours qu'il se trouvait bien, qu'il aimait son travail et qu'elle lui manquait beaucoup. Son enthousiasme pour lui écrire avait graduellement diminué et il ne lui avait pas donné signe de vie lors des trois dernières semaines.

Sylvain soupire en contemplant la lettre. Il n'ose pas l'ouvrir. Catherine doit être déçue, fâchée, enragée... Il se décide enfin à la décacheter.

Cher Sylvain,

Pourquoi n'écris-tu pas ? Est-ce que tu vas bien ? Ça fait au-dessus de trois mois que tu es parti et tu me manques beaucoup. Pourquoi ne reviens-tu pas ? Est-ce que ton travail de policier est plus important que moi ? Pourquoi ne pas plutôt essayer de te joindre aux rangs de la police de Montréal. On pourrait se voir tous les jours. Dans moins d'un an on sera marié, et tu n'es pas ici pour m'aider avec la planification. Si tu m'aimes vraiment, tu vas abandonner ce que tu fais et revenir aussitôt.

J'espère recevoir de tes nouvelles dans les plus brefs délais.

Je t'aime de tout mon cœur.

Catherine.

Sylvain ne sait que penser de cette lettre. Lui demande-t-elle réellement de choisir entre elle et sa carrière ? Elle est l'amour de sa vie. Cependant, son travail est une partie intégrale de sa vie et il vient de recevoir une promotion. Plus crucial encore, il est au milieu d'une enquête importante. Doit-il tout lâcher pour aller la rejoindre immédiatement ? Ce serait un grand manque de responsabilité de sa part, ce qui ne ferait pas bonne impression sur son curriculum vitae. Lui demande-t-elle de ruiner son futur ? Si son métier est sa raison de vivre, quelle est la place de Catherine ?

La proposition de Catherine de se joindre aux rangs de la police de Montréal ne lui plaît pas. Non, il aime mieux la GRC au sein de laquelle, jusqu'à présent, il n'a presque jamais eu recours à son arme. Ce ne serait pas le cas dans une grande ville telle que Montréal. Puis il craint de se retrouver sur le dernier échelon d'une grande hiérarchie où il y aurait maintes quantités de paperasse à compléter et peu d'indépendance. Il n'est pas monté bien haut en grade au sein de la GRC mais il se trouve chef de la petite patrouille de St-Pierre-Jolys. Certes, il travaille sous la tutelle de l'inspecteur Greene du détachement de Steinbach. Néanmoins, Greene lui laisse faire son boulot sans interférence du moment qu'il le garde bien informé.

Il se souvient du jour où il avait pris la décision de se joindre aux rangs de la GRC. Il sortait d'un cours ennuyant et n'avait pas le courage de se rendre au prochain cours. Deux agents de la GRC se tenaient derrière un kiosque qu'ils venaient d'installer dans le couloir. Sylvain s'était arrêté pour lire les feuillets qui y étaient étalés. Un des agents lui avait demandé s'il avait des questions et il avait entamé une conversation avec lui. Son cours avait été oublié et puis manqué. Il avait quitté l'université avec toute l'information nécessaire pour s'enrôler dans la GRC et subir l'entraînement. Il n'avait jamais regretté cette décision.

Sylvain soupire. Son grand-père maternel l'avait averti à son départ pour le Manitoba que même le plus grand amour ne peut survivre une relation à distance trop prolongée. Il a beau y penser, il n'arrive pas à trouver une solution à son problème. Il hausse les épaules et décide de remettre ça au lendemain.

Chapitre 11

Trudel est au volant. Le soleil du midi brille intensément. Des mirages vibrent au-dessus du pavé et disparaissent à l'approche de la voiture. Trudel lance un coup d'œil vers Rosser qui est encore blême. Avant de se rendre à l'autopsie, Trudel avait admis à son collègue qu'il ne se sentait pas très à l'aise dans ce genre de situation. Rosser s'était vanté que la dissection d'un corps ne le dérangeait aucunement. Son comportement à l'autopsie avait donc surpris Trudel. Après à peine deux minutes, le visage de Rosser avait pâli et il avait décampé. Deux heures plus tard, il ne s'était pas encore remis. Un sourire en coin, Trudel le regarde. Voilà une occasion idéale pour se moquer de lui. Il ouvre la bouche puis la referme. Ce serait trop cruel et puis, Rosser et lui ont tout de même passé un bon moment ensemble au restaurant le soir d'avant. Qui sait ? Ils arriveraient peut-être à s'entendre tous les deux.

L'autopsie avait confirmé ce qu'avait déduit le Docteur Laplante. Rose-Alma était morte d'un traumatisme crânien. Il avait appris que l'os de la tempe avait été fracturé et un fragment s'était logé dans le cerveau. Le contre-choc qui avait suivi le coup avait projeté le cerveau contre la paroi droite du crâne, ce qui avait provoqué une hémorragie inter-crânienne. Docteur Blais réitérait, ce que docteur LaPlante avait confirmé d'avance, qu'il y avait renflement autour de la plaie et que cela indiquait que la victime n'était pas morte sur le coup. Il appuyait l'opinion du docteur LaPlante qui disait que la victime n'aurait probablement pas repris connaissance et avait ajouté qu'elle n'aurait pas pu survivre plus de trente minutes après le coup. L'autopsie avait aussi révélé que la victime était en excellente santé sauf pour la présence de plusieurs fibromes dans la paroi de l'utérus. Ces tumeurs bénignes n'avaient pas contribué à la mort de la victime.

Alors la victime était belle et bien morte d'un violent coup à la tête. Il lui fallait trouver le coupable. En revenant au bureau, il espérait recevoir de bonnes nouvelles de la planque nocturne de Whitehead chez André Parent. Rosser qui commençait à reprendre un teint rose, ronflait bruyamment. À leur arrivée au bureau, Trudel le secoue gentiment.

- J'ai dû m'endormir, dit Rosser. Il baille.
- Oui. Tu as fait la sieste.

Rosser sort de la voiture et se dirige vers la sienne.
- Où vas-tu ? lui demande Trudel.
- Je vais tenter de rassembler ces satanés bovins.

Son ton manque d'enthousiasme.
- Bonne chasse.

En entrant dans son bureau, Trudel est surpris de voir Whitehead endormi dans son fauteuil. Il lui touche l'épaule. Whitehead sursaute et ouvre les yeux. Il se lève aussitôt.
- Pardon. J'étais fatigué et ton fauteuil m'avait l'air si confortable.
- Pas de problème. Ça fait longtemps que tu es revenu ?
- Je suis arrivé vers neuf heures dix.
- Ça fait donc plus de trois heures que tu dors.
- Je n'ai presque pas dormi de la nuit.

- Tu as quelque chose à rapporter ?
- Oui.
- Raconte vite.
- J'étais caché derrière un buisson à quelques mètres de la remise. J'étais bien à l'abri des voisins et des passants. De mon repaire, je pouvais garder l'œil sur la maison et la cour. Rien ne s'était passé d'intéressant pendant l'après-midi alors j'ai décidé d'y passer la nuit. À la tombée du jour, une nuée de moustiques enragés m'a assailli. Il y avait tellement de petites bestioles que j'en aspirais par le nez et par la bouche. Leurs piqûres et leur bourdonnement me rendaient fou. Les pauvres vaches meuglaient et se fouettait frénétiquement avec leur queue pour s'en défaire. Affolées, elles couraient autour du pré.

«André est sorti et a fait brûler un tas de paille humide. Il en sortait une fumée épaisse et malodorante. Les vaches se sont aussitôt approchées de la fumée. Lorsqu'André est retourné dans la maison j'ai eu envie de me faufiler entre elles pour échapper aux morsures et au bruit ahurissant des insectes Je n'ai pas osé. J'avais peur d'effaroucher les vaches et qu'elles se mettent à beugler, ce qui attirerait sûrement l'attention d'André.

«Vers onze heures trente, les moustiques étaient moins nombreux mais mon corps était couvert de démangeaisons. Je n'en finissais pas de me gratter. J'avais une folle envie de tout lâcher et de foutre le camp. J'ai persisté malgré tout et ma ténacité a été récompensée.»

- Qu'est-ce qui est arrivé ?

Trudel commence à perdre patience avec ce récit sans fin qui n'aboutit à rien.

- Vers minuit, j'ai vu André sortir de la maison. Il a mis son vieux camion en marche et l'a conduit vers la remise. Il a déverrouillé la porte et a sorti des objets que je n'arrivais pas à identifier dans la pénombre. Il les a placés dans la boîte du camion. Puis André a fermé la porte de la remise sans y remettre le cadenas et est remonté dans son camion. Il s'est dirigé vers le pré. Je me suis glissé hors de ma cachette et je l'ai suivi de loin. Il s'est arrêté à l'orée d'un grand bois et a transporté les objets de la boîte du camion dans le bois. Je l'ai vu les empiler sous un buisson pour ensuite les recouvrir de petites branches feuillues qu'il arrachait des arbres. Lorsqu'il est reparti, je suis allé voir ce qu'il avait mis tant d'effort à dissimuler. J'avais une petite lampe de poche avec moi et j'ai pu voir ce que c'était. Mais il faisait trop noir pour prendre une photo alors j'ai décidé d'attendre à l'aube. Je suis donc retourné à ma voiture pour me reposer. Le soleil m'a réveillé tôt ce matin et je suis allé prendre les photos. Ensuite je suis revenu au bureau et je t'ai attendu.

Whitehead sourit en branlant la tête.

- Assez de suspense, Gerry. Qu'ont-ils caché ?
- Un alambic.
- Un alambic ?
- C'est bien ce que j'ai dit.
- Merdre alors ! Voilà pourquoi André était si nerveux. Ça n'avait peut-être rien à faire avec le meurtre. Lui et ses frères étaient pourtant mes meilleurs suspects. Mais tout n'est pas perdu. Ils m'ont donné une raison valable pour les emmener au bureau et les interroger à mon gré.

Trudel se lève et se dirige vers la porte.

- Viens on va aller les chercher tous les trois... tous les quatre. J'emmène aussi le père. Espérons qu'ils seront tous à la maison. Il nous faut deux voitures. Tu en ramènes deux et moi deux.

Whitehead se lève lentement. Il aimerait mieux se rendre chez lui et prendre une douche pour soulager les démangeaisons.

- Tu n'es pas bien ? lui demande Trudel.

- Je suis un peu fatigué. Les moustiques m'ont fait trop de prises de sang et ça me pique partout.

- Viens m'aider à rassembler les hommes Parent et puis tu pourras aller te reposer. Rosser n'est pas ici et j'ai besoin de ton aide.

Personne ne répond à la porte chez André Parent. Trudel va frapper aux portes de la remise. La porte n'est pas verrouillée et il l'entrebâille avant de demander s'il y a quelqu'un. Il ne reçoit aucune réponse. Il ouvre pour examiner l'intérieur. Des outils, des escabeaux, des échelles, des bidons de pétrole, rien d'intéressant. Il referme la porte.

- Allons voir chez le père. Peut-être qu'ils sont tous là, suggère Trudel.

Alphonse, debout sur son perron, observe les deux voitures de la GRC approcher. Lorsque les deux agents sortent, il se croise les bras en et affiche un air inquiet.

- Vous êtes M. Parent, le père d'André ? demande Trudel.

- Alphonse Parent. Que voulez-vous de mon fils ?

- J'aimerais lui parler.

- Pourquoi ? Il n'a rien fait de mal.

- Probablement pas, mais j'ai des questions à lui poser.

- Au sujet de Rose-Alma ?

- Non, pas pour le moment.

- Lui et ses deux frères sont en train de réparer le toit de la maison à Mme Marchand. Son toit a une fuite.

Trudel se demande comment Élisabeth va se payer un nouveau toit. Alphonse lui donne la réponse sans se faire prier.

- Ils le font par charité parce qu'elle n'a pas un sou et ne peux pas se payer un nouveau toit. Vous voyez, mes fils sont bien charitables. Pas le genre à faire mal à une mouche.

Alphonse laisse tomber ses bras et regarde le sol. Puis il se retourne pour rentrer dans la maison.
- Monsieur Parent. Je veux que vous veniez avec moi à mon bureau à St-Pierre-Jolys.
- Pourquoi ?
- C'est au sujet d'un alambic.
Le vieux se retourne, visiblement surpris.
- Comment vous... ?
Trudel s'approche d'Alphonse, le prend doucement par le coude et le guide vers la voiture. Alphonse se laisse mener.
- Constable Whitehead va nous montrer où vous avez caché l'objet en question. Ensuite nous irons chercher vos fils.
- Pourquoi mes fils ? L'alambic est à moi. Ils ignorent que j'en possède un.
- J'aimerais vous croire, Monsieur, mais l'alambic était rangé dans la remise d'André et il l'a caché dans les bois pendant la nuit.
- Vous l'avez espionné ! Salauds !
Trudel ne répond pas.
- Gerry conduit nous à l'alambic, s'il-te-plaît.
Alphonse bougonne pendant qu'ils se rendent aux bois. Il passe à travers toute la nomenclature sacrée de l'église avant de faire descendre tous les saints du ciel. Gerry gare sa voiture à l'orée du bois et attend que Trudel arrive.
- Je vais garder un œil sur Alphonse pendant que tu récupères l'alambic, dit Trudel.
Whitehead revient après quelques minutes, apportant un gros machin qui ressemble à une grosse bouilloire et qu'on appelle la cucurbite. Trudel sort de sa voiture pour lui venir en aide. Il ouvre d'abord le coffre de la voiture de Whitehead, puis l'aide à y insérer la

cucurbite. Whitehead fait un deuxième trajet pour récupérer la serpentine, le condenseur et le manomètre.
 Alphonse rage lorsque Trudel revient à sa voiture.
 - Vous allez maintenant déranger mes gars dans leur travail ! Ce n'est pas bien gentil de votre part.
 - Quand sont-ils partis pour faire la réparation du toit ? demande Trudel.
 - Vers midi trente.
 - C'est un petit toit. À trois, ils devraient avoir fini la réparation.
 Trudel fait marche arrière pour reprendre la rue principale. Il aurait aimé ne pas impliquer Élisabeth dans ce rassemblement de la famille Parent. Elle l'avait reçu avec amitié. Allait-elle être déçue en le voyant s'emparer de la famille Parent ? Il y a des gens au village qui n'apprécient pas sa présence dans leur milieu et il espère qu'elle ne se tournera pas contre lui.
 Le chien fonce sur la clôture en voyant la voiture approcher et il se met à japper à tue-tête. Il n'y a personne sur le toit. Élisabeth sort de la maison, reconnaît la voiture de la gendarmerie et son conducteur. Elle hausse les sourcils en voyant deux voitures. Puis elle fait taire Prince. Les trois frères Parent sortent de la maison pour voir ce qui se passe. André adopte un air de défi en voyant Trudel sortir de sa voiture. Richard se croise les bras et Ronald regarde par terre.
 - Bonjour Élisabeth. Comment allez-vous ?
 - Bien. Ces braves hommes ont réparé mon toit, et gratuitement en plus. Des vrais anges envoyés du ciel.
 Trudel soupir. Il ne voit aucun moyen d'emmener les trois frères sans attirer des reproches de la part d'Élisabeth.
 - C'est très généreux de leur part.

Il tourne le regard vers les trois frères. André vient de remarquer la présence de son père dans la voiture. Il s'approche de Trudel.

- Pourquoi avez-vous arrêté mon père ? Il n'a rien fait à Rose-Alma.
- Probablement pas. Je veux le questionner au sujet d'une autre affaire.
- Une autre affaire ? De quoi parler vous ?

Alphonse sort de la voiture.

- Ne t'en fais pas, André. Ce n'est rien de trop sérieux. Fais ce qu'il demande.

Trudel est surpris par cette volte-face de la part d'Alphonse qui, soudainement, se montre prêt à coopérer. Il doit vouloir éviter une trop grosse scène devant Élisabeth.

- J'ai des questions à vous poser et je vous demande de venir avec moi au bureau de la GRC à St-Pierre-Jolys.

Élisabeth dévisage Trudel avec surprise.

- Les Parent n'ont certainement rien à faire avec la mort de Rose-Alma !
- Probablement pas, mais je dois clarifier certaines choses avec eux.
- Venez, mes fils. Le plus vite on s'y rend, le plus vite on en finira.

Le ton qu'Alphonse a employé est calme mais insistant. Les trois frères s'approchent. Trudel ouvre la porte de la voiture et invite Ronald à s'assoir à côté de son père. Les deux autres frères montent dans la voiture de Whitehead.

Alphonse et Ronald, maintiennent le silence absolu en chemin jusqu'à la GRC à St-Pierre-Jolys. Les deux frères dans l'autre voiture s'avèrent plus bavards. André entame une conversation avec Richard aussitôt que la voiture commence à rouler.

- On va continuer à leur dire qu'on n'a pas vu Rose-Alma le jour de sa mort. Ça va nous sauver un paquet de trouble.

Richard secoue la tête et lui fait signe de se taire.

- Inquiète-toi pas c'est un maudit anglais. Il ne comprend pas un mot de ce qu'on dit.

Richard n'est pas convaincu. Il observe Whitehead de près, mais ce dernier semble préoccupé par la mauvaise condition de la route qui s'est détériorée à cause du déluge du jour précédent.

- De quoi Trudel parlait-il quand il a dit qu'il voulait nous voir pour une autre affaire ? demande Richard.

- Aucune idée.

- Il est peut-être allé chez toi et a trouvé quelque chose.

André rit avant de répondre.

- Inquiète-toi pas, je me suis occupé de ça hier. S'il est allé chez moi, il n'a rien trouvé. Je n'ai même pas verrouillé la remise. Comme ça il pouvait fureter à son gré s'il revenait.

Richard qui continue d'observer Whitehead croit avoir aperçu un sourire fugace sur le visage de l'agent. Il n'a plus envie de parler. Les mâchoires bien serrées, il tourne la tête vers la fenêtre. André l'observe pendant un moment. Il hausse les épaules et observe Whitehead dans le rétroviseur. Whitehead lui fait un sourire avant de détourner les yeux.

Rosser les attend à leur retour au bureau. Ses chaussures sont recouvertes de boue et il y a un accroc à la jambe droite de son pantalon. Néanmoins, il affecte une mine heureuse et fière.

- Je les ai trouvées !

- T'a trouvé quoi ? interroge Whitehead.
- Les vaches disparues.
- Comment les as-tu trouvées ? dit Trudel.
- J'ai examiné la clôture de près comme tu me l'as recommandé et j'ai trouvé un endroit où le barbelé avait été recloué avec de gros clou au lieu des crampons qu'on utilise ordinairement. Deux broches avaient été reclouées de cette façon. Il y avait des empreintes de sabots sur l'autre côté de la clôture. Je les ai suivies dans le fossé sur une petite distance et puis je l'ai ai perdues. Croyant que les bêtes étaient montées sur la route, j'ai fait un bout et j'ai retrouvé les traces dans le fossé sur l'autre côté de la route. Après une trentaine de minutes de marche, j'ai retrouvé les échappées dans un petit bois. Elles broutaient bien tranquillement. Elles étaient si bien cachées derrière des buissons que je ne les aurais probablement pas aperçues si l'une d'elle ne s'était pas mise à beugler au moment où j'approchais.

- C'est bon. Voilà donc une affaire de réglée. Tu les as ramenées au fermier ?
- Oui. Il était très heureux de les revoir même s'il déplorait le fait que leur production de lait serait à la basse après trois jours sans mulsion.
- Bien. Je suis content que ça ce soit bien passé. Gerry et moi allons interviewer Alphonse. Toi tu surveilles les frères et tu prends leurs empreintes digitales.

Rosser est visiblement déçu. Il aurait préféré être présent pendant les interrogatoires et il ne fait aucun effort de cacher son mécontentement.

- J'aimerais un mot, avant que vous commenciez les interviews, dit Whitehead.

Il indique la porte du bureau à Trudel d'un signe de tête.

Trudel fronce les sourcils mais ouvre néanmoins la porte de son bureau pour laisser entrer Whitehead. Il referme la porte derrière lui.

- Les deux frères ont parlé en chemin, annonce Whitehead.
- Vraiment ! Qu'ont-ils dit ?
- Ils ont vu Rose-Alma le jour du meurtre.
- Ça c'est intéressant. Merci de m'avoir averti.

Trudel s'apprête à sortir de son bureau mais Whitehead en a encore à dire.

- Richard savait qu'André cachait un alambic chez lui.
- Bon. As-tu appris autre chose ?
- Non c'est tout.
- Mais peut-être qu'ils vont en dire plus long pendant qu'on interview le père. Je vais demander à Mark de me seconder pendant que tu surveilles les autres.

Trudel sort de son bureau et se dirige vers la salle d'interrogatoires. Mark y conduit Alphonse.

Rosser lance un regard surpris à son chef puis enjoint Alphonse de se lever. Trudel est bien tenté de procéder à l'entretien en français malgré la présence de Rosser. Mais le protocole exige que les interrogatoires se fassent à deux. Ça serait ridicule d'être assister par un homologue qui ne comprend absolument rien de ce qui se passe. Puis même s'il le faisait en français, il y avait tout le tracas avec l'enregistrement de l'interview qui devait ensuite être traduite et transcrite.

Lorsqu'Alfonse et Rosser l'ont rejoint à la table, Trudel ne perd pas de temps.

- Vous avez été surpris en possession d'un alambic et au moins deux de vos fils étaient au courant. Avez-vous distillé et vendu de l'alcool dans le passé ?
- N…

Trudel ne lui laisse pas la chance de nier.

- Il ne me sera pas trop difficile à trouver la vérité.
- Comment vous…

Alphonse ne comprend pas comment ce policier aurait appris qu'il fabriquait de l'alcool. Trudel semble tout savoir à son sujet. Ses épaules s'affaissent. Il adopte une mine découragée avant de continuer.

- On en a distillé pendant quelques mois, mais ma femme et celle d'André n'étaient pas en faveur. Elles nous cassaient la tête à tout bout de champ à ce sujet. On a arrêté d'en produire pour qu'elles nous fichent la paix. Ça fait déjà un mois qu'on en produit plus. Puis, on n'en a jamais vendu. Je voulais me débarrasser de ce maudit machin mais je ne savais pas comment m'en défaire.
- De qui l'avez-vous obtenu ?
- De mon cousin de l'Ontario. Les agents de l'OPP soupçonnaient qu'il distillait de l'alcool pour la vente et ils surveillaient son emplacement de près. Mon cousin a dissimulé l'alambic dans un camion chargé de foin conduit par un de ses voisins et il l'a apporté chez moi. J'ai décidé de l'utiliser pour me gagner un peu plus d'argent. Comme vous le savez, on est loin d'être riche.
- C'est bon. On y reviendra. Maintenant j'aimerais parler de Rose-Alma.
- Rose-Alma ! Pourquoi ?
- Est-ce que Louise Rand vous a approché dernièrement pour vous communiquer quelque chose au sujet de Rose-Alma ?
- Dernièrement, non. L'année dernière elle est venue me dire que Rose-Alma m'aimait et voulait me faire l'amour. J'ai ri. Puis la prochaine fois que j'ai vu Rose-Alma au bureau de poste, je l'ai envoyée au diable.
- Louise a-t-elle approché l'un de vos fils avec ce genre d'histoire ?
- Mes fils. Non. Du moins, pas que je le sache.

- Vous croyez ce que dit Louise ?
- Bien sûr. Pourquoi inventerait-elle des histoires pareilles ?
- Parce que ça l'amusait ?
- Ça l'amusait ! Je ne le crois pas. Louise regrettait toujours d'avoir à nous avertir au sujet de Rose-Alma. Elle le faisait pour nous protéger. Puis, j'étais là le jour où Rose-Alma a admis qu'elle aimait Lucien Gagner.
- Mais elle n'avait que treize ans. C'est plutôt normal qu'une jeune fille trouve un garçon beau.
- Peut-être. Mais Rose-Alma était tellement vilaine. Et puis elle a continué de faire des beaux yeux à tous les hommes même après son mariage.
- Comment saviez-vous qu'elle avait certains hommes dans sa ligne de mire ?
- Elle admettait ses désirs à Louise qui venait aussitôt avertir l'homme en question.
- Je crois que vous vous êtes tous fait dupés par Louise. C'est probablement vrai que Rose-Alma avait trouvé Lucien Gagner beau. C'était des petites amourettes de jeune fille, rien de sérieux. Toutes les autres accusations portées contre elle par Louise étaient fausses. Louise s'amusait à faire rager les hommes.
- Vous mentez !
- Louise me l'a admis. Alors comment vous sentez-vous devant cette duperie ?

Alphonse ne dit rien. Son visage démontre de l'incrédulité et ensuite de la colère. Il secoue la tête en maugréant une litanie de noms de saints.

- Où étiez-vous le jour où Rose-Alma a été tuée ?
- Moi. Vous n'allez pas croire que je l'ai tuée ! Puis j'étais à St-Alcide ce matin-là. J'assistais aux funérailles de Rita Savoie, une ancienne de Rochelle. Ma femme et moi, sommes allés avec les Dufour. Ils vivent

sur la dernière ferme au nord du village si vous voulez vérifier ce que je dis. Puis Anita Michaud était avec eux.
- Vos fils ne vous ont pas accompagné ?
- Non. C'était une vieille dame et elle est déménagée à St-Alcide lorsque mes fils étaient encore petits. Plusieurs gens de Rochelle qui ont mon âge l'ont connue parce qu'elle était institutrice à Rochelle à la fin des années quarante.
- C'est bon, M. Parent. Je vais aller parler aux Dufour. Et puisque vous n'avez pas vendu d'alcool, on laisse tomber mais on garde l'alambic.

Alphonse a l'air soulagé.
- Je suis bien content de m'en débarrasser.
- Rosser conduit M. Parent à la salle d'attente et amène-moi André.
- Mais je croyais que l'affaire de l'alambic était réglée ? grommelle Alphonse.
- C'est fini mais je veux voir tes fils pour autre chose.
- Sûrement pas pour les accuser d'avoir tué Rose-Alma ? Mes enfants ne sont pas des meurtriers, monsieur l'agent !

Trudel ne répond pas. Il fait signe à Rosser de faire sortir Alphonse. Ce dernier sort en colère de la salle d'interrogatoire.

André entre et se laisse choir sur la chaise comme un élève qui obéit avec contrainte.
- Nous avons trouvé l'alambic que tu cachais dans le bois.

André lève la tête et se redresse vivement.
- Comment vous.... ?
- C'est l'une des raisons pourquoi je vous ai amenés ici.
- Il y en a d'autres ?

- Je sais que toi et tes frères avez vu Rose-Alma le jour du meurtre.
- Vous mentez !
- Vous l'avez admis devant l'agent Whitehead en route.
- Comment ? Il parle français cet....
- Non, mais il le comprend assez bien. Tu as dit à ton frère qu'il serait bon de continuer de prétendre que vous n'aviez pas vu Rose-Alma le jour de sa mort afin de vous éviter un paquet de troubles. N'est-ce pas ce que vous avez dit ?

André ouvre la bouche mais la referme et se laisse glisser sur sa chaise, l'air abattu.
- Où avez-vous vu Rose-Alma le jour de sa mort ?
- Dans le bois. Elle marchait sur le sentier qui mène à l'épicerie.
- Puis qu'avez-vous fait.
- On a bien rit d'elle.
- C'est tout ? Vous ne l'avez pas abordée ?
- Non. On l'a vue mais on ne l'a pas touchée. Je vous le jure.
- Avez-vous vu quelqu'un d'autres dans les alentours ?
- Non. Juste Rose-Alma et on ne lui a rien fait.
- On verra ce que vos frères auront à dire à ce sujet. Constable Rosser, reconduit le dans la salle d'attente et amène Richard.

L'interview avec Richard n'apporte rien de nouveau. Il n'est pas trop surpris lorsqu'il apprend que Whitehead comprend le français puisqu'il le soupçonnait. Il admet lui aussi avoir vu Rose-Alma sur le sentier et nie l'avoir abordée. Les deux frères chantent la même chanson. Il n'a vu personne à part de lui, ses frères et Rose-Alma dans les parages. Une chanson bien répétée pour masquer la vérité ? Ou une représentation véridique de ce qui s'était passé ? Il espère que Ronald en aura plus long à raconter.

Ronald s'assoit à la table, la tête baissée, les épaules basses et le visage blême. Trudel croit qu'il sera facile de lui délier la langue.

- Ronald, je vous ai conduit ici premièrement au sujet de l'alambic.
- Quoi ? Mon père l'a encore ? Il a promis à maman de s'en débarrasser.
- Il l'avait caché dans la remise d'André. Mais parlons de Rose-Alma. Je sais que tes frères et toi l'avez vue dans le bois peu avant sa mort.

Ronald flanche et s'appuie sur la table.
- Qu'est-ce qui est arrivé dans le bois Ronald ?

Il parle d'une petite voix à peine audible.
- On l'a aperçue sur le sentier et on s'est moqué d'elle.
- Et après ?
- J'ai pris ma.... ma fronde et j'ai tiré vers elle.
- Qu'est-ce qui est arrivé ensuite ?
- Je croyais avoir entendu le caillou frappé un arbre.
- Le caillou que t'avais projeté avec ta fronde ?
- Oui. Je ne voulais pas la frapper. Je voulais juste lui faire peur. Puis je pensais que le caillou avait frappé un arbre. Mais il a dû...

Ronald se met à pleurer.
- Tu crois avoir tué Rose-Alma ?
- Oui. Mais je ne voulais pas la tuer !
- Quelle taille avait le caillou que tu as utilisé ?
- Un petit caillou, gros comme le bout de mon pouce.
- Et tes frères t'ont vu tirer sur Rose-Alma avec ta fronde ?

- Oui mais ils n'ont rien à faire avec ça. C'est moi qui a tiré.
- Où étais-tu lorsque tu as tiré ?
- Sur le sentier derrière l'église.
- Tu ne t'es pas approché de Rose-Alma pour tirer ?
- Non. Je l'ai fait d'où je me tenais.

Trudel se lève et fait signe à Rosser de le suivre. Il entre dans son bureau, y invite Rosser et ferme la porte.

- Je ne crois pas qu'un petit caillou ait pu produire la blessure sur la tempe de Rose-Alma, dit aussitôt Rosser.
- Tu as raison. La roche que les techniciens ont trouvée sur le lieu, celle sur laquelle il y avait du sang et des cheveux, était d'une plus grande taille. Je crois que Ronald n'aurait pas pu projeter une aussi grosse roche avec sa fronde. On va ramener Ronald à la maison et lui demander de nous montrer sa fronde. Je vais relâcher le père et les frères mais on emmène Ronald sur les lieux du crime pour qu'il nous démontre ce qu'il a fait le jour du meurtre.

Alphonse, André et Richard sont furieux lorsqu'ils apprennent que Trudel retient Ronald.

- Vous n'avez pas raison de le garder. Je vais trouver un avocat !
- Je ne crois pas que ce soit encore nécessaire d'avoir recours à un avocat mais vous pouvez le faire si vous le désirez.
- Vous jetez mon fils en prison, mon caporal, et vous croyez que ce n'est pas nécessaire d'appeler un avocat !
- On ne le met pas en prison. On le retient pendant le temps que ça prendra pour vérifier l'information qu'il nous a donnée.
- L'information ! Quelle information ?

- Je vous en dirai plus lorsque j'aurai fini avec Ronald. Mark, reconduit André et Richard à la maison. M. Parent et Ronald, vous venez avec moi.
- Vous me retenez moi aussi ? demande Alphonse.
- Non on vous ramène chez vous. Ronald doit aller chercher sa fronde et puis on l'emmène sur les lieux du crime.
- Sa fronde ! Vous n'allez pas tout de même nous faire croire qu'il aurait tué Rose-Alma avec ça ! dit André.

Trudel ne répond pas. Il fait entrer Alphonse et Ronald dans la voiture pendant que Rosser fait de même avec André et Richard.

- Gerry, tu peux retourner chez toi pour te reposer.

Whitehead ne se le fait pas dire deux fois. Il se rend à sa voiture, visiblement fatigué après avoir passé une nuit blanche et une journée exténuante.

Chapitre 12

Après une longue interview avec les Parent, les agents les reconduisent à Rochelle. Ronald décroche sa fronde du mur de la galerie. Il la passe à Trudel qui la jauge en souriant. Une fronde fabriquée à la maison, composée d'une branche d'arbre avec un bout fourchu et d'un bout de caoutchouc retiré d'un vieux pneu. Elle lui parait bien fluette. Certainement pas un instrument qui aurait pu projeter la roche qui a tué Rose-Alma. Néanmoins, il reconduit Ronald à la voiture et démarre, suivi de Rosser dans sa propre voiture. Alphonse et ses deux fils les regardent partir. André a les poings serrés et le visage pourpre de rage.

Le dos courbé et la tête basse, Ronald, suivi des deux agents, marche d'un pas réticent vers le sentier derrière l'église de Rochelle.

Un fois rendu au niveau du sentier, Ronald s'arrête.

- Je me tenais près d'ici lorsque j'ai tiré.

Trudel lui passe la fronde et un petit caillou qu'il a ramassé en marchant vers le sentier.

- Est-ce qu'il est à peu près de la même taille que celui que tu as tiré ?
- Oui.

- Alors prend-le et montre-moi comment tu as tiré ?

Ronald s'exécute. Le caillou disparaît au loin. Ronald se tourne vers Trudel.

- J'ai rien frappé cette fois. Mais quand j'ai tiré vers Rose-Alma, j'étais certain d'avoir frappé un arbre. J'ai entendu un *clac* !

Trudel hoche la tête et puis lui passe une roche d'environ la même grosseur que celle que les techniciens ont trouvée sur les lieux du crime.

- Maintenant essaie de tirer avec celle-ci, ordonne-t-il.

- C'est trop gros. Je vais casser ma fronde. Puis ça tire mal avec une aussi grosse roche. Il y a trop de résistance.

- Essaie-le tout de même, insiste Trudel.

Ronald place la roche dans la fronde et étire la bande de caoutchouc aussi loin qu'il le peut. Un bruit sec résonne et la fronde tombe sur le sol. La roche a frappé la fourche.

- Vous voyez. On ne peut pas tirer une roche de cette grosseur avec une fronde !

- C'est ce que je croyais mais je voulais en être sûr. Essaie de lancer la roche avec tes mains au lieu de la fronde.

Ronald le dévisage d'un regard incrédule avant de lancer la roche de toutes ses forces. Le projectile retombe au sol à une dizaine de mètres. Il n'aurait pas pu toucher la victime en lançant une roche d'où il se tenait.

Trudel hoche la tête et se dirige vers l'endroit où le corps a été trouvé. Il signale aux autres de le suivre.

- Nous allons essayer de trouver la petite roche que Ronald a lancée tout à l'heure, annonce-t-il.

- Ça va être difficile ! réplique Rosser.

- On va voir. Elle est en quartz blanc avec de taches rose pâle. Je crois savoir où, elle et tombée, répond Trudel.

Rosser regarde Trudel en affichant un sourire narquois.

- Tu dois avoir des bons yeux !

Ronald ne dit rien. La tête basse, il suit les deux agents sur le sentier puis il se joint à eux pour fouiller l'herbe à la recherche du caillou qu'il vient de tirer. Après quelques minutes, Trudel semble abandonner la fouille. Il examine, au lieu, le tronc d'un arbre.

- Voilà, dit-il.
- Qu'est-ce que c'est ? Tu n'as pas vraiment trouvé le caillou enfoncé dans l'écorce ? Ce n'est pas possible ! dit Rosser.
- Le caillou ? Non, non. Mais j'ai trouvé une marque sur l'arbre qui aurait pu être faite par un caillou, répond Trudel.
- Mais on ne l'a pas entendu frapper, rétorque Rosser.
- Ce n'est pas le caillou que Ronald vient de tirer qui aurait fait cette trace dans l'écorce. Regarde, l'écorchure est déjà sèche. Mais ça peut être celui que Ronald a tiré le jour du décès de Rose-Alma.

Ronald lève la tête.

- J'ai frappé l'arbre ! Je ne l'ai pas tuée ?
- Si tu dis vrai et que tu as tiré de l'endroit que tu nous as indiqué derrière l'église, je ne crois pas que c'est toi qui l'aies tuée, dit Trudel.

Il observe la réaction de Ronald de près. Ce dernier semble immédiatement se gonfler d'énergie. Il se redresse et se met à rire, puis à crier.

- Je ne l'ai pas tuée ! Je n'ai pas commis de péché mortel.

Après s'être calmé, il s'adresse à Trudel.

- Je vous remercie de m'avoir dit ça. Je pensais tellement que le caillou que j'avais lancé avec ma fronde avait tué Rose-Alma. Je me faisais du mauvais sang depuis que j'avais appris qu'on l'avait trouvée morte sur le sentier. J'ai cru l'avoir frappée derrière la tête et l'avoir tuée. Je me voyais déjà brulé aux enfers. Je suis même allé me confesser. Il va falloir que je retourne dire à monsieur le curé que je suis innocent.

Il apparaît très sincère et Trudel le croit. Ce jeune homme n'a pas commis le meurtre. Puis il sourit en imaginant la tête du curé Ristain lorsqu'il avait entendu la confession de Ronald, et la tête qu'il fera lorsque le jeune homme retournera lui avouer le contraire.

- Qu'est-ce que Rose-Alma a fait après que tu as tiré ?
- Elle est disparue derrière ce gros arbre.

Il montre l'arbre derrière lequel le corps de Rose-Alma a été trouvé.

- Qu'as-tu fait après avoir tiré ? demande Trudel.
- Je me suis rendu à l'église pour finir le travail sur le toit.

Trudel prend le temps de réfléchir avant de reprendre la parole.

- Et tes frères ?
- Mes frères ?
- Sont-ils retournés en même temps que toi sur le toit ?
- Ils me devançaient tous les deux.

Ronald regarde Trudel en fronçant les sourcils.

- Croyez-moi, mon caporal. Si je ne l'ai pas tuée avec ma fronde, mes frères et moi sommes innocents. On ne l'aimait pas mais on ne lui aurait jamais fait de mal. On n'est pas méchants comme ça.

Trudel s'apprête à lui répliquer que les moqueries peuvent être aussi maléfiques que les coups mais il se retient. À quoi bon. Il en a fini avec ce jeune homme, ainsi qu'avec ses frères. Ils ne semblent pas être impliqués dans le meurtre et n'ont rien vu qui avancerait l'enquête.

— Viens, on te reconduit à la maison, finit-il par dire.

— Merci bien, mais ce n'est pas nécessaire. Je peux m'y rendre à pied.

Ronald s'éloigne en marchant à grands pas et en fredonnant un air joyeux.

— Tu ne crois pas que ce sont les frères Parent qui sont les coupables ? demande Rosser.

— Non. Je crois qu'ils sont tous les trois innocents. Le pire est qu'ils étaient mes meilleurs suspects jusqu'à date.

— Ouais. Il faudra recommencer à zéro pour en trouver d'autres.

— Pas vraiment. J'ai d'autres suspects... une grande liste de suspects. Je ne sais pas où commencer pour arriver à trouver le coupable. Il va falloir que je les élimine un par un et ça va prendre du temps.

— Qui sont ces prétendus suspects ?

Trudel se rend compte qu'il n'a pas tenu Rosser au courant de son investigation. Il lui raconte donc les cancans de Louise Rand et ce qu'il a appris pendant ses interviews avec les villageois.

— Va me faire un schéma du village. Indique l'emplacement de chaque maison. Ensuite on se divisera la tâche d'aller frapper à la porte de chaque demeure et de demander à chaque résidant où il, ou elle, était le matin du meurtre. Malgré que les traces de chaussures sur le lieu du crime semblent appartenir à des hommes à cause de leur taille, je crois qu'on ne devrait pas exclure les femmes.

Pendant que tu t'occupes de faire ça, je vais encore examiner les alentours de ce bois. Je te reverrai au bureau.

Trudel ne saurait expliquer pourquoi il voulait faire un tour dans le bois. Ce n'était qu'une vague intuition qui le rongeait, une impression qu'il n'avait pas tout vu ce qu'il y avait à découvrir dans les environs du lieu du crime. Le meurtrier pouvait s'être rendu par un autre chemin que le petit sentier de Rose-Alma. Rosser et Whitehead avaient examiné le sol le long du sentier mais le sol était couvert de bouts de branches mortes et d'autres débris organiques. Le meurtrier aurait pu passer sans laisser de traces.

Si Rosser trouve l'idée de son chef d'aller se promener dans le bois un peu étrange, il ne le montre pas. Il n'a aucune envie de se promener dans la forêt. La journée l'avait épuisé et Trudel ne semblait pas désirer sa compagnie. Alors il part aussitôt pour accomplir la tâche que Trudel lui a assignée. Un tâche qui devait être facilement accomplie en moins d'une demi-heure, vu la modeste étendue du village.

Trudel regarde autour de lui. Il ne peut pas aller bien loin à l'est puisque c'est la direction où se trouve le village. Au sud, il se rend chez les Chartier et au nord, à l'épicerie. Il choisit donc de marcher vers l'ouest. Ayant vécu dans une grande ville presque toute sa vie, il n'a aucune aptitude à s'orienter dans le bois. Néanmoins, il s'y aventure en espérant ne pas se perdre. Quelque temps après, il se retrouve devant une petite échelle dont le haut est cloué à un tronc d'arbre. Au-dessus de l'échelle, une petite bicoque est juchée entre trois troncs d'arbres. Trudel grimpe sur l'échelle malgré son apparence fluette. Les deux premières marches tiennent bon mais la troisième casse aussitôt qu'il y met son poids. Pendu par les bras à la sixième marche, il se hisse pour mettre les pieds sur la quatrième en espérant qu'elle ne casse pas. Elle tient bon et il continue de monter avec précaution jusqu'en haut. En entrant dans la cabane, Trudel doit se pencher pour ne pas frapper le toit de la tête. Le plancher est assez solide mais un des murs s'est séparé du toit et ce dernier risque de s'affaisser.

Voulant quitter le lieu avant que la cabane ne s'écroule, il lance un coup d'œil rapide. L'intérieur est bien illuminé par la lumière qui se faufile entre les vieilles planches rétrécies des murs et par deux grands trous dans le toit. Un petit banc est accolé à un mur. Trudel ne voit rien d'intéressant sauf une vieille paire de jumelles sans lanière sur le banc. Après avoir enfilé ses gants, il se penche pour examiner les jumelles. Une ouverture dans le mur au-dessus du banc lui permet d'avoir une bonne vue du lieu du crime. Il place les jumelles devant ses yeux et fixe l'objectif. Il peut très bien voir un bout du sentier près du lieu du crime. Rose-Alma a pu être épiée le jour de sa mort. Trudel sort de sa poche un sac à évidence en plastique transparent et y enfouit les jumelles. Il lance un autre coup d'œil rapide avant de redescendre l'échelle.

Au sol, il fait le tour des trois troncs qui supportent la baraque. L'herbe est très aplatie autour du site et, vers le nord, un petit sentier s'éloigne. Trudel suit le sentier qui lui semble sans fin avant d'aboutir à une route qui va de l'est à l'ouest, donc perpendiculaire à celle qui passe au village. Il traverse la route pour vérifier si le sentier continue de l'autre côté. Pas de sentier, ni de maison tout près. Impossible de préciser d'où vient la personne qui a tracé ce sentier. Est-ce que la cabane et le sentier étaient fréquentés par plus d'une personne ? Il retrace ses pas jusqu'à la cabane et puis retourne à sa voiture. Les techniciens devront revenir pour essayer de soulever des empreintes digitales dans la cabane.

Trudel se rend chez les Chartier. Arthur et Monique sont assis sur le perron à l'avant de la maison. Arthur salue Trudel en le voyant s'approcher. Monique, le regard fixé dans un vieux cahier écolier, ne dit rien. Puis elle hoche la tête en direction de Trudel et entre dans la maison.

- Bonjour Arthur. Est-ce que ton père est à la maison ?
- Oui, il se repose un peu avant le dîner.
- Peut-être que tu peux m'aider. Tu connais l'endroit où on a trouvé ta mère ?
- Oui.
- Qui détient le titre de ce morceau de terre ?
- Mon père. Tout le bois à l'ouest du village lui appartient.
- Tout ?
- Oui. C'est tout recouvert de bois, surtout des peupliers. C'est de là qu'on prend notre bois de chauffage.
- Vous chauffez au bois !
- Oui. C'est moins dispendieux comme ça. Vous voyez cette grande maison. Si on chauffait à l'huile, au charbon ou à l'électricité, ça serait bien coûteux.
- Il y a une cabane dans le bois. Qui l'a construite ?
- La cabane ? Ah, oui la cabane. C'est Maurice et moi qui l'avons construite quand nous étions gamins. Il y a bien longtemps de ça.
- Vous y êtes allés dernièrement ?
- Moi, non.
- Et ton frère ?

Arthur va ouvrir la porte de la maison et appelle son frère. Trudel aperçoit Monique qui les épie par la fenêtre. Elle s'éloigne en voyant le regard de l'agent sur elle. Maurice sort de la maison.

- Es-tu allé à la cabane dans les bois dernièrement ? lui demande Arthur.
- La cabane ? Celle que nous avons construite ?
- Oui.
- Elle doit s'être écroulée il y a bien longtemps.
- Non, elle tient encore, mais à peine, répond Trudel. Alors, tu n'y es pas allé dernièrement ?
- Non, pas depuis bien des années.

Monique est debout derrière la moustiquaire.
- Et toi, Monique ?
- Je ne savais même pas que mes frères avaient construit une cabane dans le bois.

Trudel sort les jumelles.
- Savez-vous à qui appartiennent ces jumelles ?
- Les vieilles jumelles de grand-père Chartier. Je pensais les avoir perdues, s'exclame Maurice.
- C'est toi qui les as laissées dans la cabane ? demande Trudel.
- Je suppose. Je me demandais justement où elles étaient l'autre jour.
- Il y a un petit sentier qui part de la cabane et se dirige vers le nord pour s'arrêter à la route. Savez-vous qui aurait pu tracer ce sentier ?

Les deux jeunes hommes n'en savent rien. Monique lève la tête.
- Maman dit dans son j...

Elle se tait. Puis elle recommence à parler.
- Maman m'a dit qu'elle avait surpris quelqu'un sur le sentier un jour.
- Qui avait-elle vu ?
- Je ne sais pas. Elle a vu un homme du dos seulement et il était trop éloigné pour qu'elle puisse l'identifier.

- Lorsque tu as commencé à parler, tu as indiqué que ta mère l'avait dit *dans son* et puis tu t'es arrêté. Où ta mère avait-elle dit ça ?
- Je ne sais pas pourquoi j'ai dit ça. Maman me l'a mentionné un jour lorsqu'on était dans le jardin.

Elle rougit. Les deux frères regardent leur sœur avec étonnement. Monique rentre en vitesse dans la maison.

- Que voulait-elle dire en disant, *Maman me l'a dit dans son...* ?

Les frères secouent la tête. Ils n'en savent rien. Monique lui cache quelque chose. Mais quoi? Il se promet de revenir parler à cette demoiselle lorsqu'elle sera seule à la maison. Il faut absolument qu'il lui fasse dire ce qu'elle cache.

- Est-ce que l'heure et la date des obsèques de votre mère ont été fixées ?
- Oui. C'est pour lundi prochain à dix heures trente, répond Maurice.
- À quelle Église ?
- Ici à Rochelle, répond Arthur. Les prières sont avant la messe, à dix heures.
- Merci. Je vous reverrai lundi.
- Vous avez l'intention d'y assister ? demande Maurice.
- Bien sûr. Je veux voir le comportement des gens qui se présenteront.
- Vous croyez que le meurtrier va venir ?
- Probablement. Il ne voudra sûrement pas qu'on remarque son absence.

En ouvrant la porte du bureau de la GRC à St-Pierre-Jolys, Trudel surprend une conversation entre Whitehead et Rosser.

- *How do you say, 'You look really nice', in French?* demande Rosser.
- Tu es très jolie.

Rosser s'essaie à quatre reprises avant d'arriver à une prononciation plus ou moins juste.

- Le français est difficile à prononcer, finit-il par dire.
- Oui, mais si tu es bien motivé pour l'apprendre tu y arriveras, lui dit Whitehead.

Trudel est surpris. Pourquoi Rosser veut-il apprendre le français ? Puis, il sourit. C'est sûrement pour impressionner la belle Gisèle qui travaille au Routier. Il se racle la gorge avant de parler pour les avertir de sa présence.

- Tu as fini la carte de Rochelle ?
- Oui, répond Rosser en lui montrant un bout de papier.
- Je vous laisse à votre travail. Je dois aller voir l'inspecteur Greene, annonce Whitehead.

Lorsque Whitehead sort du bureau, les deux agents s'absorbent dans l'étude du dessin que Rosser vient de placer sur le bureau de Trudel.

- J'ai interviewé les résidants de cette maison puisque le père, un dénommé Elzéar Marnier, m'a aperçu sur la route devant sa maison. Il voulait savoir pourquoi je m'étais arrêté là. Lorsque je lui ai demandé où il était le matin du crime, il m'a dit qu'il était à St-Alcide avec sa femme Ernestine pour assister aux obsèques d'une Madame Rita Savoie et que son fils Charles les a conduit. Ce dernier est un célibataire dans la quarantaine qui demeure encore avec ses parents.

- Voilà une famille de moins à voir. Puis, si on les exclue ainsi que les Chartier, Anita et Alfred Michaud, la famille Parent, Élisabeth Marchand et les Beauchamp du bureau de poste, il nous reste trente résidences à visiter, déclare Trudel.

Il écrit le nom de tous les gens qu'il a déjà approchés à côté du croquis de leur demeure sur le schéma du village.

- J'aimerais aller voir les habitants en face des Chartier. Je me réserve donc le sud du village. Marc, tu t'occuperas des résidants du nord.

- Bon on s'y prend tôt. Puisque les maisons sont assez éloignées l'une des autres, il va falloir y aller avec deux voitures.

- Tu as raison Mark. On prend chacun notre voiture et on se rencontre ici lorsqu'on aura fini. Il ne faut pas oublier de demander aux gens s'ils connaissent qui Louise a abordé dernièrement avec ses médisances.

- Ouais. Ce serait bon de le savoir. Mais est-ce que ces hommes admettraient avoir été approchés par Louise ?

- Le coupable va sûrement le nier. Mais on devrait tout de même demander pour voir ce qui en advient.

- Est-ce que ta promenade dans le bois a donné quelque chose ?

- J'ai découvert une cabane juchée entre trois arbres à environs trente mètres du sentier. Quelqu'un s'y rend fréquemment puisque le sol autour des troncs d'arbres est bien aplati. Puis il y avait des vieilles jumelles dans la cabane avec lesquelles on pouvait épier le sentier.

- Qu'as-tu fait des jumelles ?

- Je les ai prises. J'ai appelé les techniciens. Ils devront revenir pour passer la cabane au peigne fin et venir chercher les jumelles.

Trudel est épuisé. Il a faim et Mme Gosselin a sûrement déjà rangé les restes du dîner à l'heure qu'il se fait. L'idée de se rendre au restaurant pour manger ne l'intéresse pas. Non, il se fera un sandwich avec du fromage et quelques tranches du pain frais que Madame Gosselin mettait au four lorsqu'il est parti de la maison ce matin.

    Madame Gosselin est sortie. Elle lui a laissé une note affichée au frigo comme elle le fait à chaque fois qu'elle doit s'absenter. Trudel lui a déjà dit que ce n'était pas nécessaire de le garder au courant de son va-et-vient mais elle continue de le faire. Il ouvre le frigo et y trouve deux sandwiches au jambon enveloppées avec du papier ciré. Sur le comptoir il y a un gâteau. Un petit bout de papier près du gâteau lui dit de se servir à son gré.

    Le repas fini et la vaisselle lavée et rangée, Trudel se rend à sa chambre. La lettre de Catherine est encore dans son enveloppe sur la table de chevet. Il s'assoit sur son lit, la tête entre les mains. Hier, il avait cru que s'il se donnait plus de temps à y penser, il arriverait à trouver une bonne façon de convaincre Catherine d'être patiente. Mais rien ne lui était venu en tête pendant la journée. Il n'y avait même pas pensé avant d'apercevoir la lettre en entrant dans sa chambre. Quel genre d'homme était-il ? Il adorait Catherine. Mais elle lui avait donné un ultimatum qui l'avait complètement bouleversé. Ce qui ne l'avait pas empêché de se lever tôt ce matin, de se plonger dans son travail et de complètement oublier les problèmes de sa vie personnelle. C'en était ainsi chaque jour chaque jour, et la crise entre lui et Catherine n'avait rien changé à cela.

    Il fallait pourtant lui écrire, lui donner une réponse. Assis à son petit bureau sous la fenêtre, Trudel fait une tentative, *Chère Catherine...* Il biffe cela, prend une autre feuille de papier et recommence.

    Ma bien chère Catherine,
    Je suis heureux d'avoir reçu ta lettre. Ici tout va bien. Je travaille sur un cas important en ce moment et

l'inspecteur Greene m'a donné la responsabilité de le résoudre. C'est le meurtre d'une dame qui vivait dans le petit village de Rochelle. Je suis submergé de travail. C'est la raison pourquoi je ne t'ai pas écrit bien souvent dernièrement.

Il s'arrête. S'abaisserait-il jusqu'à lui mentir ? Certes, il est occupé en ce moment. Mais ça fait au-dessus de trois semaines qu'il ne lui a pas écrit et le meurtre n'a été commis que le lundi de cette semaine. Il déchire sa lettre en miettes, prend une nouvelle feuille de papier et réécrit les trois premières phrases. Puis il commence un deuxième paragraphe.

Tu me manques beaucoup mais il m'est impossible d'abandonner mon travail en ce moment. Je regrette de ne pas pouvoir t'aider avec les préparatifs de la cérémonie de mariage et la soirée de noces. Je serai à Montréal une semaine avant notre mariage. Je pourrai t'aider à ce moment-là.

Trudel n'arrive pas à comprendre pourquoi Catherine s'affole tant avec la planification de leur mariage. Qu'est-ce qu'il y à faire ? Parler au curé, louer une salle, inviter la parenté et les amis, et c'est fait. Pourquoi tant s'en faire ? Il ne mentionne pas son étonnement dans sa lettre.

Tu verras, le temps va passer très vite et puis quand nous serons mariés, tu pourras me rejoindre ici au Manitoba. Je vais trouver un appartement où l'on pourra vivre confortablement.
Je t'aime et j'ai bien hâte de te revoir.

Sylvain

Trudel relie la lettre et la trouve à point. Il prépare une enveloppe et y colle un timbre. Demain il la mettra à la poste. Grosso modo, il est satisfait de sa journée. Il a découvert ce que contenait la remise d'André et pourquoi ce dernier avait agi si étrangement en le voyant arriver. Il n'a pas encore élucidé l'affaire du meurtre de Rose-Alma mais il a mis en place un plan pour faire avancer les interviews plus rapidement.

Chapitre 13

Le soleil brille lorsque Trudel quitte le bureau de la GRC de St-Pierre-Jolys. Des petites mésanges picorent dans la mangeoire qu'il a accrochée près de la porte du bâtiment. D'autres mésanges chantent sur leur perche dans les érables près de la route. Il les observe, fasciné par leur petit corps au cou et ventre blanc et la cape noire qui recouvre leur tête, leur dos et leurs ailes. De si petits oiseaux. Pourtant, ils ne s'envolent pas pour les pays chauds et arrivent à survivre les hivers rigoureux du Manitoba. Il se demande si les mésanges souffrent d'engelures. Leur chant joyeux, *chi-ca-di-di-di*, le réjouit. La journée promet d'être heureuse, même s'il doit se rendre à Rochelle, ce petit trou de haine entouré de terrain marécageux.

Passant devant la maison des Chartier, il aperçoit Monique dans le jardin, agenouillée entre les rangs de tomates. Elle remplit une corbeille de fruits mûrs. Il aimerait s'arrêter lui parler, mais il y renonce. En face, il voit une maison bien entretenue et recouverte de planches peint d'un brun-pâle. Un vieillard est assis sur une berceuse à l'ombre de la véranda. Trudel dirige sa voiture dans l'allée menant à la maison.

Le vieil homme le regarde approcher. Trudel se présente et l'homme lui fait signe de s'asseoir sur une chaise à côté de lui.

- Excusez-moi de ne pas m'être levé pour vous accueillir. J'ai de la peine à me redresser et encore plus à marcher.
- Il n'y a pas de quoi.

Trudel s'assoit. La chaise craque sous son poids et chambranle dangereusement. Il se lève en vitesse.

- Pardon monsieur. J'ai dû prendre du poids dernièrement.
- Ne vous en faites pas. Prenez une autre chaise. Cette vieille chaise aurait dû être jetée au feu il y a longtemps.

Le vieil homme a la barbe fraîchement rasée, les cheveux bien mis et les vêtements propres, malgré son infirmité.

- Je vous offrirais de quoi à boire mais ma fille est dans le jardin. Elle cueille des concombres pour faire des cornichons et je ne veux pas la déranger. Elle en a tellement à faire la pauvre et je suis incapable de l'aider.
- Ne vous inquiétez pas, monsieur, je n'en ai pas pour longtemps.
- Dommage. C'est ennuyant d'être assis ici presque toute la journée à observer les gens travailler pendant que moi je me tourne les pouces. Bon me voilà réduit à crier famine avec la bouche pleine. Je n'ai pas à me plaindre. Ma fille s'occupe bien de moi.

Il se tourne vers Trudel et lève la main en salut militaire.

- Théodore Deslauriers à votre service. Que puis-je faire pour vous ?
- Je viens vous parler de Rose-Alma Chartier.
- Ah oui, la chère Rose-Alma. Épouvantable ça. Regardez sa pauvre fille qui se démène dans le jardin là-

bas. Elle pourrait bien s'encabaner chez elle et pleurer la perte de sa mère, mais elle continue de travailler. Je la vois pleurer parfois et j'aimerais bien aller la consoler mais mon infirmité ne me le permet pas. Elle est seule à la maison puisque j'ai entendu Joseph et ses fils partir pour les champs tôt ce matin. Ils sont ponctuels les Chartiers, toujours à la même heure.

Il baisse la tête et se tait pendant un moment. Puis il se tourne vers Trudel.

- Vous savez, mon caporal, il y a des gens qui s'effondrent devant une tragédie. D'autres survivent en plaçant un pied devant l'autre résolument afin de continuer à suivre la routine quotidienne qu'ils avaient établie avant le drame. Joseph et ses enfants sont de cette sorte. De braves gens.

- Comment était Rose-Alma ?

- Elle était loin d'être paresseuse. Puis elle était bonne avec les enfants. Elle était sévère mais elle les respectait et ne les frappait pas. Vous voyez, je suis bien placé pour les observer puisque je demeure droit en face. Je n'ai jamais vu ou entendu quoi que ce soit de malsain chez eux. Il y en a qui dise que Rose-Alma cherchait l'attention des hommes. J'ai toujours pensé qu'elle était un peu trop gênée, mais elle me paraissait être une bonne personne. En tous cas, elle ne m'a jamais fait des beaux yeux. Il faut croire que les racontars à son sujet sont faux, ou elle me trouvait trop vieux ou trop laid.

Les deux hommes rient.

- Pourtant, il y en a des moins beaux que moi qui prétendent avoir été la pointe de mire des beaux yeux de Rose-Alma.

Trudel rit. Il trouve ce vieillard bien aimable. Une autre bonne personne. Peut-être que Rochelle n'est pas la tanière de haine qu'il s'était imaginé.

- Avez-vous remarqué si Monique était dans le jardin le jour du meurtre ? Lundi ?

- Lundi ? Attendez up peu. Ah oui, elle y était. Ma fille Simone m'a aidé à me rendre sur la véranda vers dix heures. Monique était déjà dans le jardin. Plus tard, Rose-Alma est venue lui parler avant de s'éloigner dans le bois. Elle devait se rendre au magasin par le petit sentier qu'elle s'était tracé. Elle passait toujours par là. Je crois que c'était à cause de sa gêne. Elle voulait éviter de rencontrer les gens du village.

Deslauriers se tait et Trudel respecte son silence. Il est heureux que le vieillard lui parle sans se faire tirer les vers du nez.

- Vous voyez, mon caporal, je n'ai rien d'autre à faire que d'observer les gens et d'essayer de comprendre ce qui les incite à agir comme ils le font.

Trudel hoche la tête. *Un vrai philosophe, ce vieillard.*

- Est-ce que Monique est restée au jardin toute la matinée ?

- Oui. À part des fois qu'elle rentrait pour vider son panier.

- Vous êtes resté assis ici jusqu'à quelle heure ?

- Ma fille était bien occupée. J'avais mal au cul d'être assis ici. Je ne me suis pas plaint parce que j'entendais tout un brouhaha provenant de la cuisine. Elle faisait un grand ménage. J'ai dû patienter jusqu'à ce qu'elle vienne m'aider à rentrer à l'heure du déjeuner. Les fils Chartier et leur père étaient déjà revenus des champs. Alors il devait être un peu passé midi.

Il se retourne et dévisage Trudel d'un regard consterné.

- Monique n'aurait jamais fait du mal à sa mère. Elle est trop douce.

- Monsieur, au début d'une enquête, tout le monde figure à ma liste de suspects. Surtout les membres de la famille de la victime. C'est en investiguant que j'arrive à les éliminer.

- Vous pouvez rayer tous les membres de la famille Chartier de votre liste. Je vous assure, qu'aucun d'eux n'aurait commis un tel crime.

- Je voulais en être certain afin de pouvoir me concentrer sur les autres personnes.

- Moi aussi je suis innocent. Même si j'aurais voulu tuer Rose-Alma, je n'aurais pas pu le faire puisque je ne peux pas me déplacer sans aide. Et puis, ma fille était à la maison toute la journée et son mari Luc était au travail à Winnipeg. C'est Luc Monier, le nom de mon beau-fils.

- Je vous remercie, Monsieur.

Trudel se lève. Théodore le dévisage avec méfiance.

- Je n'ai jamais pensé que votre famille serait impliquée dans le meurtre, monsieur Deslauriers, ni celle de Joseph Chartier. Mais, je ne dois pas me fier à mes intuitions. Il faut que je m'en tienne aux faits, et la seule façon de trouver ces faits est de poser un tas de questions.

- Ouais je suppose que votre travail vous oblige à être curieux.

Trudel hoche tête et lui sourit.

- J'ai aimé discuter avec vous. Vous êtes un homme très intéressant.

Deslauriers, ayant retrouvé sa bonne humeur, se met à rire.

- Vous me flattez. Mais je dois admettre que moi aussi j'ai bien aimé notre petit tête-à-tête. Revenez si ça vous plaît d'entamer une autre conversation.

- J'y reviendrai certainement, M. Deslauriers.

Trudel lui serre la main et le quitte. Il n'a pas rejoint sa voiture lorsqu'une petite dame dans la quarantaine aux cheveux noirs et au regard doux l'interpelle de la galerie.
- M. l'agent. Attendez une minute !

Trudel retrace ses pas.
- Bonjour. Je suis sa fille Simone, Simone Monier. Mon père a oublié de vous dire que j'ai quitté la maison lundi pour me rendre au bureau de poste vers dix heures.
- Ah oui. J'avais oublié, s'exclame le vieillard en se frappant le front. Je peux vous jurer qu'elle n'est pas allée ailleurs puisque je l'ai suivie des yeux jusqu'au bureau de poste et je l'ai vue revenir. Comme vous savez, je n'ai rien d'autre à faire.
- J'ai pensé que d'autres personnes vous diraient que j'avais quitté la maison et je voulais vous avertir.
- Je vous remercie, Madame.

Trudel salue le père et la fille avant de retourner à sa voiture. Il est heureux qu'elle le lui ait dit, car il se serait souvenu, tôt ou tard, qu'Aline Beauchamp l'avait incluse dans la liste de gens qui s'était présentés au bureau de poste le matin du crime. Il lui aurait fallu retourner converser avec M. Deslauriers, ce qui l'aurait tout de même réjouit.

Monique est encore dans le jardin et Trudel décide d'aller lui rendre visite. Il ne l'avait vue que trois fois, et en deux de ces occasions, elle avait commencé à dire quelque chose, s'était arrêtée à mi-phrase et avait refusé de revenir sur le sujet. Il était certain qu'elle lui cachait quelque chose. Mais quoi ?

La jeune femme est accroupie entre deux rangs de tomates lorsque Trudel arrive. Elle se lève en entendant la voiture et le regarde s'approcher.
- Je dois te parler, Monique.
- Je suis occupée.

- Je sais. Tu as tout de même droit à un moment de repos.

Trudel se penche et prend le panier de tomates. Il avait remarqué une balancelle en bois peint d'un jaune canari. Ce genre de fauteuil balançoire à plusieurs places qui est affixé à une charpente et une plateforme et qu'on fait basculer en poussant sur la plateforme avec les pieds. Ses grands-parents en avaient une et il avait passé plusieurs heures à se balancer avec eux pendant les longues soirées d'été de son enfance.

- Viens. On va aller s'asseoir sur la balancelle et discuter un peu.

Trudel se dirige vers la balancelle et elle le suit sans dire mot. Il lui fait signe de s'asseoir et prend le siège en face d'elle. Monique évite son regard.

- Monique, j'aimerais savoir ce que tu as commencé à me dire l'autre jour lorsque tu as dit, *Maman dit dans son...* Tu n'as pas voulu clarifier ce que tu avais commencé à dire. Où ta mère avait-elle écrit quelque chose au sujet du sentier ?

Elle le regarde, fronce les sourcils puis détourne le regard.

- Je n'ai pas dit ça. J'ai dit qu'elle me l'avait dit personnellement.

- Monique, regarde-moi. Dis-moi la vérité. Ta mère devait avoir écrit ce que tu allais dire. Où l'avait-elle écrit ?

Monique regarde à terre et ne dit rien. Ses yeux se remplissent de larmes et elle se cache le visage avec les mains.

- Tu dois me le dire. Ça pourrait peut-être m'aider à identifier qui a tué ta mère.

Elle sort un mouchoir de la poche de son pantalon et s'essuie les yeux. Puis elle se redresse et le fixe d'un regard défiant.

- Ça n'a rien à faire avec le meurtre de ma mère. Croyez-moi, je vous le dirais si je détenais de l'information qui pourrait vous aider à trouver celui qui a fait ça à ma mère.

- En es-tu certaine ? Parfois les détails qui nous paraissent insignifiants finissent par être des indices importants.

Elle soupire et baisse les yeux.

Trudel répète son avertissement.

- Il ne faut rien me cacher si tu veux que je réussisse à appréhender le coupable. Je reviens vers midi pour voir toute la famille.

Elle hoche la tête, le regard ailleurs. Trudel lui tapote l'épaule doucement avant de la quitter. *Que peut-elle bien couver?*

Chez les Moniers, Théodore Deslauriers est assis sur la galerie lorsque Trudel passe. Il salue le vieil homme de sa main. Théodore lui retourne son salut.

Au sud des Monier, se trouve une petite maison en bois qui avait dû depuis plusieurs années, se passer de peinture. La petite maison gît dans l'ombre sous un parasol de grands ormes. Les murs, privés de soleil, sont vermoulus. Il l'aurait cru abandonnée si les fenêtres n'étaient pas été ouvertes et les rideaux ne dansaient pas dans le vent.

Trudel frappe à la porte. Il entend des gazouillements de jeunes enfants et le bruit de pas légers qui s'approchent. Une jeune dame aux longs cheveux blonds attachés en queue de cheval lui ouvre et le dévisage avec surprise.

- Bonjour. Je suis le caporal Trudel de la GRC. Puis-je entrer et discuter avec vous un moment ?

Elle hoche la tête et recule d'un pas pour le laisser entrer. Il se trouve dans un petit salon aux murs bleus fraîchement peints. Au sol, les vieilles planches en bois de pin, peintes d'un brun foncé, craquent sous son poids.

Deux petits enfants de moins d'un an, un garçon et une fille, sont assis sur un petit tapis effiloché devant le sofa. La petite fille se hisse sur ses jambes à l'aide d'une petite table chancelante placée devant le divan. Elle observe l'intrus d'un regard inquiet. Trudel lui sourit. Pendant ce temps, le petit garçon se dirige en pleurant vers sa mère. La jeune femme le hisse sur sa hanche.

- Michel est farouche avec les étrangers. Micheline est plus brave. Elle ne perdra pas de temps à vous approcher.

- Des jumeaux. Vous avez les mains pleines.

- Oui. C'est très difficile parfois.

- Quel âge ont-ils ?

- Dix mois. Puis j'en attends un autre à la fin de janvier.

Elle parait décontenancée. Trudel ne sait pas trop comment réagir. Il hoche la tête.

- J'espère que ce ne sera pas encore des jumeaux ! J'en aurais pas fini de laver des couches.

Trudel sourit et lui demande son nom.

- Oh pardon ! J'aurais dû me présenter à votre arrivée. Ginette Tardif, la femme de Marcel Tardif. Mon mari est parti travailler à Winnipeg. Il s'y rend avec le voisin, M. Monier. Marcel travaille dans une menuiserie qui fabrique des portes et des fenêtres. Ça fait six mois qu'il travaille là. Avant il coupait du bois de chauffage pour le vendre mais la plupart du monde chauffe à l'huile maintenant, et certains à l'électricité. Puis, il gagne un meilleur salaire à Winnipeg.

Elle continue de parler de sa famille, des murs qu'elle vient de peindre et des jumeaux. Seule à la journée longue avec deux enfants en bas âge, elle doit rarement avoir l'occasion de converser avec des adultes. Trudel apprécie les gens qui parlent sans se faire prier mais l'information qu'elle lui divulgue n'a aucun rapport avec le crime. La petite Micheline s'approche de lui en faisant le tour de la table, ses grands yeux bleus fixés sur lui. Puis elle met la main sur son genou et lui fait un grand sourire. Trudel lui sourit tout en cherchant le moment propice pour barrer le flot du monologue de sa mère. Mais Ginette doit s'être rendu compte d'avoir perdu l'attention de l'agent car elle s'arrête au milieu d'une phrase.

- Bon. Je suis certaine que vous n'êtes pas venu ici pour m'entendre raconter ma petite vie.
- J'enquête sur la mort de Rose-Alma Chartier.
- La mère de Maurice. Pauvre femme tout de même.
- Vous la connaissiez ?
- Oui. Je suis née à Rochelle et j'y ai vécu toute ma vie.
- Comment était-elle ?
- Très gentille. Je la voyais travailler dans le jardin et je traversais la rue avec mes bébés pour aller lui parler. Elle était bien gentille et me donnait souvent des légumes frais. Je ne voulais pas qu'elle ressente le besoin de m'en donner alors je refusais au début. Mais elle trouvait toujours un moyen d'en cacher dans le landau des bébés. En fin de compte, j'ai appris à accepter ses légumes en la remerciant. Ça avait l'air de lui faire plaisir.
- Connaissez-vous les rumeurs qui circulaient à son sujet ?
- Oui. Je les ai entendues depuis que j'étais petite. Ça faisait beaucoup de peine à Maurice lorsqu'il entendait ces sornettes. Des stupidités inventées par Louise Rand.

En mai dernier, elle a approché Marcel pour lui dire que Rose-Alma avait les yeux sur lui. Comme si ça pouvait être vrai ! Marcel a dit à Louise qu'elle était une menteuse et elle n'est jamais revenue. On ne l'a jamais dit à Maurice.
- Quelles relations avez-vous avec Maurice ?
- Nous sommes de bons amis. Marcel et Maurice le sont depuis leur première année à l'école. Maurice était très populaire à l'école. Il avait et a encore un genre de charisme qui attire les gens. Tout le monde voulait être son ami à l'école.
- Est-ce que les enfants Chartier se faisaient brimer à l'école à cause de la réputation de leur mère.
- Je me souviens d'un incident lorsqu'on était en première année. Je ne l'oublierai jamais tellement ça m'a frappée. Un des grand gars de la huitième, Eugène Roux, riait de Maurice et appelait sa mère une salope. Je ne crois pas qu'on savait, nous les petits, ce qu'Eugène voulait dire par ça. Mais Maurice s'est fâché. Il s'est penché et a ramassé une roche. Ensuite, il a levé la main en dévisageant Eugène férocement. Eugène a bien rit de voir ce petit garçon prêt à se battre. Mais il s'est tu et s'est éloigné lorsqu'il s'est aperçu qu'une vingtaine de petits de la première à la quatrième année, moi incluse, s'étaient positionnés derrière Maurice. Chacun avait une roche en main et on était prêt à la lancer.
- Est-ce qu'il y a eu d'autres incidents de ce genre ?
- Lorsqu'on était en cinquième année, un gars de la huitième, j'oublie qui, riait d'Arthur qui était en troisième. Le gars de la huitième était petit pour son âge et Maurice était déjà grand et bien musclé. Maurice lui a passé une raclée.
- Maurice est coléreux ?

- Ah non. Ce sont les seules fois que j'ai vu Maurice se fâcher. Puis après qu'il s'est battu avec le grand, il est allé se cacher derrière l'école pour pleurer. Il répétait sans cesse, *Je ne voulais pas lui faire mal*, tant il regrettait avoir frappé son adversaire. Personne n'est venu déranger les Chartier après ça à l'école. Pas que je le sache du moins.

- Comment Maurice s'entendait-il avec sa mère ?

- Il l'aimait et la respectait. Il ne croyait pas ce que disaient les gens. Il a essayé de la convaincre d'en parler à Joseph, mais elle refusait. Je crois qu'elle avait peur que Joseph cesse de l'aimer.

- D'après vous, avait-elle raison de ne pas en parler à Joseph ?

- Non. Il l'aurait protégée. Il l'aimait beaucoup. C'était évident. On aurait dû en parler à Joseph, Marcel et moi. Peut-être qu'on aurait pu empêcher ce crime.

- Qui sait. Peut-être que ça n'aurait pas arrangé grand-chose. Je vous remercie de votre gentillesse et de votre temps. Vous m'avez beaucoup aidé. Je reviendrai jaser avec vous s'il me vient d'autres questions.

- Revenez quand ça vous plaira. Je veux vous aider à trouver celui qui a fait ça à Rose-Alma.

Les larmes coules sur ses joues. Le petit Michel se met à pleurer. Elle lui parle doucement et l'embrasse. Trudel se lève et la petite Micheline s'accroche à sa jambe. Il se penche pour lui donner un petit câlin.

- Au revoir et merci, Madame.

- Appelez-moi Ginette.

- Seulement si vous m'appelez Sylvain.

- Au revoir Sylvain. Enchantée d'avoir fait ta connaissance.

- Moi pareillement, Ginette.

Trudel en a beaucoup appris. Maurice connaissait les rumeurs au sujet de sa mère. Peut-être qu'Arthur et

Monique étaient eux aussi au courant. Était-ce possible que Joseph soit le seul à n'avoir rien entendu à ce sujet ? Les gens du village le respectent mais il est incroyable que Joseph aurait pu vivre dans ce village pendant toutes ces années sans apprendre ce que les gens pensaient de sa femme. Il doit aborder le sujet avec Joseph.

Un autre fait intéressant était que Maurice avait démontré de l'agression en deux occasions lorsqu'il était enfant. Trudel avait été lui-même l'objet de la colère de Maurice le jour du meurtre lorsqu'il avait quitté la maison des Chartier. Maurice se serait-il retourné contre sa mère ? Pourtant il avait un alibi pouvant être confirmé par trois personnes, Alice Beauchamp, Berthe Colombe et Élizabeth Marchand. Mentiraient-elles afin de le protéger ? Une personne, peut-être. Trois personnes, probablement pas, en moins qu'elles agissaient de complicité entre elles. Il n'avait pas demandé à Théodore Deslauriers s'il avait vu un des trois hommes Chartier revenir pendant la matinée le jour du crime. Fallait-il ajouter un autre témoin à la liste de ceux qui donnait un alibi aux hommes Chartier ? Trudel décide de tout repasser ce qu'il a appris à date avant de retourner voir Théodore. Il verrait ce que les autres villageois avaient à dire.

Et puis, Louise lui a menti. Contrairement à ce qu'elle témoigné, elle n'a pas cessé d'approcher les hommes avec ses histoires malsaines. Selon Ginette, elle l'a fait en mai de cette année. Qui d'autre a-t-elle approché ? Il doit confronter cette vilaine dame. Ça lui pue au nez, mais il ne peut pas laisser passer son mensonge. *Elle admettra d'avoir menti et divulguera les noms des autres hommes qu'elle a approchés récemment !*

Il s'étire pour se détendre car, en pensant à Louise, ses poings se sont fermés et son visage s'est contracté en grimace. Puis il constate qu'il vient d'ajouter deux autres personnes au nombre de gentilles personnes dans le village, Marcel et Ginette. Il sifflote en se rendant à la voiture.

Chapitre 14

Trudel n'a pas vu Rosser depuis son retour à Rochelle. Lui était-il arrivé quelque chose ? Aurait-il déniché le meurtrier par chance et être devenu sa deuxième victime ? Il secoue la tête en riant. Non, sûrement pas. En réalité, si Rosser avait trouvé le meurtrier, il l'aurait appréhendé et l'aurait conduit à Steinbach, sans l'avertir, pour prouver à l'inspecteur Greene que ses habiletés en investigation étaient supérieures à celles de son chef. Puis, il rejette cette idée. Rosser avait dû commencer ses entrevues à la frontière nord du village, tandis que Trudel avait débuté au centre. Il le verrait sans doute plus tard dans la journée.

Il est encore trop tôt pour retourner voir Monique alors il se dirige vers une menue bicoque située au sud de la ferme des Chartier. Il hésite avant d'ouvrir la porte de la voiture. La maison est-elle habitée ? De vieux rideaux recouvrent une petite fenêtre et une serviette effilochée pend à une branche d'érable. Sous l'érable, une fumée blanche s'échappe d'un vieux poêle et des langues de feu lèchent le fond d'une vieille bouilloire noircie de suie. Il devait y avoir quelqu'un. En s'approchant de la maison, il entend un petit éclaboussement d'eau sur sa gauche, puis un genre de glou-glou comme si quelqu'un respirait sous l'eau. Il se tourne dans la direction d'où provient le bruit.

Il ne voit rien. Il y a un grand tonneau de bois remplit d'eau sous la descente de la gouttière. Il s'approche. Au même moment, une tête jaillit du tonneau et le fait sursauter. Puis le torse d'un vieil homme apparait. L'homme se secoue la tête et lui adresse la parole en anglais.

- Je vous ai fait peur ?

Trudel hausse les épaules.

- J'étais en train de prendre mon bain. Si vous voulez me passer la serviette qui est accrochée à la branche à votre gauche, je sortirai d'ici.

Trudel décroche la serviette et la lui passe. L'homme le regarde patiemment sans bouger. Trudel comprend que l'homme, par pudeur, ne veut pas sortir du tonneau devant lui. Il s'éloigne en se demandant comment ce vieillard arrivera à sortir du tonneau. Un grand éclaboussement et, quelques minutes plus tard, l'homme le rejoint. Le bas de son corps est recouvert de la serviette. L'homme est incroyablement mince.

- Vous pouvez m'accorder un moment pour m'habiller ?

- Certainement.

Le vieil homme entre dans la maison et referme la porte. Trudel attend patiemment jusqu'à ce que l'homme vienne lui ouvrir. Ses vêtements, qui sont évidemment trop grands pour lui, pendent sur son corps et lui donne l'apparence d'un épouvantail.

Trudel se présente et le vieillard lui offre la main en se nommant.

- Albert Sigurdson. Qu'est-ce que je peux faire pour vous ?

Il avait parlé en français, alors Trudel commence l'entrevue en français.

- Je parle très mal le français. Ma première langue est le danois. J'ai dû apprendre l'anglais en arrivant au

Manitoba. Il y a soixante ans de cela. J'arrive à me débrouiller en français mais avec difficulté.

- Nous allons converser en anglais si ça vous est plus agréable.

Le vieillard hoche la tête.

- Ça fait longtemps que vous demeurez à Rochelle ?

- Une cinquantaine d'années.

Trudel hoche la tête.

- J'ai appris un peu de français. On ne peut pas vivre dans un petit village francophone sans en apprendre un peu.

Il fait signe à Trudel d'entrer. En traversant le seuil de la maison, Trudel a la sensation de faire marche arrière et se retrouver au dix-neuvième siècle. La maison consiste d'une seule pièce et est très peu meublée. Un petit lit en bois accolé au mur du fond, une table ronde entourée de trois vieilles chaises en tiges de métal tressés et un vaisselier haut et étroit forment tout l'ameublement. Un vieux poêle à bois trône au centre de la pièce. Le plancher, ainsi que les murs, sont construits de larges et planches de pin brut.

- Voulez-vous du thé ? Je viens de faire bouillir de l'eau.

Trudel aurait préféré une boisson froide en ce jour d'été mais il accepte volontiers l'offre de son hôte. Près du vaisselier, il aperçoit une vieille glacière. Il y a bien longtemps qu'il n'en a pas vue et celle qu'il avait vue, hors d'un musée, servait de placard dans la laiterie de ses grands-parents. Il trouve ça incroyable qu'il en existe une encore en état d'utilisation.

Le vieil homme prend deux tasses du vaisselier et les pose sur la table à côté de la théière. Puis il sort sans indiquer où il va, laissant la porte grande ouverte. Trudel s'apprête à le suivre lorsqu'il le voit revenir, une bouilloire fumante à la main.

Le vieil homme vide de l'eau chaude dans la théière d'une main ferme, pose la bouilloire sur le poêle et se va au vaisselier pour chercher le thé. Le vieux lui paraît en très bonne forme malgré son âge. Il se peut aussi que sa maigreur lui donne une apparence d'âge plus avancé. Le vieil homme lui sourit en lui faisant signe de s'asseoir.

- Vous vous demandez quel est mon âge ?

Trudel est surpris. L'homme a deviné sa pensée.

- Oui. Mais ce n'est pas important.
- Ne vous en faites pas. On n'est pas responsable de notre vieillissement. La vieillesse s'approche furtivement sans que l'on s'en rende compte, et puis un jour on se retrouve vieux. On n'y peut rien.

Trudel hoche la tête. Il croit que le vieil homme ne lui dévoilera pas son âge. Il se trompe.

- J'aurai quatre-vingts ans le mois prochain.
- Vous êtes en très bonne forme pour votre âge.
- Oui. C'est parce que je travaille dans mon jardin et je marche beaucoup.
- Vous allez où ?
- La plupart du temps, je me dirige vers le sud jusqu'au carrefour et puis je reviens. Ça fait environ cinq kilomètres, aller et retour.
- Même en hiver ?
- Oui. Sauf aux jours de froid intense. Ces jours-là, je fais les cent pas dans ma maison. Il n'y a pas grand-chose à faire en hiver.

En écoutant Albert parler, Trudel se demande si lui-même sera en si bonne forme à cet âge, s'il s'il y parvenait.

- Vous voulez de la crème et du sucre ?
- Non merci.

Albert verse le thé.

- Qu'est-ce qui vous amène ici ? J'espère que je n'ai pas commis une ânerie qui m'a attiré l'attention de la police.
- Non, pas du tout. Je viens vous parler du meurtre de Rose-Alma Chartier.
- Ma voisine. Oui. J'ai appris ça lundi soir. Arthur Chartier est venu m'avertir.
- Vous connaissez les Chartier ?
- Un peu. Je parle souvent à Joseph. Il me passe volontiers les services de son taureau pour accoupler mes vaches.
- Vous avez un troupeau de vaches ?

Il rit.

- Seulement deux. Elles me donnent le lait, le fromage et le beurre dont j'ai besoin. Je fabrique mon propre beurre.

Le vieil homme se lève et sort une vieille baratte à beure d'un petit placard près de la porte. Il appuie sur une pédale avec son pied pour faire tourner le baril on décrivant comment il s'y prend pour faire du beurre, comme le ferait un employé de musée.

- Vous vivez de façon très indépendante, sans avoir trop recours aux inventions modernes.
- Je n'ai pas beaucoup d'argent et j'en dépense peu afin d'en avoir assez pour mes vieux jours.

Il rit en retournant à la table.

- Connaissiez-vous Rose-Alma ?
- Un peu. Elle me saluait en passant. Une dame très gênée mais bien aimable. Elle est venue ici un jour.
- Ah !
- Oui. J'avais attrapé une vilaine grippe et je n'étais pas sorti pendant quelques jours. Joseph est venu voir si j'allais bien. Je n'avais rien pour me soigner. Il m'a dit qu'il enverrait sa femme avec de la soupe et des

remèdes. Elle est arrivée quelque temps après avec une bonne soupe aux légumes et du sirop pour la toux. Comme ma main tremblait, elle a pris la cuillère et m'a aidé à manger, malgré...
    - Malgré ?
    - Je connaissais les histoires qu'on racontait à son sujet. Je pensais qu'elle aurait peur de ce que diraient les gens et je lui en ai parlé. Elle a haussé les épaules. Puis Maurice est arrivé. Il est entré sans frapper à la porte. Il a regardé sa mère d'un regard consterné en lui disant qu'il allait s'occuper de moi. Elle est partie en le remerciant.
    - Maurice avait-il l'air fâché ?
    - Non. Plutôt consterné. Et il avait raison. La prochaine fois que je suis allé au bureau de poste, j'ai été accosté dans la rue par Eugène Roux. Il m'a demandé si Rose-Alma m'avait *offert ses services*. C'est comme ça qu'il l'a dit. J'étais tellement choqué par ce commentaire vulgaire que je n'ai pas répliqué. Il s'est éloigné en ricanant. Ce n'est qu'un jeune soûlot qui vit aux dépends de ses parents. Mais il n'était pas le seul à répandre ce genre de méchanceté. Je ne comprendrai jamais pourquoi les gens étaient si méchants envers elle.
    - Où étiez-vous le matin du meurtre ?
    - Lundi ? Laissez-moi y penser. Mon cerveau ne roule pas aussi bien qu'auparavant. J'ai parfois de la difficulté à me souvenir de ce que j'ai fait il y a une minute, laissez faire toute une semaine.
    Trudel lui laisse le temps de se brasser la mémoire.
    - Je devais être en train de désherber mon jardin. C'est ce que je fais d'habitude le lundi matin.
    - Vous n'êtes pas allé au village ?
    - Non. Je n'y vais que les mercredis. J'aime ordonner ma vie un peu. Ça aide à passer le temps.

Trudel se lève en le remerciant de sa gentillesse. Le vieux l'accompagne à la porte et l'invite à revenir si ça lui plaît.

Trudel jette un coup d'œil au tonneau en passant. Il est à moitié vide. Puis il comprend comment le vieil homme en est sorti. Deux petits blocs en bois sont cloués à la paroi intérieure du tonneau, et deux autres à l'extérieur. Malgré ça, il fallait être agile et très souple pour grimper sur des blocs d'environs trois centimètres de largeur et six de longueur pour ensuite passer la jambe par-dessus le bord et poser le pied sur le bloc à l'extérieur sans faire basculer le tonneau. Une acrobatie incroyable pour un homme de son âge.

Après avoir quitté Albert, Trudel se dirige vers l'épicerie pour s'acheter une boisson gazeuse. Il n'a pas grande envie de revoir Alfred mais le thé l'avait fait suer et il a besoin de se rafraîchir. En chemin, il rencontre un jeune homme d'environ trente ans qui marche en titubant le long de la route. Il n'a jamais rencontré cet homme mais il croit connaître son nom. Eugène Roux. Trudel gare la voiture sur le côté de la route et l'interpelle. L'homme le regarde d'un air éberlué puis bat des paupières à plusieurs reprises avant de s'approcher. Un relent d'alcool, ainsi qu'un bouquet de corps mal lavé s'infiltrent dans l'habitacle.

- Que... Qu'est-ce que.... que tu me veux ?

L'homme a de la peine maintenir son équilibre. Il s'agrippe à la portière avec des doigts aux ongles crasseux. Puis il rentre la tête pour mieux voir celui qui l'avait interpellé. Trudel se penche vers le côté passager pour échapper à son odeur.

- Vous êtes Eugène Roux ?
- Ouais. T-toi ?
- Le caporal Trudel de la GRC.

- Un cap... caporal. Bonjour cap... poral.
Eugène tente de lui faire un salut militaire mais il perd son équilibre et se raccroche à la portière.
- J'aimerais vous parler au sujet de Rose-Alma—
- La salope... lope à Char.... Chartier. J'en... ai long à dire. Tu me paies... paies un... un p'tit coup... et je ra-raconte tout?
Un jet de salive jaillit à chaque mot que prononce l'homme, giclant Trudel au visage. Il se glisse plus loin vers le côté passager.
- Non. Je crois que vous en avez déjà assez consommé. Je vous parlerai une autre fois.
Roux ricane. Il reste agrippé à la portière.
- Pouvez-vous s'il-vous-plaît reculer un peu.
Roux rit mais ne lâche pas. Trudel sort du côté passager. Il contourne la voiture et s'approche de Roux. Ce dernier le regarde d'un œil inquiet et se cache le visage des mains.
- Me fais... fais pas mal.
Il s'éloigne de la voiture et tombe dans le fossé.
Trudel l'aide à se relever.
- Où demeures-tu Eugène ?
Il indique le sud de son index.
- Viens. Je te ramène chez toi.
Trudel le soutient du bras, lui fait contourner la voiture et le fait entrer par la portière arrière. Roux se laisse choir sur la banquette. Trudel referme la portière, s'assoit derrière le volant et fait un demi-tour. Il s'arrête devant chaque maison et demande à Roux si c'est là où il demeure. Roux répond au négatif jusqu'à ce qu'ils arrivent à la dernière maison avant le carrefour dans la route.
C'est une maison blanche très moderne avec une grande galerie dont le toit est soutenu par quatre grosses colonnes. Une grande étable nouvellement peint en rouge foncé est située à une dizaine de mètres derrière la maison.

Une dame, près de la cinquantaine, sort de la maison en courant. Elle s'essuie les mains sur son tablier en observant Trudel extirper Eugène de la voiture.
- Qu'est-ce qu'il a fait mon Eugène cette fois ?
- Rien, madame. Je l'ai trouvé sur la route. Il avait beaucoup de difficulté à marcher.

Elle regarde son garçon avec dégoût, s'approche de lui et le pousse par le coude vers le perron.
- T'es encore allé te souler chez Gérald Ménard !

Eugène ne dit rien. Il tapote la main de sa mère, en affichant un grand sourire. Elle lui fait monter les marches de la véranda. Puis, elle le pousse vers un banc sur lequel il s'étend et ferme les yeux.
- Il va finir par me tuer avec ses conneries celui-là, dit-elle.
- Il boit beaucoup.
- Beaucoup trop. Puis il ne fait aucun travail. Ses trois frères et son père font tout.
- M-man ! Arrête-rête de parler de m-moi !
- Si tu te trouvais du travail et que tu ailles vivre ailleurs, je n'aurais rien à dire puisque je ne saurais rien de ce que tu fabriques.

Un homme chauve, une casquette tachée de sueur et de poussière à la main, sort de la maison, suivi de trois jeunes hommes en salopettes recouvertes de poussière.
- Qu'est-ce qui se passe ? demande l'homme à la casquette.

Trudel se présente. Trois jeunes filles sortent de la maison. Elles se tiennent à l'écart près de la porte. Les membres de la famille restent derrière et laissent le père parler avec le gendarme.
- Vous allez appréhender mon Eugène ?

Trudel croit apercevoir une petite lueur d'espoir sur son visage.

- Non. Je l'ai simplement reconduit à la maison.
- Il trainait saoul dans le village, je suppose.
- Oui, monsieur.
- Je vous remercie de l'avoir ramené.

L'homme soupire et s'apprête à se retourner.
- Puis-je vous parler... à vous et votre famille ?
- Au sujet de quoi ?
- La mort de Rose-Alma Chartier.
- Ouais. C'est affreux ça. Un meurtre au village. Mais si quelqu'un méritait bien de se faire tuer, c'était bien elle.
- Victor ! C'est affreux ce que tu dis, dit sa femme.

Eugène rit. Toutes les têtes se tournent vers lui. Un de ses frères, un jeune homme aux long cheveux brun foncé, lui souffle de se taire. Eugène rit encore plus fort. Son frère se penche vers lui et lui enjoint de la fermer. Eugène lui attrape les cheveux et tire. Son frère le prend par le bras et le retient forcément.
- Mau-maudit con ! Lâ-lâche-moi !
- Si tu lâches mes cheveux !

Eugène ouvre la main. L'autre relâche le bras et s'éloigne, l'air grognon.
- Roger et Daniel, amenez-le dans sa chambre, ordonne le père.

Les deux jeunes hommes soulèvent Eugène par les épaules et le traînent dans la maison. Eugène rit et se laisse traîner. Le spectacle terminé, toutes les têtes pivotent vers Trudel.
- Comme je disais tout à l'heure, j'aimerais vous parler au sujet de la mort de Rose-Alma Chartier.

La mère se tourne vers ses filles.
- Allez chercher trois autres chaises. On va s'installer sur la galerie pour parler.

Elle invite Trudel à s'asseoir. Il prend une chaise et la retourne pour faire face aux autres.

Le père et la mère s'installent sur un banc devant lui. Deux des jeunes filles, le regard bas, apportent des chaises et s'assoient à la droite de Trudel. Les deux jeunes hommes reviennent et s'assoient. La troisième fille, une adolescente aux cheveux noirs et frisés, place sa chaise en face de Trudel et le regarde fixement. Ce regard intense le gêne et le fait rougir.

- J'aimerais que tout le monde se présente. Pour ceux qui n'étaient pas ici à mon arrivée, je suis le caporal Trudel de la GRC.

- Victor Roux, ma femme Marie-Jeanne, notre fils Roger. Et celui-là c'est Daniel.

Il indique le jeune homme aux longs cheveux qu'Eugène avait tenté d'arracher. Et là, nos trois filles, Susanne, Gisèle et la petite Mireille aux cheveux blonds.

- Dites-moi où vous étiez le matin du meurtre.

Marie-Jeanne commence à parler mais Victor lui coupe la parole.

- Mes fils et moi, on fauchait du foin ce matin-là, comme on le fait chaque jour, à part du dimanche. On a un grand troupeau de vaches et ça prend beaucoup de foin.

- Où coupiez-vous le foin ?

- Dans le champ derrière la lisière d'arbres là-bas.

Il indique un endroit derrière l'étable.

- Est-ce que quelqu'un vous aurait vus ?

- Nos voisins d'à côté. Laurent Minot et ses trois fils. Ils travaillaient dans le champ juste à côté.

- Et vous Madame ?

- Je suis allée avec mes trois filles cueillir des fraises au jardin Saint-Martin à St-Alcide. On est parti à neuf heures et on est revenu vers une heure. Pas vrai les filles ?

Les trois jeunes filles hochent la tête en même temps, comme si les trois têtes n'en faisaient qu'une.

- Vous pouvez toujours vérifier avec Mme Saint-Martin, si vous ne nous croyez pas.
- C'est bon. Et puis Eugène ?
- Lui ! Je n'ai pas pu le réveiller avant d'aller travailler, dit le père.
- Il dormait encore quand les filles et moi sommes parties.
- Est-ce qu'il est resté au lit toute la matinée ?

Toute la famille hausse les épaules en même temps comme une troupe de marionnettes maniées par un unique assemblage de cordes.

- Je vous assure que mon fils n'aurait pas fait mal à Mme Chartier, dit le père en plaçant les mains sur les hanches.
- Connaissez-vous les rumeurs qui circulaient au sujet de Rose-Alma ?

Victor ne laisse personne d'autre la chance de répondre.

- Bien sûr. Tout le monde le savait à part Joseph. Il était aveugle à ce qu'elle faisait.
- *La connais-tu la femme de Jos, la connais-tu ? La connais-tu la femm' de Jos, la connais-tu ? La connais-tu la femme de Joe qui boit du whiskey comm' de l'eau. Oh! Oh! Oh! Oh ! Oh ! La femme de Jos.*

Le visage collé à la moustiquaire, Eugène, qui avait eu beaucoup de difficulté à parler en arrivant, chante maintenant d'une voix juste sans balbutier.

Victor s'approche de la porte et l'expédie à sa chambre.

- Je ne suis ... pas un... un enfant ! Tu ne peux pas me di...dire quoi faire.
- Je retiens le droit de te dire comment vivre tant que tu vivras sous mon toit.

- Laissez-le nous rejoindre sur la galerie. J'ai des questions à lui poser, dit Trudel.

Victor se recule pour laisser sortir Eugène. Ce dernier passe à côté de son père et se met à chanter.

- *L'embrasserais-tu la femme de Jos, l'embrasserais-tu? L'embrasserais-tu la femme de Jos, l'embrasserais-tu? L'embrasse—*
- Ferme là, Eugène ! lui ordonne son père.
- *La marierais-tu la femme de Jos, la marierais-tu? La m—*

Victor s'approche de son fils, la main prête à frapper. Eugène se tait et lève les bras pour se défendre.

- Le caporal veut te poser des questions.
- Que... c'est... c'est que vous voulez-lez savoir ?
- Où es-tu allé le matin du meurtre ?
- Moi. Nul... nulle part.
- Tu n'es pas allé au village ?
- Non. J'ai dormi... dormi toute la journée.
- Tu n'es pas allé au bureau de poste ?

Eugène secoue la tête.

- Je sais que tu y es allé. Où es-tu allé après ça ?
- Nulle part. Mon cap...caporal.
- Et avant d'aller au bureau de poste ?
- Nul part, cap...o...ral.
- Vous voyez, caporal. Il est seulement allé au bureau de poste. Eugène boit beaucoup mais il est un bon garçon malgré tout, dit Marie-Jeanne.
- On verra. Je reviendrai plus tard dans la journée lorsqu'il se sera dessaoulé.

Eugène continue sa chanson.

- *La tuerais-tu—*

Le père élève de nouveau la main. Eugène se réfugie dans la maison, suivi de son père.

Chapitre 15

Il est temps de retourner chez les Chartier. Trudel s'apprête à tourner dans la grande allée qui mène chez eux lorsqu'il aperçoit une voiture qui se dirige vers lui. La voie est trop étroite pour permettre le passage de deux voitures alors il s'arrête. La voiture approche. Maurice est au volant et Joseph est assis à ses côtés. Arthur et Monique occupent la banquette arrière. Maurice le salue de la main en passant, fait cap au sud et s'éloigne.

Trudel est enragé et un bon nombre de questions fusent dans sa tête. Est-ce que Monique a dit à sa famille qu'il venait les voir vers midi ? Ont-ils choisit de l'éviter ? Quelle sorte de jeu jouaient-ils ? Il se lance à leur poursuite, puis il abandonne. Il vaudrait mieux attendre leur retour qui ne tarderait puisqu'ils devaient revenir pour la mulsion du soir. Entre temps, il a d'autres chats à fouetter.

Trudel passe tout l'après-midi à interroger des gens. Le matin du crime, un grand nombre d'hommes étaient aux champs avec leurs fils ou étaient au travail à St-Alcide, Steinbach ou Winnipeg. Les femmes étaient dans le jardin, les filles les aidaient ou s'occupaient des jeunes enfants. Aucun n'admettait être allé au village au moment du meurtre. Personne n'avait vu Rose-Alma ce matin-là et rien ne leur avait paru hors de l'ordinaire. Les hommes qui se trouvaient à la maison niaient avoir été la cible des cancans de Louise Rand. Ceux qui admettaient l'avoir été, disait que ça datait de plusieurs années. Plusieurs pensaient que Louise disait vrai. Certains rageaient lorsque Trudel leur apprenait que Louise les avaient dupés. D'autres refusaient de croire que Louise les auraient trompés. Personne n'avait cru nécessaire de venir à la défense de Rose-Alma car, dans le fond, ça ne les regardait pas.

Vers seize heures trente, la voiture des Chartier passe à grande allure devant la maison où Trudel vient de compléter une interview. Elle est suivie de deux autres voitures. Le caporal décide de suivre le cortège qui se rend chez les Chartier. Les gens sortent des voitures, la famille de Joe Chartier de la première, un vieux couple accompagné d'un couple dans la quarantaine de la deuxième, et deux autres couples d'âge mûr de la troisième. Personne ne s'occupe de Trudel. Puis, Monique l'aperçoit. Elle s'éloigne du groupe et s'approche de lui.

- Nous avons de la visite.
- Qui est-ce ?
- Mes grands-parents Chartier, la sœur de papa et son mari, et les deux frères de papa et leurs épouses.
- Avais-tu averti ta famille que je revenais vers midi ?

Elle secoue la tête.

- Écoute Monique, tu dois me dire ce que tu me caches.

Elle ne répond pas.

Maurice qui a dû remarquer l'absence de sa sœur, s'approche d'eux, les sourcils froncés, les poings fermés.

- Que voulez-vous, mon caporal ?
- Je suis venu voir Monique. Elle sait quelque chose qu'elle ne veut pas me dévoiler. J'ai besoin de

savoir ce qu'elle me cache. Ça pourrait être très important pour l'enquête.

- Mes grands-parents, tante Irma et oncle Paul vont passer la fin de semaine ici. Ce n'est pas un bon temps de venir poser des questions.

Le ton du jeune homme n'encourage aucune discussion. Trudel ne se laisse pas abattre.

- Le plus vous évitez de me parler, le plus souvent je devrais revenir.

- On ne sait rien qui puisse vous aider, mon caporal ! dit Maurice.

- Au contraire, je crois que Monique me cache quelque chose d'important et je vais pousser jusqu'à ce qu'elle me le dévoile.

Trudel regarde Monique qui détourne les yeux.

- Qu'est-ce que ma sœur pourrait savoir qui vous intéresserait ?

- Demande à ta sœur.

Monique ne dit rien. Son frère l'observe d'un regard intense.

- Elle ne sait rien, mon caporal.

- Il faut tout me dévoiler si vous voulez que je trouve qui a tué votre mère.

- Si on avait quelque chose à vous dire qui avait rapport au meurtre, on vous le dirait, répond Maurice.

Trudel les dévisage d'un air incrédule. Monique évite son regard. Il en a assez d'avoir à se débattre contre cette famille pour aujourd'hui. Il part sans les saluer. Puis le doute s'empare de lui. Se trompait-il? Il n'y croit pas. Monique sait quelque chose et il arrivera tôt ou tard à la convaincre de parler.

Eugène est couché sur un banc à l'ombre de la galerie. Trudel s'approche et lui touche doucement

l'épaule. Eugène sursaute et s'assoit. Trudel n'a pas le temps de dire mot qu'Eugène se met à chanter.
- *La tuerais-tu la femme de Jos, la tuerais-tu ? La tuerais-tu la femme de Jos, la tuerais-tu ? La tuerais-tu la femme de Jos, qui boit du whiskey comme de l'eau, Oh, oh, oh, oh, oh la femme de Jos.*

Trudel trouve ça intrigant qu'Eugène chante cette vieille chanson. Il était dans la région le matin du meurtre et jusqu'à date n'avait aucun alibi. Eugène interrompt sa chanson et rit. Sa mère sort de la maison.

- Comme vous pouvez voir, mon caporal il est encore saoul. Il avait caché une bouteille de whiskey dans sa chambre. Il va falloir que vous reveniez demain.
- Il faudrait le jeter en prison pour qu'il ne se saoule pas de nouveau.

Victor était sorti et avait parlé avec dégoût.
- Victor, tu ne peux pas faire emprisonner ton fils.

Eugène imite les gestes et les expressions du visage de ses deux parents en en les entendant se disputer.
- C'est justement ce que je pensais faire, M. Roux. Je vais l'obliger à passer la nuit dans une cellule à St-Pierre-Jolys pour qu'il se dessaoule. Je le ramène demain après l'avoir interrogé.
- Vous... vous pou-pouvez pas faire ça ! proteste Eugène.
- Ce n'est que pour une nuit. Ça ne va pas te tuer, réplique son père.

Ce dernier prend son fils par le bras et le pousse vers la voiture de police. La mère pleurniche sur le perron.
- Ne lui faites pas de mal, caporal. Il est un bon garçon malgré tout.
- Ne vous en faites pas Madame, je n'ai aucune intention de lui faire mal. Je ne cherche qu'à lui donner la chance de se dessaouler avant de lui parler.

Trudel ouvre la porte arrière de la voiture, côté passager, et enjoint Eugène d'entrer. Eugène s'exécute en affichant une babine d'enfant boudeur.

Victor monte les marches pour consoler sa femme. La voiture est à peine sortie de la cour qu'Eugène recommence sa chanson odieuse. Il la chante sans arrêt, ne prenant que quelques secondes de répit à la fin de chaque interprétation avant de recommencer. Trudel essaie de ne pas se laisser déranger par le chant, mais après vingt minutes, il n'en peut plus et lui ordonne de se taire. Eugène reste muet pendant quelques secondes, puis recommence à chanter, plus fort qu'auparavant. Trudel arrête la voiture et se retourne pour dévisager son passager récalcitrant.

- Tu vas te la taire ou tu te mérites trois jours au cachot !

Eugène met les mains devant son visage pour bloquer les coups. Lorsqu'il se rend compte qu'il n'y en aura pas, il affiche un sourire railleur.

- Tu vas garder le silence jusqu'à St-Pierre-Jolys ! Tu m'entends ?

Eugène hoche la tête sans perdre son air moqueur. Trudel reprend la route. Il appelle Rosser avec la radio de police et ce dernier répond au premier appel.

- Où es-tu en ce moment, Mark ?
- En chemin pour le bureau. Et toi ?
- Moi aussi. On se revoit tantôt.

Quelques minutes plus tard, Eugène reprend la chanson, cette fois en la chuchotant. Trudel allume la radio et hausse le volume pour ne plus entendre ce chant insensé. Il a bien hâte de jeter Eugène dans une cellule pour ensuite fermer la porte à double tour.

En entendant le mot *chanter*, Eugène reprend sa chanson.

- Qu'est-ce qu'il chante ?

- Une vieille chanson idiote. Je vais prendre ses empreintes digitales, ainsi que celles de ses chaussures, et ensuite l'enfermer dans une cellule.

Lorsqu'Eugène est dans la cellule, les deux agents s'assoient pour repasser ce qu'ils ont découvert pendant la journée.

- C'est quoi la chanson idiote ?

Trudel lui chante en traduisant en anglais.

- Ça frappe juste cette chanson-là. *La femme de Joe.* C'est lui qui l'a inventée ?
- Non. C'est une vieille chanson folklorique.
- Étrange sujet pour une chanson tout de même. Serait-il en train de se confesser ? Où peut-être qu'il connaît qui l'a fait ?
- Je n'en sais rien. Il va falloir attendre qu'il se dégrise.

Rosser hoche la tête, puis les deux agents se mettent au travail. Trudel invite Rosser à commencer son rapport de la journée pendant que lui-même s'occupe à noter les points saillants au tableau.

Rosser a visité quinze foyers. Tout comme Trudel avait trouvé pendant la journée, plusieurs gens étaient occupés aux travaux de la ferme ou s'affairaient dans le jardin le matin en question. Trois couples étaient allés à l'enterrement de Rita Savoie. Un homme admettait avoir été approché par Louise Rand, deux jours avant le meurtre. Trudel se retourne vivement vers son collègue. Rosser lui fait un sourire en coin.

- Qui ?
- Un dénommé Armand Dufour.
- Comment a-t-il réagi ?
- Lui et sa femme se sont disputés après que Louise est partie.
- Ah oui ! Ils t'ont raconté ça.

- Oui, en grands détails. Et lorsque les parents oubliaient un détail ou deux, les enfants ne se gênait pas de remplir les blancs. Grosso modo, Armand ne voulait pas aller dire à Rose-Alma de lui ficher la paix. Sa femme, Brigitte a insisté qu'il devait le faire pour éviter que Rose-Alma pense qu'Armand l'aimait. Armand lui a dit qu'il en avait bien assez d'aller crier après cette maudite femme. Et que Brigitte pouvait elle-même aller le faire si ça lui était si important. Brigitte lui a dit qu'il était un lâche. Victor est sorti en faisant claquer la porte.
- Où est-il allé ?
- Dans le champ avec son fils Roland qui n'a que quinze ans. Les Dufour ont sept enfants dont cinq sont des filles. Roland a trois sœurs plus âgées que lui, deux plus jeunes et ensuite un petit frère de dix ans.
- Où était Armand au temps du crime ?
- Aux funérailles de Rita Savoie à St-Alcide.

Trudel, qui pensait avoir enfin trouvé une piste à suivre, jure.
- Elle ne cessait de crier cette femme.
- Qui ça ?
- Madame Dufour.
- Pourquoi criait-elle ?
- Elle criait après un de ses enfants qui avait déchiré sa chemise. Puis elle apostrophait ses filles parce qu'elles s'amusaient au lieu de peler les patates pour le dîner.
- Une femme colérique. Ce qui n'a rien à voir avec le meurtre, puisque le mari et la femme avaient tous les deux un alibi. Mais, Louise m'avait dit qu'elle n'avait pas approché d'hommes récemment. Elle m'a menti car c'est deuxième homme qui dit avoir reçu sa visite. Elle a aussi approché Marcel Tardif.

Le téléphone sonne. La dame à la réception vient avertir Trudel que l'inspecteur Greene le veut au téléphone. Trudel se rend à son bureau et décroche.
- Bonjour, Inspecteur. Comment allez-vous ?
- Bien. Et comment va l'enquête ? Tu ne m'a rien rapporté ces deux derniers jours.
- Votre appel arrive à point. Rosser et moi étions justement en train de ressasser tout ce que nous avions appris à date.
- Et vous avancez ?
- Un peu.
- Vous avez un suspect ?
Avait-il noté une nuance d'impatience dans la voix de Greene ?
- Pas encore. Une personne d'intérêt, mais rien de concret encore.
- Qui est la personne qui vous intéresse ?
- Eugène Roux. Il se repose en ce moment dans une cellule pour se dégriser.
- Pourquoi t'intéresse-t-il ce gars-là ?
- Il était dans la région au moment du crime et il n'a aucun alibi. Mais je ne peux rien apprendre avant qu'il se dégrise.
- Bon. Je te laisse. Mais tiens-moi au courant.
- Oui, Inspecteur.

Trudel raccroche. Il était trop tard pour appeler le laboratoire pour voir si on avait quelques résultats à lui faire part. Ce sera sa première tâche lundi. Et puis, non. Car il devra se rendre tôt aux obsèques pour voir les gens arriver. Il devait attendre à lundi après-midi.

Trudel retourne au tableau. Rosser est assis à la table, les yeux fermés.
- Tu es fatigué, Mark ?

- Non. Je roulais toute cette information dans ma tête pour arriver à en tirer quelques conclusions.
- Puis, qu'as-tu découvert ?
- Absolument rien. Nous n'avons pas de suspect à part du soûlot qui fait la sieste dans la cage. Espérons que c'est lui.
- Ouais.

Trudel repasse ses entrevues avec Rosser. Il ajoute les noms de tous ceux qui sont allés aux funérailles de Mme Savoie sous la rubrique *alibi*. Puis il note le nom de Laurent Minot sous le nom de Victor Roux et ses fils, et vice-versa, une famille couvrant l'autre avec un alibi. Lorsqu'ils ont terminé la revue de leurs notes, ils n'ont encore qu'un suspect, Eugène Roux. Trudel pense à Maurice Chartier qui joue le rôle de défenseur envers sa famille. Se serait-il à un temps retourné contre sa mère ? Pourtant il avait un alibi. Puis, il ne fallait pas non plus exclure les Parent. Ils pourraient lui avoir menti en disant qu'ils n'avaient pas approché Rose-Alma le jour du meurtre. Il fallait attendre l'analyse des traces de chaussures avant des éliminer pour de bon de sa liste des suspects.

Rosser s'étire, baille et puis se lève.
- Bon. Je pars.
- Repose-toi bien.
- Qui s'occupe du prisonnier pendant la nuit ?
- J'ai fait venir un jeune constable de Steinbach.
- Whitehead ?
- Non, un dénommé Andrew Garner.

Rosser hoche la tête et quitte. Trudel étudie le tableau. Demain il ira parler à Maurice et Monique, en dépit de la visite. Mais avant, il s'occupera d'Eugène.

Andrew Garner arrive. Trudel le salue et lui donne quelques directives au sujet du prisonnier avant de partir.

Mme Gosselin désherbe son jardin de fleurs devant la maison lorsque Trudel rentre chez lui.

- Tu as reçu un appel il y a dix minutes. J'ai pris le message. C'est sur la table de chevet dans ta chambre.

- Merci, Madame.

- Il n'y a pas de quoi. On écoute de la musique ce soir?

- Certainement. Et, avec ça pour nous aider à se détendre.

Trudel lui fait voir la bouteille de vin rouge qu'il a achetée.

- Du bon vin rouge, dit-elle.

Trudel entre en vitesse dans sa chambre. Catherine l'a appelé. Il a hâte de voir comment elle va. Acceptera-t-elle de le rejoindre au Manitoba après leur mariage ? Il lit le message. Ce n'est pas le numéro de Catherine. Ce sont ses parents qui ont appelé. Que se passe-t-il à la maison ? Inquiet, il décroche le téléphone et compose le numéro. Sa mère répond.

- Allô, maman. Tout va bien ?

- En ce qui concerne notre santé, oui.

- Alors, si tout va bien, vous avez appelé seulement pour me dire bonjour ?

- Bien oui. Mais...

- Mais quoi, maman ? Qu'est-ce qui se passe ?

- Tu sais Sylvain, j'ai toujours appuyé tes décisions, même lorsque je n'étais pas d'accord. Mais...

- Mais quoi ?

Sylvain commence à perdre patience. Il aimerait que sa mère arrête de tourner autour du pot et ponde ce qu'elle couve. Elle soupire avant de parler.

- Catherine est venue nous voir. Elle pleurait.

- Catherine pleurait ?

- Oui. Comment as-tu pu lui faire ça ?

- Faire quoi ?
- Lui demander de te rejoindre au Manitoba après le mariage.
- Mais c'est là où je travaille !
- Et son travail à elle ?

Sylvain ne sait que répondre. Catherine était comptable dans une agence située à trois pas de chez elle. Elle adorait son travail. Il peut comprendre pourquoi elle ne voudrait l'abandonner. Pourquoi n'y avait-il pas pensé ? Il avait agi comme un égoïste, ne pensant qu'à ses propres besoins.

- Maman, ce n'est pas avec vous que je dois discuter ça ! Je veux parler à Catherine.
- Elle ne veut pas te parler.
- Elle refuse de me parler ! Comment le savez-vous ?
- Elle me l'a dit.
- Je vais l'appeler.
- Elle ne sera pas chez elle.
- Comment le savez-vous ?

Sa mère ne répond pas. Il entend des chuchotements, puis la voix de son père au téléphone.

- Sylvain. C'est ton père. Tu vas m'arrêter ces idées folles de jouer au policier cowboy dans l'Ouest. Reviens à Montréal. Si tu veux jouer au policier, tu n'as qu'à te joindre au rang de la police de Montréal. Quelle différence est-ce que ça ferait ?
- Papa ! Je ne suis pas un enfant ! J'ai vingt-six ans. Je peux prendre mes propres décisions.
- Oui, mais t'agis comme un enfant. Tu abandonnes ta pauvre fiancée pendant que tu joues au sheriff dans le *Far-ouest*.
- Papa ! Je ne veux plus discuter avec vous. C'est avec Catherine que je dois parler, et pas avec vous.
- Et si elle refuse de te parler ?

- Pourquoi refuserait-elle ?
- Parce que tu lui as brisé le cœur !
- Papa, je raccroche et j'appelle Catherine.
- Elle n'est pas chez elle.
- Où est-elle ?
- Je ne puis te le dire.

Est-ce que le bruit de fond que Sylvain entend sont des pleurs ?
- Catherine est là, n'est-ce pas ?

Silence à l'appareil.
- Papa, demande à Catherine de prendre l'appareil !
- Elle ne veut pas.
- Comment ça ?
- Tu lui as brisé le cœur. Sans-cœur !
- Papa, dit à Catherine que je la rappellerai demain pour discuter tout ça.

Furieux, Trudel raccroche sans saluer son père. Il ne comprend pas pourquoi Catherine est allée se plaindre à ses parents. Pourquoi ne pas l'appeler, lui ? La tête dans les mains, il se balance sur le bord du lit. *Comme la vie est compliquée lorsqu'on essaie de la vivre à deux !* Il reconnaît avoir négligé de considérer les besoins de Catherine. Mais en même temps, pourquoi était-elle allée se plaindre à ses parents au lieu d'essayer de régler leurs problèmes entre eux, comme un couple devrait le faire ? Il est vrai qu'il était coupable de ne pas avoir plus dialogué avec Catherine pour mieux connaître ses préférences. Il n'avait pensé qu'à ses propres aspirations. Il aurait dû l'appeler au lieu d'écrire lorsqu'il avait reçu la missive qui lui ordonnait de retourner à Montréal.

Et puis, cette fameuse lettre qu'elle lui avait écrite manquait de cordialité. Elle voulait l'obliger de retourner à Montréal. Elle aussi avait agi de façon égoïste.

Sylvain s'étend sur son lit. Il repasse tout dans sa tête. Comment résoudre cette impasse entre lui et Catherine ? Aucune solution ne se présente. Il ferme les yeux et tente de se reposer. Impossible. Il y a trop d'idées qui lui tourbillonnent dans la tête. Ces idées occasionnent toute une gamme d'émotions et lui tordent les intestins. Il se souvient tout à coup de la bouteille de vin qu'il a laissé sur la table et de sa promesse de passer une soirée musicale avec sa logeuse. Il se lève et se rend à la cuisine. Mme Gosselin a déjà sorti deux verres et retiré le bouchon.

- Tout va bien à la maison ?
- Tout le monde est bien, oui.
- C'est bon. Mais je crois que tu a besoin de te détendre. Allons au salon boire un verre de vin et écouter de la musique.

Chapitre 16

La sonnerie d'un téléphone le réveille. Un affreux mal de tête et la fatigue le cloue sur place. Il referme les yeux et entend des bruits de pas qui s'approchent. Quelqu'un lui parle mais il ne prête pas attention à ce que dit la voix. Une main lui touche doucement l'épaule et il sursaute. Une douleur vive lui fend la tête et lui donne la nausée.
- Sylvain. On te demande au téléphone.
Il regarde autour de lui. Pourquoi est-il endormi sur le divan ? Puis il se rappelle avoir consommé toute la bouteille de vin qu'il avait achetée en plus d'une autre que madame Gosselin avait sortie de son garde-manger. Madame Gosselin s'était limité à un verre. Il avait bu le reste. Et il n'était pas habitué aux excès de boisson.
Il s'assoit et la nausée s'accentue.
- Tu n'es pas bien ?
- Non. Trop bu.
- Je ne t'aurais pas réveillé mais l'agent au téléphone a dit que c'est urgent.
- Urgent ?
- C'est ce que l'agent a dit.
Trudel prend l'appareil que Mme. Gosselin lui tend.
- Allô. Sylvain Trudel à l'appareil.

- Mon caporal, c'est Andrew. Le prisonnier s'est mis à crier. Je suis allé voir. Il regardait le mur de sa cellule et hurlait comme un démon.
- Qu'est-ce qu'il disait ?
- Je ne sais pas. Il parlait en français. Il semblait avoir très peur. Tout son corps tremblait. J'ai appelé une ambulance mais les secouristes n'ont pas réussi à le calmer. Ils n'arrivaient pas à deux, tellement qu'il se débattait. J'ai essayé de les aider mais il nous frappait à coup de poings et de pieds. Un des secouristes à appeler le médecin de garde à l'hôpital et il est venu pour lui administrer un calmant. Ça n'a pas été facile de le tenir tranquille pendant que le médecin lui injectait le calmant. Ils l'ont ensuite transporté à l'hôpital. J'ai cru bon vous avertir malgré l'heure.

Sylvain tourne lentement la tête vers l'horloge afin d'éviter une nouvelle attaque de haut-le-cœur. Six heures !
- Tu as bien fait, Andrew. Merci. Je vais me rendre à l'hôpital. As-tu averti ses parents ?
- Non. Je voulais vous avertir en premier.
- Appelle-les et dit leur de se rendre à l'hôpital de St-Pierre-Jolys.

Trudel raccroche.
- Vous avez des comprimés pour les maux de tête. J'ai une vilaine gueule de bois.
- Oui. Veux-tu aussi un comprimé pour la nausée ?
- S'il-vous-plaît.

À l'hôpital, il n'y a personne à la réception. Il se rend au bureau des garde-malades et demande s'il peut voir Eugène Roux.
- Je ne sais pas si vous pouvez le voir en ce moment, M. l'agent. Vous devez vérifier avec docteur Harder.

Elle fait l'appel à l'interphone puis commence à feuilleter un périodique. Le médecin ne tarde pas à arriver, ses chaussures crissant sur le linoléum bien ciré. Il est costaud et court. La réceptionniste indique Trudel de son index. Le médecin se tourne vers lui.

- Vous n'allez pas bien, monsieur l'agent ?
- Non. Mais je ne suis pas venu pour des soins médicaux. Ce que j'ai se passera avec le temps.

Le médecin sourit et attend que Trudel lui explique pourquoi il l'a fait appeler.

- Comment va Eugène Roux ? Nous l'avions placé en cellule pour qu'il se dégrise. Ce matin il était très énervé et semblait avoir peur de quelque chose.
- Il souffrait des symptômes de sevrage.
- Déjà !
- Oui, dans certains cas, les hallucinations les hallucinations commencent entre six et douze heures après la dernière consommation. Ça doit faire un bon moment qu'il consomme régulièrement beaucoup d'alcool.
- J'en n'ai aucune idée. Je ne le connais que depuis hier.
- J'ai l'impression que ça fait déjà plusieurs années qu'il en consomme régulièrement en grande quantité.

Trudel hausse les épaules.

- Puis-je lui parler ?
- Non. Il dort en ce moment et je ne veux pas qu'il soit dérangé. Peut-être plus tard dans la journée, ou encore mieux, demain. Appeler moi avant pour vérifier s'il est assez en forme pour recevoir de la visite.

Docteur Harder lui tend une carte de visite.

- Merci. On a appelé sa famille et elle est en route.
- C'est bon. Je vais les attendre. J'ai commencé un traitement pour alléger les symptômes physiques mais il

aura besoin du support de sa famille pour réussir à combattre les effets psychologiques de la dépendance.

    - Merci docteur. Je reviendrai plus tard dans la journée.

    - Vous êtes certain que vous n'avez pas besoin de soins ? Vous avez l'air de souffrir terriblement.

    - J'ai trop fêté hier.

    - Il ne faudrait pas en prendre l'habitude.

    - Je vous assure que je ne suis pas prêt à recommencer.

    Le médecin rit et s'éloigne en le saluant. Trudel retourne chez lui pour reposer sa tête endolorie et essayer de dormir.

    Un bruit le réveille. Quelqu'un frappe à sa porte. Il se lève, trop soudainement et doit se recoucher pour atténuer une vague de nausée. Mme Gosselin parle à travers la porte.

    - As-tu faim, Sylvain ?

    Il arrive à peine de réprimer un nouvel assaut de nausée.

    - Non Madame. Je souffre d'un violent mal de tête et j'ai la nausée.

    - J'ai juste ce qu'il te faut pour t'aider. Je te l'apporte.

    Trudel gémit. Mme Gosselin revient et frappe à sa porte de nouveau.

    - Entrez.

    Elle entre avec un plateau sur lequel il y a un verre d'eau, un verre de jus de tomate et un autre verre rempli d'un liquide clair et pétillant. Elle place le plateau sur la table de chevet.

    - Assis-toi. Je vais t'aider.

    - Vous ne pensez pas que le café bien fort ferait une meilleure cure ?

- Non. Crois-moi. J'en ai eu l'expérience une ou deux fois. Ce verre de médicament alcalin va t'aider avec la nausée. Crois-moi, plus tu tardes au lit, plus les symptômes vont durer. Il faut bouger pour se remettre. Mais, commence par boire beaucoup de liquide.

Trudel s'assoit lentement sur le bord du lit. Il avale le verre d'antiacide lentement.

- Si t'arrives à ingurgiter ces liquides sans problème, viens à la cuisine pour manger quelque chose de plus remplissant.

Elle sort. Trudel avale un comprimé pour alléger son mal de tête avant d'avaler le verre d'eau d'un trait. Il regarde le jus de tomate sans y toucher. Son estomac ne veut rien savoir. Il se lève lentement et prend le plateau pour le retourner à la cuisine.

- Un peu mieux ?
- Pas vraiment.

Il s'assoit, les coudes sur la table et la tête entre les mains. Il s'était promis d'aller voir les Chartier aujourd'hui.

Le temps passe et Trudel commence à se sentir mieux. Le mal de tête s'apaise petit à petit. Il avale le verre de jus de tomate.

- Je vais te faire un sandwich au jambon. Ça va te faire du bien, tu vas voir.
- Je dois aller à Rochelle mais je vais emporter le sandwich avec moi.
- Tu vas mieux alors ?
- Un peu.

Le temps est nuageux et une petite pluie fine arrose le paysage asséché. Trudel apprécie cette journée pluvieuse car il n'a pas à faire face à la luminosité intense du soleil et la fraîcheur de la pluie est un baume pour son corps endolori.

    La pluie a cessé avant son arrivée à Rochelle mais le ciel demeure couvert. Chez les Chartier, la visite est encore là, tel que Maurice l'avait dit. Un vieux couple est assis sur le perron devant la maison. Ils coupent les queues et les têtes des haricots. Trudel se présente et les deux vieillards se lèvent. Le vieux est grand, presqu'aussi grand que Joseph. Sa femme est courte et petite avec des cheveux blancs courts et frisés.

    - Jérome Chartier, et ma femme Céline. Nous sommes les parents de Joseph. Vous êtes le caporal qui mène l'enquête.

    Trudel hoche la tête.

    - Est-ce que Monique est à la maison ?

    - Oui.

    Le vieil homme appelle Monique. La jeune femme sort aussitôt. Elle fronce les sourcils en apercevant Trudel.

    - Bonjour Monique. Puis-je te parler ?

    Monique descend les marches du perron sans répondre et se dirige vers la balancelle. Trudel sourit aux grands-parents, puis suit Monique. Elle se retourne pour lui faire face.

    - Je ne peux pas vous aider.

    Trudel entend quelqu'un s'approcher. Maurice arrive à grands pas, le visage en colère.

    - Pourquoi venez-vous nous déranger. Nous ne sommes pas les meurtriers.

    - Non. Mais je crois que vous me cachez quelque chose.

    - Vous cacher quelque chose, moi ?

    - Peut-être pas toi. Mais ta sœur sait quelque chose qu'elle refuse de me dire.

    Maurice regarde sa sœur un instant. Monique évite son regard.

- Elle ne sait rien. Je vous le jure.

Joseph sort de la maison avec Arthur.

- Qu'est-ce qui se passe ?
- Bonjour, Joseph, dit Trudel. Je suis venu voir Monique. Je crois qu'elle sait quelque chose qui pourrais faire avancer l'enquête sur la mort de votre femme. Elle refuse de me le dire.

Joseph dévisage sa fille, les sourcils levés. Monique baisse la tête.

- Sais-tu quelque chose Monique ?
- Je ne sais rien qui puisse lui aider, répond-t-elle.

Joseph continue de la dévisager. Elle ne lève pas les yeux vers son père.

- Monique n'a pas l'habitude de mentir. Si elle vous dit qu'elle ne sait rien, c'est la vérité.

Trudel hésite. Il n'a rien qui prouve que Monique lui cache quelque chose, à part de son comportement. Elle répète toujours la même chose, *Je ne sais rien qui puisse vous aider* et son regard est toujours détourné. Il avait cru qu'elle parlerait devant son père, mais ça ne lui avait rien rapporté.

Un couple âgé s'approche d'eux. Trudel ne croit pas qu'il arrivera à faire parler Monique avec tout ce monde autour. Il part en les saluant.

Il lui reste à visiter trois foyer sur sa liste, plus les cinq sur la liste de Rosser. Huit familles à voir. Il aimerait bien en finir avant la journée des funérailles.

Trudel n'a qu'Eugène comme suspect et il n'est pas convaincu que ce dernier soit coupable. Si ce n'est pas lui, qui alors ? Il fallait aller demander à Louise qui elle avait approché ? Si elle avait approché Marcel Tardif, elle devait en avoir vu d'autres. En lui exposant son mensonge, arriverait-il finalement à tout lui faire admettre. Le désir d'aller apostropher cette vilaine femme le ronge. Il décide alors de finir sa propre liste de gens. Celle de Rosser pouvait attendre.

En face de l'école, se trouve une maison blanche à deux étages. Trois fillettes, ayant peu d'écart d'âge, jouent à la marelle sur l'allée qui mène à la maison. Les fillettes s'écartent en voyant la voiture de Trudel. L'une d'elles court vers la maison et appelle sa mère. Une jeune dame sort en s'essuyant les mains sur un tablier qui recouvre à peine son ventre renflé par une grossesse rendue presqu'à terme. Elle descend les marches du perron en se dandinant et regarde Trudel s'approcher.

- Bonjour caporal. Je me demandais quand vous viendriez me voir.

Elle remonte le perron.

- Entrez. La pluie recommence. Mélanie, Rita et Gisèle venez boire un verre de limonade.

Les trois fillettes se lancent en trombe vers le perron, passant devant Trudel en lui marchant presque sur les pieds.

- Attendez ! Laissez passer M. l'agent. Ce n'est pas poli de passer devant les gens comme ça.

- Ce n'est pas grave, Madame.

Trois petites têtes aux longs cheveux bruns attachés en queue-de-cheval contournent Trudel et s'alignent derrière lui. Elles attendent en se dandinant d'un côté puis de l'autre avec impatience. Trudel leur sourit et entre.

- Elles sont mignonnes vos petites.

- Oui. Quand elles ne se disputent pas.

Un petit garçon d'environ un an dort sur le divan.

- Sh... les filles. Ne réveillez pas Charles. Allons à la cuisine.

Dans la cuisine, la jeune femme fait signe à Trudel de s'asseoir. Les trois fillettes le regardent timidement et n'osent pas s'approcher.

- Allez assoyez-vous les filles, ordonne leur mère.

Les petites s'approchent lentement de la table, observant Trudel de leurs grands yeux verts. Il leur sourit. Rita lui rend son sourire. Les deux autres baissent le regard. Elles sont toutes trois assises lorsque leur mère revient avec un pot de limonade et les verres. Rita prend son verre de la main gauche. Sa mère secoue la tête.

- J'ai tellement essayé de la faire changer de main, mais elle n'y arrive pas. Une patte gauche comme son grand-père Gagner.

- Vous savez, ce n'est pas mauvais d'être gaucher, madame...

- Je vous demande pardon, caporal Trudel. Je ne me suis pas présentée à votre arrivée. Je suis Claudette, la femme de Léon Gagner. Et mes filles...

- Mélanie, Rita et Gisèle, interjette Trudel.

- Vous les avez nommées en ordre d'âge comme je le fais toujours. Je ne les ai nommées devant vous qu'une fois. Vous avez une bonne mémoire.

Trudel hoche la tête en souriant aux petites.

- Êtes-vous parente avec Lucien Gagner ?

- C'est mon beau père. Et, avant que vous me le demandiez, je connais très bien la vieille histoire au sujet de lui et de Rose-Alma.

- Qu'en pensez-vous ?

- C'est une vieille histoire qui ne devrait plus avoir d'importance mais que mon beau-père a encore sur le cœur comme si ça datait d'hier. Léon lui dit toujours d'arrêter d'en parler. Mais, Lucien ne démord pas. Moi je crois que c'est absurde. Je n'ai jamais rien vu d'inapproprié dans le comportement de Rose-Alma.

- Vous savez que Louise Rand répand des rumeurs au sujet d'elle ?

- Oui. Je crois qu'elle invente tout ça parce que ça l'amuse.

- Vous avez probablement raison, Mme Gagner.

- Vous savez qu'elle est venue voir mon beau-père ?

- Louise ?

- Oui. Elle est venue vendredi matin, pas hier, mais la semaine dernière. Elle lui a chanté que Rose-Alma l'aimait, qu'elle l'avait toujours aimé et qu'elle voulait lui faire l'amour. Lucien était enragé. Il allait traverser la rue pour aller crier après Rose-Alma mais elle était avec sa fille dans le jardin. Il n'a pas osé. Il ne voulait pas impliqué Monique dans cette histoire. Personne au village ne veut déranger les enfants de Rose-Alma avec ça.

- Serait-il retourné pour lui parler à une autre occasion ?

- Non. Léon a parlé à Lucien le lendemain et je crois qu'il l'a finalement convaincu que Louise mentait.

Trudel se souvient que le nom de Lucien Gagner figurait sur la liste de Rosser et qu'il vivait sur une ferme à une bonne distance du village.

- Avez-vous vu Lucien le matin du crime ?

- Oui, il est venu passer quelques minutes. On était assis dehors à l'ombre et on regardait Monique remplir un panier de concombres. Elle n'arrête pas de travailler celle-là. Les Chartier n'ont pas peur du travail.

- Il est resté longtemps ?

- Non. Il a embrassé ses petits-enfants à tour de rôle. Puis il leur a donné de l'argent pour acheter des bonbons. Mélanie et Rita sont allées au magasin quelques minutes après son départ.

- Quelle heure était-il lorsqu'il est parti ?

- Vers dix heures trente, je crois.

Alfred Michaud avait rapporté que les petites filles de Lucien Gagner étaient allées au magasin vers dix

heures trente. Et Lucien était parti de chez Claudette quelques minutes avant elles. Il aurait pu être dans les alentours à l'heure du crime.
- Dans quelle direction est-il allé ?
- Vers le nord. Pour retourner chez lui. Vous ne pensez pas qu'il aurait fait du tort à Rose-Alma ?
- Je ne sais pas.
- Lucien est bien rancuneux mais je ne l'ai jamais vu lever la main pour frapper quelqu'un. Si vous croyez que c'est lui le coupable, vous vous trompez, caporal.
- Je n'en sais rien. Je ne fais qu'investiguer. Est-il venu en voiture ?
- Oui. Il pourrait bien se rendre à pied de chez lui mais il n'en a pas l'habitude.

Trudel hoche la tête. Lucien aurait pu s'arrêter quelque part en chemin. Rose-Alma était partie vers dix heures trente pour se rendre au magasin. Lucien l'aurait-il aperçue dans le jardin lorsqu'elle était venue avertir Monique qu'elle se rendait au magasin ? L'avait-il vue partir ? Est-ce que Lucien connaît le petit sentier qui part de la petite cabane et se rend à la route qui longe le nord du village ? Il aurait pu stationner sa voiture sur cette route et personne ne l'aurait vu puisque personne ne vivait dans cet endroit.
- Vous allez lui parler ?
- Oui.
- Allez-vous lui dire que je vous ai dévoilé qu'il était au village le matin du crime ?
- Non. Ça je le savais déjà. Ce que vous m'avez appris, c'est que Louise Rand l'avait approché récemment. Mais, si vous le préférez, je ne lui dirai pas qui me l'a dit.
- J'aimerais mieux ça.
- D'accord Madame. Vous étiez à la maison avec les enfants le matin du crime, mais où était votre mari ?

- Au travail. Il travaille dans une compagnie qui mine le gravier à quelques kilomètres au sud du village. Il est là de huit heures à dix-neuf heures, six jours par semaines, beau temps, mauvais temps.

Son regard est lointain, sa mine affaissée. Elle devait être déconcertée de se trouver si souvent seule avec les enfants.

- Je vous remercie Madame.

Trudel sourit aux petites filles. Rita lui rend son sourire. Ses deux sœurs baissent les yeux.

Trudel sort le croquis du village pour repérer l'endroit où se situe la ferme de Lucien Gagner. Claudette n'appellerai pas Lucien pour l'avertir de la visite éminente de la police puisqu'elle regrettait d'en avoir trop dit. Lucien était devenu un suspect important. Il méritait bien une visite de la GRC.

Louise était récemment allée voir au moins deux hommes avec ses médisances, Lucien Gagner et Marcel Tardif. Aurait-elle aussi approché Eugène Roux ? Il allait voir Lucien, puis il irait chez Louise.

Chapitre 17

Trudel fait cap au nord pour se rendre chez Lucien Gagner. Il arrive au carrefour de la route et tourne à l'est. Le vieux chien d'Élisabeth jappe bruyamment lorsqu'il passe devant sa maison. Il ne voit pas Élisabeth qui doit s'être refugiée dans la maison en ce jour de pluie. Il se demande comment elle va et pense à s'arrêter la voir mais son désir de rencontrer Lucien Gagner est plus fort. Il continue sa route.

À son arrivée à la ferme de Lucien, deux gros chiens, hauts sur pattes et avec de longs poils noirs aboient. Un homme court, bedonnant et chauve sort de la maison et rappelle les bêtes à l'ordre d'un ton sévère. Les chiens se taisent immédiatement et vont se réfugier sous le perron de la maison, ne laissant paraître que le bout de leur nez. Trudel sort de la voiture en gardant un œil sur les chiens. L'homme remarque sa réticence.

- Ne vous inquiétez pas Monsieur. Ils sont bien entraînés.
- Ils sont de quelle race ?
- Je les ai obtenus d'un ami qui demeure à Saint-Alcide et je ne connais pas leur ascendance. Un bon mélange de différentes races, je suppose.
- Je suis le caporal Trudel.

- Lucien Gagner.
- Vous avez une très grande ferme.
- Oui, et aucun de mes trois fils ne s'y intéresse. Mes trois filles non plus. Deux de mes garçons étudient au Collège Saint-Boniface et travaillent pendant l'été afin de pouvoir payer leurs études. Et l'autre est marié et travaille à la carrière de gravier non loin d'ici. Mes filles, qui sont plus jeunes que mes gars, veulent aussi continuer leurs études. Vous savez, ce n'est pas comme avant lorsque les filles ne pensaient qu'à se marier. J'ai donc vendu mon contrat laitier et je me suis lancer dans l'élevage de porcs qui exige moins de main d'œuvre. Du moins c'est ce qu'on me dit.

Une autre personne qui raconte sa vie sans se faire prier. Ce n'est pas ce qu'il veut apprendre de Lucien.
- Je viens vous parler de Rose-Alma Chartier.
- Ouais. Je m'attendais à une visite de la GRC, comme tout le monde. Mais je croyais que c'était le petit anglais blond qui visitait les gens au nord du village.
- Il ne travaille pas aujourd'hui. Je prends la relève.
- Bon, entrons avant d'être mouillés jusqu'aux os. Ma femme vient de faire des tartes aux bleuets. Ça vous intéresse d'en déguster un morceau ?

Trudel accepte volontiers. Il se sent beaucoup mieux. Sa nausée s'est atténuée et il n'a plus mal à la tête. Il a mangé le sandwich que Mme Gosselin lui a préparé, mais il a encore faim, malgré la forte senteur d'ammoniaque qui lui monte au nez à chaque bourrasque de vent. Il n'avait pas reconnu cette puanteur en arrivant mais il la reconnaissait maintenant. Les émanations venaient de la porcherie.

Une femme grassouillette et plus grande que son mari, brasse avec une grosse cuillère le contenu d'une marmite qui bouillonne. Un arôme de bleuets en cuisson

parfume la cuisine. Elle se retourne en les entendant entrer.
  - Claire, caporal Trudel est venu nous parler.
  La dame s'approche et lui serre la main. Une adolescente aux cheveux longs et noir et les yeux couleur noisette entre dans la cuisine. Elle porte un jean écorché aux genoux et une blouse blanche à manche courte.
  - Micheline, où sont tes deux sœurs ? demande Claire.
  - À l'étage.
  - Dis-leur de descendre.
  - Je préfèrerais parler à vous deux en privé, Madame.
  Lucien et Claire, surpris, dévisage Trudel. Puis Lucien hausse les épaules et ordonne à sa fille d'aller rejoindre ses deux sœurs.
  - Assoyez-vous. Claire, un morceau de tarte et de la crème glacée pour le caporal.
  Trudel s'assoit et Lucien prend une chaise à sa droite. Trudel observe Claire en train de lui couper un copieux morceau de tarte fumante. Elle n'est pas une grande beauté, certainement pas plus belle que Rose-Alma. Pourtant elle avait attiré l'attention de Lucien. Il se demande s'il y aurait pu avoir une relation entre Lucien et Rose-Alma si elle n'avait pas été affublée du sobriquet, *la laide* et si, en grandissant, elle aurait pu développer une bonne estime de soi. Mais, en observant Lucien, Trudel est convaincu que Joseph avait été un bien meilleur choix. Il était certainement plus beau que Lucien, si la beauté figurait dans l'amour.
  - Voilà votre tarte, caporal.
  Claire place le morceau de tarte devant lui. L'arôme qui en émane lui donne l'eau à la bouche.
  - Ma femme fait de bonnes tartes, vous allez voir.

Trudel pense à la tarte d'Anita Michaud et espère que celle-ci contient du vrai sucre. Il en prend une petite bouchée, puis une grande.

- Très délicieux Madame.
- Je vous avais dit que ma femme faisait de bonnes tartes.

Lucien regarde sa femme avec fierté, le torse bombé et les mains agrippées à ses bretelles. Claire rougit en souriant à son mari. Trudel avale son morceau de tarte. Il a hâte d'interroger Lucien. Ce dernier n'a pas l'air d'un tueur, mais les criminels affichent rarement leur culpabilité ouvertement. Il ne veut pas non plus trop se laisser attendrir par la chaleur humaine qui se dégage entre le couple. C'était le temps de tirer les choses au clair.

- Louise Rand est venue vous rendre visite ce mois-ci ?

Trudel à les yeux vissés sur Lucien qui fronce les sourcils mais ne dit rien.

- Ça fait quelques années que l'on n'a pas parlé à Louise ! Elle vit à Saint-Alcide maintenant. Puis on n'est pas parent, ce qui fait qu'on ne la voit pas souvent, dit Claire.

- Je crois que tu l'as vu récemment Lucien, dit Trudel.

Claire se tourne vers son mari, les sourcils levés, la bouche ouverte.

- Qui vous a dit ça ? demande Lucien.

Trudel ne veut pas révéler que c'est Claudette qui lui a dit alors il tente de brouiller les traces.

- Vous êtes allé au bureau de poste ce matin-là.
- Oui, mais personne ne m'a vu parler à Louise. Seulement Claudette. Elle vous l'a dit, la petite pie !
- Lucien ! Ne dis pas des méchancetés comme ça. Claudette est une bonne femme.
- Ouais, mais elle parle trop !

- Vous admettez avoir parlé à Louise Rand dernièrement ?
- Ouais. Elle m'a accosté en sortant du bureau de poste. Ça fait plus d'une semaine de ça.
- Et elle vous a dit que Rose-Alma vous avait dans sa ligne de mire ?
- Oui. Ça faisait déjà plusieurs fois que Rose-Alma lui avouait qu'elle m'aimait. Je l'ai apostrophée à chaque fois pour la décourager, mais elle recommençait toujours.
- Tu t'es fâché contre Louise, lance Claire, le regard fixé sur son mari avec surprise.
- Non. Voyons donc ! Contre Rose-Alma. Je n'avais aucune raison de m'en prendre à Louise.
- Vous êtes allé parler à Rose-Alma la dernière fois que Louise l'a accusée d'avoir les yeux sur vous ?
- Non. J'étais pour y aller mais sa fille était dans le jardin avec elle et je n'ai pas voulu adresser ça devant elle. Puis les jours ont passé et j'ai oublié de le faire.
- Tu as bien fait de ne pas être allé lui crier dessus devant Monique. C'est une bonne fille. Tous les enfants de Rose-Alma sont bons. Le mari aussi. Mais Rose-Alma était vilaine.
- Vous ne trouvez pas ça incongru que les enfants soit bien élevés malgré que leur mère était une soi-disant vilaine femme qui courait après les hommes ? Vous ne pensez pas que si Rose-Alma était comme sa réputation le réclamait, que ses enfants auraient été vilains eux aussi ?
- Joseph les auraient bien élevés. Puis elle faisait attention de ne pas le faire devant sa famille. Mais elle en parlait à Louise.

Lucien hoche la tête pour démontrer qu'il était d'accord avec ce que disait sa femme. C'était du déjà-vu. Trudel avait eu une conversation semblable avec le curé Ristain.

- Pourquoi se serait-elle confiée à Louise, madame ?
- La mère de Louise et la mère de Rose-Alma étaient cousine. Louise avait pitié de Rose-Alma et allait souvent lui parler. Elle voulait aider sa cousine à se débarrasser de ses mauvais penchants. Malgré tous ses efforts, Louise n'a jamais réussi. Elle a tellement un grand cœur cette Louise.
- Mais Rose-Alma devait savoir que Louise allait raconter tout ce qu'elle lui confiait. Pourquoi lui aurait-elle fait des confidences ?
- Ouais. Je pense que Rose-Alma voulait savoir comment les hommes recevraient ses approches et n'osait pas le faire ouvertement alors elle se servait de Louise.
- Vous vous trompez. Rose-Alma ne s'est confié à Louise qu'une fois et c'était lorsqu'elle était adolescente. Elle ne lui avait plus jamais reparlé après cet évènement.
- Ça, caporal c'est faux ! Louise n'en finissait pas d'avoir à avertir les hommes dans la ligne de mire de Rose-Alma.
- C'est faux. Louise Rand me l'a admis elle-même. C'est elle qui inventait ces histoires pour voir réagir les hommes. Ça l'amusait.
- Quoi !

Les époux se sont exclamés en chœur. L'air foudroyé, ils demeurent silencieux pendant un long moment en fixant la nappe fleurie qui recouvre la table. Lucien lève la tête.

- Vous êtes certain que Louise vous a admis qu'elle s'amusait à nous faire enrager en inventant des mensonges au sujet de Rose-Alma ? Vous ne nous mentez pas ?
- Pourquoi vous mentirais-je ? Ce n'est pas le rôle de la GRC de raconter des mensonges.

- Mais Rose-Alma regardait les hommes d'un drôle d'air, comme si elle voulait les emmourachés, dit Lucien.
- Peut-être qu'elle était mal à l'aise devant les hommes ? dit Trudel.
- Pourquoi le serait-elle ? dit Claire.
- Parce que tout le monde se moquait d'elle, surtout les hommes, dit Trudel.

Lucien hoche la tête. Claire est silencieuse, le regard dans le vide. Le couple semble avoir de la difficulté à intégrer cette information dans l'image qu'ils s'étaient forgée de Rose-Alma. Ils devaient tout faire chambarder leurs impressions envers elle afin d'en adopter des nouvelles. Puis, à la fin, ils n'y arrivent pas.

- Non, caporal, vous vous trompez. Rose-Alma était une sirène. C'est-à-dire qu'elle essayait d'en être une mais n'y arrivait pas parce qu'elle était laide, dit Claire.
- Claire à raison. Rose-Alma était une truie et personne n'arrivera à me convaincre autrement.

Lucien se fait péter les bretelles pour accentuer son dire. Trudel n'en revient pas. Puisque c'était inutile d'essayer de les convaincre, il se tourne vers Lucien et commence à le tarauder d'accusations.

- Voici ce que je pense, Lucien. Vous avez vu Rose-Alma le matin de son meurtre lorsque vous parliez à votre bru. Puis, vous l'avez vu partir pour le magasin. Vous connaissiez le trajet qu'elle suivait pour s'y rendre. Vous vous êtes rendu à l'endroit où le sentier rejoint la route qui longe le village au nord. Vous êtes allé à la rencontre de Rose-Alma pour l'injurier. Vous étiez tellement fâché qu'elle vous avait de nouveau sous sa ligne de mire que vous l'avez frappée.

Lucien blêmit. Claire dévisage son mari avec appréhension.

- Je vous dis que je ne l'ai pas approchée après que Louise est venue !

- Pas tout de suite, mais quelques jours plus tard lorsque vous l'avez-vue partir pour le magasin. Vous avez saisi l'occasion de la retrouver seule. Vous n'aviez probablement pas l'intention de la tuer, mais vous avez perdu votre sang froid et vous l'avez frappée rudement.

- Papa !

Micheline est debout dans l'encadrement de la porte du salon, les larmes aux yeux et l'air éberlué.

- Micheline je t'avais dit d'aller rejoindre tes sœurs ! lui ordonne Lucien.

Deux autres têtes apparaissent derrière Micheline, une visiblement plus grande que les deux autres et un peu plus âgée.

- On voulait savoir pourquoi vous parliez si fort, dit la plus grandes des deux filles derrière Micheline.

Claire se lève.

- Allez les filles. On discute entre adultes ici. Ça ne vous regarde pas.

- Ça ne nous regarde pas ! Papa aurait tué la laide et on n'a pas le droit de le savoir ! crie la jeune fille.

- Martine, ton père n'a rien fait. Le caporal fait des accusations, mais ton père est innocent. Montez en haut. Allez ouste!

Les trois filles restent coller au sol, Martine dévisage sa mère d'un regard rebelle.

Claire s'apprête à lui flanquer une gifle. La jeune fille tourne les talons et s'enfuit. Les deux autres ne perdent pas de temps à l'imiter.

- T'aurais dû t'en mêler, Lucien. Pourquoi est-ce ça revient toujours à moi de les discipliner.

Elle se fait foudroyer d'un regard furieux par son mari. Le doux portrait du couple amoureux commence à s'effriter. Ce n'était pas un mariage aussi réussi que le couple lui avait laissé entrevoir à son arrivée. Lucien se lève, les poings serrés.

- Je vous jure, mon caporal, que je n'ai pas vu Rose-Alma ce matin-là !

Trudel reste assis mais soutient le regard de l'autre. Il veut connaître la réaction de Lucien devant une situation frustrante. L'homme contenait à peine sa rage. Sûrement, il n'allait pas frapper un officier de la loi. Trudel continue de l'emmerder.

- Vous aviez un mobile et vous étiez dans la région. Vous êtes aussi très colérique. Vous me semblez un bon suspect.

Lucien tremble de rage et dévore Trudel des yeux. Claire pose la main sur le bras de son mari pour tenter de le calmer. Il la repousse, les yeux toujours intensément fixés sur Trudel. Des petits craquements proviennent du salon. Quelqu'un les épie. Peut-être Martine ? Ou toutes les trois ? Si leurs parents ont entendu le bruit, ils ne s'en préoccupent pas.

- Je vous dis que je suis innocent !
- Pouvez-vous me passer vos chaussures.
- Mes chaussures ! Pourquoi voulez-vous mes chaussures ?
- Pour en prendre des empreintes.
- Pourquoi voulez-vous faire ça ? demande Claire.
- Nous avons trouvé des empreintes de chaussures sur les lieux du crime et je veux les comparer à celles de votre mari.

Lucien enlève ses souliers et les pose bruyamment sur la table. Claire s'apprête à rouspéter en voyant les chaussures sales sur la table de cuisine mais son mari lève la main pour la contraindre. Elle recule, l'air furieux.

- Prenez toutes les empreintes que vous voulez ! Vous ne trouverez pas les miennes à l'endroit où la laide a été trouvée morte. Je vous le garantis !
- Avez-vous d'autres chaussures ?
- Mes souliers du dimanche. Vous voulez ceux-là aussi ? Je ne les porte que le dimanche. Rose-Alma est morte un lundi.
- Vous étiez allé au village. Alors peut-être que vous portiez vos bons souliers.
- Jamais de la vie ! Ils sont trop inconfortables.

Trudel laisse tomber. C'est sans doute la vérité. Son propre père n'aurait jamais porté ses bons souliers pendant la semaine sauf aux occasions où il était obligé de porter un costume trois pièces. Il prend les chaussures et se lève.

- Vous partez avec mes souliers ?
- Non. Je vais à la voiture pour en faire des empreintes.

Trudel prend les empreintes des chaussures sans trop de conviction quelles seront utiles dans la résolution du crime. Ce ne sont pas des chaussures de sport. Par contre, il voulait être certain que Lucien n'était pas allé sur le lieu du crime, en cas où les traces de chaussures de sport n'aient pas été laissées par le meurtrier.

Lorsque Trudel revient, il a en main une trousse pour prendre les empreintes digitales. Il place les chaussures de Lucien sur le tapis près de la porte.

- Vous allez nous laisser en paix maintenant.
- Oui, après que j'ai relevé vos empreintes digitales.
- Quoi ! Vous pensez que je l'ai frappée de mes mains et que j'ai laissé mes empreintes sur son visage ?

Trudel ne dit rien. Lucien semble ignorer avec quoi on a frappé la défunte. Ou, il prétendait l'ignorer. Pourtant il ne semblait pas être bien habile à cacher ses émotions.

Lucien le laisse prendre ses empreintes digitales sans perdre son allure de bœuf enragé. Trudel le remercie.
- Comme si j'avais le choix, rétorque Lucien.
Trudel s'apprête à partir. Puis il regarde Claire.
- Où étiez-vous Madame le matin du crime ?
- J'étais allée ramasser des bleuets avec mes trois filles.
- Où ?
- Dans la forêt près de Grand Beach. C'est pas mal loin d'ici. On est parti vers neuf heures et puis on n'est pas revenu avant seize heures. J'en avais mis au congélateur et j'en ai sorti pour faire des tartes aujourd'hui. Je regrette bien de vous en avoir offert un morceau. Vous ne le méritez pas !

Elle se lève et met les mains sur les hanches en fixant Trudel d'un regard haineux. Il lui sourit.
- Votre mari avait raison, votre tarte était délicieuse. Je vous en félicite. Est-ce qu'il y a quelqu'un qui vous a vues partir et revenir ?

Elle laisse tomber ses bras avec un air de découragement.
- Personne. Mais je vous jure qu'on n'était pas ici. Puis, mon mari est innocent, dit-elle sans conviction.
- Où étaient vos deux fils ? Ceux qui font des études ?
- Ils travaillent à Winnipeg. Ils ne sont jamais ici pendant la semaine, répond Claire.
- Alors, vous étiez seul à la maison, Lucien. Ça vous donnait main libre d'agir comme vous vouliez.
- Je vous répète que je suis innocent !
- On verra bien, dit Trudel en sortant.

La moustiquaire claque derrière lui mais ça ne l'empêche pas d'entendre la conversation qui s'ensuit.

- Pourquoi s'en fait-il autant pour la laide ? On est enfin débarrassé de cette vilaine femme !
- Ouais. Je suis bien d'accord, dit Claire. De quoi parlait-t-il lorsqu'il a dit que tu savais où le sentier rejoint la route au nord ?
- Je n'ai aucune idée. À ce que je sache, le sentier de Rose-Alma commence chez elle et se termine au magasin. Il ne sait pas de quoi il parle ce maudit policier.

Trudel avait cru que Lucien devait être le meurtrier. Mais il n'en était plus certain. Lucien n'avait pas semblé connaître l'arme du crime. Et voilà qu'il prétendait ne pas savoir que le sentier se rendait jusqu'à la route qui longe le côté nord du village. Cet homme au caractère colérique, saurait-il mentir sans laisser paraître ses vrais sentiments ? Trudel ne le croit pas. Mais il devra attendre le résultat des analyses d'empreintes digitales et de chaussures avant d'en être sûr. Où aller chercher d'autres suspects si ce n'était pas Lucien ? Eugène ? Les frères Parent ? Est-ce que d'autres hommes pouvaient avoir un mobile pour tuer Rose-Alma ?

En pensant à Louise son mal de tête revient. Il ne veut plus perdre de temps à la confronter. Il veut savoir quels autres hommes ont été la cible de ses médisances. Il ne l'épargnerait pas cette fois. Il la tarauderait jusqu'à ce qu'elle vomisse le nom de chaque homme qu'elle a approchés durant les cinq derniers mois.

Est-ce que Louise était venue au village le matin du crime ? Aurait-elle tué sa cousine ? Personne n'avait dit l'avoir vue au village ce matin-là. Les analyses des empreintes de chaussures prises sur le lieu du crime devraient répondre à certaines de ces questions. Il avait hâte de recevoir un peu d'information des techniciens, des détails sur lesquelles il pourrait échafauder des hypothèses, non seulement pour satisfaire les attentes de Greene, mais aussi pour faire avancer l'investigation. Plus il en apprenait au sujet de Rose-Alma, plus il voulait trouver son meurtrier. Elle n'avait pas mérité qu'on lui fasse du mal.

Chapitre 18

À St-Alcide la porte de la maison des Rand est ouverte. Trudel frappe sur l'encadrement de la moustiquaire. Larry vient lui ouvrir.
- Bonjour, mon caporal. Comment allez-vous ?
- Bien, merci. Est-ce que Louise est ici ?
- Oui. Je vais l'appeler.
- Louise ! Tu as de la visite.
Louise apparait.
- Sortez immédiatement d'ici, caporal. Je ne veux pas vous voir !
- J'ai besoin de vous parler Madame.
- Je refuse !
- Si vous ne coopérez pas, je vais vous emmener avec moi à Saint-Pierre-Jolys et vous retenir jusqu'à ce que vous consentiez à me parler.
Larry ouvre grand les yeux.
- Est-ce nécessaire, mon caporal ?
- Si elle ne coopère pas, je devrais le faire. Je crois qu'elle retient de l'information essentielle à l'enquête sur le meurtre de Rose-Alma et je ne pars pas d'ici sans lui parler.
- Dis-lui tout ce que tu sais, Louise et il s'en ira.
- Je lui ai déjà tout dit.

- Vous m'avez menti, Madame. Vous m'aviez dit que vous n'aviez pas approché d'hommes dernièrement avec vos cancans. Pourtant trois hommes disent en avoir été la cible.
- Qui ça ?

Trudel hausse les épaules.
- Ils mentent !
- Ils n'ont aucune raison de mentir. Ça ne vous dérange pas d'avoir causé la mort de votre cousine ?
- Je ne l'ai pas tuée ! Vous n'avez aucun droit de m'accuser. J'étais à la maison ce jour-là. Pas vrai, Larry ?
- Oui elle était ici. On attendait la visite d'une de mes tantes et Louise faisait du pain.
- Vous n'avez peut-être pas frappé votre cousine, mais c'est vous qui avez mis tout en marche. Vous avez répandu des rumeurs à son sujet, des rumeurs qui faisaient enrager les hommes que vous approchiez. Indirectement, madame, vous êtes coupable et si la loi me le permettait, je vous arrêterais pour le meurtre de votre cousine.

Louise blêmit. Trudel croit qu'elle va s'évanouir. Larry la soutient et l'emmène au salon où elle se laisse choir sur le divan.
- Parle lui, Louise. Dis-lui tout ce que tu sais. Vide-toi le cœur. Tu vas te sentir mieux, tu vas voir.

Trude les avait suivis dans le salon. Louise lève les yeux vers Trudel avec défiance.
- J'ai approché, Lucien Gagner, Marcel Tardif et Armand Dufour, Lucien était le dernier. Laissez-moi en paix maintenant !
- Personne d'autre ?

Affaissée sur le divan, Louise regarde le plancher. Puis elle chuchote quelque chose d'une voix inaudible.
- Pardon, Madame. Je n'ai pas entendu ce que vous venez de dire.

Elle se raidit.
- J'ai parlé à Eugène Roux au mois de mars dernier !
- Ah oui ! Comment a-t-il réagit ?

Elle baisse le ton et fixe le plancher.
- Il était saoul et il a ricané tout le temps que je lui ai parlé. Il est fou celui-là.
- Il ne s'est pas fâché ?
- Non, je pense qu'il se moquait de moi. C'est difficile à dire. Lorsqu'il est saoul il agit en clown et raconte n'importe quoi.
- Vous n'avez accosté personne d'autre ?

Elle secoue la tête, l'air complètement aplati. Puis, elle se met à pleurer. Trudel croit qu'elle lui a tout dit. Il la remercie de sa coopération. Larry frotte doucement le bras de sa femme pour la consoler, au grand émerveillement de Trudel qui avait cru que Larry avait perdu toute affection pour elle. Assise sur le divan, les yeux mouillés et l'air complètement débobiné, elle commande la pitié.

L'interview s'était déroulée mieux qu'il ne l'avait espéré. La monstrueuse Louise s'était métamorphosée en femme, probablement encore méchante, mais humaine dans sa capacité de ressentir la peur et peut-être même le regret. Trudel est satisfait. Louise sera suffisamment punie. Tôt ou tard, les gens de Rochelle comprendront le mauvais jeu qu'elle avait joué à leur dépends et tout le monde lui en voudra. L'image de la femme pieuse et généreuse qu'elle s'était façonnée à grands coups de mensonges et de faux sentiments serait à tout jamais perdue. Elle souffrira par conséquent et ce sera une punition suffisante, peut-être même aussi pénible que l'emprisonnement. Larry avait réagi avec tendresse devant sa défaite mais l'aimait-il assez pour lui pardonner sa méchanceté et rester avec elle pour la soutenir pendant ce temps difficile ?

À la réception de l'hôpital, une grande dame aux cheveux châtains dévisage sévèrement Trudel de ses yeux verts en lui disant que le docteur Harder est parti pour la journée et qu'il faut l'appeler s'il veut lui parler.
- Il ne faut pas le déranger pour des riens, ajoute-t-elle.
- Puis-je voir Eugène Roux ?

Elle examine Trudel du haut en bas comme une maman examine son enfant avant de partir pour la messe. Trudel lui sourit. Elle hausse les sourcils.
- Docteur Harder m'a indiqué que si la police venait, qu'on pouvait vous laisser voir Eugène quelques minutes, s'il en était disposé.

Elle indique du doigt le bureau des infirmières.
- Faut aller leur demander, annonce-t-elle avec indifférence, le regard ailleurs.

L'infirmière est plus aimable. Petite, mince, elle sourit en le voyant. Puis elle fait le tour du bureau pour le rejoindre.
- Venez, je vous accompagne à sa chambre.

Eugène est recroquevillé sur son lit, les yeux fermés. Le crissement des semelles de cuir de l'infirmière sur le plancher bien ciré, le fait sursauter. Il ouvre les yeux et tourne la tête vers les intrus. Ses paupières clignotent comme les ailes d'un papillon en vol, puis se referment. Trudel s'approche du lit. Le patient est d'une blancheur cadavérique et sa respiration est entrecoupée.
- Je crois qu'il n'est pas encore en forme pour converser avec vous, caporal.
- Vous avez raison. Je repasserai demain pour voir comment il va.

Épuisé, Trudel ferme le volet sur l'enquête pour la journée. Sa tête est lourde, ses oreilles bourdonnent, tout son corps réclame le repos.

En entrant dans sa chambre, il pense à Catherine. Lorsqu'il bossait, il s'y jetait cœur et âme et arrivait à oublier les embêtements de sa vie, mais, aussitôt arrivé à domicile, ils lui revenaient et lui sautaient à la gorge.

Il fallait rejoindre Catherine au téléphone. Mais avant de faire l'appel, il devait trouver une solution. Quel était le problème ? Catherine voulait qu'il retourne immédiatement à Montréal. Il ne pouvait pas céder à cette demande sans nuire à sa carrière, une carrière qui lui plaisait immensément. Il fallait qu'il trouve une façon de la convaincre d'être patiente. Il ne la verrait pas avant le mois de mai prochain, lorsqu'il serait en vacances. Pourquoi ne pouvait-elle pas attendre ? Après leur mariage, ils ne se quitteraient plus. Et c'était là où se trouvait le problème. Il avait cru qu'elle viendrait avec lui au Manitoba et elle pensait qu'il reviendrait vivre à Montréal avec elle. Ils n'en avaient jamais discuté, chacun croyant connaître les désirs de l'autre.

Pour satisfaire les besoins de Catherine, il devait retourner à Montréal et tenter d'entrer dans les rangs de la police de Montréal. Il aimait visiter les différentes régions du pays et son poste dans la GRC lui permettait de le faire. Puis, son travail était intéressant. Oui, bien sûr il y avait des moments où rien hors de l'ordinaire n'arrivait et il se trouvait devant mille et une petite tâches ennuyantes.

Il pourrait essayer d'entrer dans la Sureté du Québec. Puis là encore, il ne serait probablement pas posté à Montréal. Catherine ne pourrait pas supporter d'aller s'installer ailleurs, même au Québec. De ça, il en était certain, sans jamais lui en avoir parlé. Elle adorait vivre à Montréal, où elle avait tout à portée de la main, restaurants, musées, opéra, cinéma, mais surtout de grandes succursales pour le shopping du samedi après-midi. Il le reconnaissait maintenant. Et il l'avait toujours su sans l'admettre.

Catherine et lui s'étaient laissés tous les deux emportés par l'amour sans penser aux contingences de la vie quotidienne, tout ce bagage qui paraît sans importance mais qui finit par compliquer la vie d'un couple.

Non, il ne pouvait pas tout lâcher pour lui faire plaisir. Et il était convaincu qu'elle ne lâcherait pas non plus. Il décroche le téléphone, puis raccroche aussitôt. Qu'allait-il lui dire ? Il n'avait pas de solution à lui proposer. Pourtant, il fallait lui parler. Il allait lui dire qu'il l'aimait et qu'ensemble ils trouveraient une solution lorsqu'il irait la rejoindre en mai.

Le téléphone sonne sans arrêt chez Catherine. Personne ne vient répondre. Sylvain raccroche. Il doit lui écrire. Il voulait entendre sa voix, écouter ses plaintes pour ensuite essayer d'arriver à une solution. Malheureusement, elle lui fermait la porte au nez. Pourquoi refuser de lui parler ? Ne l'aimait-elle pas assez pour tenter de résoudre le problème ?

Sylvain demeure longtemps penché sur la feuille de papier sans rien écrire. Pourquoi devait-il faire le premier pas ? Pourquoi s'attendait-elle à ce qu'il se plie à tous ses désirs sans en discuter ? Il ne sait plus ce qu'il ressent pour Catherine. L'aime-t-il vraiment ? Ou est-ce-que ce n'était qu'un engouement engendré par le sexe ? Il ne s'était pas vraiment arrêté pour y penser. Il l'avait fréquentée pendant plusieurs années sans penser au mariage. Sa proposition de mariage avait-elle été sincère ? L'idée ne lui était venue que lorsqu'elle s'était montrée contrariée par son départ pour le Manitoba. Il laisse tomber son stylo et va rejoindre Mme Gosselin, pour partager avec elle une soirée de musique. Sans vin, pour éviter de se réveiller avec une gueule de bois. Demain il allait à la plage avec des amis et il ne voulait pas qu'un vilain mal de tête ruine sa journée.

Chapitre 19

Dimanche matin, Sylvain se réveille au son du roucoulement d'une tourterelle perchée sur une branche près de sa fenêtre. Il est épuisé. Il s'était couché tard et il avait eu de la difficulté à dormir. Catherine, leur futur mariage, leur mésentente et le refus de Catherine de lui parler avaient tourné sans cesse dans sa tête comme un disque endommagé qui répète toujours les mêmes notes. Il s'était endormi vers trois heures. À sept heures, le chant de la tourterelle le réveille et voilà que le cirque recommence dans sa tête. Toujours les même idées qui circulent, rien de nouveau, aucune solution.

Il s'assoit sur le bord du lit, la tête entre les mains. L'oiseau continue son chant, coua-coua-cou-cou. Sylvain n'en peut plus. Il se lève et ferme bruyamment la fenêtre. L'oiseau s'envole pour aller chanter ailleurs. Sylvain se recouche et tente de dormir. Le sommeil lui échappe et, malgré l'heure matinale, il a faim. Il se lève.

À la cuisine il sort des œufs pour se faire une omelette. Puis il change d'idée et décide de se confectionner des crêpes. Il sait où tout se trouve puisqu'il aide souvent sa locatrice à ranger les provisions et à laver la vaisselle. Il se garde de ne pas trop faire de bruit afin de ne pas réveiller Mme Gosselin. Le mélange préparé, il en vide dans une poêle.

- Tu es bien matinal aujourd'hui.
- Pardon, Madame, je ne voulais pas vous réveiller.
- J'étais déjà réveillée. Ça sent bon. Tu en as fait assez pour deux j'espère.
- Oui. J'allais laisser votre part du mélange dans le frigo si vous ne vous leviez pas avant que je parte. Assoyez-vous. C'est moi qui fais la cuisine ce matin.
- T'es bien gentil Sylvain.

Il hausse les épaules et se retourne pour surveiller la cuisson de la crêpe.

- T'a l'air plutôt fatigué aujourd'hui.
- Ouais. Une mauvaise nuit.
- Tu souffrais.
- Non. Mais je n'arrivais pas à m'endormir.
- Quelque chose te dérange ?

Il la regarde pendant un long moment. Devrait-il lui en parler ? Il n'avait pas l'habitude de parler de sa vie personnelle, même pas avec ses parents. Avec sa sœur parfois, mais personne d'autre. Il aimerait bien discuter de tout ça avec quelqu'un. Pouvait-il lui faire confiance ? Depuis qu'il demeurait chez elle, il ne l'avait jamais entendu faire de commérages.

Elle le fixe d'un regard doux. Il commence à lui raconter ses problèmes de cœur. Elle écoute, hochant la tête de temps à autre, mais ne dit rien. Lorsqu'il a fini, elle le regarde avec tendresse.

- Te voilà pris dans de beaux draps. Si tu laissais tomber ton travail pour la rejoindre, tu mettrais sûrement fin à ta carrière dans la GRC. Si tu restais ici et lui demandais d'attendre, elle pourrait te laisser tomber.
- C'est tout à fait ça. Que feriez-vous à ma place ?

- Je ne puis répondre pour toi. Tout dépend de ta perception, de ce qui t'es le plus important, Catherine ou ta carrière.
- Mais elles sont toutes les deux importantes !
- Tu dois parler à Catherine. Voir si vous ne pouvez pas résoudre ça ensemble.
- Elle ne répond pas à son téléphone !
- As-tu essayé de la joindre chez ses parents ? Elle a pu aller se réfugiez chez eux.

Sylvain hoche la tête. Il n'y avait pas pensé.
- Je le ferai, aussitôt qu'on aura fini de manger.

Sylvain se rend à sa chambre pour faire l'appel. Il tente de rejoindre Catherine chez elle pour commencer. Le téléphone sonne trois fois, puis quatre.
- Allô.
- Catherine ! Comment vas-tu ?

Pas de réponse. Sylvain entend des chuchotements, puis des voix plus élevées mais il n'arrive pas à distinguer les mots.
- Sylvain. C'est Arthur Desfleurs. Si tu aimes ma fille, tu vas revenir à Montréal, tout de suite. Tu l'as fait attendre toutes ses années pour lui proposer le mariage et puis, aussitôt qu'elle a accepté, tu l'as abandonnée. Puis tu refuses de revenir lorsqu'elle a besoin de toi.
- Je veux parler à Catherine. C'est la seule façon de résoudre notre problème.
- Elle ne veut pas te parler, tant que tu ne reviens pas à Montréal pour lui parler face à face. Puis c'est mieux d'arriver dans les plus brefs délais.
- Et si je ne peux pas retourner tout de suite ?
- Tu peux dire adieux à ton mariage mon gars !
- Passez-moi Catherine ! Je veux qu'elle me le dise elle-même.
- Elle refuse de te parler.

- Si elle ne vient pas au téléphone, je raccroche car ce n'est pas à vous que je veux parler.
Un déclic et puis le silence à l'autre bout du fil. Son futur beau-père a raccroché.
De retour à la cuisine, Sylvain s'assoit en face de sa locatrice.
- Ça mal tourné, n'est-ce pas ?
Sylvain hoche la tête.
- Elle refuse catégoriquement de me parler. Elle veut que j'aille la rejoindre immédiatement ou elle me laisse tomber.
- Que vas-tu faire ?
Il hausse les épaules.
- Prends au moins un jour pour y penser. Si, après vingt-quatre heures, tu découvres que tu aimes Catherine éperdument et que tu ne peux pas vivre sans elle, tu lâches tout et tu t'envoles à Montréal. Si par contre, tu arrives à avoir des doutes sur tes sentiments envers elle, ou ses sentiments envers toi, tu restes. Puis, sans vouloir trop me mêler de tes affaires, je crois que ce n'est pas juste de sa part de te mettre dans une telle situation. Surtout en refusant de te le dire directement.
- C'est ce qui me dérange le plus dans tout ça, son refus de me parler. Ça me donne un peu la frousse. Est-ce la façon dont elle va s'y prendre à chaque fois qu'on ne voit pas les choses de la même optique ? Se cachera-t-elle derrière ses parents, ou les miens, en refusant de me parler jusqu'à ce que je me plie à ses désirs ?
Mme Gosselin le dévisage tendrement sans rien dire.
- Puis, je trouve ça vraiment marrant que nos parents se soient laissés entraînés dans son jeu ! Surtout les miens.
L'air pensif, elle ne dit toujours rien et le silence règne dans la cuisine pendant que Sylvain, le regard

lointain, s'abandonne à tout repasser dans sa tête. Il soupire en se levant.

— Je ne sais pas comment résoudre mon problème et je suis aussi bien de me jeter dans mon travail pour tout oublier.

— Tu as probablement raison. Puis, je crois que tu connais la solution à ton problème mais tu n'es pas encore prêt à l'admettre.

Sylvain ne dit rien. Il se met à nettoyer la table et Mme Gosselin vient l'aider. La vaisselle finie, ils marchent ensemble à l'église. Sylvain avait cessé de participer aux services religieux le jour où il avait quitté le foyer paternel. Puis, après avoir rencontré Catherine, il l'avait accompagnée à l'église tous les dimanches pour lui faire plaisir. Arrivé au Manitoba, il avait pris l'habitude d'accompagner sa locatrice à l'église. Il ne savait pas au juste pourquoi il le faisait car il ne croyait pas à tout ce tralala qui se passait pendant la cérémonie. Les incantations, les prières, les génuflexions, les baissements de têtes, les cloches et l'encens. Pourquoi un dieu s'attendrait-il à tous ces gestes cérémoniaux ? Pourquoi ne pourrions-nous pas simplement lui ouvrir notre cœur et lui dire ce que l'on ressent, ce que l'on éprouve, ce dont on a besoin ? Puis, comment résoudre l'énigme d'un dieu aimable qui punit sévèrement pour toute l'éternité et qui chasse aux limbes les petits bébés qui ne sont pas baptisés. Pourquoi allait-il s'ennuyer dans les bancs de l'église puisqu'il n'y croyait pas ?

Arrivé à l'église, Sylvain dit au revoir à Mme Gosselin, surprise et inquiète, et l'abandonne devant l'église. Elle s'est attachée à ce jeune constable qui vit chez elle depuis quelques mois. Il est devenu l'enfant qu'elle n'a jamais eu. Et, elle souffre de le voir si éprouvé par une peine d'amour. Elle reconnaît qu'elle ne devrait pas trop s'attacher à lui car, dans peu de temps, il pourrait être muté ailleurs. Bien sûr ils pourraient toujours s'écrire. Ou, s'il découvrait qu'il ne pouvait pas vivre sans Catherine, il laisserait tout tomber pour retourner à Montréal.

Chapitre 20

Il est trop tôt pour se rendre à Rochelle puisque tout le monde serait à l'église. Trudel se rend à l'hôpital pour voir Eugène. À la réception, c'est la même dame aux cheveux châtains et aux yeux verts. Elle lance à Trudel un regard méfiant qui l'enveloppe des pieds à la tête. Trudel ne s'arrête pas devant son bureau. Il se rend directement à celui des infirmières. Elles sont deux ce matin, une brune et une rousse, et elles lui sourient chaleureusement.
- Je suis venu voir Eugène Roux.
La brune se lève.
- Je crois qu'il dort. Allons voir.
Il la suit jusqu'à la chambre d'Eugène. Ce dernier est réveillé mais son regard est lointain.
- Je vous laisse avec lui pendant quinze minutes, annonce la brune avant de quitter la chambre.
Trudel hésite, puis s'approche du lit. Le regard d'Eugène se fixe sur lui.
- Mon caporal ! dit Eugène en ricanant.
- Tu vas mieux aujourd'hui ?
- Un peu. Tu m'as apporté un petit coup ? Une cruche de whiskey peut-être ?
Il dévisage Trudel d'un regard moqueur puis il rit.

- Rien de la sorte. Je suis venu te poser des questions.
- Au sujet de la femme de Joe.

Eugène commence à chanter la chanson, *La femme à Joe*. Les malaises du sevrage ne lui ont pas enlevé le goût de persifler. Il devait donc être railleur de nature. Trudel met fin à ses moqueries.

- Où étais-tu lorsque Rose-Alma a été tuée ?
- Je ne m'en souviens pas. J'étais ivre.
- Tu étais ivre où ?

Roux ricane.

- Je sais que tu es allé au bureau de poste ce matin-là, dit Trudel.
- C'est Aline qui t'a dit ça. Elle t'a peut-être menti.
- Je ne crois pas. Tu y étais. Et puis, il ne serait pas trop difficile de trouver quelqu'un d'autre qui t'aurait vu traîner au village. Où es-tu allé en sortant du bureau de poste ?

Eugène est pâle et semble fatigué. Il a perdu son air malin et répond d'une voix faible.

- Chez un ami.
- Qui ?
- Un ami.
- Qui est cet ami ?
- Gérald.
- Gérald qui ?
- Ménard.
- Où vit-il ?
- À deux kilomètres au sud de chez moi sur la rue principale, non loin de la carrière de gravier.

Rosser n'avait pas indiqué de résidence sur ce bout de route. Roux a les yeux fermés et semble dormir.

Trudel se rend à Rochelle et tourne à gauche en arrivant à la rue principale. À environ deux kilomètres, il aperçoit une petite maison dont le toit s'est affaissé au centre et semble prêt à s'effondrer. Un homme dans la cinquantaine est assis sur le perron, fumant une cigarette. Les cheveux en broussailles et le visage mal rasé, il regarde Trudel s'approcher.

- Je n'ai rien fait qui me mérite la visite de la police. Pourquoi es-tu ici ?

Trudel continue d'avancer en observant l'homme au visage menaçant et à la mine rébarbative.

- Vous êtes Gérald Ménard ?
- C'est mon nom. Que voulez-vous ?
- C'est au sujet de la mort de Rose-Alma Chartier.
- La laide de Chartier. Pourquoi se déranger autant pour cette chipie. On est bien débarrassé.

Où étiez-vous le matin du meurtre, monsieur ?

- Moi. Ça ne vous regarde vraiment pas, mais puisque vous n'allez pas me ficher la paix tant que je ne vous ai pas tout dit, j'étais à Saint-Eustache chez François Arnaud. Je lui aidais à couper du foin.

- À quelle heure êtes-vous parti ce matin-là ?
- Vers huit heure trente. Arnaud est un lève-tôt et il n'aime pas que j'arrive trop tard. Il préférerait me voir arriver au lever du jour ce maudit coq de fermier. Je l'enverrais bien chier mais il faut que je gagne mon pain. Puis il est chiche Arnaud. Il ne paie pas beaucoup. Vous n'avez qu'à jeter un coup d'œil à ma modeste demeure pour voir que je dis vrai.

Pour un homme qui prétend éprouver de la réticence envers le dévoilement de sa vie privée, il élabore sans trop se faire pousser.

- À quelle heure êtes-vous revenu ?
- Tard. Vers dix-neuf heures trente.

Trudel lui demande où vivent les Arnaud et Gérald lui décrit comment s'y rendre.

- Avez-vous vu Eugène Roux ce jour-là ?

- Eugène ! Il vient souvent ici quêter de la boisson. Mais je n'étais pas ici le matin que Rose-Alma a été tuée.

- Il dit être venu vous rendre visite le matin du crime.

- Eugène. Je ne l'ai pas vu. Attendez un peu. Le salaud ! C'est lui qui a dû me chiper une bouteille de whiskey !

- Quelqu'un vous a volé du whiskey ?

- Oui, puis je n'arrivais pas à trouver qui. J'aurais dû le deviner. Eugène, le petit soûlot du village. Je vais lui en cogner une bonne celui-là.

L'homme se lève et se dirige vers une vieille camionnette dont la carrosserie est tellement rongée par la rouille qu'il est presque impossible de distinguer sa couleur.

- Vous ne trouverez pas Eugène chez lui.
- Comment ça ?
- Il a dû être hospitalisé.
- Où ça ? À Saint-Alcide ?
- Non.
- Où alors ?
- Je ne puis vous le dire.

L'homme a la mine menaçante et il dévisage Trudel d'un regard furieux. Trudel l'observe en essayant de ne pas laisser paraître sa peur. Il est en bonne forme mais cet homme d'environ deux mètres, aux bras gonflés par des muscles et aux grosses mains d'ogre, pourrait surement le démolir en un rien de temps. Trudel lui parle afin d'essayer de désamorcer la situation sans avoir recours à son arme.

- Alors, vous n'avez pas vu Eugène le jour du meurtre ?

Gérald ne recule pas. Il maintient son air menaçant, les poings fermés, les muscles des bras saillants. Trudel recule d'un pas.
- Je ne l'ai pas vu. Je n'étais pas ici. Vous n'avez qu'à demander à Arnaud.
- Merci Gérald.

Trudel recule de quelques pas, salue Gérald de la main et puis se retourne pour se rendre à sa voiture. Derrière le volant, Trudel voit que l'homme a baissé les épaules sans perdre son allure enragée. Il quitte cet endroit sans perdre de temps. S'il était nécessaire de revenir voir Gérald, il se ferait accompagné par d'autres agents.

Eugène lui avait menti. Il devra lui rendre visite à nouveau. Ce ne serait qu'une formalité, une occasion de lui faire dire la vérité car Trudel ne croit pas qu'Eugène est un tueur. Railleur, malcommode, soûlot, mais pas violent. Il savait qu'un bon nombre d'ivrognes éprouvent des excès de colère. Par contre, à leur première rencontre, Eugène n'avait pas démontré de rage. De la frustration et de l'anxiété lorsque son frère avait tenté de le faire taire, ainsi que de la peur lorsque son père l'approchait la main levée, mais pas de colère. Eugène semblait inoffensif. En revanche, Gérald, qui était rageur et facilement provoqué, avait une tête de tueur. Il passerait chez les Arnaud en retournant à Saint-Pierre pour vérifier son alibi. Il espère que Gérald ne l'a pas envoyé sur une fausse piste.

Trudel est encore furieux suite à la confrontation avec Gerald Ménard. Au carrefour de la rue principale et celle qui longe la frontière nord du village, il fait en virage à gauche. Dans cette région, Rosser n'a pas indiqué de demeure sur le croquis. Néanmoins Trudel s'y rend pour revoir l'endroit où le sentier qui part de la cabane rejoint la route.

Par la fenêtre de la voiture il examine le bout du sentier qui traverse le fossé, puis il sort pour l'examiner de plus près. Il y a des traces de souliers, de petits souliers d'enfants de dix ans ou moins. Elles sont bien distinctes dans le sable. Trudel suit les traces et les perds dans l'herbe épaisse d'une clairière. Impossible de dire si l'enfant est allé plus loin. Il continue sur le sentier jusqu'à la cabane. Il ne trouve aucun indice que l'enfant s'y est rendu. Il rebrousse chemin. En traversant le fossé il aperçoit, de l'autre côté de la route et à une distance d'environ deux cent mètres, un drapeau blanc au sommet d'un arbre. Un genre de dessin qu'il n'arrive pas à identifier est imprimé sur le drapeau.

Trudel remonte la route lentement avec la voiture pour voir ce qui en est. Une allée part de la route et se rend à une petite bicoque en décombres. Les murs se sont écartés et le toit s'est affaissé. L'allée contourne les ruines et continue plus loin. Rosser n'avait pas indiqué cette allée sur le croquis du village. Trudel peut comprendre cet oubli car il y a tellement de petits buissons autour qu'il peut à peine voir que l'allée contourne les ruines et continue plus loin. Trudel la suit en essayant de repérer le drapeau blanc. Par la fenêtre ouverte de la voiture il entend soudainement une voix d'enfant qui crie à tue-tête.

- Ohé! Ohé! Je te vois. N'approche pas si tu ne veux pas ressentir la pointe de mon épée.

Trudel regarde dans la direction d'où viennent les cris. Il ne voit pas l'enfant. Il sort de la voiture. Il scrute les bois sans rien voir. Puis la voix retentit de nouveau.

- Tu fais bien d'avoir peur de moi. Décampe voleur de trésor !

Le bruit vient de haut et Trudel lève le regard vers la cime des arbres. Une plateforme est coincée entre les troncs de trois gros arbres. Un petit garçon, de moins de dix ans, est assis au bord de la plateforme, les jambes pendantes. Un mouchoir rouge attaché derrière la tête et un bandeau noir sur l'œil gauche, il brandit d'une main une épée façonnée de carton et dans l'autre il tient un rouleau de papier en guise de télescope marin. Le télescope recouvre l'œil droit. Trudel avait cru en entendant les cris que l'enfant s'adressait à lui. Mais, le gamin a le regard tourné vers le sud et ne semble pas percevoir sa présence. Derrière le gosse, une longue perche s'élève vers le ciel et au bout un drapeau blanc. Trudel peut maintenant distinguer l'image sur le drapeau, un crâne et deux os croisés. Le symbole des pirates.

Il ressent une vague de vertige en observant ce jeune enfant jucher au seuil d'une plateforme qui ne mesure qu'un mètre carré à une hauteur d'entre trois ou quatre mètres. Une échelle part de la plateforme et finit sur une plus petite plateforme construite entre deux autres arbres. De cette structure, une autre échelle mène au sol.

L'enfant n'a pas encore remarqué sa présence et Trudel hésite à l'interpeller ou à essayer de le rejoindre sur sa perche par crainte de le faire sursauter et lui causer une chute. Il tourne le dos à l'enfant et suit l'allée pour voir où elle mène. Ce gamin devait avoir des parents à la proximité. Il ne pouvait pas être seul dans ce bois.

L'allée le mène à une clairière. Une petite maison à la peinture fraîche et au toit recouvert de bardeaux neufs brille au soleil. Des parterres débordants de fleurs de toutes sortes longent le mur au-devant de la maison et des pots de fleurs pendent près de la porte.

Trudel frappe à la moustiquaire. Par la porte ouverte, il entend la radio qui joue un air de Madame Bolduc. Une jeune dame aux cheveux noir foncé attachés derrière sa tête vient lui ouvrir. Elle tient une petite fille en bas âge dans ses bras. Elle devait attendre sa visite, car elle l'invite à entrer avant même qu'il se présente.

La femme ferme la radio et l'invite à s'asseoir sur le divan et elle prend la chaise rembourrée en face de lui. Un petit garçon d'environ quatre ans joue sur le plancher avec un petit camion. Il est tellement emballé par son jeu qu'il ne lève même pas les yeux.
- Je suis le caporal Trudel.
- Oui, je sais. Mon mari, Éric, m'a averti que vous viendriez nous parler. Il dit que vous avez parlé à tout le monde au village, vous et le petit anglais. Je savais que vous finiriez par nous trouver, même si notre maison est bien dissimulée derrière les arbres.
- C'est votre garçon qui joue au pirate sur une plateforme dans les arbres ?
- Oui, c'est Laurent. Il est doué d'une grande imagination. Aujourd'hui, il est un pirate, hier il était Tintin. Il appelait notre chien Milou et il essayait de le faire monter sur la plateforme. Le chien s'est débattu et a réussi à s'échapper. Puis il est allé se cacher sous le perron pendant le reste de la journée.

Trudel n'avait pas vu de chien en arrivant.
- Vous avez un chien ?
- Oui. Toto. Il est probablement étendu à l'ombre derrière la maison. C'est un très petit caniche qui commence à se faire vieux et paresseux. Il ne se préoccupe plus des étrangers qui arrivent.
- Quel est votre nom, Madame ?
- Rita Bruno. Mon mari s'appelle Éric.
- Votre mari n'est pas à la maison ?
- Non, il est allé à St-Alcide pour visiter sa mère à l'hôpital.
- Ce n'est pas trop grave, j'espère.
- Elle souffre d'un cancer au stade terminal. Elle est trop faible pour recevoir la visite des enfants alors Éric est allé seul.
- Quand revient-il?

- Tard cet après-midi. Vers le temps du dîner.
- Je dois vous poser quelques questions au sujet du décès de Rose-Alma.
- Je ne l'ai pas vraiment connue. Guy et moi ne sommes arrivés au village que trois ans passés, trois semaines après qu'il ait accepté un poste à la carrière de gravier au sud du village. Puis, je n'ai pas souvent l'occasion d'aller au village. Mon mari prend la voiture pour aller au travail alors je suis prise ici avec mes trois enfants. Je me rends parfois au village à pied avec eux, mais avec la petite, c'est difficile. Elle n'aime pas être dans son landau et elle pleure tout le long pour en sortir. Puis une fois sortie, elle ne veut pas marcher.
- Vous connaissez Louise Rand ?
- Non. Ce nom ne m'est pas familier. Vit-elle au village ?
- Non. Mais elle a de la parenté à Rochelle.
- Pourquoi voulez-vous savoir si je la connais ?
- Ça n'a aucune importance. J'imagine que votre mari était au travail le jour du meurtre.
- C'est arrivé un lundi alors il serait parti pour se rendre au travail avant huit heures. Il travaille de longues journées, jusqu'à dix-neuf heures la plupart du temps, même lorsqu'il pleut.

La porte moustiquaire claque. Laurent entre. Il a enlevé son costume de pirate.
- Laurent ce monsieur est le caporal Trudel de la Gendarmerie Royale Canadienne. Sais-tu qu'est-ce que c'est la gendarmerie ?
- La police montée. Où est votre veste rouge, votre chapeau et vos drôles de culottes ?
- On ne porte pas le costume rouge avec les pantalons bouffants et le chapeau les jours de travail réguliers. Seulement pendant les grandes occasions.

- Quelles sortes d'occasions ?
- Pendant une grande fête, ou quand la reine vient nous rendre visite.
- Je crois que je vais devenir un agent de la GRC quand je serai grand.
- C'est un bon choix de carrière.
- Laurent va te laver les mains. Après tu peux avoir un biscuit et du lait. Apportes-en aussi pour ta sœur et ton frère.
- Vous voulez quelque chose à boire, caporal ?
- Non, merci. J'ai d'autres visites à faire.

Laurent revient avec trois verres de lait et des biscuits sur un plateau. Il les place sur la petite table devant le divan
- Merci mon grand, lui dit sa mère.
- Laurent, tu dois pouvoir voir très loin de ta plateforme dans les arbres, dit Trudel.
- Oui, monsieur. Je vois des fois des gens qui marchent et des voitures qui roulent sur la route. Parfois des chevreuils dans la forêt. Un jour j'ai vu un petit ours grimpé dans un arbre sur l'autre côté de la route. Puis sa mère, une grosse bête, bêlait au bas de l'arbre.

La mère de l'enfant blêmit.
- Si tu vois un ours, Laurent, il faut que tu rentres toute de suite à la maison.

Laurent baisse la tête.
- Qui as-tu vu marcher sur la route, Laurent ? demande Trudel.
- Des grandes personnes.

Le nez fourré dans un livre, *Les aventures de Robinson Crusoé,* Laurent ne s'intéresse plus à Trudel. Ce dernier se lève pour partir.
- Vous allez revenir parler à Éric ?
- Je ne crois pas que ce soit nécessaire. Au revoir Madame et merci.

Trudel lance un regard vers Laurent, le petit est tellement immergé dans sa lecture qu'il n'est plus au courant de ce qui se passe autour de lui.

Toutes les demeures sur le croquis de Rosser ont été visitées, sauf une. Trudel s'y rend sans grande espérance d'y trouver ce dont il a besoin pour apporter fin à son enquête. Il frappe à la porte et un vieillard vient lui ouvrir. Une main sur une canne, l'autre tenant une pipe fumante, il invite Trudel à entrer.

Lorsque Trudel se nomme, le vieux se penche vers lui, les sourcils levés. Une voix crie :

- C'est la police, Oscar. Invite-le à entrer.

Une vieille dame est assise sur un divan, une aiguille à la main, elle s'acharne à fixer un bouton à une manche de chemise.

- Vous devez crier, caporal Trudel, Oscar est sourd.

- Puis, toi Marie, tu es aveugle, réplique le vieillard d'un ton grognard.

- Assoyez-vous, caporal, dit Marie.

Elle continue à passer le fils dans les trous du bouton. Elle doit tâter le bouton avec un doigt pour trouver un trou, guider l'aiguille vers cet endroit puis piquer quelques fois avant de pouvoir la passer dans le trou. Trudel se demande si la pauvre dame arrive à viser chaque trou ou si elle passe toujours l'aiguille dans le même trou.

Comme prévu, les deux vieux ne savent rien sur le meurtre à part des ragots qu'ils ont entendus dans le village. Ils étaient tous les deux à la maison le matin du crime. Les deux vieux ne sortent pas souvent car ils ne peuvent pas se déplacer bien loin à pied et ils n'ont pas de voiture. La dame lui annonce tout ça sans se faire prier. Trudel avait reconnu en entrant qu'aucun d'eux n'aurait eu la force de frapper assez fort pour tuer une mouche. Trudel les remercie de leur accueil et part, découragé de ne rien avoir appris de nouveau.

En roulant vers Saint-Alcide, l'image de la vieille femme posant un bouton vient le hanter. Cette image lui rappelle quelque chose, mais quoi ? Après s'être cassé la tête à essayer de trouver pourquoi la dame et le bouton le hante tant, il laisse tomber. La vieille dame lui rappelait peut-être un vieux souvenir de son enfance.

La ferme des Arnaud se trouvait à l'endroit qu'avait indiqué Gérald et le fermier avait soutenu son alibi. Gérald était venu ce jour-là. Il était arrivé vers neuf heures, une heure très tardive selon le fermier, et était reparti vers dix-neuf heures. *Dommage ! Cet ogre orageux aurait fait un excellent suspect.*

Eugène Roux dort lorsque Trudel arrive à sa chambre. Il n'a pas le cœur de le réveiller tellement il a l'air piteux. Il repassera le voir demain, après les obsèques de Rose-Alma Chartier.

Assis sur son lit, Trudel pense à Catherine. Il ne sait que faire ? Devait-il tenter de l'appeler à nouveau ? Devrait-il lui écrire une lettre pour expliquer pourquoi il ne pouvait pas quitter son poste ? Comprendrait-elle ?

Ce n'était pas la première fois qu'elle piquait une crise. Le jour de l'anniversaire de Catherine, deux semaines après qu'ils s'étaient rencontrés, il avait voulu lui faire une surprise en l'emmenant manger dans un restaurant chic et coûteux. Elle avait refusé d'entrer dans le restaurant qu'il avait choisi. Ce n'était pas son restaurant favori. Elle désirait aller au restaurant Chez Élise. Il était entré dans le restaurant pour annuler la réservation et ensuite il l'avait menée Chez Élise. Il fallait réserver et il n'y avait pas de place. Il avait dû la ramener chez elle et réserver deux places pour le lendemain. Trudel avait trouvé ce comportement étrange mais il l'avait vite oublié car il trouvait Catherine tellement désirable. Et le sexe était merveilleux.

Il pense à toutes les soirées passées dans le siège arrière de la voiture, toutes les fins de semaine de camping et les nuits passées dans son appartement lorsqu'il était à Ottawa et à Edmundston. Il a le cœur gros en pensant que tout ça pouvait être fini. Elle lui manquait terriblement.

Puis d'autres souvenirs lui reviennent. Elle avait refusé d'aller visiter ses grands-parents à la ferme parce qu'elle n'aimait pas la campagne avec ses moustiques, ses animaux et ses puanteurs. Elle s'était fâchée lorsqu'il avait insisté et avait refusé de lui parler pendant deux semaines. Pourtant, il avait visité toute sa famille à elle, grands-parents, oncles, tantes, cousins, cousines, sans en manquer un, même ceux qui vivaient dans les quartiers les plus miteux de Montréal. Catherine n'avait rencontré les grands-parents maternels de Sylvain que lorsqu'ils étaient venus à Montréal en visite.

Et, voilà où était le plus grand aspect du problème. Catherine ne viendrait jamais le joindre dans un petit village manitobain. À Winnipeg peut-être, mais jamais dans un endroit entouré de fermes laitières, de porcheries et d'immenses champs cultivés. Comment allait-il résoudre cette impasse ? Fallait-il tout laisser tomber, enquête et profession, et retourner à Montréal pour lui faire plaisir ?

Puis, fallait-il qu'il attende deux semaines avant de pouvoir lui parler ? Combien de fois piquerait-elle une crise de ce genre dans leur vie conjugale ? Qu'est-ce qui occasionnerait la prochaine ?

Ces questions lui bombardent le crâne, une après l'autre, sans répit et sans solution. Il fallait agir, mais comment ? Après de longues délibérations, il décide de lui écrire une courte lettre expliquant pourquoi il ne pouvait pas retourner à Montréal.

Chère Catherine,

J'aimerais bien te faire plaisir et rentrer à Montréal. Toutefois, je ne puis le faire en ce moment. Je suis responsable d'une enquête sur la mort d'une citoyenne de Rochelle. Je dois et je veux tenter de régler cette affaire. Je suis policier et c'est ce dont on s'attend de moi. Si je pars, je devrai renoncer à ma carrière dans la GRC. J'aime ce que je fais et je ne veux pas tout gâcher.

Je t'aime Catherine. Mais tu dois comprendre qu'il m'est impossible de retourner à Montréal pour le moment. Je te supplie de m'appeler. Nous avons grandement besoin de se parler.

Sylvain.

Il reconnaît que le ton est un peu sec, mais il n'arrive pas à trouver les mots pour le dire autrement. Il la relit, puis la plie et l'enfouit dans une enveloppe. Sans hésitation, il la cachette et y affixe un timbre.

C'était fait. Il ne restait qu'à la poster et attendre la réaction de Catherine. Entre temps, il essaierait chaque jour de l'appeler chez elle pour ne pas avoir à traverser les murs de la forteresse érigée par les parents, ainsi que par ses propres parents, autour de Catherine.

Chapitre 21

Vers neuf heures, les gens commencent à arriver à l'église à pied ou en voiture, mais personne n'entre dans la chapelle. Les arrivants forment des petits groupes devant le perron de l'église et chuchotent entre eux. Trudel se faufile parmi les groupes en espérant entendre des bribes de conversation qui pourraient être reliées au crime. Lorsqu'il s'approche les gens se taisent et quelques-uns le saluent, mais personne ne l'invite à se joindre à leur cercle intime. Trudel continue de faire le tour des groupes. Aussitôt qu'il s'éloigne un peu d'un cercle, les chuchotements recommencent. Ce qu'ils ont à dire n'est évidemment pas destiné aux oreilles de la police.

Rosser n'est pas venu. Trudel lui a demandé de s'occuper d'un cas d'abus conjugal. Le mari était à présent dans une cellule. Rosser devait rendre visite à sa femme pour l'encourager à déposer une plainte contre son mari. Elle ne le ferait probablement pas. La majorité des femmes évitaient de poursuivre leur mari en justice par crainte de représailles. Si la femme ne portait pas plainte, le mari s'en tirait sans punition et se sentait bien libre de recommencer. Et la police ne peut rien faire. Pourquoi est-il nécessaire d'obtenir une déposition de la part de l'épouse pour arrêter le mari, surtout lorsque l'évidence est manifeste sur le corps de la victime ?

Le curé Ristain arrive. En voyant Trudel, il lui fait signe de le suivre. Trudel hoche la tête et monte les marches de la chapelle. Le curé est à bout de souffle en arrivant à la sacristie. Il prend un moment pour respirer avant de s'adresser à Trudel.

- J'espère que vous n'êtes pas venu déranger la cérémonie. C'est un rite sacré que je ne veux pas voir souiller par les manigances de la police.

- Je viens en simple observateur. Je vous assure que je ne dérangerai pas.

- Vous voulez observer quoi ?

- Le comportement des gens.

- Pourquoi ?

- Pour voir si je peux discerner le coupable parmi ceux qui se présenteront aux obsèques.

- Vous pensez que le coupable va venir ?

- Oui. Où il va s'absenter, ce qui en dirait plus long.

Le curé hoche la tête.

- Je n'arrive pas à croire qu'il ait pu commettre un tel crime.

- Qui ?

- Comment qui ?

- Vous avez dit que vous n'arriviez pas à croire *qu'il* ait commit un tel crime. Qui est cet *il* dont vous parlez ?

- Ah! Je voulais dire que je n'arrivais pas à croire qu'un de mes paroissiens était un tueur.

- Pourtant l'un d'eux est le meurtrier puisque personne n'a vu un étranger dans le village le jour du meurtre.

- Ouais. Veuillez m'excuser, caporal Trudel. Il me reste assez de temps pour entendre des confessions avant le commencement des prières.

Trudel n'avait pas poussé le curé à lui dévoiler à qui il référait lorsqu'il avait dit, « Je ne peux pas croire qu'il » car le curé n'aurait pas pu le dévoiler et il savait déjà la réponse à cette question. Ronald était allé se confesser du meurtre. Il ne savait même pas pourquoi il avait demandé au curé de clarifier.

Le cercueil repose en haut de l'allée du milieu de l'église. Il est fermé et un bouquet de roses rouges à longues tiges recouvre la majorité du couvercle. Afin de mieux surveiller l'entrée des gens, Trudel choisit un siège à l'arrière de l'église, du côté opposé au confessionnal. Ronald Parent entre et salue Trudel. Il se dirige vers le confessionnal, tout heureux de pouvoir retirer son plaidoyer de culpabilité devant Dieu. Ce qui faisait une véritable confession à l'envers.

En peu de temps, Ronald sort du confessionnal en sifflotant doucement. Le curé ouvre la porte du confessionnal et lui enduit doucement de cesser. L'humeur du curé semble s'être améliorée depuis son arrivée. Aline Beauchamp entre avec un homme. Elle s'approche de Trudel et lui présente son mari Marc. Marc s'assoit dans un banc au milieu de la chapelle tandis qu'Aline se rend au confessionnal. Pendant qu'elle y est, un adolescent aux longs cheveux bruns entre et se dirige vers le confessionnal, les yeux baissés. Il s'installe dans la case vide du confessionnal, à la droite du curé.

Lucien Gagner entre et attend près du confessionnal. D'autres gens se faufilent dans l'église et s'alignent derrière lui, trois femmes, deux hommes et deux enfants de moins de dix ans. Aline sort et rejoint son mari. L'adolescent prend du temps à se confesser. Lorsqu'il sort il a l'air malheureux. Trudel présume que le curé lui assigné une pénitence lourde. Qu'aurait pu faire un jeune adolescent de si grave ? La masturbation ? Le grand péché des ados.

La lignée de gens qui désirent se confesser se raccourcit. Deux petites filles attendent encore en ligne lorsque le curé sort du confessionnal. Il s'excuse de ne pas pouvoir entendre leur confession, faute d'un manque de temps. Le prêtre se rend à la sacristie en exhibant un air de découragement et de tristesse. Trudel se demande si l'humeur sombre du prêtre est reliée à la gravité de la cérémonie qu'il doit officier ou à ce qu'il vient d'entendre dans le confessionnal. Il longe le mur à la droite de l'église pour scruter attentivement les visages de ceux qui ont reçu le sacrement de confession. Puis il fait de même à la gauche de l'église. Les gens l'observent avec curiosité et même dérision.

Les paroissiens ne semblent pas trop peinés devant la mort de Rose-Alma. L'atmosphère dans l'église serait plus appropriée à un mariage qu'à un enterrement. Aline et Marc Beauchamp, Simone Monier et Elizabeth Marchand sont les seuls à démontrer du chagrin en ce moment solennel. Seul Théodore Deslauriers est absent. Son infirmité ne devait pas le permettre de se rendre à l'église. Aucun comportement incriminant saute aux yeux du caporal, alors il retourne à son poste à l'arrière de l'église. Il décide de ne pas s'asseoir, pour avoir une meilleure vue de la foule.

L'église est pleine et les gens ne finissent pas d'entrer. Les badauds sont venus en grand nombre. Lorsqu'Anastasie entre, il n'y a plus de sièges, à part ceux réservés pour la famille de la défunte. La bonne du curé regarde autour, repère Trudel et s'approche de lui pour prendre poste à ses côtés. Trudel la salue d'un hochement de tête.

Les Chartier sont les derniers à arriver. Leur tristesse est palpable. Les frères et sœurs de Joseph, accompagnés de leur époux et épouses ainsi que de leurs enfants, marchent derrière eux. Puis, un groupe de douze adultes dans la quarantaine et la cinquantaine ferment le cortège. Trudel ne les a jamais vus. Il déduit qu'ils sont des membres de la famille de Rose-Alma, les Caron. Aucun enfant parmi eux. Il faut croire qu'ils n'en ont pas ou qu'ils ne les ont pas amenés aux funérailles. Rose-Alma avait six frères et sœurs. Certains d'entre eux devaient avoir des enfants qui auraient atteint l'adolescence. Alors, pourquoi ne seraient-ils pas venus aux obsèques de leur tante?

    Les gens se retournent pour dévorer la famille de leurs yeux curieux. Les croque-morts s'avancent et ouvrent le cercueil pour permettre aux membres de la famille de visionner le corps. Des murmures se font entendre pendant que la famille se réunit devant le cercueil. Le curé apparaît dans le chœur. La foule se lève et, dans le silence qui s'ensuit, on peut entendre les sanglots de Monique et de Joseph.

    Après quelques minutes, les membres de la famille retournent à leurs bancs à l'avant de l'église. Le curé convie les fidèles à s'asseoir d'un geste de la main. Ensuite, il invite la foule à visionner le corps. Les gens s'alignent dans l'allée principale. Tout le monde s'y rend, même ceux qui détestait la morte. Anastasie croise les bras, le visage crispé de colère. Elle se penche vers Trudel.

    - Ces curieux sont mieux de respecter le corps de Rose-Alma !

    Elle a chuchoté mais trop fort. Quelques têtes se retournent pour voir qui a parlé. Le regard glacial d'Anastasie les fait se retourner vers l'avant.

Louise Rand est l'une des premières à se présenter devant le corps. De son poste près de la porte de l'église, Trudel remarque qu'elle pleure. Louise contemple Rose-Alma avec tristesse et peut-être même avec regret avant de passer devant la famille Chartier. Elle s'arrête pour donner la main à Joseph et à ses fils. Puis elle enlace Monique et lui tapote le dos. Monique se raidit et la repousse fermement. Étonnée, Louise dévisage sa cousine. Monique la regarde durement. Louise s'empresse de retourner à son siège.

En apercevant Trudel debout à l'arrière de l'église, elle lui décoche une œillade haineuse.

Dans le banc devant Trudel une femme tente d'inciter son fils à la suivre pour voir la défunte. C'est l'adolescent qui s'était présenté au confessionnal avant le service. Il refuse d'y aller. La dame abandonne et fait la queue dans l'allée avec les autres. L'adolescent, la tête basse entre les mains, semble être troublé. Trudel se souvient d'avoir ressenti ce genre de malaise aux funérailles d'une de ses tantes lorsqu'il avait quinze ans. C'était la première fois qu'il avait contemplé l'éventualité de sa propre mortalité.

Les chuchotements recommencent. Assis dans le chœur, le curé Ristain se lève et convie l'assemblée à se joindre à lui dans la récitation du chapelet. Les gens sortent leurs rosaires et les égrènent en prononçant le *Santa Maria* en réponse à l'*Ave Maria* du curé.

Lorsque les prières pour l'âme de la défunte sont terminées, un employé des pompes funèbres invite la famille à s'approcher du corps une dernière fois. Aussitôt que la famille s'éloigne, les deux hommes du salon funéraire ferme le cercueil.

La cérémonie des obsèques est à peine commencée que des murmures, d'un volume de plus en plus élevé, se répandent dans la foule. Les gens sont emportés par la fièvre d'énervement devant une situation aussi saugrenue qu'était la mort de la femme la plus détestée du village. Ils oublient leurs bonnes manières et n'arrivent plus à camoufler leur manque de respect envers la défunte. Ils parlent et rient comme s'ils se trouvaient à une fête.

    Le visage envahit de tristesse, Joseph se retourne vers l'auditoire. Ceux et celles qui le remarquent, se taisent immédiatement. Mais un grand nombre de gens continuent de parler. Joseph fronce les sourcils. Le bourdonnement des voix diminue. Maurice, à son tour, fait face à la foule. Les gens se passent des cognées de coudes et, d'un coup de tête, se signalent l'un et l'autre de regarder en avant vers Maurice et Joseph. Après un moment, l'auditoire est silencieux.

    Joseph et Maurice se retournent et, quelques minutes plus tard, le bourdonnement de voix recommence. Cette fois, Anastasie s'en mêle. Elle avance dans l'allée qui longe le mur à la droite de l'église. À tour de rôle, elle dévisage chaque personne qui parle d'un regard brûlant et intense qui ferait fondre une pierre. Elle ne lâche pas prise avant d'avoir obtenu le silence de la personne visée. Elle réussit à faire taire tous les gens qu'elle vrille de son regard.

    Les gens ont peur d'Anastasie sans comprendre pourquoi. Quelques-uns croient qu'elle est une sorcière et peut jeter des sorts. Personne n'oserait vociférer cette croyance par crainte de s'attirer la malédiction ou de se faire ridiculiser par les autres. Tout le monde, sauf le curé, se sent vulnérable en sa présence. Personne n'ose la contrarier, y compris le curé. Pourtant, malgré ses manières brusques, Anastasie n'a jamais fait de mal à personne. Et depuis qu'il lui avait parlé au presbytère, Trudel savait qu'elle était capable de tendresse.

Lorsqu'Anastasie a fait taire un côté de l'église, elle se promène dans l'allée qui longe le mur de l'autre côté. Le curé, qui n'a pas manqué le manège de sa bonne, paraît satisfait.

Au temps du sermon, les gens s'installent, avec autant d'aise que les bancs de bois dur le leur permettent, pour écouter l'homélie qui devait s'avérer longue comme à tous les services officié par le curé Ristain. En général, afin d'encourager la compréhension des concepts qu'il essaie d'impartir, le bon curé fouille avec avidité la Bible de long en large pour trouver toutes les paraboles et les citations qui sont le moindrement reliées aux leçons qu'il veut impartir à son peuple. Puis pour s'assurer la rétention des concepts enseignés, il les répète deux ou trois fois.

Cette fois, à la grande surprise des gens, le curé n'en dit pas long. Il parle de la vie que menait Rose-Alma, de l'ardeur et de la compétence avec laquelle elle accomplissait ses tâches. Elle avait toujours de beaux jardins remplis de légumes qu'elle aimait partager avec tous ceux qui venaient visiter. Il parle de ses enfants bien élevés, de l'amour qu'elle avait envers son mari et sa famille.

À cette référence un ricanement étouffé perce le silence, suivi de bourdonnement de voix à peine audible. Le curé envisag la foule, l'air écœuré.

- Mes frères et sœurs! La situation présente est très pénible pour la famille et je vous demande d'agir en conséquence. Rose-Alma était une bonne épouse, une excellente mère et une fervente catholique. Je vous demande de prier pour son âme pendant cette cérémonie.

Avec ça, le curé qui a l'air complètement débobiné, se rend à l'autel et reprend le service. Les gens se regardent et lèvent les sourcils. Puis des bruits de voix recommencent jusqu'à ce qu'Anastasie reprenne la patrouille des allées. Elle continue de faire la garde jusqu'à la fin de la cérémonie.

Après la bénédiction du corps de la défunte, Maurice s'approche du curé et lui chuchote quelque chose. Le curé acquiesce d'un signe de tête et puis s'adresse à la foule.

- À la requête de la famille, la cérémonie d'enterrement sera exclusivement réservée pour la famille. Après l'enterrement, seule la parenté et les amis proches de Rose-Alma sont invités pour un goûter à la maison de la famille en deuil.

Joseph apparaît surpris et il dévisage son fils. Puis, il hoche la tête.

Mais la foule n'accepte pas aussi facilement. C'est le choc, puis l'indignation. Comment la famille ose-t-elle stipuler de telles restrictions ? Ce n'est pas très chrétien ! Si on chuchotait avant, maintenant on parle à haute voix lorsque le corps est transporté hors de l'église par six porteurs, tous apparentés à Joseph. Les frères et sœurs de Joseph et leurs familles semblent surpris et incrédules devant ce qui ce passe. Ils ne comprennent pas le manque de respect de la part des paroissiens, ni l'ordonnance du curé limitant l'accès au cimetière. Ils regardent autour, les sourcils froncés. Les frères et sœurs de Rose-Alma marchent les yeux baissés. Joseph et ses enfants regardent devant eux, l'air peiné.

Lorsque le cortège funèbre a quitté l'église les gens se précipitent vers la porte. Certains ont l'intention de se rendre au cimetière en dépit des souhaits de la famille. Le visage furieux, Anastasie se tient dans l'allée qui mène au cimetière et bloque le chemin. Trudel la rejoint pour la seconder. Les badauds retournent devant l'église et forment des groupes de discussions. Aline et Marc Beauchamp, s'approchent d'Élisabeth Marchand et l'invite à venir avec eux chez les Chartier. Elle était venue avec les Gagner. Cependant, après avoir vu le comportement de ce couple durant la cérémonie, elle refuse de retourner avec eux. Elle accepte l'invitation des Beauchamp. Louise Rand les suit.

Élisabeth se tourne vers elle et, les mains sur les hanches, elle lui lance d'un ton venimeux :
- Tu n'es pas la bienvenue chez Joseph.
- Comment ça ? Rose-Alma était ma cousine.
- Une cousine de la fesse gauche. C'est trop loin dans la parenté pour compter. Après tout le mal que tu as fait à Rose-Alma, tu devrais avoir honte de te présenter chez elle.

Élisabeth, le visage empourpré par l'effort, ne lâche pas Louise des yeux. Larry prend sa femme par le bras.
- Louise, on retourne à la maison. Élisabeth a raison et tu le sais. Si tu te présentes, Joseph va te mettre à la porte.
- Il ne sait rien de ce qui s'est passé. Rose-Alma ne lui a jamais rien dit, réplique Louise.
- N'empêche que tu ne devrais pas y aller par respect pour la défunte. Laisse la famille pleurer en paix.

Louise baisse la tête, l'air boudeur, et suit son mari à la voiture. Larry ouvre la porte et elle s'installe sur le siège. Larry prend le volant et la voiture s'éloigne à toute vitesse.
- T'as bien fait de lui dire de ne pas venir, dit Aline en tapotant l'épaule d'Élisabeth.

Simone Monier s'approchent et demande :
- Vous vous rendez chez les Chartier ?
- Oui, bien sûr. On se revoit là, répond Aline.

Simone s'éloigne du groupe et se dirige vers le sentier qui traverse la cour de l'école pour se rendre chez les Chartier. Claudette et Léon Gagner, accompagnés de Ginette et Marcelle Tardif passent à côté d'Élisabeth.

- Vous allez venir chez les Chartier n'est-ce pas ? dit-t-elle.

- On n'ose pas. Je ne sais pas si Joseph nous prend pour des amis. On aimerait bien, mais on ne veut pas causer des problèmes, répond Claudette.

- Ne vous inquiétez pas. Vous serez reçus en amis, lui répond Aline. Joseph vous aime bien tous les quatre.

- Je ne suis pas certain que ce soit vrai, à cause de mon père, répond Léon.

- Venez. Je vous jure que Maurice va apprécier votre présence, lui assure Élisabeth.

Les trois couples et Élisabeth se lancent sur le sentier pour se rendre chez les Chartier.

- Où vas-tu, Léon ? crie Lucien Gagner.

Léon regarde son père.

- Chez les Chartier.

- Tu n'es pas un de leurs amis !

- Oui je le suis !

- Alors, moi aussi je peux y aller, répond son père en riant.

Léon se retourne, l'air fâché.

- Tu ne peux pas y aller ! Après toutes les méchancetés que tu as répandues au sujet de Rose-Alma, tu ne le mérites pas.

La foule devant l'église écoute l'échange entre père et fils. Tous attendent en silence le déroulement de l'argument.

- On va tous y aller, lance une voix d'homme.

Nombre de gens se rendent à leur voiture. Ils n'aimaient pas Rose-Alma mais, par respect pour Joseph et ses enfants, ils refusent de participer à ce spectacle honteux. Mais plusieurs avancent à pas vif vers le sentier.

Lucien Gagner et sa femme ainsi qu'Alfred et Anita Michaud mènent la charge. Anastasie court pour les devancer. Les mains sur les hanches, elle les dévisage d'un air furieux. Ceux au-devant de la foule s'arrêtent d'un coup sec et se font marcher sur les talons par les suivants. Puis, personne ne bouge. Trudel se plante à côté d'Anastasie.

- Allez-vous en chez vous! Vous avait assez déranger cette famille en deuil, grogne Anastasie.

- Anastasie a raison.

C'est le curé Ristain qui revient du cimetière. Il regarde ses fidèles avec écœurement.

- Laissez cette pauvre famille en paix, ajoute-t-il.

Petit à petit la foule se disperse, se sentant inconfortable sous le regard désapprobateur du curé. Tout le monde part sauf Albert qui se balance sur ses talons, ne sachant pas trop s'il devrait partir lui aussi.

- Viens Albert, dit le curé. Tu es un ami. La famille sera heureuse de te voir.

Albert lui sourit avant de prendre le sentier.

Le famille revient du cimetière et passe à côté de Trudel, d'Anastasie et du curé. Joseph, Maurice, Arthur les saluent en passant devant eux. Monique s'approche de Trudel et l'invite d'un geste de la main à s'approcher. Trudel s'avance et fait quelques pas avec elle pour s'éloigner des autres.

- Venez chez nous pour le goûter. Mais avant, je veux vous parler. Je ne croyais pas que c'était important. Mais après avoir été témoins du comportement des gens aujourd'hui, je crois que je me suis trompée. Vous voyez, ma mère écrivait un journal.

- Ah oui ! Que contient le journal ?

- Maman raconte sa vie. Puis elle parle des gens qu'elle rencontre.

- Tu dois me donner ce journal. Il contient probablement de l'information cruciale à l'enquête.
- Je devrais en parler à mon père avant.
- Il sait que t'a mère écrivait un journal ?
- Je ne crois pas. Je l'ai trouvé dans un vieux sac de farine entre le sommier à ressorts et le matelas du lit de mes parents.
- Après ce qui vient de se passer à l'église, ton père doit se demander pourquoi les gens ont agit de cette façon.
- Oui, vous avez raison. Il ne sait pas que les gens haïssaient maman et il ne comprend pas ce qui vient d'arriver. Ses parents et ses frères et sœurs non plus.
- Il faudrait peut-être parler du journal à ton père dès maintenant. Sans ça il va se poser toutes sortes de questions. Je crois que c'est le temps de tout mettre sur le tapis.

Elle pense à ce que Trudel vient de dire avant de répondre.
- Suivez-moi. On va en parler à Maurice et Arthur. Puis on décidera. Je leur ai montré le journal hier.

Trudel suit Monique sur le sentier. Le curé Ristain et Anastasie leur emboîtent le pas. Les Caron ont quitté Rochelle sans s'arrêter chez Joseph. Surpris, Trudel se tourne vers Maurice.
- Pourquoi les frères et sœurs de ta mère ne viennent-ils pas au goûter ?
- On ne les connait pas beaucoup. Ils ne venaient jamais visiter. Papa a essayé à plusieurs reprises de les inviter, mais ils trouvaient toujours une raison de ne pas accepter. Après un temps, maman a supplié papa de laisser tomber.

Joseph et ses deux parents sont assis sur le perron devant la maison lorsque Trudel arrive. Monique l'entraîne vers l'arrière de la maison. Arthur et Maurice

sortent de la maison. Elle leur fait signe de la suivre.
Ils s'exécutent sur le coup et attendent que leur sœur parle.

- Nous avons besoin de discuter au sujet du journal de maman. Après ce qui s'est passé aujourd'hui, je crois que papa à le droit de savoir comment les gens agissaient envers maman. Il ne comprend pas ce qui s'est passé à l'église et il va commencer à questionner les gens. Il vaudrait mieux qu'il l'apprenne de nous que de se le faire dire par quelqu'un d'autre. J'ai lu des parties du premier cahier et puis des parties des autres. Je trouve que maman explique très bien le comportement des gens du village envers elle. Il faut que papa lise ce que maman a écrit avant d'en entendre parler par quelqu'un d'autre.

- Tu as raison Monique. Papa m'a dit qu'il allait demander des explications à certains gens après que la visite sera partie, dit Maurice.

- Faudrait en parler à nos grands-parents et nos oncles et tantes. Ils se demandent eux aussi ce qui s'est passé. Je crois qu'ils ont droit à la vérité avant d'entendre les versions tronquées des autres, dit Arthur.

- Vous avez tous lu le journal de votre mère ?

- Non, seulement Monique. Elle nous a décrit le contenu de ce qu'elle a lu.

- Maurice, je sais qu'il y a longtemps que tu es au courant de ce qui se passait entre les villageois et ta mère. Arthur et Monique, quand l'avez-vous appris ?

- Seulement lorsque j'ai lu le journal de maman. À quelques occasions quand je suis allée au magasin avec elle, je voyais des sourires en coin et j'entendais des chuchotements dans notre dos. Je me suis souvent demander pourquoi les gens faisaient ça. Malheureusement, je ne me suis jamais arrêtée pour leur demander. J'aurais dû. Peut-être que j'aurais pu prévenir ce qui est arrivé à maman.

Trudel tourne son regard vers Arthur.

- Je n'en savais rien avant que Monique m'en parle. Moi aussi j'avais remarqué les sourires en coin et les chuchotements derrière le dos de maman. Je n'ai jamais rien fait moi non plus. Je le regrette beaucoup. Puis il y avait Eugène Roux qui faisait des commentaires grossiers au sujet de maman. Je n'y ai pas trop payé attention. Il est un soûlot et il raconte n'importe quoi.

- Votre père a dû surprendre des comportements impolis envers votre mère lui aussi ?

- Papa est un homme optimiste et il fait confiance à tout le monde. Il est si bon qu'il ne pourrait jamais s'imaginer que quelqu'un ferait du mal à un autre. Il ne voit que les bonnes qualités des gens autour de lui, explique Maurice.

- Quand est-ce qu'on lui dit ? demande Monique.

- Aussitôt possible, insiste Trudel.

Il a hâte de mettre la main sur ce journal. Cet ouvrage autobiographique de Rose-Alma devrait contenir des indices qui lui aideront à définir le motif du crime et, peut-être même, à identifier le meurtrier.

- On ne peut pas faire ça devant tous les invités! dit Maurice.

- Ils sont tous des amis de votre mère et de votre père. Ils peuvent aider votre père à comprendre que votre mère était une bonne personne et que les gens ont été dupés à croire le contraire.

- Dupés par qui ? demande Arthur.

- Par Louise Rand, répond son frère.

- Tu le savais, Maurice ? demande Trudel.

- Oui. J'ai entendu des conversations ici et là. Quel cancan tout de même ! Plusieurs hommes au village croient que Louise disait vrai.

- Qu'est-ce que vous discutez ?

Joseph est debout sur le perron et les observe, les sourcils froncés.

- Venez papa. On a quelque chose à vous révéler, dit Maurice.

- J'espère que vous allez pouvoir m'expliquer pourquoi les gens étaient si impolis aujourd'hui. Je viens de perdre ma bien-aimée et vous votre mère et personne ne semblait trouver ça triste. À part de nous et quelques bons amis. Je n'y comprends rien.

- C'est justement ce qu'on veut vous expliquer, papa, dit Maurice d'une voix douce.

Joseph descend les marches du perron pour les rejoindre, l'air hébété. Monique se dirige vers la maison.

Je vais chercher les cahiers de maman. Je reviens tout de suite.

- Les cahiers de ta mère ?

La jeune femme ne prend pas le temps de répondre à son père. Elle file vers la maison. Joseph regarde ses fils et Trudel. Il attend une clarification. Maurice tente d'expliquer ce que vient de dire sa sœur.

- Maman écrivait un journal.
- Oui, je sais.
- Vous saviez que votre femme écrivait un journal ?

Joseph regarde Trudel.

- Oui. Elle aimait écrire ses sentiments dans un cahier. Elle le faisait de temps à autre.
- Vous avez lu ce qu'elle a écrit ?
- Non ! C'était son journal intime. Je ne l'aurais jamais lu sans sa permission.
- Vous ne lui avez jamais demandé de partager avec vous ce qu'elle écrivait ?
- Une fois et elle m'a dit que c'était trop personnel. Alors je l'ai laissé en paix. Elle aimait écrire et je n'étais pas pour ruiner son plaisir en l'obligeant de le partager

avec moi. Rose-Alma était une femme très aimante, dévouée envers moi et les enfants et très courageuse. Je ne l'ai jamais vu reculer devant le travail. C'était une perle et je l'appréciais beaucoup. Je ne sais pas comment je vais vivre sans elle.

Le pauvre homme éclate en sanglots. Il se dirige vers l'étable à grands pas. Monique sort de la maison et court vers lui.

- Papa. Pauvre, pauvre papa. Je sais que tu as beaucoup de peine, mais il faut vous parler du journal de maman.

Joseph s'arrête pour dévisager sa fille.

- Qu'est-ce que tu en sais ?

Monique baisse la tête. Joseph aperçoit les cahiers de sa femme dans les mains de sa fille.

- Où as-tu pris ça ?

- Dans un vieux sac à farine entre le matelas et le sommier de votre lit. Je l'ai trouvé l'autre jour lorsque j'ai enlevé les draps pour les laver.

- Tu les as lus !

Monique hésite devant le regard incrédule de son père.

- Je sais que je n'aurais pas dû. Mais je ne savais pas qu'est-ce qu'il y avait dans le sac. Puis quand j'ai vu les cahiers, j'en ai ouvert un pour voir ce qu'il contenait. J'ai lu quelques paragraphes et j'ai reconnu que c'était le journal personnel de maman. J'ai tout remis dans le sac que j'ai ensuite caché dans le garde-manger.

- Je suis heureux de savoir que, par respect pour ta mère, tu n'aies pas continué à lire.

Monique fixe le sol en se dandinant d'un pied à l'autre. Puis elle regarde son père dans les yeux avant de parler.

- Le paragraphe que j'ai lu m'a tellement troublé que je n'ai pas pu m'empêcher d'en lire plus long le lendemain. Puis encore d'autres pages le jour après, jusqu'à j'aie lu un cahier en entier. Puis j'ai lu le deuxième et le troisième.

- Tu as lu les écrits privés de ta mère ! Comment as-tu osé ?

- Je te demande pardon, papa. Mais, j'ai appris quelque chose au sujet de maman qui m'a fait comprendre le comportement des gens du village envers elle.

Bouche-bée, Joseph ne sait que dire. Il ouvre la bouche, puis la referme maintes fois sans articuler le moindre mot. Maurice s'approche.

- Maman écrivait que les gens du village étaient méchants envers elle, dit Maurice.

- Vraiment !

- Oui, papa, et caporal Trudel voudrait les lire pour voir s'il y a des indices qui pourraient l'aider à identifier qui a fait du mal à maman, dit Monique.

Trudel remarque que la famille évite de mentionner le meurtre. Ils préfèrent l'expression *faire du mal* comme s'ils n'avaient pas encore complètement accepté que la défunte ait été brutalement tuée. Il ne dit rien pendant l'échange. Il attend que les enfants clarifient la situation avec leur père avant de se lancer dans la discussion. Arthur, qui s'était tenu à l'écart, s'approche de son père et met la main sur son épaule.

- Il faut lui passer les cahiers, papa. Il doit trouver le coupable pour le punir.

Joseph, l'air éberlué, scrute le visage de ses enfants à tour de rôle avant de se tourner vers Trudel.

- Je n'aime pas qu'on lise les pensées intimes de ma femme. Je ne les ai pas lues et je suis son mari. Par contre, si ça peut vous aider à trouver qui a fait du mal à Rose-Alma, je vais vous les passer. Mais il faut que vous me promettez de ne pas partager leur contenu avec qui que ce soit avant de m'en demander la permission.

- Je vous le promets. Par contre, s'ils contiennent de l'information qui dénonce d'une manière ou d'une autre le coupable, je devrai partager ça avec les représentants de la couronne et puis la défense. Je n'aurai pas le choix.

- Dans ce cas, je veux avoir la chance de les lire avant de vous les passer.

- Je dois les prendre aujourd'hui. Je vais vous les rendre aussitôt que ce sera possible.

- Papa, je vais vous dire ce que j'ai appris, dit Monique.

Joseph ne dit rien. Puis, après un moment, il hoche la tête.

- Promettez-moi de ne pas dévoiler le contenu, à moins que ce soit absolument nécessaire.

- Je vous le promets. Et je vais vous remettre le journal aussitôt possible.

Monique passe les cahiers à Trudel. Les parents de Joseph sortent de la maison.

- Il faut retourner dans la maison. Nos parents et amis doivent se demander pourquoi nous ne sommes pas là, dit Arthur.

Trudel décide de de ne pas davantage déranger la famille. En passant devant Monique il lui sourit doucement et elle lui rend son sourire. Pour la deuxième fois depuis qu'il l'a rencontrée, Trudel se perd dans la beauté et la douceur de ses yeux. Cette fois elle ne détourne pas les yeux et il se sent attiré vers elle. Lorsque Joseph s'approche d'eux, Sylvain salue le père et la fille avant de se diriger vers sa voiture.

Arrivé à la voiture, il est surpris de voir que Monique l'a suivi.

- Je peux vous aider à les lire. Comme ça, s'il y a quelque chose que vous ne comprenez pas, je pourrais vous l'expliquer.

Trudel contemple le visage de la jeune femme. Elle est tellement belle, et tellement aimable depuis qu'elle lui a dévoilé ce qu'elle lui cachait. Il aimerait bien son aide. Puis non, il serait mieux de se rendre au bureau pour en faire une première lecture. Il veut arriver à sa propre interprétation du contenu sans se laisser influencer par un membre de la famille. Il doit le lire d'un œil objectif sans se laisser aveugler par des sentiments.

- J'apprécie ton offre, Monique. Mais je vais les lire seul. Je reviendrai te voir si j'ai besoin de clarifications lorsque je l'aurai lu.

Monique hoche la tête l'air déçu. Il la salue en partant.

Sylvain tente de deviner l'âge de la jeune femme. Dix-neuf, vingt ans peut-être. Qu'avait dit docteur Laplante au sujet de la naissance de Monique. Il ouvre son calepin et trouve l'endroit où il avait écrit l'information. Rose-Alma avait accouché une fille en 1948. Elle avait donc vingt ans. Puis, il pense à sa fiancée et son estomac se contracte et les traits de son visage se crispent. Il ne sait pas comment régler la situation entre eux. Les mêmes idées circulent constamment dans sa tête comme des cheminots qui tournent en rond dans un bocal d'eau. Il fallait une fois pour toute mettre les choses au point. Mais quoi faire ? Il décide de remettre ça à plus tard. En ce moment, il avait beaucoup de travail à faire.

Rosser n'est pas revenu au bureau lorsque Trudel y arrive. Son intention de lire le journal de Rose-Alma et de travailler à la résolution du meurtre est vite repoussée. Il reçoit un tas d'appels téléphoniques et il se voit obligé de régler une gamme de petites affaires sans importance.

Chapitre 22

Trudel se rend au bureau tôt. Rosser y est déjà.
- Puis le trouble conjugale, ça s'est passé comment ? demande Trudel.
- J'ai dû emmener la femme à l'hôpital, tellement elle était estropiée. Elle a refusé d'y aller au début mais j'ai réussi à la convaincre. J'ai appelé sa mère pour qu'elle vienne s'occuper des enfants. Les pauvres petits s'accrochaient à leur mère et ne voulait pas la laisser partir.
- Ça se comprend. La femme a-t-elle été retenue à l'hôpital ?
- Oui. Le médecin veut la garder pendant quelques jours pour effectuer des examens plus approfondis en cas où il y aurait des blessures internes.
- La grand-mère va s'occuper des enfants pendant tout ce temps ?
- Oui. Elle les a emmenés chez elle.
- C'est bon. Éloignés de leur père, ils seront plus en sécurité.
- Oui, mais cet animal de mari, il va s'en sortir si la femme ne porte pas plainte contre lui.
- Oui. C'est injuste. Mais il m'est venu une idée. Ma locatrice a vécu une expérience semblable et elle a

réussi à quitter son mari abusif. Elle pourrait peut-être essayer de convaincre la femme de porter plainte. Je vais lui en parler.

- Bonne idée.
- Comment s'appelle la dame ?
- Banville, Hélène Banville. Et son monstre de mari s'appelle Charles, un homme grand et fort.

Rosser se lève et prend deux enveloppes sur le bureau de Georgette, la réceptionniste.

- Nous avons reçu une lettre du laboratoire à Winnipeg et une autre de Régina.
- J'allais les appeler ce matin pour voir s'ils avaient quelque chose à nous communiquer. Ouvres celle du laboratoire. J'ai hâte de connaître les résultats.

Les analyses révèlent que tout le sang trouvé sur le site appartient à la victime. Par contre, on avait découvert un peu de chair et de sang sous les ongles de la main droite de la victime et le type de sang ne correspond pas à celui de la victime. Rose-Alma avait tenté de se défendre.

L'analyse de sang n'était pas complète et les résultats ne seraient pas disponibles avant quelques jours. Il y avait des traces d'urine d'homme sur l'écorce de l'arbre derrière lequel on avait trouvé des impressions de chaussures. Même chose dans les débris récupérés sur le sol près de ce même arbre.

- Un homme était derrière l'arbre. Soit qu'il attendait la victime ou qu'il la aperçu pendant qu'il urinait, dit Trudel.
- Et il l'a tuée.
- Une grande possibilité. Par contre, je perçois la possibilité de deux scénarios.
- Le premier est que l'urineux l'a tuée. Et l'autre ?
- Qu'il s'est arrêté derrière l'arbre pour uriner. Il a aperçu le corps et est allé voir.

- Alors, pourquoi ne pas alerter la police, ou au moins la famille dans ce cas.

- Oui, ce scénario n'est pas sans accroc. Mais il ne faut pas oublier qu'il existe des gens qui auraient eu peur de se faire inculper dans ce meurtre. Surtout ceux qui n'ont aucune crédulité ou qui pourraient être vus comme suspects.

- Qui ?

- Je pense à Eugène Roux. Puis il y a Lucien Gagner et tous les hommes que Louise Rand a approchés. Ces hommes ne voudraient pas être vus près du corps par peur d'être accusés.

- Ça donne tout un tas de suspects ça! On est loin d'identifier le coupable.

- Le labo n'a pas fini l'analyse de l'urine.

- Je doute que ça va nous apprendre quelque chose qui va nous aider.

- Tu as probablement raison.

Trudel ouvre la deuxième enveloppe et avec Rosser se penche sur le rapport qui concerne les empreintes de chaussures relevées sur les lieux du crime.

- Selon ce rapport, nous pouvons au moins éliminer certains gens pour de bon. Après avoir exclu celles de Rose-Alma, toutes les autres empreintes ont été laissées par des chaussures d'homme.

- Notre meurtrier est donc un homme tel que l'on le soupçonnait.

- Ou une femme qui portait des souliers d'homme. Lorsque je vivais à Ottawa, ma voisine qui avait des gros pieds s'achetait des souliers d'homme pour porter à la maison. Elle les trouvait plus confortables.

Rosser lève les sourcils.

- Je n'arrive pas à accepter que ce soit une femme qui ait frappé avec tant de force.

- Si le motif est relié aux mensonges de Louise Rand, une femme aurait pu être assez enragée contre Rose-Alma pour la tuer. Une grande majorité des villageoises sont fermières et elles doivent être fortes. Il ne faut négliger aucune piste.

- Ni se perdre dans la fabrication d'hypothèses et de scénarios.

- Vrai. Mais je crois que c'est trop tôt pour commencer à éliminer des suspects à moins d'obtenir la preuve de leur innocence. Il faut éviter de se laisser entraîner par des idées préconçues.

Rosser soupire. Trudel retourne à la lecture du rapport.

- Les empreintes près du sentier derrière l'église ne correspondaient à aucune de celles trouvées sur le lieu du crime. Les frères Parent ne sont donc pas impliqués dans le meurtre. Tout indique qu'ils ne se sont pas rendus sur les lieux du crime.

- Bon, ceux-là on peut au moins les rayer de la liste de suspects.

Trudel hoche la tête avant de continuer à lire.

- Aucune trace sur le sentier n'appartenait aux fils de la victime. Celles de Joseph et de Whitehead apparaissaient seulement sur le site, près de l'emplacement du corps. Les autres traces autour du site étaient celles de Rose-Alma et une personne inconnue du sexe masculin, si on se fie à la dimension des empreintes.

- Trois autres noms à biffer.

- Oui. Certainement ceux de Maurice et d'Arthur. Les empreintes de Joseph étaient sur le site mais il y a plusieurs personnes qui lui accordent un alibi. Raye le nom des trois hommes.

Rosser s'exécute et Trudel reprend la lecture du document.

- Bon. Le dernier point relevé par les techniciens concerne les empreintes trouvées derrière un arbre près du lieu du crime. Elles correspondent à celles trouvées près du corps.

- Ce qui élimine un de tes scénarios. Celui de l'homme qui trouve le corps après le fait.

Rosser a parlé d'un ton moqueur. Trudel arrive à peine de se refréner de lui tordre le cou.

- Tu as raison. Ils n'ont pas trouvé d'autres empreintes que celles de Joseph, Rose-Alma et celles de l'urineux sur le site du crime. Donc on peut déduire que l'homme qui urinait derrière l'arbre est le coupable.

- On élimine donc toutes les femmes ? À moins que ce soit une femme et que ses traces aient été effacées par tous ceux qui sont arrivés après la mort de Rose-Alma. Le mari est venu la chercher. Puis Whitehead est venu avec le mari. Et enfin les techniciens sont arrivés. Ça fait beaucoup de va et vient. Il est possible que certaines traces de souliers aient été effacées.

Rosser avance cette conjecture d'un ton sarcastique. Trudel refuse de se laisser entraîner dans son jeu.

- C'est tout de même une possibilité. Je suis heureux que tu y aies pensé. Il faut essayer de relever toutes les éventualités. Une autre personne, un homme ou une femme, aurait pu être présent sur le site et ses traces auraient pu être foulées sous les pieds de ceux qui sont arrivés après la découverte du corps.

Rosser perd son sang-froid.

- Si tu passes ton temps à chasser toutes les hypothèses qui te sautent à la tête, tu perdras ton temps et tu n'arriveras jamais discerner le coupable.

- Il faut faire attention de ne pas s'enferrer sur une seule piste.

Rosser grimace avant de parler.

- Bon. Ça nous donne quoi ce rapport au juste ?

- Je n'ai pas fini. Selon les empreintes, les souliers de l'urineux était d'une marque de chaussure de sport très connue. Un détail très important quand viendra le temps de coincer le suspect, ou au moins trouver un témoin.

- Oui. Des chaussures de sport. Mais, si tu as raison, rien ne garantit que ce soit le meurtrier qui les portait, dit Rosser.

- C'est vrai. Par contre, je crois que l'hypothèse la plus évidente est la suivante. Un homme urinait derrière un arbre. Sois qu'il attendait l'arrivée de la victime ou que la rencontre était au hasard. Je dirais que l'homme l'attendait. Tout le monde savait que Rose-Alma employait ce sentier pour se rendre au magasin. C'était aussi un endroit bien boisé qui permettait au meurtrier de commettre le crime sans être aperçu. S'il l'avait rencontrée par hasard, que faisait-il sur le sentier ?

- Aucune raison d'y être.

- Cependant, il y a la cabane dans le bois.

- Tu crois que quelqu'un s'y rendait régulièrement ?

- Oui. Il y a un sentier bien tracé qui s'y rend. Mais je ne crois pas que soit un membre de la famille Chartier car le sentier qui part de la cabane mène à la route qui longe le nord du village. Pourquoi les Chartier auraient-ils tracé ce sentier ? Le sentier va vers le nord et leur maison est au sud.

- En guise de subterfuge ?

- Pourquoi feraient-ils ça ? Qu'auraient-ils fait dans la cabane ?

- Peut-être que l'un des frères rencontrait une fille. Ou que leur sœur rencontrait un amoureux et que c'est l'amant qui a tracé le sentier.

- Te voilà à chasser les hypothèses à ton tour, Mark. Je croyais qu'on avait éliminé les hommes Chartier. Mais on garde tout de même cette hypothèse en tête, en cas où Monique avait un amant, un amant que ses parents n'approuvaient pas. Et puis, il est aussi possible que la cabane n'ait rien à voir avec le crime. Elle est après tout en très mauvais état.

- Bon, si on laisse tomber la cabane, le gars attendait Rose-Alma sur le sentier. Il a uriné en attendant puis lorsqu'elle s'est présentée, il l'a tuée. C'est le scénario qui me colle le plus.

- Ou l'urineux a simplement été témoin du crime. Puis après il est allé voir si Rose-Alma était encore vivante.

- Ouais. Je ne crois pas à cette hypothèse. Mais puisque tu insistes, on la maintient.

- Il nous reste à voir le mobile.

- Ça c'est facile. Quelqu'un en voulait à Rose-Alma à cause des racontars que Louise répandait au sujet de la victime.

- C'est ce qui me semble être le cas. À moins qu'on finisse par retirer d'autres motifs de l'information que nous avons recueillie à date.

Rosser lui lance un sourire en coin.

- La victime a été éliminée pour une raison qui n'est pas encore déterminée.

Trudel lui rend son sourire avant de parler.

- C'est toujours une possibilité.

Rosser grogne et secoue la tête.

- Tu as fini de m'écœurer avec toutes tes possibilités !

- Il nous reste la liste de suspects à revisiter.

- Qui reste sur cette liste ?

- Ceux qui ont été approchés par Louise dernièrement. Marcel Tardif, Armand Dufour, Lucien Gagner et Eugène Roux. Marcel et Armand ont un alibi. Lucien et Eugène n'en ont pas et ils étaient tous les deux dans les alentours le matin du crime.

- C'est donc l'un d'eux.

- Peut-être. Leurs empreintes de souliers n'ont pas encore été comparées à celles trouvées sur le lieu du crime. À ce que je sache, ils ne portent pas de chaussures de sport. À moins que Lucien m'ait menti. On n'a rien reçu sur les empreintes digitales. Il y a sûrement des empreintes sur l'arme du crime.

- La roche ?

- Oui. J'espère que le labo va découvrir des empreintes bien nettes sur la roche.

- Tu as pris celles de Lucien.

- Oui.

- Alors on saura lorsque l'analyse des empreintes digitales sera terminée.

Trudel hoche la tête. Rosser reprend la parole.

- Et ce rapport n'arrivera probablement pas avant la semaine prochaine.

- Ouais. Ça prend du temps avant de recevoir l'analyse des empreintes puisque c'est fait à Régina. Je vais appeler Greene pour voir s'il peut faire accélérer notre réquisition.

- Pourtant ils nous ont envoyé celui des empreintes de chaussures.

- Oui, ça vient d'un autre département. Ils ne devaient pas être trop surchargés dans le domaine des empreintes de chaussures.

Un silence s'ensuit. Puis Trudel reprend la parole.

- Il ne faut pas oublier Eugène Roux. Il a été approché par Louise. Les chaussures qu'il portait lorsque nous l'avons arrêté semblaient avoir un motif d'adhérence assez semblable à celui trouvé sur le lieu du crime.

- On a ses empreintes digitales puisqu'on l'avait en taule l'autre jour. Il nous reste donc deux suspects.

- Oui Mark. Je laisse tomber Lucien pour le moment. Je me rends à l'hôpital voir Eugène. Il m'a menti lorsque je lui ai demandé où il était le matin du crime. L'autre jour il était trop malade pour subir une interrogation mais il a sûrement eu le temps de se remettre. Tu viens avec moi ?

- Je t'accompagne à l'hôpital mais je te laisse avec Eugène. Moi, je vais aller voir Mme Banville. Je veux lui parler de ta locatrice pour voir si elle veut bien recevoir sa visite.

- Bonne idée, Mark. Il faudrait aussi lui parler des Services Sociaux qu'elle peut contacter pour recevoir de l'aide. Avant de nous rendre à l'hôpital, il serait mieux d'en parler avec Mme Gosselin au cas où je l'aie mal jugée et qu'elle n'accepte pas de venir en aide à cette dame.

Mme Gosselin, ayant accepté de conseiller la jeune dame si cette dernière le désirait, Trudel et Rosser se rendent à l'hôpital. À leur entrée, la réceptionniste, le regard contrarié, les observent mais ne dit rien. Rosser se dirige vers la chambre de la victime tandis que Trudel se rend à celle d'Eugène Roux.

- Bonjour Eugène. Tu as l'air en forme.

- Tu es venu me parler de la femme de Joe. *La femme de Joe...*

Trudel lui coupe la parole d'un ton brusque et sévère.

- Je ne veux pas t'entendre chanter cette chanson. Si tu persistes, je te renferme dans la cage une autre fois.

- Pas en prison ! Je n'aime pas ça.

- Alors cesse tes conneries et réponds franchement à mes questions.

- Pas besoin de te fâcher. Tu as un sacré mauvais sens d'humour, mon caporal.

Eugène lui fait un salut militaire avec un sourire narquois. Trudel laisse passer ce geste railleur et se concentre sur le but de sa visite.

- Tu m'as avoué être allé chez Gérald le matin du meurtre. J'ai parlé à Gérald et il ne t'as pas vu. Il travaillait ce jour-là.

- Comment vous savez que Gérald ne ment pas ?

- J'ai vérifié son alibi. Toi, par contre, tu n'en as pas.

- J'étais chez Gérald.

- Pourquoi es-tu allé chez lui ?

- Pour le voir. On est amis.

- Ce n'est pas ce que j'ai entendu de Gérald.

Eugène lève les épaules en guise d'indifférence.

- Si tu es vraiment allé chez Gérald, dis-moi ce que tu as fait lorsque tu t'es aperçu qu'il n'était pas chez lui.

- Rien. J'ai frappé, puis j'ai essayé la porte. Elle n'était pas fermée à clef et je suis entré pour m'asseoir un peu. J'étais fatigué après la longue marche.

- Combien de temps as-tu passé chez lui ?

- Je ne sais pas. Je n'ai pas regardé l'heure.

- Qu'as-tu fait une fois que tu t'es introduit chez lui ?

Son visage railleur réapparait et il ne peut s'empêcher de rire.

- Qu'as-tu fait chez lui ?

- Rien, rien du tout.

Il rit de nouveau.

- Gérald sait que tu es allé chez lui.

- Puis ?

- Il parait qu'il lui manque quelque chose depuis ce matin-là et il pense que c'est toi qui le lui as pris.

L'expression sur le visage d'Eugène passe de la moquerie à la crainte.

- Que lui as-tu pris ?
- Est-ce qu'il sait que je suis ici ?
- Il sait que tu es à l'hôpital mais il ne sait pas où.
- Il va finir par me trouver et me tuer !
- Que lui as-tu pris ?
- J'ai rien pris.
- Eugène, tu mens.
- J'ai rien pris. J'ai seulement bu de son whiskey en attendant qu'il arrive.
- Combien de whiskey ?
- Je ne sais pas. Je n'ai pas compté les verres.
- Gérald croit que tu lui en as volé toute une bouteille.
- Comme je vous ai dit, je n'ai pas compté les coups. Puis, ça ne fait pas de différence combien j'en ai bu, il va tout de même me tuer.
- Tu aurais dû penser à ça avant de consommer son alcool.

Eugène hoche la tête.

- À quelle heure es-tu allé chez Gérald ?
- Je ne sais pas. Je m'y suis rendu en partant du magasin à Michaud. Il était tellement de mauvaise humeur ce vieux loup et il n'avait pas le temps de prendre un verre avec moi. Je voulu aller trouver quelqu'un d'autres avec qui trinquer. Je suis donc allé chez Gérald.
- Quelle heure était-il ?

Eugène hausse les épaules.

- Il faut demander à Michaud. Il va certainement s'en souvenir.
- Es-tu passé au bureau de poste en chemin ?

- Non je me suis arrêté là avant d'aller chez Michaud.
- Combien de temps as-tu passé chez Gérald ?
- Je n'ai aucune idée.
- Une heure, deux heures, quoi ?
- Je ne sais pas. J'étais saoul.
- Alors tu aurais pu être au village à l'heure du crime.
- Non. Je ne pense pas. Je me suis mis en chemin pour me rendre chez Gérald en sortant du magasin. Puis je suis resté longtemps chez Gérald.
- Tu viens de me dire que tu ne savais pas combien de temps t'avais passé chez lui.
- Oui, mais j'ai eu le temps de boire toute une bouteille ! Ça ne se consomme pas dans l'espace de quelques minutes. Puis j'ai marché chez lui. Ça me prend au moins vingt minutes. Encore plus lorsque j'ai bu. Puis un autre vingt minutes pour retourner.
- Je pensais que tu ne savais pas combien d'alcool tu avais bu.
- Je n'ai pas compté les verres mais j'ai vu la bouteille vide sur la table. Je l'ai jetée dans le bois pour la cacher de Gérald.
- Il a tout de même remarqué qu'il lui en manquait une.
- Il va me tuer. Il faut que vous me protégiez !
- La seule façon que je peux te protéger est de te jeter en taule.
- Apportez- moi tout de suite.
- Pas avant que le médecin confirme que tu sois en forme pour sortir d'ici.
- Il va venir me tuer !
- Je vais aller l'avertir de te laisser en paix. C'est tout ce que je peux faire.

Trudel quitte la chambre d'Eugène et se rend à l'entrée principale de l'hôpital pour attendre Rosser. La porte de l'hôpital s'ouvre brusquement. Gérald entre comme un bœuf enragé et approche le bureau de la réception. Trudel le suit, heureux de pouvoir lui passer l'avertissement de laisser Eugène en paix sans avoir à se rendre chez lui.

- Gérald. Je t'interdis d'aller déranger Eugène!
- Tu ne peux pas m'empêcher!
- Si je le peux.

Trudel met la main sur son arme et dévisage Gérald.

- Tu n'oserais pas me tirer dessus dans un hôpital.
- Lui, peut-être que non. Mais moi, oui. Lève les mains!

Rosser, l'arme à la main, était sorti de la chambre de Mme Banville et se trouvait derrière Gérald. En voyant le révolver, la réceptionniste se réfugie derrière son bureau.

- Baisse ton arme, Rosser. Je m'en occupe, ordonne Trudel. C'est un hôpital après tout.
- C'est ce que je pensais. Tu ne m'empêcheras pas d'aller voir Eugène.
- Je te l'interdis. Si tu vas le déranger, soit dans sa chambre ici ou plus tard lorsqu'il retournera chez lui, je te mettrai en taule.
- C'est lui que tu devrais mettre en prison. Il est un voleur.
- Dépose une plainte contre lui.

Gérald ricane,

- Ça ne sert à rien. Il ne me le payera jamais. Il n'a pas un sou.
- Demande à son père de te rembourser.
- Je l'ai déjà approché. Il a refusé.

Trudel surveille Gérald de près. Il est prêt à intervenir s'il le faut. Rosser a rengainé son arme et se tient lui aussi prêt. Gérald se met tout à coup à rire.

- Bon. Disons que je me suis fait avoir. Je vais acheter des serrures pour garder ce petit voleur loin de ma boisson.

Ce changement brusque d'humeur prend Trudel par surprise.

- Alors tu vas laisser Eugène en paix ?
- Ouais. Ce n'est qu'une bouteille de boisson. Ça ne vaut pas un séjour en prison.
- Je suis content que tu comprennes ça.

Gérald fait un demi-tour et quitte l'hôpital en sifflotant.

- Tu penses qu'il va tenir parole ? demande Rosser.
- Je n'en sais rien. Il a changé tellement vite d'attitude. C'est impossible de savoir s'il est sérieux. Je vais avertir la réceptionniste de nous appeler s'il se présente.
- D'accord. Moi je dois voir l'épicier pour régler un cas de vol à l'étalage.
- Je sais.

Trudel s'approche du bureau de la réception.

- Vous pouvez vous relevez, Madame. Le danger est passé.

La réceptionniste se lève en regardant nerveusement autour d'elle.

- Vous devez m'appeler si vous voyez Gérald revenir.
- C'est qui Gérald ?
- Le gars enragé qui vient de partir.

Le regard craintif, elle hoche la tête.

- Vous faîtes mieux d'arriver en vitesse lorsque j'appelle. Ce gars est épeurant.

- N'essayer pas de lui parler s'il vient. Avez-vous quelqu'un qui s'occupe de la sécurité dans cet hôpital ?
- Je ne crois pas, non.
- À qui devrais-je m'adresser pour savoir ?
- Au directeur, M. Langevin.
- Où se trouve son bureau ?
- Derrière le mien.
- Est-il disponible pour me voir ?

Elle hausse les épaules.
- Voulez-vous s'il-vous-plaît le lui demander ?

Elle soupire en se levant comme si ce qu'elle devait faire lui était un fardeau. Elle se dirige vers la porte fermée qui se situe à quelques pas derrière l'accueil. Elle entrebâille la porte, y passe la tête et chuchote quelque chose. Puis, elle ouvre la porte et revient suivie d'un homme qui porte un élégant costume. L'homme est rondouillet avec une panse proéminente. Il se balance sur ses talons en jaugeant Trudel. Sa ceinture glisse sous son ventre, et son pantalon suit. Il rehausse sa ceinture avant d'inviter l'agent à entrer dans son bureau.

Aussitôt entré, Trudel lui adresse la parole.
- Vous avez un employé en charge de la sécurité ?
- Non. Nous n'en avons jamais ressenti le besoin.
- S'il arrivait un homme qui se présentait pour faire du mal à un patient, que feriez-vous ?
- On appellerait le concierge.
- Que ferait-il ?
- Il demanderait à l'homme de partir.
- Et si l'homme refusait de lui obéir, le concierge serait-il capable de s'en occuper.

Le directeur semble réfléchir. Puis il pousse un bouton du téléphone. La voix de la réceptionniste répond.
- Que voulez-vous, monsieur ?

- Appelle Marcel et demande lui de venir à mon bureau.

Le directeur regarde Trudel.

- J'ai pensé de vous laisser juger vous-même si Marcel ferait l'affaire.

On frappe à la porte.

- Entrez.

Un vieil homme septuagénaire, maigre, le dos courbé et mesurant environ un mètre et demi, entre dans le bureau.

- Richard, je te présente le caporal Trudel.
- Enchanté, mon caporal.

Trudel lui serre la main.

- Comme vous voyez, mon caporal, Marcel n'est pas doué pour la boxe.

Trudel hoche la tête tandis que le vieillard rit aux éclats.

- Il vous faudra avoir un autre plan en tête si le gars se présente, lance le directeur d'un ton moqueur.
- C'est sûr, répond Trudel.

Le directeur explique à Marcel pourquoi il l'a fait venir.

- J'ai aucunement l'intention de met mettre dans le chemin d'un taureau enragé. J'espère que vous n'allez pas vous attendre à ça.
- Sûrement pas, Marcel. Merci d'être venu. Tu peux retourner à ton travail.
- Alors, il n'y aura personne qui pourra intervenir si Gérald revient, déduit Trudel.
- La seule chose que l'on peut faire c'est de vous appeler.
- Bien, je vais passer à plusieurs reprises pendant la journée.

Trudel sort du bureau du directeur en se frottant la tête. Ce sacré Gérald allait l'empêcher de travailler.

Devait-il retourner chez lui pour lui intimer à nouveau de laisser Eugène en paix ? Non. Il s'était promis de ne jamais retourner seul chez Gérald et Rosser était ailleurs. Il retourne au bureau. Georgette lui présente un tas de petites notes.

- Tous ces gens ont appelé depuis que tu es parti. Je ne sais pas ce qui se brasse dans la région dernièrement pour qu'il y ait tant d'appels.

Trudel prend les bouts de papiers et les apportent dans son bureau. Après avoir passé une heure à l'écoute de plusieurs villageois qui voulaient porter plainte contre un voisin pour des sornettes sans importance, il se rend à la voiture pour faire une tournée devant l'hôpital. Tout est en ordre alors, il va déjeuner.

Il repasse devant l'hôpital après avoir fini son repas puis revient au bureau. Georgette lui passe d'autres bouts de papiers. D'autres appels à faire. C'est le côté de son boulot qu'il aime le moins. Répondre à des appels concernant de babioles qui pouvaient se résoudre sans l'intervention de la police. Il se résigne à faire le premier appel. Après avoir écouté des plaintes insignifiantes pendant une heure, il se rend à l'hôpital. Un vieux camion arrive en même temps que lui. C'est Gérald. Trudel s'arrête à côté du camion. Gérald fait demi-tour, accule l'accélérateur au plancher et quitte le terrain de stationnement en faisant hurler les pneus sur le pavé.

Trudel se présente à l'accueil et demande une chaise.

- Une chaise. Pourquoi une chaise ?
- J'ai besoin de surveiller la chambre d'un patient et je n'ai aucune envie de passer la nuit debout.
- Passer la nuit ! Vous ne pouvez pas passer la nuit ici.
- Si je le peux.

- M. Langevin a quitté le travail pour la journée. J'appelle Dr. Harder.

Trudel ne dit rien et elle fait l'appel.

- Dr. Harder. Le policier qui est venu l'autre jour est ici.

...

- Non, docteur. Il veut passer la nuit ici.

...

- Il dit devoir surveiller la chambre d'un patient.

... Les épaules de la réceptionniste s'affaissent et elle baisse la tête.

- D'accord.

Elle raccroche et regarde le sol, refusant de regarder Trudel. Trudel se penche pour lire son nom qui est affiché sur un petit porte-nom métallique.

- Micheline, où puis-je trouver une chaise ?

Elle parait étonnée de voir qu'il connaît son nom. Il indique le porte-nom du doigt. Elle hoche la tête en grimaçant.

- Prenez-en une dans la chambre d'attente à gauche.

Elle indique une porte près de la réception. Trudel la remercie.

Vers seize heures trente, la réceptionniste se fait remplacer par une autre et Trudel doit de nouveau expliquer sa présence car Micheline ne lui a rien dit. Celle-ci n'appelle pas le médecin. Elle lui sourit et lui demande s'il veut du café. Il accepte volontiers. Elle revient plus tard avec un plateau sur lequel se trouvent une tasse de café et un sandwich.

- J'espère que vous aimez le poulet, susurre-t-elle en souriant largement.

- Oui. Je vous remercie, Madame.

- C'est Mademoiselle, s'il vous plaît. Et je m'appelle Lucie.
- Enchanté, Mademoiselle Lucie.

Elle continue de dévisager Trudel de ses grands yeux verts. Trudel baisse le regard et s'occupe à déballer le sandwich. Elle reste plantée là un moment à l'observer. Trudel ne lui paie aucune attention. Finalement, elle se décide de retourner à son poste.

Chapitre 23

Trudel se réveille en sursaut. Quelqu'un lui tapote l'épaule. C'est une dame. Son cerveau encore endormi n'arrive pas à discerner qui est-ce. Enfin, tout devient clair. Il effectuait une surveillance à l'hôpital. Lucie lui sourit.
- Il est vingt-deux heures. Le concierge vient de verrouiller la porte pour la nuit. Personne ne pourra entrer. Je crois que le patient sera en sécurité maintenant.
- Et la porte d'urgence ?
- Sous clef elle aussi.
- Et si le monsieur se présente à l'urgence ?
- Il n'aura pas accès au reste de l'hôpital sans avoir une clef.

Trudel hoche la tête et la remercie. Dans la rue, il aperçoit un vieux camion rouillé. Un homme est derrière le volant. Gérald Ménard. Il avait dû attendre que Trudel sorte pour aller régler son compte avec Eugène.

Trudel approche le camion avec précaution. Gérald dort, le torse appuyé sur le volant. Devrait-il le réveiller ? Il place la main sur son arme et frappe sur la vitre de la portière. Gérald sursaute et le dévisage avec surprise. Trudel fait un pas en arrière et lui fait signe de baisser la vitre. Gérald ouvre la porte au lieu. Trudel recule encore d'un pas avant de lui lancer un avertissement.

- Lève les mains et sors lentement du véhicule.

Gérald sort sans lever les mains. Trudel dégaine son arme. Gérald le dévisage avant de lever les mains.

- Énerve-toi pas tant, mon caporal. J'ai juste l'envie de pisser.

- Qu'est-ce que tu fais ici ?

Gérald ne répond pas. Il baisse les bras et ouvre sa braguette. Il urine en pleine vue de l'agent. Lorsqu'il a fini il regarde Trudel.

- Lève les mains et pose-les sur la capote de ton camion.

Gérald s'exécute en riant.

- Tu ne pourras pas protéger Eugène tout le temps. Je l'aurai un jour ou l'autre.

Trudel en a assez de cet ogre. Il a un meurtre à résoudre, et puisqu'il a déjà déterminé que Gérald n'est pas le coupable, il ne veut pas perdre tout son temps avec lui.

- Combien est-ce qu'Eugène te dois pour la boisson ?

- Dix dollars.

- C'est beaucoup pour une bouteille de boisson.

Gérald lève les épaules.

- Et si Eugène te payait les dix dollars ?

- Je le laisserai en paix autant qu'il restera loin de moi et de ma demeure.

Trudel sort un billet de dix dollars de sa poche et le lance sur la capote du camion en évitant de trop s'approcher de Gérald. Puis il recule, gardant toujours l'arme visée sur l'autre.

Gérald rit et étire un bras pour prendre l'argent.

- Alors tu acceptes de le laisser en paix ?

- Du moment que je ne lui revois plus la face. Merci de m'avoir remboursé. Tu ne te feras jamais repayer par le soûlot.

- Je t'avertis que si quelque chose de fâcheux arrive à Eugène, je te jetterai en prison.

- Tu peux bien essayer.

Gérald ricane.

- Je ne viendrai pas seul. Je serai accompagné de toute la brigade s'il le faut.

Gérald semble bien s'en ficher mais il a perdu son air railleur.

- Je peux quitter maintenant ?

- Oui. Je t'en prie. Et, j'espère ne plus revoir ta vilaine binette.

Gérald rit et monte dans son camion. Il démarre en vitesse.

Trudel le regarde s'éloigner avec soulagement. *Avec un tempérament aussi volatile, il finira par tuer quelqu'un.*

Revenu à son bureau, Trudel s'attaque à la lecture du journal de Rose-Alma. Il constate que les cahiers sont tous datés, alors il les place dans une pile en ordre chronologique, en commençant par le plus récent. Il s'apprête à prendre le premier, puis il change d'idée, et décide d'entamer celui au bas de la pile. Aussi bien commencer au début de l'histoire pour mieux comprendre la progression des évènements.

Tout débute avec l'incident entre Rose-Alma et Lucien Gagner. L'évènement s'était passé comme Louise l'avait raconté avec quelques divergences. L'incident n'avait pas été déclenché par un aveu d'amour envers Lucien de la part de Rose-Alma. Au contraire, Louise avait approché Rose-Alma et lui avait confié qu'elle trouvait que Lucien était beau. Puis elle avait demandé à sa cousine si elle aussi le pensait attirant. Rose-Alma admettait dans son journal qu'elle trouvait Lucien trop trapu et bourru mais pour ne pas contrarier sa cousine elle avait répondu à l'affirmatif à sa question. Louise avait aussitôt approché Lucien pour lui raconter que Rose-Alma l'avait dans sa ligne de mire.

Rose-Alma, qui avait peu d'amis, se trouva désormais seule sur le terrain de jeu à l'école; même ses frères et sœurs l'évitaient. Louise avait mentionné ce fait à Trudel. La situation s'était aussi aggravée à la maison. Une de ses sœurs avait raconté l'incident à ses parents et toute la famille s'était moqué de Rose-Alma. Sa mère l'avait avertie qu'elle devait laisser les garçons tranquille parce qu'elle était trop laide et que personne ne voudrait d'elle.

Avec le temps, tout aurait peut-être été oublié si Louise n'avait pas fréquemment répété le scénario avec d'autres garçons. Après un temps, Rose-Alma n'osait plus regarder les garçons pour éviter de se faire accuser de les aimer. Elle devint nerveuse et craintive en leur présence. Tout le monde riait d'elle, y compris sa famille.

Chaque nouvel incident était noté brièvement dans le cahier. Rose-Alma nommait le garçon impliqué et ce qu'elle avait ressenti. Ne pouvant espérer recevoir de soutien ou de consolation de sa famille, elle allait se réfugier au fenil pour verser ses larmes. C'était là où elle avait commencé son journal.

Après le récit de chaque incident, Rose-Alma demandait à la Sainte-Mère de lui venir en aide.

Sainte-Marie ma mère, aidez-moi à leur pardonner. Je sais que c'est ce que Dieu attend de moi, mais c'est difficile. Je ne veux pas non plus qu'ils finissent en enfer à cause de leur méchanceté envers moi. Demandez à Dieu de les pardonner.

C'était une étrange prière. Elle ne voulait pas que les âmes de ses ennemis périssent à cause d'elle. Vers la fin du cahier les exhortations à la Sainte-Vierge devenaient plus implorantes. Le premier cahier finissait à la fin de sa huitième année scolaire, sa dernière année de scolarité.

Rose-Alma avait supplié ses parents à maintes reprises de la laisser continuer ses études. L'école secondaire la plus proche était à Saint-Alcide. C'était une école résidentielle pour filles administrée par une communauté religieuse. Les parents Caron avaient catégoriquement refusé pour deux raison. La première, le père n'avait pas le sou pour lui payer une éducation. Rose-Alma croyait qu'il mentait car elle l'avait souvent vu cacher de l'argent dans le caveau à patates. Elle avait trouvé sa cachette un jour et avait compté vingt bocaux remplis de billets en dénomination de vingt, dix, cinq, deux et un dollars. Ça faisait trois ans de cela et le nombre de bocaux s'étaient multipliés puisque son père continuait de distiller et de vendre du whiskey. Et, il était avare. Il dépensait rarement.

La deuxième raison était que Mme Caron avait besoin de sa fille pour l'aider à faire le ménage puisque ses autres filles avaient toutes déménagé à Winnipeg. Et c'était vrai, ses sœurs étaient parties, une par une au courant des années. Elles étaient parties tôt le matin, avant que la famille se lève, pour attraper le train. Elles avaient fait de la garde d'enfants pour se payer un billet à sens unique à destination de Winnipeg. Elles avaient toutes abouti chez l'oncle Adrien, où elles logeaient jusqu'à ce qu'elles se trouvent du travail pour se payer une chambre ailleurs. La première qui était partie, avait pris la peine de laisser une note à ses parents pour expliquer son absence. Les autres étaient parties sans notification. Rose-Alma n'avait pas eu la permission de travailler ailleurs et on ne lui donnait jamais d'argent. Il lui était donc impossible de partir. Elle était condamnée à devenir la domestique de ses parents. Comment s'en sortirait-elle ?

Le deuxième cahier débute presque trois ans après. Pourquoi n'avait-elle pas écrit pendant ce temps ? Sa situation de vie s'était-elle améliorée. La première page du deuxième cahier indique le contraire.

Louise n'a pas cessé de répandre ses mensonges. Elle approche un homme à chaque mois. Je le sais car celui qu'elle approche vient toujours me crier après. J'ai beau essayé d'expliquer à ces hommes que ce sont des mensonges, mais personne ne veut me croire. Tout le village rit de moi et mes parents me crient après tout le temps.

Je suis allée voir Louise l'autre jour pour la supplier de cesser ses mensonges. Elle a prétendu ne pas savoir de quoi je parlais. Elle ment.

J'ai peur de tous les hommes maintenant. Je n'ose pas regarder un homme dans les yeux par peur qu'il pense que je l'aime. Je ne sais plus comment agir devant eux. J'aimerais bien aimer un homme mais personne ne veut de moi. Ma mère avait raison.

Même en évitant leur regard, les hommes pensent que je cherche à les attirer vers moi. Ce n'est pas vrai. Je ne veux pas les attirer. Je ne comprends pas. J'ai juste peur et je suis mal à l'aise. Comment peuvent-ils penser que je veux les attirer ? Je n'y comprends rien.

J'ai beau prier la Sainte Vierge qu'elle demande à Dieu de me délivrer de ce supplice. Jamais de rose. Il faut croire que j'aie vraiment offensé Dieu pour qu'il veuille tant me punir. Peut-être que j'ai été mise sur terre pour souffrir.

Elle avait dû souffrir cette pauvre femme que personne n'aimait. Et Dieu faisait la sourde oreille. Comment avait-elle réussi à survivre tout cet abus ? Que voulait-elle dire par *jamais de rose* ?

Dans la marge droite de la première page du cahier, se trouve une liste de neuf jours consécutifs. Un petit crochet est tracé au crayon à droite de chaque date. Trudel n'arrive pas à déchiffrer ce que ça signifie. Peut-être Joseph et ses enfants pourraient éclaircir ce mystère. Il se fait une note pour se rappeler d'interroger un membre de la famille à ce sujet. Plusieurs autres listes de dates consécutives apparaissent dans les marges et chaque date est suivie d'un crochet. Toujours neuf. Puis il comprend. Elle priait pendant neuf jours consécutifs, une neuvaine. C'était un record des neuvaines qu'elle avait dédiées à la Sainte Vierge. Il ne comprend toujours pas la référence à la rose.

Les accusations des hommes envers Rose-Alma se perpétuent mensuellement. À chaque incident, elle mentionne l'agresseur sans trop donner de détails concernant ce qu'il a fait ou dit. Les prières demandant à Dieu de pardonner son agresseur suivent chaque épisode avec une augmentation du le niveau de culpabilité de la part de la victime. Elle finit par se voir comme la source de ses souffrances.

Si je n'étais pas si laide et si facilement intimidée, les hommes ne se moqueraient pas de moi

Vers la fin du deuxième cahier, Rose-Alma semble oublier le rôle que joue Louise dans son tourment. Elle est convaincue qu'elle attire les hommes vers elle par un pouvoir diabolique.

Je dois posséder un pouvoir qui excite les hommes lorsqu'ils me voient, un pouvoir qui leur donnent des mauvaises pensées. C'est ce qui les rend si furieux contre moi. Sainte Marie, ma Mère, aidez-moi à chasser le démon qui me rend si mauvaise. Je ne veux pas attirer les hommes. Je veux rester pure. Demandez à Dieu de les bénir et de les pardonner.

Rose-Alma était venue à se blâmer pour l'abus dont elle était victime. C'était un phénomène très commun chez les femmes fréquemment battues par leur époux. Sans avoir souffert d'abus physique, elle avait néanmoins été battue psychologiquement et le résultat était le même.

La lecture des pénibles souvenirs de la victime l'a tellement débobiné que Trudel ne peut plus continuer. Par surcroît, il n'a rien appris qui lui aiderait à repérer l'assassin. Il a dressé une liste de tous les hommes qui sont venus verbalement agresser Rose-Alma. Plusieurs noms lui sont familiers : Lucien Gagner, Alfred Michaud, Victor Roux, Armand Dufour, Alphonse Parent. Les autres noms lui sont inconnus. Avait-il omis quelques résidences aux villages, des résidences plus éloignées peut-être? Ou encore, est-ce que ces gens avaient déménagé de Rochelle ? Il devra s'informer.

Chapitre 24

Trudel se rend à Rochelle. Sur la route qui mène au village, un gros nuage de poussière s'étend devant lui et rend la visibilité presque nulle. Il ralentit et se colle à la droite de la route pour éviter une collision. De grosses roues émergent de la poussière quelques mètres devant lui. Il appuie sur les freins. Un gros camion roule lentement en plein milieu de la route et soulève tellement de poussière qu'il est impossible de le dépasser sans risquer une catastrophe. Le camion est encore devant lui lorsqu'il rejoint la rue principale. Le véhicule devant lui ralentit encore plus et la poussière se dissipe. Le camion est d'une si grande envergure qu'il ne peut pas le doubler. Trudel le suit avec impatience. À son étonnement, le camion dévie vers l'allée qui se rend à la ferme des Chartier. Trudel le suit pour apprendre qu'est-ce qui se branle chez les Chartier.
  Maurice ouvre la barrière qui mène à la cour de l'étable et laisse passer le camion. Trudel arrête son véhicule près des rosiers. Monique vient aussitôt le rejoindre. Trudel désigne le camion de son index.
  - Que se passe-t-il ?
  - Papa a vendu son contrat laitier à son frère, oncle Jules, qui vit à St-Eustache. Oncle Jules a aussi acheté tous les animaux, sauf les chevaux.

- Comment votre père va-t-il faire sans ses animaux ?
- On a aussi vendu la maison et tout le terrain à mon cousin Bernard, le fils de l'oncle Jules. Il veut en faire un terrain de camping. Il prend aussi les chevaux, les poules et les cochons.
- Tout est vendu !
- Oui.
- Ça n'a pas pris de temps.
- Non, entre parents le marché peut être vite fait.
- Où allez-vous vivre ?
- Papa a acheté la maison de Bernard à Saint-Boniface.
- De quoi allez-vous vivre ?
- Papa va chercher du travail à Winnipeg. Maurice et Arthur aussi. Mais Arthur va retourner au Collège en septembre. Papa veut que je prenne des cours en éducation. J'ai toujours voulu devenir enseignante. Mais, peut-être que je devrais travailler moi aussi, si nécessaire.

Trudel n'en revient pas. Elle avait toujours été réticente avec lui et voilà qu'elle n'arrêtait pas de bavarder. L'énervement occasionné par tout ce changement dans sa vie semblait lui avoir délié la langue.
- Quand déménagez-vous ?
- Lundi prochain. Papa ne veut plus vivre ici sans maman. Il trouve ça trop douloureux. Puis maintenant qu'il sait comment les gens traitaient maman, il est encore plus pressé de partir. Il ne veut pas revoir la majorité des villageois. C'est heureux qu'on ait vendu à de la parenté. Pas besoin d'attendre que tous les documents soient signés avant d'échanger les maisons.

Joseph s'approche d'eux. Il a l'air tout à fait défait par les évènements, malgré qu'il les ait lui-même déclenchés.

- Bonjour M. Chartier. Comment allez-vous ?
- Comme vous voyez, mon caporal, on déménage.
- Oui, Monique m'a tout expliqué.

Joseph hoche la tête. Il salue Trudel et se rend à l'étable pour aider ses fils à faire monter les animaux dans le camion.

- Je crois que c'est dommage que vous ayez à déménager. Vous avez un bel emplacement ici, dit Trudel à Monique.
- Peut-être. Mais comment vivre dans ce village après ce qui est arrivé à maman ?

Trudel hoche la tête et met la main sur son épaule.

- Tu as raison. Ça doit être incroyablement pénible d'avoir à rencontrer continuellement tous ces gens qui n'aimaient pas ta mère. Je te jure que je vais faire tout mon possible pour mettre la main sur le coupable.

Elle le dévisage d'un regard doux, les larmes aux yeux. Il lui tapote le dos. Elle se glisse dans ses bras et il la serre tendrement. Il doit se débattre contre l'envie de l'embrasser et de l'écraser dans ses bras. Avec effort, il la repousse gentiment et lui sourit.

- Je dois partir. J'ai des gens à voir. Puis je vais lire le reste des cahiers. Je reviendrai demain si j'ai des questions.

Sylvain s'éloigne avec regret. Arrivé à sa voiture, il se retourne vers elle. Monique n'a pas bougé et elle l'observe de ses beaux grands yeux verts. Un frisson lui transperce le corps et l'incite à retourner près d'elle et à l'enlacer. Il se maîtrise avec difficulté et monte dans la voiture. Il démarre et part sans oser la regarder par peur de perdre contrôle et rebrousser chemin.

Il s'était senti attiré par Catherine, mais l'attraction qu'il ressentait envers Monique était différente. C'était une attirance envers une femme, du genre qu'il n'avait jamais ressentie auparavant. Il y avait bien sûr un attrait sexuel. Toutefois, ce qu'il désirait le plus était de passer du temps avec elle, de lui parler, d'aller faire une promenade en lui tenant la main.

Trudel se contraint d'oublier Monique et de concentrer sur le travail qu'il a devant lui. Il trouve difficile de chasser le souvenir de ce qu'il avait ressenti lorsqu'il l'avait tenue dans ses bras. Pourtant, il ne peut pas se laisser distraire, ni se laisser influencer par un membre de la famille s'il veut résoudre l'énigme entourant ce meurtre.

Devant la maison de Lucien Gagner, il est accueilli par les deux chiens qui ne semblent pas se souvenir de lui et qui le traitent comme étranger dangereux. Lucien sort de la maison en affichant la même attitude déplaisante que ses chiens. Il fait taire les bêtes. Trudel sort de sa voiture et s'approche de lui.

- J'ai d'autres questions à vous poser.
- Et si je refuse de répondre ?
- Je vous emmène à la GRC de Saint-Pierre.

Lucien se dégonfle. Il baisse les yeux.

- Qu'est-ce que vous voulez-savoir ?
- Portez-vous des chaussures de sport ?

Lucien s'anime.

- Moi ! Non. Je n'ai pas l'argent pour me procurer des chaussures de la sorte. Elles sont bien trop dispendieuses. Je vous ai montré tous mes chaussures l'autre jour.
- Vos enfants en portent-ils ?
- Non. Ça coûte trop cher. J'ai dit à mes filles qu'elles pouvaient se trouver du travail et s'en acheter elles-mêmes si elles en désiraient.
- Bien. Est-ce qu'il y a quelqu'un qui vous aurait vu revenir du village le jour du meurtre ? Quelqu'un qui

pourrait corroborer que vous êtes allé tout droit chez vous après avoir quitté votre bru et vos petits-enfants.

Lucien ne répond pas. Son visage est bourru, ses bras sont croisés et il a les yeux vrillé sur Trudel. Ce dernier attend patiemment, refusant de lâcher prise. Finalement, Trudel se lasse des œillades venimeuses et il tente de diffuser la situation.

- J'essaie de vous éliminer de la liste de suspects. Si quelqu'un vous avait vu revenir, je serais très heureux de vous laisser en paix.

L'homme se calme et hausse les épaules.

- Désolé. Je ne crois pas qu'il y ait quelqu'un qui m'ait vu. Vous devrez vous fier à ma parole.

- D'accord, pour l'instant. Je reviendrai.

En passant devant la maison d'Élisabeth, Trudel décide d'aller lui dire bonjour. Le chien court vers sa voiture sans japper. Trudel entrebâille la porte de la voiture et attend la réaction du chien. Le chien l'observe tranquillement. Trudel ouvre la porte, le chien s'approche en branlant la queue. Celui-là, au moins se souvient de lui et l'accueille avec amitié.

Trudel frappe à la porte et Élisabeth vient répondre. Elle lui sourit largement.

- Je suis revenu pour boire un bon verre de votre limonade.

- Entre, Sylvain. J'en ai justement dans le frigo.

Assis sur le perron derrière la maison, Trudel contemple le champ où les Chartier coupaient le foin à sa dernière visite. Aucune activité dans le champ. Plusieurs bottes de foin abandonnées servent de perche à des corneilles qui croassent bruyamment.

- Joseph et ses fils ne sont pas revenus au champ depuis plusieurs jours, dit Élisabeth.

- Ils ne reviendront pas.

- Comment vont-ils nourrir les animaux ?

- Ils ont tout vendu.
- Vraiment ! Où déménagent-ils?
- À Saint-Boniface.
- Ah bon.
- Je vous le dis parce que je crois que Joseph voudrait que vous le sachiez. Mais, je ne sais pas s'il est prêt à l'annoncer à tout le monde.
- Je vais garder cette information pour moi.
- Je vous fais confiance.
- Ils vont me manquer. Ils étaient des bons amis. Les autres gens m'aident de temps à autre, mais Rose-Alma et Joseph s'occupaient de moi et voyaient à ce que je ne manque de rien. Je comprends pourquoi Joseph veut partir. J'ai vu comment les gens ont agi aux funérailles. C'était incroyablement honteux.
- Oui.
- Avez-vous une idée qui aurait pu commettre un tel crime ?
- J'ai quelques suspects, mais pas encore de preuves à conviction. Vous étiez chez vous le matin du crime. Auriez-vous vu Lucien revenir chez lui du village ?
- Lucien ? Il faut que j'y pense. Oui, je l'ai vu. Comme tu le sais, Prince jappe à chaque fois qu'une voiture passe. Il commence son vacarme aussitôt qu'il en entend une approcher. Je croyais que quelqu'un était dans la cour, tellement il jappait ce matin-là. J'ai dû venir lui dire de se taire. Pourtant Prince connaît bien la voiture de Lucien. Tu croirais qu'il laisserait passer le pauvre homme sans gueuler. Quand j'ai ouvert la porte pour calmer Prince, la voiture de Lucien venait de la rue principale et tournait vers l'est. Il devait retourner chez lui.
- Quelle heure était-il ?
- Je ne sais pas trop. Joseph et ses fils venaient de prendre une pause. Joseph était revenu chercher ses

chevaux qu'il avait laissés à l'ombre des arbres derrière chez moi. Les trois hommes avaient pris l'habitude de prendre une pause vers dix heures trente. Lucien a dû passer quelques temps après ça.

- Et il venait de la rue principale ? Vous l'avez vu tourner le coin ?

- Oui. Il m'a saluée en passant. Il ne vous l'a pas dit ?

- Non. Il a dû oublier.

En roulant vers Saint-Pierre-Jolys, Trudel repasse ce qu'il a appris au sujet de Lucien. Si Élisabeth ne s'est pas trompée, Lucien était venu directement chez lui du village. Il niait avoir des chaussures de sport et Trudel était enclin à le croire. Il n'avait pas l'air du genre à porter ce type de chaussures. Il lui semblait connaître autre chose au sujet de Lucien mais il n'arrivait pas à trouver quoi. Qui lui avait parlé de Lucien ? Louise ? Non, il était certain que ce n'était pas elle qui lui avait dévoilé ce qu'il cherchait à se rappeler. Claudette, sa bru ? Qu'avait dit Claudette ? Elle lui avait appris que Louise était venu voir Lucien mais à part ça, rien de trop pertinent. Il sourit en se souvenant des petites filles assises à la table puis ça lui revient. Claudette avait dit que Lucien était gaucher. La blessure sur la tête de la victime était à gauche, indiquant que l'assaillant devait être droitier. Soit ça ou l'assassin a lancé la roche. C'était toujours une possibilité. Dans ce cas-là, le bras utilisé n'avait aucune importance.

Tout était encore trop flou. Le témoignage d'Élisabeth et le fait qu'il était gaucher semblaient indiquer que Lucien était innocent. Il ne lui restait qu'Eugène mais il n'avait réellement aucune preuve concrète contre lui. Le journal de Rose-Alma lui donnerait-il une piste à suivre ?

Revenu chez lui, Mme Gosselin lui annonce qu'il a reçu un petit colis de Montréal. Elle le lui passe. Trudel se rend à sa chambre pour investiguer le contenu de ce paquet mystérieux. L'expéditeur est anonyme. Il n'y a aucun signe indiquant sa provenance sauf l'étampe postale de Montréal. L'emballage consiste de papier brun bien collé avec une grande quantité de ruban.

    Trudel sort un petit canif de sa poche et coupe le ruban pour arriver à déballer le colis. Il trouve un petit étui bleu foncé avec le sigle d'une bijouterie imprimé en lettres couleur d'or. Sylvain le reconnais aussitôt. Il l'ouvre en hâte. La bague de fiançailles qu'il avait donnée à Catherine repose sur le coussin. Pas de lettre. Il examine le papier d'emballage pour voir si elle aurait griffonné quelque chose qui jetterait de la lumière sur la raison du renvoi de la bague. Rien.

    Sylvain s'assoit sur son lit et téléphone à Catherine. Quelqu'un répond.

- Allô.

C'était une voix qu'il ne reconnaissait pas. Une voix d'homme.

- Allô. Ici Sylvain Trudel. Je voudrais parler à Catherine.
- Ce n'est pas possible.
- Qui est à l'appareil ?
- Paul.
- Bonjour Paul. Puis-je parler à Catherine ?
- Non. C'est fini entre vous deux. Tu n'as pas reçu la bague ?
- Oui. Mais j'aimerais parler à Catherine. Elle me doit au moins une explication.

Sylvain entend des chuchotements puis le dénommé Paul reprend la parole.

- Elle ne veut pas te parler. Elle veut que tu arrêtes de l'appeler. C'est fini entre vous deux.

Un déclic se fait entendre et Sylvain n'entend plus rien. Qui était ce Paul ? Catherine avait-elle un nouvel amant ? Était-ce cela la cause de tout cet énervement relié à son retour à Montréal ? Si elle ne l'aimait pas, pourquoi ne pas lui dire tout simplement. Ou se servait-elle de Paul pour le rendre jaloux et le faire retourner à Montréal ? Il n'en savait rien. La seule chose dont il était certain, c'était qu'il ne voulait plus jouer le jeu. Puisque Catherine disait que leurs fiançailles étaient rompues, leurs relations amoureuses étaient terminées. Il ne l'appellerait plus. Il ne lui écrirait plus.

Puis, il veut en avoir le cœur net. Si Catherine veut vraiment rompre avec lui, elle a dû l'annoncer à ses parents car elle les avait impliqués dans son complot pour l'enjoindre à retourner à Montréal. Il rappelle Montréal. Cette fois si, il compose le numéro de ses parents.

- Allô.
- Bonsoir maman. Comment allez-vous ?
- Bien. Je suis contente que tu aies appelé. Comment vas-tu ?
- Bien, merci.
- Tu es certain que tout va bien ?
- Oui. Pourquoi me le demandez-vous ?
- J'ai cru repérer une note d'inquiétude dans ta voix.
- Vous vous trompez. Je n'ai aucune raison d'être inquiet.
- As-tu reçu un colis de Montréal ?

Et voilà. C'était bien ce qu'il pensait. Catherine en avait parlé à ses parents. On lui jouait la comédie. Catherine avait renvoyé la bague et elle avait demandé à un homme de répondre à sa place pour le rendre jaloux. Tout ça avec le support de ses parents.

- Un colis ? Ah, oui, le colis. Je viens de l'ouvrir.
- Et tu prétends que tout va bien !

- Alors vous saviez que Catherine me renvoyait la bague ? Est-ce que c'était un jeu pour me contraindre de retourner à Montréal ?

Aucune réponse.

- Maman. Je veux une réponse!
- Parle à Catherine.
- J'aimerais bien ça mais elle ne m'en donne pas l'occasion.
- Il faut que tu reviennes, Sylvain. Sinon Catherine va réellement rompre vos fiançailles.
- Je croyais que c'était déjà un fait accompli, puisqu'elle m'a redonné la bague. Puis un homme répond au téléphone chez elle.
- Ce n'est qu'un ami.
- Un ami qui répondait pour me rendre fou de jalousie !
- Elle est peut-être allée trop loin avec ça mais tu refusais de revenir. Elle a dû avoir recours à...
- Alors ce n'était qu'une grande manigance pour me faire revenir !
- Fâches-toi pas, Sylvain. Elle l'a fait parce qu'elle t'aime.
- Non maman. Si elle m'aimait, elle tenterait de discuter avec moi pour arriver à trouver une solution à notre mésentente. Elle ne m'aime pas. Elle veut tout ordonner à sa façon et elle est prête à faire n'importe quoi pour y arriver. C'est fini entre nous maman. J'allais lui dire à elle, mais puisqu'elle refuse de me parler, je vous demande de lui passer le message.
- Tu n'es pas sérieux, Sylvain.
- Si, je le suis. Vous direz à Catherine que ses manigances ont foiré. Je refuse de jouer ce genre de comédie.
- Sylvain. Calme-toi.

- Mais je suis très calme. J'ai finalement vu clair en ce qui concerne mes relations avec Catherine. Il fallait toujours lui faire plaisir ou elle piquait une crise. Eh bien, c'est fini les crises, maman. Je suis surtout déçu que vous soyez mêlés dans tout ça. Au lieu d'encourager les manèges de Catherine vous auriez dû la supplier de me parler.

- Tu as probablement raison, Sylvain. Je me suis laissée entraîner par le désir de te revoir à la maison.

- J'ai vingt-six ans, maman ! J'ai droit à mon indépendance. Papa était-il au courant de ce que faisait Catherine ?

- Bien sûr que non. Il n'aurait jamais appuyé un tel plan.

- Alors il n'y avait que toi et Catherine dans le jeu ?

- Et la mère à Catherine. Son père n'était pas d'accord. Il disait que ça pourrait mal finir.

- Il avait raison. Bon, je dois vous quitter. Dîtes bonjour à Josée. Dites-lui que je l'aime et qu'elle me manque.

- Ta sœur ne fait que parler de toi... Puis, moi, je ne te manque pas ?

- Bien oui, maman, vous me manquez. Je vous aime. Bye.

- Bye mon fils. Je t'aime bien fort.

Sylvain raccroche. Quelle duperie ! C'en était trop. Il ne pouvait pas envisager un mariage avec une femme qui irait aussi loin pour le manipuler. Il l'avait échappé belle. Il aurait pu être marié avant de s'en rendre compte. Sa grand-mère se trompait. Parfois, il était bon de vivre une séparation avant de se marier. Dans son cas, l'éloignement lui avait permis de voir ses relations avec Catherine d'un œil plus critique. Lorsqu'ils étaient près l'un de l'autre, elle avait toujours réussi à l'enjôler pour lui faire faire ce qu'elle voulait en se servant du sexe.

Malgré son écœurement devant ce que Catherine avait fait, il se sent soulagé, comme si un lourd fardeau venait de tomber de ses épaules. Le problème entre eux n'existait plus. Puis un sentiment de regret, de perte le tracasse. Catherine avait été son amour pendant si longtemps. Il s'était habitué à elle. C'était comme abandonner une vieille paire de chaussures très confortables. Il fallait toujours un temps avant de s'ajuster. Avait-il pris la bonne décision ? Il n'en était plus certain. Avait-il agit lâchement en rompant toutes relations avec Catherine ?

Il soupire et chasse toutes ces pensées au large. Elles sont immédiatement remplacées par le souvenir des beaux yeux de Monique et son cœur bat la chamade. Qu'elle était attirante cette jeune femme ! Il lui fallait prendre garde et ne pas se laisser entraîner dans une relation avec la fille de la victime, ce qui s'avérerait difficile car seulement penser à elle le faisait frémir.

Chapitre 25

Vers huit heures trente, Trudel arrive à la station de la GRC. Rosser et Whitehead sont assis dans la salle d'accueil. Rosser est en uniforme tandis que Whitehead est en civil.
- Vous m'attendiez ?
- Non, non. Nous bavardions, répond Rosser.
- Bon. J'ai du travail à faire et j'aimerais ne pas être dérangé. Mark tu peux t'occuper des cas qui se présentent ?
- Je pars bientôt. Je dois aller prendre une déposition de Mme Banville, la femme qui s'est fait estropiée par son mari. Puis j'aurai besoin de toi pour aller chercher le mari.
- C'est bon qu'elle se soit décidée à porter plainte contre ce monstre. Gerry pourrait t'accompagner.
- Je ne suis pas de service aujourd'hui.
- Pourquoi es-tu ici alors ?
- Je suis venu prendre un café avec Mark.
Trudel hoche la tête.
- D'accord. Mark, lorsque tu auras pris la déposition de la femme, reviens au bureau et j'irai avec toi arrêter le mari. Sera-t-il à la maison ou au travail ?
- Il est fermier. Je présume qu'il sera chez lui.
- C'est mieux comme ça.

Trudel entre dans son bureau et laisse la porte entr'ouverte. La lecture du journal est pénible et il n'a pas envie d'ouvrir le troisième cahier. En lisant le premier paragraphe, il est surpris et heureux de constater que le ton est positif.

Je ne peux pas croire ce qui m'est arrivé hier soir. J'étais à une soirée de cartes à la salle paroissiale de Rochelle. J'étais assise près de la cafetière pendant que tout le monde jouait aux cartes. Je regardais le plancher pour ne pas offenser quelqu'un avec mes regards. Puis, j'ai entendu un homme me saluer. Il m'a dit qu'il s'appelait Joseph et je me suis nommée. Il s'est versé une tasse de café, m'en a offert une et s'est assis à côté de moi. J'étais gênée. Je n'osais pas le regarder. Ça ne l'a pas empêché de bavarder avec moi pendant un long moment. Puis on cherchait deux autres personnes pour jouer et il m'a demandé si je voulais être son partenaire. J'ai hésité. Il m'a prise doucement par la main et m'a emmenée vers une table ou deux autres personnes attendaient. J'entendais des chuchotements et des ricanements d'ici et là dans la salle. J'avais peur que Joseph s'aperçoive que les gens se moquaient de moi.

Nous avons joué aux cartes toutes la soirée. Joseph était gentil et poli avec moi. À la fin de la soirée, il m'a demandé s'il pouvait venir me voir le lendemain. Ça m'a fait tellement plaisir que j'ai accepté.

Trudel est distrait par des bruits de conversation. Whitehead et Rosser bavarde encore et leurs voix montent d'un cran.

- Mais ils parlent en français entre eux lorsque je suis là, se plaint Rosser.

- Ils parlent tout le temps en français ?

- Non, lorsqu'ils s'adressent à moi ils le font en anglais mais, de temps à autre, il y en a un qui lance quelque chose en français et je n'ai aucune idée de ce qui est dit. On pourrait être en train de se moquer de moi.

- Je doute qu'ils se moquent de toi. Tu dois comprendre que la famille de Gisèle est habituée de parler en français à la maison. Leurs expressions habituelles, leurs farces, tout se passe d'habitude en français. Et, ce n'est pas facile de changer ses habitudes du jour au lendemain. N'oublie pas non plus que tu es chez eux et que tu leur demande un grand sacrifice en les obligeant à changer de langue. Ils le font par politesse envers toi et tu dois pardonner les occasions où ils s'oublient et conversent dans leur langue habituelle.

- Peut-être que tu as raison. Mais je n'aime pas les entendre parler en français devant moi.

- Tu es chez eux. Si tu n'arrives pas à accepter que la famille de Gisèle parle français et que de temps à autre ils vont lancer une phrase ou deux dans leur langue en ta présence, tu devrais abandonner l'idée de la fréquenter. Elle est francophone, elle aime sans doute s'exprimer dans cette langue et si tu refuses d'accepter cela, tu ne l'aimes pas vraiment. Quand on aime quelqu'un, on doit accepter et respecter la personne telle qu'elle est sans conditions.

- J'aime Gisèle. Elle est gentille et on s'entend bien ensemble.

- C'est bon, mais il ne faut pas lui demander d'abandonner sa culture et sa langue pour te faire plaisir. Elle le ferait bien volontiers au début, mais plus tard, elle commencerait sans doute à t'en vouloir.

Rosser ne dit rien. Whitehead reprend.

- Tu sais que ma femme, Sophia, est de souche italienne ?

- Italienne ! Parle-t-elle l'italien ?

- Oui. Quand on visite sa famille, tout ce passe en italien, la conversation, la bouffe, les traditions, tout.
- Et tu acceptes ça ?
- Oui. J'ai vite compris que sa famille, sa culture et sa langue était très importantes pour Sophia, alors j'ai accepté. Puis, j'ai appris un tas d'italien dans les trois ans que je l'ai connue. Je peux maintenant converser assez facilement avec eux et je comprends tout ce qu'ils disent.
- T'as fait ça pour elle ?
- Oui, et ma mère enseigne le français à Sophia. Ma femme est enceinte et on a décidé d'enseigner l'anglais, le français et l'italien à notre enfant.
- Trois langues ! C'est beaucoup à apprendre.
- Pas vraiment. Mon beau-père dit que ce n'est pas un grand problème. Il parle quatre langues lui-même.
- Quatre langues !
- Il est arrivé de l'Italie à l'âge de trente ans. Il dit qu'il y a beaucoup de gens qui sont polyglottes en Europe.
- *Poli* quoi?
- Polyglottes. Ça veut dire pouvoir parler plusieurs langues.
- Mes parents n'accepteraient jamais que j'enseigne une autre langue que l'anglais à mes enfants.
- Il faudrait que tu penses à tout ça avant d'aller plus loin dans tes relations avec Gisèle. Puis, ce ne sont pas tes parents qui devraient décider comment tu élèves ton enfant.

Rosser ne dit rien.

- Bon, je pars. On en reparlera une autre fois si tu veux.

La porte extérieure se ferme. Trudel admire le bon raisonnement de Whitehead, et reprend sa lecture. Le lendemain de la soirée de cartes, Joseph arrive et, en le voyant, le cœur de la jeune femme palpite et elle tressaille de joie. Elle se demande si c'est ça l'amour.

Les anecdotes concernant le temps de leurs fréquentations étaient d'un ton joyeux parsemé d'inquiétude au sujet de sa réputation dans le village. Elle craint que Joseph découvre ce que pensent les autres et la laisse tomber. À leurs fiançailles, sa famille rit d'elle. Ils disent que ça finira mal, que Joseph la laissera tomber avant les noces. La mère de Rose-Alma ne cesse de lui dire que son prétendu doit être aveugle car aucun homme bien voyant ne s'intéresserait à elle.

Les visites chez la parenté de Joseph se passent bien. Tout le monde est poli et respectueux envers elle. Personne ne se moque d'elle. Rose-Alma, qui n'est pas habituée au respect, refuse au début de croire qu'ils sont sincères et elle s'attend à ce qu'ils finissent, tôt ou tard, par la rejeter. Après un temps, elle est parvenue à accepter leur gentillesse avec reconnaissance et joie.

Le mariage a lieu. Rose-Alma décrit la soirée de ses noces. Ses parents ont invité tout le village, comme ça se faisait dans ce temps. Presque tout le monde est venu. Personne ne voulait manquer un évènement aussi loufoque. On voulait pouvoir en parler et en rire plus tard. La famille et les connaissances de Joseph sont venues en grand nombre. La salle est pleine à craquer.

Rose-Alma commence par décrire la cérémonie. Joseph est tellement ému qu'il en pleure. Il lui dit qu'il est l'homme le plus heureux de la terre depuis qu'elle a accepté de l'épouser. Elle n'a jamais été aussi heureuse elle non plus. Pendant la réception, elle repère des sourires en coin et des visages moqueurs. Joseph lui, ne semble pas s'en rendre compte. Il passe la soirée, heureux comme un pape. Il raconte à tout venant qu'il est l'homme le plus chanceux du monde.

Joseph et Rose-Alma s'installent au village. Rose-Alma aurait préféré vivre ailleurs. Toutefois, elle n'exprime pas sa préférence pour éviter d'avoir à s'expliquer. Le troisième cahier se termine avec ce regret.

Trudel s'étire pour soulager son corps endolori, faute d'avoir été penché trop longtemps sur le journal. Rosser entre en brandissant la déposition signée par Hélène Banville.

- Bon. Allons chercher ce mari pourri, annonce-t-il en se levant de sa chaise.

Le mari est dans son étable en train de nettoyer l'allée centrale à l'aide d'une pelle. En voyant les deux agents, il fronce les sourcils.

- Je suppose que c'est ma femme qui vous envoie. La maudite menteuse !
- Vous êtes Charles Banville ?
- C'est moi.
- Je ne crois pas que votre femme ment. Les coups que vous lui avez infligés ont laissés leurs marques sur son corps, réplique Trudel.
- Elle est tombée du fenil l'autre jour. C'est comme ça qu'elle s'est estropiée.
- Ce n'est pas ce qu'elle raconte, interjette Rosser.
- Elle ment.
- Le médecin dit que votre femme a été frappée à coup de poings et de pieds, objecte Rosser.
- Il ne sait pas de quoi il parle.
- Nous sommes ici pour vous amener au bureau à Saint-Pierre, déclare Trudel en sortant ses menottes.

L'homme lève sa pelle par-dessus son épaule, prêt à frapper. Il chambranle puis reprend son équilibre. Il est saoul.

- Approchez. Je pourrai en descendre au moins un avant que vous réussissiez à me poser les menottes.

- Baissez votre pelle, monsieur. Vous ne faites que vous attirez des ennuis, dit Trudel calmement.

L'homme refuse de baisser la pelle et affiche un air mauvais.

Rosser dégaine son arme et vise l'homme.

- Il vous a dit de baisser votre pelle ! Faites-le sans perdre une minute.

Charles baisse la pelle et la laisse tomber sur le sol avec fracas. Trudel lui dit de se passer les bras derrière le dos. L'homme s'exécute. Trudel passe l'une de ses mains dans les menottes et s'apprête à y enfiler l'autre lorsque Charles se lance en avant, entraînant Trudel avec lui. Avec sa main libre, Charles frappe Rosser de toutes ses forces.

Rosser qui avait rengainé son arme reçoit le coup en pleine poitrine. Il lâche un cri de douleur et tombe sur le dos. Trudel recule de quelques pas et sort son arme. Charles s'apprête à frapper Rosser de nouveau lorsque Trudel intervient.

- Banville ! Haut les mains ou je tire !

Charles s'arrête, perd son équilibre et s'allonge sur le plancher de la grange. Trudel lui ordonne de se remettre sur pied et de lever les mains.

- Vous voilà dans de beaux draps, M. Banville. Maintenant, on vous arrête, non seulement pour avoir battu votre femme, mais aussi pour voie de fait contre un officier de la loi. Et, croyez-moi, vous ne vous en sortirez pas facilement. Vous allez purger une peine de prison.

Rosser se relève et fait face à Charles. L'agent a les poings serrés. Sa main droite se dirige vers son arme.

- Mark !

Rosser soupire en entendant la voix de Trudel. Il descend sa main et s'approche de Trudel.

- Garde ton arme sur lui Sylvain. Je vais lui passer les menottes.

- Placez vos mains derrière votre dos, Monsieur !

Charles obéit à la commande de Trudel. Rosser lui passe les menottes et puis lui donne une grande poussée dans le dos. Charles trébuche et tombe à genoux. Trudel baisse son arme et prend le bras de Charles pour lui aider à se relever. Puis, il dévisage Mark d'un air incrédule. Rosser baisse les yeux.

- Mark va ouvrir la porte arrière de la voiture.

Rosser se dirige vers la voiture.

- Il m'a poussé ! Je vais porter plainte contre lui, maugrée Charles.
- Qui vous a poussé ?
- Ce morveux que tu appelles Mark. Tu l'as vu faire !
- Je n'ai rien vu. Allons, l'agent Rosser nous attend à la voiture.

Après avoir enfermé Charles, Trudel et Rosser s'assoient dans la salle de conférence pour boire un café.

- J'espère que Mme Banville ne retirera pas sa plainte. Elle a déjà porté plainte contre lui à trois reprises et, à chaque fois, elle a changé d'idée.
- Ouais. Au moins, on a voie de fait contre un officier de la loi pour le retenir. Espérons que le juge soit sévère et qu'il le condamne à un long séjour en taule. Sa femme aurait ainsi l'occasion de disparaitre avant qu'il soit libéré.
- Pourquoi est-ce qu'on doit attendre la déposition d'une femme victime de violence conjugale avant d'agir ? L'homme bat sa femme et on le laisse aller parce qu'elle refuse de porter plainte contre lui. Et la raison principale qu'elle refuse de porter plainte est qu'elle a peur de ce qu'il va lui faire à l'occasion de sa libération. Ce qui fait que l'abuseur se fout bien du système judiciaire puisqu'il sait que sa femme aura trop peur de témoigner contre lui. Et, l'abus continue sans que l'on puisse rien n'y faire.

- Cette fois, Charles ne s'en tirera pas si facilement.

- Je sais, mais ça ne sera pas parce qu'il a battu sa femme et elle a reçu beaucoup plus de coups que moi.

- Le système judiciaire n'est pas parfait et j'ai l'impression que plusieurs femmes vont se faire tuer par leur conjoint avant que ça change.

- Tu as raison. Bon je vais déjeuner. Tu viens ?

- C'est gentil de ta part de m'inviter mais j'ai un tas de travail à faire. Tu viendras me voir après le déjeuner. Je veux te parler du journal personnel de Rose-Alma.

- Elle écrivait un journal ?

- Oui, c'est ce que je suis en train de lire en ce moment.

Trudel observe Mark sortir du bureau. Il n'est pas toujours d'accord avec sa façon d'agir. Cependant, d'après ce que Mark vient d'exprimer au sujet des femmes battues, il a le cœur à la bonne place. Trudel entre dans son bureau et reprend la lecture du journal. Il en est au quatrième cahier.

Le cahier débute avec la naissance de Maurice. Rose-Alma décrit son bonheur et celui de son mari en cette occasion. La famille de Joseph vient leur rendre visite pour connaître l'enfant. Sa propre famille ne vient pas. Lorsque Joseph et Rose-Alma se rendent chez eux pour leur présenter l'enfant, le père et la mère ne réagissent pas trop. Mme Caron ne manque pas l'occasion d'insulter sa fille en lui disant que Maurice a dû être échangé à l'hôpital pour un autre car il est trop beau pour être le sien. Joseph n'en revient pas. Il dit à la mère Caron que sa femme est beaucoup plus belle qu'elle. Mme Caron se fâche, leur dit de partir immédiatement et de ne plus revenir. Rose-Alma n'avait pas voulu aller voir ses parents. C'était Joseph qui avait insisté en disant que ses parents devaient connaître leur petit-fils.

Elle raconte ensuite tous les stades de développement de Maurice, tel que le moment où il réussit à s'asseoir, à marcher, sa première dent, et ainsi de suite. Rose-Alma ne parle pas d'hommes qui viennent la déranger et il n'y a pas de calendrier de neuvaines dans les marges. Est-ce que Louise avait cessé de répandre ses mensonges contre sa cousine pendant un temps ? Ou, est-ce que les hommes avaient cessé de réagir et n'avaient pas approché Rose-Alma. Peut-être aussi que Rose-Alma n'y mettait plus autant d'importance.

Elle ne parle que de son mari, son fils et son jardin. Puis, après cinq mois, elle est de nouveau enceinte. Le récit s'arrête à ce point et ne recommence qu'à la naissance d'Arthur. C'est une occasion qu'elle décrit avec joie. Elle n'écrit pas après la naissance de son deuxième enfant.

Six mois passent avant qu'elle se remette à écrire. Elle vient d'apprendre qu'elle est enceinte pour la troisième fois. Puis c'est l'extase à la naissance de sa fille, Monique. Rose-Alma ne cesse de parler de Joseph et de ses enfants. Elle dit que sa famille est la plus grande joie de sa vie. Sa vie semble avoir pris un bon tournant et elle ne cesse de remercier Dieu pour sa bonne fortune.

Elle abandonne son écrit pendant trois ans et ne le reprend que pour noter l'expérience d'une fausse-couche. C'est lors qu'elle recommence à rapporter des scènes avec des hommes enragés. Soit que Louise ait recommencé ses tromperies, ou que la peine d'avoir perdu un bébé projette Rose-Alma dans un espace noir qui ne lui laisse voir que les aspects négatifs de sa vie. Elle nomme Lucien Gagner deux fois, Armand Dufour deux fois, Alfred Michaud trois fois et Alphonse Parent une fois.

Puis c'est une autre fausse-couche et d'autres hommes qui viennent crier après elle. Toujours les mêmes sauf, un nouveau, Laurent Minot. Puis, il y a une interruption du récit et un décalage d'un an avant qu'elle recommence à écrire.

Elle décrit la visite du curé Lafleur. Celui-ci entre, s'assoit à la table de cuisine et enjoint Rose-Alma de lui préparer une tasse de thé. Aussitôt qu'elle lui apporte le thé, le curé lui reproche de ne pas avoir eu d'enfants depuis plus de trois ans. Il accuse la pauvre femme de ne pas avoir fait son devoir envers son mari et de courir après tous les hommes du village. Elle ne sait que dire. Les yeux baissés, elle attend qu'il en finisse avec ses accusations. Lorsqu'il se tait, elle tente de lui parler de ses trois fausses-couches. Le curé ne veut rien entendre.

- Tu cours après tous les hommes tu village. Tu es une fille du démon, lui crache-t-il. Fais ton devoir envers ton mari. Dieu a besoin d'âmes catholiques pour son ciel.

Joseph entre sur le fait. Rose-Alma se lève de la table et va se réfugier dans sa chambre. Joseph, qui n'a rien entendu de ce qui venait de se dire, réclame une explication du curé. Le curé prétend l'innocence et, avant que Joseph puisse réagir, il se lève et s'évade le plus vite possible. Joseph va retrouver sa femme. Elle pleure et Joseph la tient dans ses bras en lui exhortant de lui raconter ce qui vient de se passer. Une fois calmée, Rose-Alma relate le fait que le curé l'a accusée de ne pas faire son devoir envers son mari parce qu'elle n'a pas enfanté depuis plus de trois ans. Elle omet de mentionner que le curé l'avait accusée d'entraîner les hommes dans le péché et qu'il l'avait appelée une fille du démon. Joseph est hors de lui. Il sort, saute dans sa voiture, rattrape le curé, devance sa voiture et lui bloque le chemin. Puis il s'approche de la voiture du curé et lui fait savoir qu'il n'est plus le bienvenu chez lui.

Rose-Alma est pourtant soulagée après cet incident. Joseph était venu à sa défense. Si jamais il apprenait ce que les gens disaient d'elle, peut-être qu'il la défendrait. Elle considère tout dévoiler à son mari. Elle n'y arrive pas faute d'avoir trop peur qu'il ne comprenne pas la peur qu'elle ressent envers les hommes.

Pendant trois mois consécutifs, le sermon de la messe du dimanche touche le thème de l'obligation des familles catholiques d'avoir plusieurs enfants pour assurer la survie de la religion et de la langue. À la fin des trois mois, le curé Lafleur est réassigné. Malheureusement, Ménard, le curé suivant qui avait sûrement été mis au courant par le curé partant, embrasse avec zèle la croisade contre le couple récalcitrant.

Voilà que le représentant de Dieu se jetait dans le tas et abusait la pauvre femme. Le curé Ménard, étant plus rusé que son précédant, planifie ses visites lorsque Joseph est occupé aux champs. Un jour, en voyant le curé arriver, Rose-Alma se réfugie dans sa chambre et ferme la porte. Le curé frappe plusieurs fois à la porte de la maison puis entre, sans attendre la permission. Il se promène dans toute la maison, ouvrant des tiroirs et les refermant avec bruit. Le curé fouille! Rose-Alma est furieuse. Elle prie la Sainte Vierge, lui demandant de détourner le curé de sa chambre. Le curé, au cœur dur et fermé à toute intercession du Ciel, s'arrête devant la porte et entre sans même frapper.

- Te voilà ma vilaine! Tu te caches de moi, hein. Ce n'est pas correct ça madame de se cacher du représentant de Dieu.

Rose-Alma ne répond pas. Debout devant son bureau pour l'empêcher d'ouvrir les tiroirs où sont cachés les cinq cahiers de son journal personnel. Elle ne l'a jamais partagé avec personne, même pas avec Joseph. Elle veut à tout prix garder ses écrits loin des yeux fureteurs du curé mais elle ne sait pas comment y réussir. Elle lance une autre prière silencieuse vers le ciel.

- *Bonne Sainte Vierge, aidez-moi!*

Le curé Ménard s'approche d'elle et la dévisage d'un air menaçant.

- *Tu caches quelque chose là-dedans, ma méchante! Tes instruments d'avortement, je suppose.*

Rose-Alma, tremblant de peur, se sent incapable de bouger. Le curé n'est qu'à deux pas d'elle. Mais cette fois, ses prières sont exaucées. Elle entend la porte de la maison se refermer et la voix de Joseph qui l'appelle.
Le curé sursaute, fait demi-tour et sort de la chambre. Rose-Alma le suit. Joseph dévisage le curé en fronçant les sourcils.

- *M. le curé. Qu'est-ce que vous faites ici?*
- *Rien, mon bon Joseph. Je suis venu parler à ta femme. Au revoir, je suis pressé. Je vous verrai à la messe dimanche.*

Et puis le curé Ménard sort en trombe, comme s'il avait eu le feu au derrière.
Joseph s'approche de Rose-Alma qui regarde le plancher, le visage rouge comme une tomate.

- M. le curé t'a fait de la peine, ma belle Rose? Si oui, j'vais aller lui dire de te laisser en paix.

Rose-Alma lui raconte la visite du curé. Joseph, hors de lui-même s'apprête à se lancer à la poursuite du curé. Rose-Alma le retient.

- À quoi ça sert, Joseph. Il ne va pas t'écouter et puis il va continuer à nous achaler.

Après cet incident, Joseph avait installé des serrures à toutes les portes de la maison et avait conseillé à sa femme de les verrouiller lorsqu'elle serait seule à la maison. Ce qu'elle avait fait avec plaisir, et elle n'avait pas perdu de temps à trouver une autre cachette pour son journal. Elle l'avait enfoui dans un vieux sac de farine et coincé entre le matelas et le sommier de son lit.

Ce même soir, Rose-Alma écrit :

Que c'est doux d'entendre le bruissement des feuilles de peuplier qui dansent dans la brise ! Cette douce musique me transporte dans le royaume des rêves où règne la paix. Et, je peux oublier toutes les épreuves de ma vie et ne penser qu'à la joie que m'apporte Joseph, Maurice, Arthur et Monique. Que je suis chanceuse d'avoir une si bonne famille !

Le quatrième cahier se termine par une description de ce que Rose-Alma ressentait lorsqu'un homme, autre que Joseph et ses frères l'approchait. Elle se sentait tellement mal à l'aise. Sa peur se comparait à celle d'un animal coincé, ses pupilles se dilataient, son regard se figeait, tous ses muscles se tendaient et elle avait de la difficulté à bouger. Rose-Alma fini par écrire :

Je ne veux pas les attirer ces hommes. J'ai peur et je me sens mal à l'aise devant eux. Pourquoi est-ce qu'ils pensent que je les aime. Seraient-ils attirés par la peur d'une femme, par sa vulnérabilité ? Est-ce c'est ça qui attire Joseph vers moi ? M'aime-t-il vraiment ? Je crois qu'il m'aime. Il me respecte et est très gentil avec moi. C'est son amour qui me soutient dans tout ça. Et mes chers enfants que j'adore.

Rosser revient du déjeuner. Il s'était absenté pendant plus de deux heures.

- Le service était lent au Routier ?
- Non. Une dame âgée est tombée malade au restaurant et j'ai aidé son mari à la transporter à l'hôpital. Il était tellement anxieux que j'ai attendu avec lui pour voir ce qu'en dirait le médecin.
- Comment va-t-elle ?
- Pas si mal, considérant qu'elle vient de subir une crise cardiaque.
- Elle va s'en remettre ?
- C'est ce que pense le toubib.
- Bon, je vais te résumer, grosso modo, le contenu des quatre premiers cahiers. Je n'ai rien trouvé qui pourrait avancer notre investigation. J'ai appris à mieux connaître la défunte et j'ai fait une liste d'hommes qui l'ont approchée à cause des histoires de Louise.

Trudel lui décrit ce qu'il a trouvé dans le journal de la défunte et ensuite lui passe la liste de noms.

- Plusieurs noms sont déjà connus, d'autres sont nouveaux. Ceux que je ne reconnais pas ne sont mentionnés que dans le premier cahier. Ces hommes ont dû quitter le village, ou ils sont décédés. Louise n'approchait pas seulement les hommes de l'âge de Rose-

Alma, elle visait tous ceux qui avaient plus de vingt-et-un ans.

- Je n'arrive toujours pas à croire que tous ces hommes croyaient les ragots de Louise.
- Rose-Alma en a beaucoup souffert. C'est une femme qui a souffert d'abus psychologique. Personne ne l'a frappée mais les accusations, les mauvais regards et les rires moqueurs ont, petit-à-petit, érodé son estime de soi. Elle craignait les gens, surtout les hommes. Ses regards furtifs, ses gestes robotiques avaient été mal interprétés, avec l'aide de sa cousine Louise, pour des gestes d'avance sexuelle.
- Comment peut-on confondre la peur à des avances sexuelles?
- Je ne sais pas Mark. Je crois que la peur et l'avance sexuelle sont plutôt faciles à différencier.
- Un homme intelligent peut facilement faire la différence.

Trudel hoche la tête. Il ne lui raconte pas les exploits des deux curés. Ça n'a aucun rapport avec l'enquête.

- Je suis vraiment épuisé. J'ai passé la journée penché sur ce récit émouvant. Je vais lire le dernier cahier ce soir et te mettre au courant de son contenu demain. Espérons qu'il nous donnera quelques indices.
- Ouais.
- Je m'en vais à Rochelle. J'ai quelques petites questions à poser à la famille Chartier. Tu sais qu'ils déménagent bientôt à Winnipeg ?
- Non. Qui peut les blâmer ? Moi, je ne voudrais pas vivre dans ce maudit village.
- Tu viens avec moi ?

- Non. Je crois que je vais rester ici et repasser tout ce que nous avons jusqu'à date. Quand est-ce qu'on recevra les résultats des autres tests ?
- Vers le milieu de la semaine prochaine, je crois.

Un gros camion est stationné devant la maison des Chartier, tout près du perron. Une brèche a été taillée dans la clôture pour le laisser passer. Joseph et Maurice sortent avec un meuble et le transporte dans le camion.
- Vous arrivez juste, mon caporal. On a besoin de main d'œuvre, lance Maurice
- Avec plaisir. Que voulez-vous que je fasse ?
- Je blaguais. Vous n'êtes pas venu ici pour ça. Que voulez-vous ?
- J'avais quelques questions à vous poser. Mais ça peut attendre. Je vais vous aider.

Trudel suit Joseph et Maurice dans la maison où Arthur attend près du divan. Trudel prend un bout et Arthur soulève l'autre. Après deux heures, il ne reste plus que les lits et quelques pièces de vaisselles dans la maison.
- Le reste doit attendre à demain car on doit passer la nuit ici. C'est notre dernière nuit dans ce village de malheur, dit Joseph.
- Où pourrai-je vous rejoindre à Winnipeg ?

Monique lui passe un bout de papier sur lequel est inscrit une adresse.
- Nous n'aurons pas le téléphone avant la semaine prochaine. Donnez-moi votre numéro et je vous appellerai aussitôt qu'on sera branché.

Trudel sort son calepin, écris le numéro du bureau et ensuite ajoute celui de sa locatrice. En passant le papier à Monique leurs doigts se touchent légèrement et il sent son cœur palpiter. Il lève les yeux vers elle et elle lui sourit tendrement avant de détourner le regard. Trudel s'adresse à Joseph.

- J'ai lu les quatre premiers cahiers. J'ai pu mieux connaître votre femme. C'était une brave femme qui a souffert beaucoup d'abus verbal depuis son enfance. Ses parents étaient méchants envers elle.
- Oui je le sais. Je ne les aimais pas. On n'allait pas les voir bien souvent et à chaque fois qu'on revenait de chez eux, Rose-Alma pleurait.
- Puis les gens du village la maltraitaient aussi.
- Je ne le savais pas avant que les enfants m'en parlent. Et cette Louise ! Qu'elle méchanceté. Pourquoi Rose-Alma ne m'en a-t-elle pas parlé ?
- Elle avait peur que vous ne l'aimeriez plus, papa, si vous appreniez ce que pensaient les gens du village, dit Maurice.
- Je l'aurais défendue. Jamais je n'aurais cru ces accusations envers elle. Et je me serais occupé de Louise. J'aurais trouvé une façon de la faire taire.
- C'est ce que je disais à maman, mais elle avait trop peur de te perdre.
- Je ne l'aurais jamais abandonnée. Je l'aimais trop. Maintenant, je l'ai perdue. Je regretterai toujours de ne pas avoir été plus attentif à ce qui se passait autour de moi. J'ai dû être aveugle pour ne pas voir. Ma pauvre petite Rose-Alma. Elle était tellement bonne.

Monique s'approche de son père et lui frotte le dos tendrement.

- J'aurais quelques questions à vous poser.

Les Chartier hochent la tête et attendent qu'il continue.

- Il y a une liste que j'ai trouvée dans le journal avec cinq noms d'hommes. Ces noms ne figurent pas sur la liste de résidants que Rosser et moi avons dressée. Ai-je oublié quelques familles ? Ou est-ce que ces gens sont morts, ou ont déménagés ?

Trudel passe à Joseph le bout de papier sur lequel il a noté les noms de ces hommes.

- Alcide, Raymond et Roger ont déménagés ailleurs il y a plusieurs années. Les deux autres sont décédés. Marcel dans un accident d'automobile sur la grande route il y a trois ans et André est mort de vieillesse à l'âge de quatre-vingt-cinq ans deux mois après l'accident de Marcel.

- C'est bon. Maintenant, voici une liste de tous les foyers du village. Pourriez-vous la revoir et m'indiquer si j'ai omis des familles ?

Joseph consulte la liste. Ses enfants se penchent pour la scruter avec lui. Après un moment, Joseph annonce que tout le monde est nommé. Il regarde ses enfants à tour de rôle pour voir s'ils sont d'accord. Tout le monde l'est. Joseph repasse la liste à Trudel.

- Une dernière question. J'ai trouvé une référence que je ne comprends pas dans un des cahiers. Rose-Alma dit *jamais de rose*. Savez-vous ce qu'elle voulait dire ?

Monique prend la parole.

- Maman faisait des neuvaines à la Sainte-Vierge.

- Oui, j'ai compris ça lorsque j'ai vu les listes de neuf dates consécutives. Mais, comment c'est relié à la rose ?

- Elle faisait des évocations à Sainte-Thérèse. Après neuf jours consécutifs de prière à Sainte-Thérèse, si tu reçois une rose, ta prière sera exaucée, ajoute Monique.

- *Jamais de rose*, voulait dire qu'elle n'était jamais exaucée.

Monique hoche la tête.

- Même le ciel refusait d'être gentil avec elle. Je ne comprendrai jamais ça, mon caporal, déclare Joseph.

Il le dit avec un ton de découragement.

- Je vais lire le dernier journal ce soir. J'espère trouver quelques indices qui vont m'aider à trouver le coupable. À quelle heure partez-vous demain ?
- Après le déjeuner, répond Maurice.

Trudel fait ses adieux. Il ne les reverrait plus à Rochelle. Il devra se rendre à Saint-Boniface pour leur rendre le journal. Lorsqu'il arrive à sa voiture, Monique l'interpelle.

- Vous voyez ces roses sauvages, caporal ?

Trudel se retourne

- Oui. J'ai remarqué qu'elles poussent dans un rang et qu'elles sont désherbées.
- Maman les a plantées. Elle aurait aimé semer des roses partout, tellement elle les aimait. Puisque les roses cultivées ne survivaient pas l'hiver, elle s'est contentée de planter des roses sauvages et des passe-roses.
- Puisqu'elle n'en recevait pas du ciel, elle les semait.
- Je suppose, caporal.
- Appelle-moi Sylvain et cesse de me vouvoyez. Ça me fait vieux.

Elle répète son nom en souriant.

- C'est un beau nom. Il faut que tu m'appelles Monique.
- N'est-ce pas ce que je t'ai toujours appelée ?
- Oui, mais toujours sur un ton de grand frère.
- D'accord, je vais te parler d'égal à égal.

Elle rit.

- Je suis désolée de ne pas t'avoir dévoilé tout de suite ce que je savais au sujet des cahiers. Ce journal était tellement personnel que, par respect pour maman, je pensais que je ne devais pas le partager avec qui que ce soit. Et puis, je ne l'avais pas montré à papa. Il aurait dû être le premier à lire le journal. Quand je te disais que je ne savais rien qui pouvait t'aider à trouver celui qui a tu... qui a fait du mal à maman, je ne croyais pas que le journal était important pour l'enquête. J'aurais dû en parler à papa après les avoir découverts et puis te les donner. Je me sentais tellement coupable à chaque fois que tu me demandais ce que je savais.

 Elle baisse les yeux. Trudel ne sait que dire. Sa réticence avait été frustrante.

 - J'espère que tu ne penses pas que je te mentais, reprend-t-elle.

 - Mentais... Non mais je savais que tu me cachais quelque chose.

 - Oui. Pardonne-moi s'il te plaît.

 Elle a l'air tellement sincère qu'il ne peut s'empêcher de lui pardonner.

 - Je te pardonne.

 - Merci.

 Elle lui sourit avant de s'éloigner. Il aimerait bien trouver quelque chose à dire pour la retenir. Rien ne lui vient à l'idée. Il lui dit au revoir avec regret et monte dans sa voiture.

 Chez lui, sa locatrice lui annonce qu'une jeune dame à appeler et n'a pas voulu laisser de message. Elle devait rappeler plus tard. Monique aurait appelé ? Non. Pourquoi appellerait-elle ? Ce devait être sa sœur Josée.

 Aussitôt le dîner terminé, Sylvain entame le dernier cahier. Il est convaincu qu'il ne trouvera rien d'important mais il s'oblige à le lire pour en avoir le cœur net. Plusieurs années ont passé depuis le dernier récit du quatrième cahier. Rose-Alma raconte que Maurice vient de lui apprendre qu'il est au courant de ce que les gens pensent d'elle. Il n'a que quinze ans. Maurice essaie de la convaincre de tout dévoiler à Joseph. Rose-Alma ne veut pas et elle supplie Maurice de garder son secret. Elle est soulagée lorsque Maurice accepte. Par la suite, les années défilent sans qu'elle écrive.

La prochaine entrée dans le journal fait référence à Eugène Roux. C'est un samedi après-midi du mois de mars dernier. Rose-Alma est seule à la maison. Monique est allée chez Élizabeth Marchand pour l'aider à faire son ménage et Arthur est en pension au Collège Saint-Boniface. Joseph et Maurice viennent de partir pour aller acheter un nouvel attelage pour la petite jument. Rose-Alma est dehors à déblayer la neige sur le perron devant la maison. Lorsqu'elle a fini, elle entre et quelques minutes plus tard, on frappe à la porte. Elle ouvre et se trouve face à face avec Eugène. Rose-Alma recule d'un pas et il interprète se geste comme étant une invitation pour entrer. En le voyant traverser le seuil, la pauvre femme recule encore plus loin. Elle crie vers l'intérieur de la maison.

- Joseph. Eugène est ici pour te voir.
Eugène rit.
- Je sais qu'il n'est pas ici. Je les ai vus partir, lui et Maurice. Puis ta fille est partie quelque temps avant ça. Tu es toute seule ici. Juste toi et moi.
Il rit d'un rire moqueur... Je ne sais que faire. Je regarde le plancher en essayant de le chasser.
- Va-t'en ! Je ne veux pas te voir.
- Ce n'est pas ce que Louise m'a dit. Elle dit que tu me veux.
- Elle ment ! Vas-t-en !
- Pourquoi tu ne me veux pas ? Est-ce que c'est parce que je suis un ivrogne ? Tu te penses meilleure que moi ? Je ne suis pas assez bon pour toi, hein ?

Rose-Alma tremble de peur. Elle aimerait courir pour s'éloigner de cet homme ignoble mais elle est figée sur place. Eugène s'approche d'elle, un sourire en coin. Elle se met à pleurer. Eugène s'arrête, l'observe pendant un moment et sort de la maison en hâte. Rose-Alma ne comprend pas ce qui vient de se passer. Qu'est-ce qui avait fait fuir Eugène ? Toutefois, elle est bien soulagée.

Trudel hoche la tête. Il doit retourner voir Eugène. Il reprend sa lecture. D'autres hommes viennent tracasser la pauvre femme. En avril, c'est Armand. Aucun en mai et juin. Louise avait approché Marcel Tardif pendant ce temps et il n'avait pas cru ses allégations. Rose-Alma n'en savait donc rien. Lucien Gagner et Armand Dufour avaient été approchés au début du mois de juillet.

Une semaine avant le meurtre, elle voit un intrus sur le sentier.

Je marchais sur le sentier et j'ai vu quelqu'un dans les bois devant moi. Un homme car il était très grand. Une casquette de baseball, des jeans. Je n'ai pas remarqué ses cheveux. Il était très mince. Je me demande ce qu'il faisait sur mon sentier.

Et, deux jours avant sa mort, une pensée philosophique.

Ma vie est comme un rosier, recouvert de belles fleurs parfumées mais aussi d'épines. Mon mari et mes enfants sont mes roses, les épines sont tous les ragots qui se promènent dans le village à mon sujet. Je croyais à un temps que c'était de ma faute. Maintenant, je reconnais que je suis une victime, une victime sans défense. Joseph me défendrait-il ? Il me dit toujours qu'il m'aime et qu'il m'aimera toujours. Je suis certaine qu'il est sincère. Il est un honnête homme. Maurice a peut-être raison, je devrais parler à Joseph. Je devrais tout lui dire. J'ai souvent voulu le faire, mais je n'ai jamais réussi. Peut-être le ferai-je demain ?

Si elle s'était fiée à Joseph, est-ce que le crime aurait eu lieu ? Joseph aurait-il pu intervenir à temps ? Est-ce que Louise aurait cessé ses ragots si Joseph le lui avait ordonné ? Il n'était même pas absolument certain que le crime avait été occasionné par les duperies de Louise. Peut-être que le motif n'était pas relié à Louise. Peut-être qu'il y avait autre chose en jeu. Mais quoi ?

Le téléphone sonne et quelques minutes après, Madame Gosselin frappe à la porte de sa chambre.

- C'est pour toi, Sylvain.
- Merci Madame.

Sylvain prend le combiné.

- Allô. Trudel à l'appareil.

Personne ne répond pendant quelques secondes et Sylvain s'apprête à raccrocher. Toute à coup, il entend la voix de Catherine l'interpeller.

- Sylvain.
- Catherine, c'est toi.
- Oui. Écoute, je …
- Oui.
- Je n'aurais pas dû te renvoyer ma bague de fiançailles.
- Pourquoi l'as-tu fait alors ?
- Parce que j'étais fâchée.
- Et tu croyais que je sauterais dans un avion et que j'irais te supplier de la reprendre.
- Oui. Je croyais que tu m'aimais.
- Je le croyais bien moi aussi lorsque je suis parti pour le Manitoba. Par contre, après toutes tes manigances, je ne sais plus.

- Sylvain, tu ne peux pas me laisser tomber comme ça ! Je regrette vraiment ce que j'ai fait. Reviens à Montréal pour qu'on puisse en parler.
- J'ai essayé à maintes reprises de t'en parler et, à chaque fois, tu as refusé. Je ne retourne pas à Montréal. J'ai un meurtre à résoudre.
- Sylvain, s'il-te-plaît !
- Tu m'as joué la comédie en impliquant ma mère en plus de la tienne. Puis, il y a cet homme qui a répondu au téléphone chez toi. Qui était-ce ?
- Tu es jaloux. Je le savais.
- Non ! Aucunement. Seulement curieux.
- Sylvain ! Sois pas fâché.
- Je ne suis pas fâché. Mais carrément déçu !
- Sylvain cesse de me parler sur ce ton. Je suis ta fiancée après tout.
- Tu m'as redonné la bague. Alors, je ne suis plus ton fiancé.
- Tu ne peux pas rompre nos fiançailles !
- Ce n'est pas moi qui aie occasionné la rupture.

Catherine pleure et Sylvain ressent une vague de regret, puis de culpabilité. Il lui faisait de la peine. Pourtant, il ne fait rien pour la consoler.

- Sylvain ! Si tu ne reviens pas, moi je vais aller au Manitoba. Puis, on pourra tout régler.

Sylvain ne répond pas. Souhaite-t-il la revoir ? Plus il y pense plus il prend conscience que son intérêt envers elle avait graduellement diminué, que l'enchantement de leur amour s'était peu à peu dissipé. Éloignée de lui comme elle l'était, elle ne pouvait plus le couvrir de baisers pour lui faire oublier ses entêtements et ses jeux de contrôles. C'était fini tout ça.

- Non, Catherine. Je ne veux pas que tu viennes me rejoindre. Tu as joué avec mes émotions et je ne l'apprécie pas. C'est fini entre nous deux. Tu as voulu me faire chanter et ça n'a pas marché.

Elle recommence à pleurer.

- Au revoir, Catherine. J'espère que tu trouveras quelqu'un qui t'aimeras plus que moi. Moi je n'en peux plus. Je veux quelqu'un qui est honnête avec moi et qui ne me joue pas la comédie.

- Je te promets d'être honnête Sylvain. Je vais changer, tu vas voir.

- Trop tard, Catherine. Bonsoir.

Sylvain raccroche sans attendre sa réaction. Il ne croit pas qu'elle puisse changer. Depuis longtemps, elle avait pris l'habitude de gagner. Et voilà que c'était fait. Cette fois, il avait gagné la partie. Loin de se sentir vainqueur, il se sentait découragé. Ce n'était pas facile de rompre, même lorsqu'on coupait la corde soi-même. Avait-il bien fait ? Sur ses entrefaites, il pense au sourire de Monique, à son regard franc et ouvert, à son charme naturel et sans prétention. Ce sourire et ce regard qui lui réchauffent le cœur et lui donnent des frissons.

Il ferme le journal de Rose-Alma et se met au lit. Il n'avait trouvé aucun indice qui l'aiderait à résoudre le crime. Tout ce qu'il avait appris de nouveau était l'attentat contre Rose-Alma de la part d'Eugène. Demain, il irait rendre visite à cette fripouille au rire moqueur. Sera-t-il encore à l'hôpital ou à la maison ? Il passerait d'abord à l'hôpital.

Chapitre 26

Roger Roux attend à la porte de la chambre de son frère lorsque Trudel arrive à l'hôpital.
- Eugène est encore ici ?
- Il part. J'attends qu'il enfile ses vêtements puis on part.
- J'aurais à lui parler avant qu'il parte.
- Je ne pense pas que ce sera possible. Je n'ai pas le temps d'attendre.
- Sois que je lui parle ici, ou que je l'emmène au poste de police. Ce sera son choix.

Eugène entrouvre la porte.
- Laisse-le entrer. Je n'ai rien à cacher.

Trudel entre. Eugène ferme la porte derrière lui. Il est prêt à partir. Il s'assoit sur le lit et invite Trudel à prendre une chaise près de la fenêtre.
- Je ne veux pas perdre ton temps Eugène, alors je viens au point sans ambages. Tu as reçu la visite de Louise Rand au mois de mars dernier, n'est-ce pas ?
- Oui. Elle est venue me chanter un tas de mensonges. C'est une vilaine femme cette Louise.
- Pourquoi es-tu allé déranger Rose-Alma, si tu ne croyais pas Louise.
- Je l'ai crue au moment où elle est venue me voir. Puis après, non.

- Qu'est-ce qui t'as fait changer d'opinion envers Louise ?
- Je suis allé voir Rose-Alma et quand je l'ai approchée, j'ai vu qu'elle avait peur de moi. Elle tremblait et elle pleurait. J'ai eu honte. Je suis sorti de chez elle en courant, tellement je trouvais mon comportement honteux.
- C'est bien que tu ne lui aies pas fait de tort cette fois-là. Est-ce que tu t'es repris plus tard ?
- Je vous jure que je ne l'ai pas tuée. Tout le monde se moquait d'elle. Moi aussi. Mais, ce jour-là j'ai vu qu'elle était une victime comme moi et je l'ai laissée en paix. Ça ne m'a pas empêché de rire d'elle pendant mes excès d'alcool. J'aurais dû la défendre au lieu.
- Oui. Ça aurait été plus gentil de ta part. Pourquoi penses-tu que tu es une victime ?
- Oui, tout le monde rit de moi aussi. Mais, c'est fini tout ça. Je veux me trouver du travail et sortir de la maison paternelle. Je n'en peux plus des commentaires de mon père. Je n'aime pas travailler sur la ferme et il me traite de paresseux. Il se trompe. Je n'ai pas peur du travail. C'est que je ne veux pas devenir fermier. Je veux faire autre chose.
- Tu es un adulte. Tu peux choisir ton destin.
- Oui. Mais avant ça, il me faut du travail.
- Le propriétaire de la quincaillerie de Saint-Pierre-Jolys cherche quelqu'un. Je ne sais pas trop ce qu'il s'attend de son employé, mais tu pourrais te renseigner.
- Ce serait bon. Je n'aurais pas à retourner à Rochelle. Là tout le monde va s'attendre à ce que je reprenne mes mauvaises habitudes. Et, j'ai quelques soi-disant amis qui m'encourageraient à recommencer à boire. Je veux rester sobre.
- J'ai le numéro d'un organisme qui pourrait t'aider.

Trudel lui passe une carte avec le nom de l'organisation et le numéro de téléphone du réseau d'aide pour alcooliques.

- Il y a une chambre à louer à l'étage du magasin général si tu finis par obtenir du travail. J'ai considéré déménager là mais je suis trop bien choyé chez Mme Gosselin.

- Merci, mon caporal. Je vous suis bien reconnaissant.

- Tu peux donner mon nom comme référence à la quincaillerie et à la dame qui loue la chambre, si tu veux.

- Merci. C'est bien gentil de votre part. Je ne le mérite sûrement pas.

- J'espère ne pas avoir à le regretter.

Trudel et Eugène sortent de la chambre. Roger attend avec impatience.

- Allons, Eugène. On a assez traîné.
- Je reste ici. Tu peux partir.
- Comment tu restes ici ! Tu es censé sortir de l'hôpital aujourd'hui.
- Je sors de l'hôpital, mais je reste à Saint-Pierre.
- Comment ça ?
- J'ai décidé de ne pas retourner à Rochelle.
- Papa veut que tu nous aides à couper du foin aujourd'hui.
- Passe-lui mes regrets. Je reste ici.
- C'est ce satané policier qui te fait faire ça ?
- Il n'a rien à faire avec ma décision. Puis maman va être bien heureuse parce que ça fait longtemps qu'elle me pousse à déménager.

Le frère part en colère et en faisant claquer ses semelles sur le carrelage. Eugène sourit.

- Papa va rager tout à l'heure mais maman va être soulagée.

- Écoute, si la quincaillerie ne t'embauche pas, passe au poste de police. Je vais t'aider à trouver du travail. Si tu ne trouves rien ici, je peux t'emmener à Steinbach. C'est un grand village et il y aura sûrement du travail.

Eugène le remercie encore une fois. Trudel était venu pour rabaisser le toupet de cet homme moqueur et avait été surpris de trouver un homme respectueux et honorable. Il n'avait plus aucun doute en ce qui concernait sa culpabilité. Eugène était innocent du meurtre de Rose-Alma. Il avait eu la chance de lui faire du tort et il ne l'avait pas fait. Même en état d'ébriété, Eugène avait compris que Rose-Alma avait peur et il avait eu honte de son comportement envers elle. Pourquoi les autres hommes n'étaient-ils pas arrivés à comprendre eux aussi ?

Rosser est debout dans la salle de conférence. Il étudie le tableau. Puis il tourne les pages de son calepin et note quelque chose au tableau. Trudel entre et s'assoit à la table.

- Tu as trouvé du nouveau ?
- Non. Pas vraiment. Je viens de me rendre compte que nous n'avons plus de suspect sans alibi à part d'Eugène Roux.
- Mais ce n'est pas lui.

La réceptionniste apporte une grosse enveloppe en papier kraft et la donne à Trudel.

- Les résultats du labo, annonce-t-elle.

Trudel s'empresse d'ouvrir l'enveloppe. Il sort des feuilles et les étudie avant de s'adresser à Rosser.

- Les chaussures d'Eugène ne correspondent pas aux empreintes trouvées sur le site du crime. Ni celles de Lucien, dit Trudel.
- Bon. Qu'est-ce qu'on fait maintenant ?

- Il reste l'analyse des empreintes digitales. Ça devrait arriver bientôt.

- Qu'est-ce qu'on fait entre temps ?

Des éclats de voix proviennent de la réception. Puis, Madame Gosselin entre en trombe dans la salle de conférence.

- Sylvain ! On a relâché Charles Banville ! annonce-t-elle.

- Déjà. Comment le savez-vous ?

- Un employé de l'avocat de la couronne a appelé sa femme Hélène, pour l'avertir qu'il avait passé devant le juge de la cour de Steinbach ce matin. Charles a été mis en liberté provisoire sous caution.

- Où est, Hélène maintenant ?

- Chez moi avec les enfants. Elle n'ose pas aller se réfugier chez ses parents par crainte que son mari vienne la chercher. Il faut lui trouver un refuge.

- À quelle heure a-t-il été relâché ?

- Je ne sais pas mais ça fait plus d'une heure qu'elle a reçu l'appel.

- Ça presse alors.

- Je m'en charge, dit Rosser. Je connais une dame qui accueil des femmes dans sa maison et elle les aide à se trouver un emploi et un logement dans une autre province. Elle demeure dans un endroit isolé à une bonne distance d'ici et je ne crois pas que Charles pourra trouver Hélène si je l'emmène chez elle.

- C'est bon, Mark. Fais vite. Il faut qu'elle ait la chance de prendre quelques vêtements de chez elle.

- Hélène est arrivée avec les enfants et trois grosses valises, dit Mme Gosselin.

- C'est bon. Alors, ce n'est pas nécessaire de retourner chez elle.

- Tant mieux, dit Rosser. On risque moins de se faire surprendre par le mari si on n'a pas besoin de retourner à la ferme. Il se pourrait qu'il y soit déjà.

Rosser part avec Mme Gosselin laissant Trudel perplexe. Son collègue ne cesse de le surprendre. Il paraît bien informé dans le domaine de la violence conjugale. Où a-t-il appris ça ? Par expérience personnelle ou par l'intermédiaire de son travail ?

Trudel soupire et relit les notes dans son calepin et celles sur le tableau. Rien ne lui saute aux yeux. Pourtant, il devait y avoir un indice dans tout ça qui pouvait l'aider dans son investigation. Il revoit certaines pages du journal de Rose-Alma. Monique avaient raison. Il n'avait rien appris de pertinent et la mention d'un inconnu sur le sentier ne l'avançait pas non plus. Il devait rendre le journal à la famille. Si le journal ne lui avait pas dévoilé qui était le coupable, par contre, il avait appris à connaître la défunte et à l'apprécier. C'était une femme courageuse et douce qui avait vécu une enfance terrible et qui par la suite avait été dénigrée par la majorité des citoyens de Rochelle. Elle avait survécu à toute cette haine grâce à l'amour de son mari et de ses enfants.

Trudel se passe la main dans les cheveux. Il lui faut trouver le meurtrier, même si cela lui prend plusieurs années. Rose-Alma méritait bien qu'on punisse son meurtrier. Devait-il se rendre à Saint-Boniface pour rendre le journal de Rose-Alma ? Le souvenir du doux visage de Monique l'incite à partir aussitôt. Il se ravise. Non, c'est trop tôt. Il doit attendre d'être absolument certain que le journal ne contienne rien d'utile à l'enquête. Puis l'anecdote de l'intrus sur le sentier le tracasse. Qui était-ce ? Il ouvre le dernier cahier pour trouver la description de l'homme que Rose-Alma avait vu. Une casquette de baseball, des jeans, un homme grand et mince. Elle n'avait pu l'identifier. L'homme avait disparu trop vite.

Avait-il rencontré quelqu'un dont les traits s'apparentaient à cette description ? Rose-Alma n'avait pas vu le visage de l'homme. Seule sa taille et ses vêtements étaient notés. Arriverait-il à reconnaître l'intrus avec si peu ? Puis, est-ce que l'intrus était impliqué dans le meurtre ? Il fallait tout de même qu'il tente de le trouver. Il n'avait plus d'autre piste à suivre.

Trudel revoit ses notes une autre fois. Aucun homme grand et mince à part d'Albert Sigurdson. Ce serait-il trompé à son sujet. Non, Alfred n'aurait pas porté une casquette de baseball et des jeans. Les vêtements du vieil homme avaient reflété un style plus ancien. Les jeans et la casquette de baseball étaient ce que portaient les gens dans la quarantaine ou moins. Qui avait-elle donc vu sur le sentier ?

Peut-être que Rosser avait vu ou entendu quelque chose qui lui ferait reconnaître l'intrus sur le sentier. Ce dernier ne reviendrait certainement pas au bureau ce soir. Il avait dit que l'accueil pour femme abusées était plutôt éloigné du village de Saint-Pierre-Jolys. Trudel ne lui avait pas demandé où il emmenait Hélène. Il lui demanderait plus tard. Puis il fallait garder le silence. Hélène serait en plus grande sécurité si personne ne connaissait son lieu de refuge.

Que faire entre temps ? Devait-il appeler l'inspecteur Greene ? Ça faisait plus d'une semaine qu'il ne lui avait pas parlé. Greene devait attendre des nouvelles de l'enquête. Pourtant, il n'avait rien de nouveau à lui communiquer. À quoi bon l'appeler ? Il entend le téléphone sonner à la réception. Quelques secondes plus tard, celui sur son bureau tinte. Quelqu'un l'appel. Il s'empresse de répondre.

- Trudel à l'appareil.

- Ah. Bonjour Sylvain. Comment va l'enquête ? C'est Greene.
- On avance mais à petits pas. On a réussi à éliminer un bon nombre de suspects.
- Tu m'avais parlé de quelqu'un qui se trouvait à l'hôpital. Serait-il encore ton meilleur suspect ?
- Non. Je le crois innocent. J'attends le résultat des études d'empreintes digitales et des tests de sang et d'urine.
- Justement, j'ai reçu une enveloppe provenant de Régina. Je crois que ce sont les résultats que tu attends. Ils les ont envoyés ici au lieu de Saint-Pierre-Jolys.
- Et c'est pour moi ?
- Oui. Je ne l'ai pas ouverte mais le numéro d'enquête correspond à celui du meurtre commis à Rochelle. Je dois quitter le bureau mais je laisserai l'enveloppe à la réception.
- Merci, inspecteur Greene. Je pars immédiatement pour Steinbach.
- J'espère que ça t'aideras à résoudre le crime.
- Moi de même, inspecteur.

Trudel a tellement hâte de voir les résultats des analyses d'empreintes digitales qu'il fait des excès de vitesse en roulant vers Steinbach. Il s'apprête à allumer les gyrophares puis il se ravise. Il y a très peu de circulation sur la route et ce n'est pas une urgence.

À la réception, Trudel apprend avec soulagement que Greene est déjà parti. Il ne voulait pas vraiment causer avec lui en ce moment. Il voulait voir ce que contenait l'enveloppe.

Le trois-quarts d'heure pour retourner à son bureau semble durer une éternité. Lorsqu'il arrive, Trudel stationne la voiture et court vers le bureau. Puis, il s'arrête. Il a laissé l'enveloppe sur le siège de la voiture. Il se frappe le front et jure avant de retourner à la voiture. Pourquoi n'arrive-t-il pas à concentrer aujourd'hui ?

Assis à son bureau, il tranche un côté de l'enveloppe avec un coupe-papier et sort le contenu. Il entame le rapport écrit en jargon techno-policier. C'est bien ce qu'il pensait. Aucune des empreintes digitales qu'il avait récupérées des hommes de Rochelle ne correspondaient à celles trouvées sur la roche qui avait servi d'arme. Il n'était pas plus avancé dans son enquête. Il n'avait plus de suspects. Tous ceux qu'il avait cru capable de tuer Rose-Alma avaient un alibi ou avaient été innocentés par le rapport qu'il avait devant lui.

Une grosse voix d'homme enragé résonne dans l'accueil. Trudel se lève pour investiguer. Charles Banville, les poings fermés, engueule Georgette, la réceptionniste.

- Ma femme à disparu. Je ne suis pas mieux d'apprendre que ce sont les policiers qui l'ont emmenée !

La réceptionniste s'apprête à appeler Trudel lorsqu'elle le voit arriver. Trudel contourne l'homme pour laisser un peu de distance entre eux.

- C'est à moi que vous devriez vous adresser, M. Banville.

Charles se retourne d'un coup vif et perd l'équilibre. Il le regagne en s'appuyant sur le bureau de Georgette. Il est visiblement saoul. Trudel fait signe à Georgette d'aller se réfugier dans son bureau.

- Ma femme n'est plus à la maison. Où l'avez-vous emmenée ?

- Je n'ai aucune idée où se trouve votre femme.

Il ne lui mentait pas puisqu'il l'ignorait.

- Elle a pris les vêtements des enfants et les siens. Vous l'avez emmenée quelque part. J'en suis sûre.

- Pas moi.

- Votre collègue alors ?

- Personne ici ne sait où se trouve votre femme, monsieur.

Ce n'était pas un mensonge car personne présent au bureau à ce moment ne savait où était sa femme.

- Dans ce cas, vous allez m'aider à la retrouver.
- Vous dîtes qu'elle a emporté des vêtements avec elle ?
- Oui.
- Elle est donc partie de son propre gré. Je ne peux pas lancer un avis de recherche pour une femme adulte qui s'est volontairement absentée de chez elle.
- Elle est ma femme ! Elle ne peut pas quitter comme ça !
- Elle peut vous quitter si elle le veut. Elle n'a pas besoin de votre permission.
- C'est ma femme. Elle fait ce que je lui dis !
- Elle ne doit pas être d'accord puisqu'elle est partie.

Charles se lance vers Trudel. Trudel s'éloigne de quelques pas et Charles s'allonge sur le sol de tout son long. Trudel se penche et lui passe les menottes. Charles est tellement grand et lourd que Trudel n'arrive pas à le relever. Alors, il le traîne dans une cellule pendant que l'homme hurle des insultes. Trudel ferme la porte de la cellule et la verrouille. L'homme continue de crier et de jurer. En voilà un qui retournait en cage. Il venait de commettre un attentat contre un officier de la loi et avait ainsi manqué aux attentes de sa liberté provisoire.

- Tu peux revenir à ton poste, Georgette. Je l'ai mis en cage.
- Quel animal ! Elle secoue la tête.
- Oui. Il me fait peur. Je me demande comment il est quand il est sobre.

— Je ne l'ai jamais vu sobre. Puis, sa pauvre femme. J'espère qu'elle est bien loin d'ici.
— Moi aussi. Viens avec moi dans mon bureau.

Georgette le suit et il lui indique une chaise. Il s'assoit derrière son bureau et prend une grande respiration avant de parler.

— Qu'est-ce que tu sais au sujet de Charles et de sa femme ?
— Rien. À part du fait qu'il l'a bat souvent. C'est ce qui se raconte dans le village.
— Tu as vu Mme Gosselin arriver tout à l'heure ?
— Oui. Elle m'a dit qu'elle devait te voir immédiatement. Elle était très excitée.
— Elle ne t'a pas dit pourquoi elle venait ?
— Non.

Trudel hoche la tête.

— C'est bon. J'aimerais tout de même t'avertir de ne rien répéter de ce qui s'est passé ici aujourd'hui. Au fait, tu ne sais vraiment pas ce qui s'est passé, mais en parlant de ce que tu as vu, tu pourrais mettre la vie de certaines personnes en danger. Il faut que tu me promettes de n'en parler à personne. Pas même à ton mari ou à tes enfants.
— D'accord. Mais je ne sais rien.
— Tu as tout de même vu et entendu certaines choses.

Elle hoche la tête.

— Qu'est-ce que je fais si quelqu'un me demande ce que j'ai vu ou entendu ?
— Tu leur dit que rien ne s'est passé hors de l'ordinaire.
— Je ne peux même pas dévoiler que Charles est arrivé saoul ?
— Non. Comprends-tu que tu pourrais mettre la vie de quelqu'un en danger ?
— Qui ?

- Ça je ne peux pas te le dévoiler.
- Bon d'accord. Je vous promets de garder le silence.
- Si tu parles je vais être obligé de te congédier.
- Vraiment ?
- Oui. On ne t'a pas déjà avertie que tu ne devais jamais dévoiler ce qui se passe ici ?
- Non.
- On aurait dû le faire. Les gens qui viennent ici ont droit à la confidentialité. Personne au village ne doit apprendre ce qui se passe ici par l'intermédiaire d'un employé de la GRC.
- Bon, je comprends. Je vais garder ma bouche fermée en ce qui concerne les affaires de ce bureau.
- Merci. Tu peux retourner au travail maintenant.

Georgette sort de son bureau. Trudel espère qu'elle est capable de la boucler. Un défi qui s'avérera assez difficile pour elle si elle a l'habitude de bavarder librement.

Il reprend la lecture du rapport reçu de Régina. La dernière page lui apporte espoir. Les empreintes digitales sur les jumelles trouvées dans la bicoque près du sentier correspondaient à celles sur la roche.

La cabane avait joué un rôle important dans la perpétration du crime. Il restait à établir qui s'y rendait et à quel but. Était-ce pour surveiller Rose-Alma ? Le meurtrier avait-il planifié son crime d'avance ? Avait-il attendu le moment propice pour tuer ? Pourtant, les indices trouvés sur la scène du crime semblaient indiquer que le crime n'avait pas été prémédité, qu'il avait été commis à l'improviste dans un moment de rage. Est-ce que le meurtrier avait préparé son crime et, lorsque l'instant était venu, il avait paniqué et s'était éloigné à la hâte ? C'était bien possible. Il était facile d'imaginer un crime. C'était une toute autre chose de le commettre et de se trouver devant l'horreur qui en résulte.

Un souvenir lui revient. Joseph avait décrit la position du corps de sa femme lorsqu'il l'avait trouvée. La défunte était couchée sur le sol, les jambes allongées et placées l'une contre l'autre. Puis, elle avait les mains jointes sur sa poitrine. Elle n'était sûrement pas tombée dans cette position. Avait-elle reprit connaissance pendant quelques minutes ? Assez longtemps pour s'étirer les jambes et enlacé les doigts ? Il ne croit pas. Le docteur Laplante pensait que la victime n'avait pas repris connaissance après avoir reçu lecoup. Le meurtrier devait avoir positionné le corps de la victime dans une pose mortuaire, telle qu'on couchait un mort dans son cercueil. Il ne manquait que le rosaire enlacé dans les mains. Pourquoi ? Une crise de conscience ? Quelqu'un de très religieux ? Mais qui donc avait fait ça ?

Il relit le document et trouve un détail qui lui avait échappé. On avait relevé une empreinte partielle sur le bouton de chemise trouvé sur le site. L'empreinte avait des points de similarité avec celles découvertes sur les jumelles et sur l'arme du meurtre. En dépit de ces similarités, il était impossible d'établir que les empreintes étaient identiques puisque celles sur le bouton étaient fragmentaires et loin d'être bien distinctes.

La sensation qu'il observait quelque chose relié au crime, lorsqu'il avait vu la vieille dame poser un bouton sur la chemise de son mari, se clarifiait. Le bouton avait de l'importance. Rose-Alma avait essayé de se défendre et avait égratigné son agresseur. On avait trouvé de la chair et du sang sous les ongles de sa main droite. Elle devait avoir arraché le bouton en s'accrochant à la chemise du meurtrier, peut-être en tombant. Avait-elle déchiré la chemise du meurtrier ? Avait-il vu quelqu'un qui portait une chemise déchirée ? Une chemise à court d'un bouton ou qui avait un bouton différents des autres ? Rien ne lui venait à l'esprit. Il devra consulter Rosser à ce sujet à son retour.

Quelqu'un vient de se présenter à l'accueil. Il entend la voie excitée de Georgette et d'une autre dame. La deuxième voix lui paraît familière. Il lève la tête brusquement. Pas possible ! On frappe à la porte de son bureau et il se lève pour ouvrir. Catherine se lance dans ses bras. Il subit son étreinte pendant un instant avant de la repousser gentiment.

- Comment es-tu arrivée ici ?
- En avion, bien sûr.
- Jusqu'à Winnipeg. Mais comment es-tu arrivée à Saint-Pierre-Jolys ?

Georgette qui ne peut contraindre son excitation répond pour elle.

- Catherine a appelé pour dire qu'elle était à l'aéroport. Je voulais te faire une surprise alors j'ai envoyé mon mari la chercher.

Et, elle avait bien réussi son coup. Il était extrêmement surpris. Il voulait l'apostropher, lui dire qu'elle aurait dû se mêler de ses affaires. Il se retient. Georgette ne savait rien de ce qui s'était passé entre Catherine et lui. Elle avait voulu lui rendre service. Enfin, ce n'était pas de sa faute. Catherine, comme elle savait si bien le faire, avait saisi l'avantage du fait que Georgette ignorait leur situation.

Trudel remercie Georgette et lui fait signe de sortir. Il ferme la porte et dévisage Catherine.

- Tu es surpris n'est-ce pas ?
- Ah oui !
- Tu n'es pas content de me voir ?
- Non. Je t'avais dit de ne pas venir.

Elle s'approche de lui, l'enlace dans ses bras et l'embrasse farouchement. Il se sent attiré vers elle et repousse l'envie de la serrer bien fort. Il ne veut pas retomber dans la même ritournelle qu'avant. Il ne se laisserait plus aussi facilement aveugler par le sexe. Il s'extirpe difficilement de son étreinte. Elle fait la moue.
- Tu dois retourner à Montréal.
- Comment, je viens d'arriver !
- Il te faut repartir.
- Pourquoi est-ce que je ne peux pas rester avec toi ce soir ?
- Tu dois comprendre, Catherine, que c'est fini entre nous deux.
- Trouves-toi une chambre d'hôtel.
- Mais je ne peux pas retourner à Winnipeg. C'est trop tard. Je peux rester avec toi.
- Ce n'est pas possible, je n'ai qu'une chambre avec un lit pour une personne.
- Ce sera bien intime, toi et moi collés l'un contre l'autre.
- Non. D'une part ma a locatrice ne le permettrait pas, et d'autre, je ne le veux pas.
- Alors, on se trouve une chambre d'hôtel.
- Non.
Elle le dévisage d'un air boudeur, puis fâché.
- Comment vais-je retourner à Winnipeg ?
- Je vais t'y conduire.
Elle sourit. Elle vient de se gagner du temps. Il y aurait tout le trajet jusqu'à Winnipeg pour le faire changer d'avis. Sylvain n'en peut plus. Il aimerait mieux ne pas la conduire.

La porte de l'extérieur du poste de police se referme et une idée lui vient à l'esprit. Il attend un jeune agent de Steinbach pour surveiller le prisonnier jusqu'à ce que quelqu'un du pénitencier vienne le chercher. Ce devait être lui qui venait d'entrer. Trudel ouvre la porte de son bureau. Le jeune Andrew Garner attend à l'accueil. Trudel s'approche de lui et chuchote près de son oreille pour ne pas être entendu de Georgette. Garner regarde Trudel d'un air hébété. Trudel explique plus à fond. L'autre semble saisir cette fois et hoche la tête.

Trudel se dirige à son bureau en faisant signe à son collègue de le suivre. Il s'adresse à Catherine en français, sachant que son collègue ne comprendra rien.

- Catherine, je te présente l'agent Andrew Garner. Il te reconduira à Winnipeg. Moi je dois surveiller un prisonnier.

- Comment ? Tu me fais conduire par quelqu'un d'autre !

- C'est bien ça. Au revoir, Catherine. C'est vraiment fini entre nous.

- Tu as trouvé quelqu'un d'autre ?

- Pas encore. Je prends le temps de réfléchir à quel genre de femme j'aimerais épouser.

Il pense à Monique. Peut-être qu'il avait déjà décidé quel genre de femme lui plaisait. Il n'avait rien encore d'établi entre lui et Monique. Il devait résoudre le meurtre avant même d'y penser.

- Ne me laisse pas tomber.

Elle se met à pleurer. L'air abasourdi, Garner envisage l'un puis l'autre comme un spectateur à un match de tennis. Puis il dévore Trudel de ses grands yeux accusateurs. La honte envahit Trudel et il rougit. Il agissait comme un ogre. Il soupire.

- Bon, je vais te reconduire.

Catherine cesse de pleurer sur le coup. Même ses larmes étaient fausses. En Affichant un sourire narquois, elle se tourne vers Garner et le fixe d'un regard évaluateur et aguichant. Le jeune agent rougit, ne sachant pas trop comment réagir. Catherine se retourne vers Trudel.

- Non. Je vais retourner avec Andrew. Il est beaucoup plus beau que toi, tu sais.

- Bon. Fais comme tu veux. Il se tourne vers Andrew et lui dit en anglais :

- Conduit-la à l'aéroport. Si elle ne se trouve pas de vol ce soir, aide-la à trouver une chambre d'hôtel pour la nuit. As-tu de quoi payer ? Je te rembourserai.

Andrew hoche la tête. Il traduit ce qu'il vient de dire en français pour Catherine moins l'arrangement financier.

- Je vais peut-être le retenir ce friand petit agent, répond-t-elle.

- Il travaille ce soir. Ne lui fais pas perdre son poste.

Et, en anglais à Garner :

- Reviens aussi vite que possible. J'ai eu une longue journée et je ne veux pas passer la nuit ici.

Garner le salue et sort du bureau suivi de Catherine.

- Tu pars déjà, Catherine ? demande Georgette.

- Oui. J'ai trouvé quelqu'un de mieux.

Catherine passe son bras sous celui de Garner. Le pauvre agent s'empourpre de nouveau, embarrassé par le comportement de Catherine. Lorsqu'ils sont partis, Trudel se rend à la réception. Georgette le fixe d'un air confus.

- Il faut me promettre, Georgette, de ne plus jamais me faire de surprise. S'il y a appel pour moi, ne prends pas le temps de jaser avec la personne. Passe-moi l'appel aussitôt ou prends un message.

- Je croyais bien faire. Je ne savais…

- Ça va, Georgette. Je ne t'en veux pas.

Trudel retourne dans son bureau. Quelques minutes plus tard il entend la porte extérieure se refermer.

Georgette quittait le travail. Elle avait passé une journée hors de l'ordinaire, une journée pleine de surprises. Allait-elle pouvoir se taire ou allait-elle tout raconter aussitôt arrivée chez elle. Ou pire encore, s'arrêterait-elle pour jaser avec ceux qu'elle rencontrerait sur sa route. Il hausse les épaules. Il ne peut rien y faire.

Le temps passe et Trudel commence à se soucier de ce qui est arrivé à Andrew. Vers dix-neuf heures, il revient enfin. Il s'assoit devant Trudel, l'air hébété.

- Qu'est-ce qui ne va pas, Andrew ?

Garner hésite. Il se frotte les mains l'une dans l'autre et n'ose pas regarder Trudel.

- Est-ce que Catherine a causé des problèmes ?
- Je m'excuse, mon caporal. Mais elle ne voulait pas aller à l'aéroport. Elle a insisté pour que je la conduise à un hôtel du centre-ville.
- Elle n'a pas cherché à se trouver un vol ?
- Non. Je ne pouvais rien faire. Je te demande pardon.
- Non. C'est moi qui te demande pardon. Je n'aurais jamais dû te demander de la conduire. C'était mon problème et j'aurais dû m'en occuper. Tu l'as laissée à quel hôtel ?

Andrew se frotte la tête vigoureusement, s'arrache presque les cheveux d'inquiétude.

- Elle t'a fait promettre de ne pas me le dire, n'est-ce pas ?
- Oui, mon caporal.
- C'est bon. Tu peux garder ta promesse. C'est fini entre moi et Catherine. Elle n'a pas à me dévoiler où elle se loge.

Andrew est visiblement soulagé. Il regarde Trudel dans les yeux pour la première fois depuis son entrée dans le bureau.

- Alors, ça ne vous fait rien si elle ne cessait de m'embrasser tout le long du chemin ?
- Absolument rien.
- Et qu'elle voulait m'entraîner dans sa chambre ?
- Non. Elle est libre de faire ce qu'elle veut. Si elle t'intéresse, vas-y.
- Oh non ! Elle est beaucoup trop intense !
- Ça c'est vrai, Andrew. Tu n'as pas pris trop de temps à le remarquer. Bon je te laisse surveiller le prisonnier. Il dort, alors tu devrais passer une nuit paisible.
- Je l'espère. Bonsoir, mon caporal.

Chapitre 27

Trudel se sentait détendu. Il avait passé une fin de semaine bien reposante. Il était prêt à envisager tout ce que cette nouvelle semaine lui apporterait. Le meurtre de Rose-Alma était loin d'être résolu. Debout devant le tableau de l'enquête, il se creuse la tête pour trouver un indice qui le mènerait sur le bon chemin. Tous les suspects avaient été éliminés. Il fallait revoir le mobile. On ne pouvait plus se fier à l'idée que le crime avait été commis à cause de ce qu'avait raconté Louise. Tous les hommes qu'elle avait approchés, avaient été rayés de la liste. Il fallait concentrer sur les jumelles et la cabane. Qui s'en était servies ? Puisque les empreintes digitales sur l'arme du crime et sur les jumelles avaient été laissées par la même personne, c'était le meurtrier qui s'y rendait. Il restait à définir qui et pourquoi ? Pourquoi la cabane ? Pourquoi tuer Rose-Alma ?

Il n'avait pas assez attaché d'importance à la cabane. Il s'était éternisé sur les ragots de Louise et n'avait pas cherchait d'autre mobiles. Quel était donc le mobile ?

Georgette entre et salue Trudel d'une voix à peine audible.

- Bonjour, Georgette. Comment vas-tu ?

Elle le fixe d'un air incertain et hoche les épaules.
- Ça ne va pas ?
- Oui. Oui. Tu n'es plus fâché contre moi ?
- Mais non, voyons. Je sais que j'ai été dure avec toi l'autre jour, mais c'était important que tu comprennes. Je ne t'en veux pas du tout.

Il lui touche légèrement le bras et elle lâche un long soupir de soulagement. Elle se rend à l'accueil et Trudel recommence à contempler le tableau. Comment va-t-il trouver le motif du crime. Sans motif, il lui sera presque impossible de trouver le meurtrier.

Rosser entre et salut Trudel en français
- Bonjour, cher collègue.
- Bonjour. Où as-tu appris ça ?
- Gisèle m'enseigne à parler le français.
- Ah oui !
- J'ai décidé que si je voulais continuer de la fréquenter, je devrais apprendre sa langue. Elle sait déjà la mienne, alors je me dois d'apprendre la sienne.
- C'est fantastique, Mark ! Je peux t'aider si tu veux. Tu sais que ce ne sera pas facile et que ça va prendre du temps.
- Ça ne fait pas longtemps que je connais Gisèle mais je sais qu'elle est la femme idéale pour moi. Je n'ai jamais rencontré une femme comme elle. Elle en vaut bien la peine.
- Je suis heureux pour toi.
- Tu as découvert qui est le meurtrier ?
- Non.

Georgette entre avec le courrier et Rosser la salue en français.
- Bonjour, Georgette. Comment allez-vous Madame ?
- Tu parles français maintenant, Mark ?

Rosser n'a pas l'air de comprendre. Elle répète en anglais et il lui répond dans la même langue.
- J'essaie. Je ne connais pas beaucoup de mots.
Georgette lui sourit et sort de la salle de conférence. Rosser se tourne vers Trudel et lui chuchote pour ne pas être entendu par Georgette.
- J'ai promis à Hélène Banville que j'irais voir comment elle s'arrange chez la dame qui l'a accueillie. Je peux y aller tout de suite ?
- Oui, vas-y.
Trudel décachette l'enveloppe. Elle contient les derniers rapports du laboratoire. Un détail significatif lui saute aux yeux. Un détail qui aidera à coincer le meurtrier, si jamais on arrivait à l'identifier. Quelqu'un frappe à la porte de la salle de conférence. Il va ouvrir et se trouve face à Eugène Roux.
- Bonjour, mon caporal.
- Bonjour, Eugène. Comment vas-tu ?
- Bien. Je travaille à la quincaillerie et j'ai trouvé une chambre à louer.
- C'est bon, Eugène.
- Je voudrais…
Trudel lève la tête et attend qu'il finisse sa phrase. Eugène ne dit rien. Il tourne sa casquette entre ses mains et il se dandine en se balançant d'un pied à l'autre.
- Entre. Viens t'asseoir Eugène.
Eugène entre et prend une chaise. Il devient de plus en plus nerveux.
- Qu'est-ce qui ne va pas, Eugène ?
Trudel s'inquiète. Est-ce qu'Eugène a recommencé à boire ? Pourtant il paraît sobre.
- Je voulais… Je veux m'excuser pour mon comportement envers vous.
- Ce n'est rien. Tu étais saoul.

Eugène hoche la tête.

- Puis. J'espère… J'espère que vous ne pensez pas que j'aie tué Rose-Alma. Je vous jure que je suis innocent. J'étais saoul cette journée là mais je suis certain que je n'ai jamais fait de mal à Rose-Alma. Je ne l'avais pas vue depuis le jour où…. le jour…
- Le jour que tu as tenté de l'agresser ?
- Oui. Je le regrette beaucoup. C'était tellement crasseux de ma part.

Trudel ne répond pas. Il observe cet homme humble et repentant. Il n'était plus le même homme. Il veut lui dire qu'il le croit innocent. Puis il veut s'assurer de ne pas se tromper.

- Tu te rends souvent à la cabane dans les bois ?

Eugène lève la tête. Il n'a pas l'air de comprendre de quoi parle Trudel.

- Tu sais la cabane dans les bois, près du sentier.
- Quelle cabane ? Quel sentier ?
- T'aimes observer les gens avec des jumelles, n'est-ce pas ?
- Des jumelles ?

Eugène parait de plus en plus confus. Trudel secoue la tête. Pourquoi perturbait-il cet homme ? Ce n'était pas ses empreintes qui avaient été laissées sur les jumelles, ni sur la roche. Il était tellement frustré par son manque de progrès dans l'enquête qu'il ne se concentrait plus.

- C'est bon. Je vois que tu ne sais rien à ce sujet. Aussi, je ne crois pas que c'est toi qui aies tué Rose-Alma.

Le visage d'Eugène se détend et il sourit.

- Merci, mon caporal. Merci bien. Je suis bien soulagé. Je peux vivre en paix maintenant. J'aimerais présenter mes excuses à Joseph et ses enfants. J'ai tellement mal agit envers Rose-Alma.
- Ils ne vivent plus à Rochelle.

- Pas vrai ! C'est bon. Rochelle est un village pourri.
- Si tu veux leur écrire, je pourrai poster la lettre pour toi.
- Vous connaissez leur adresse ?
- Oui mais je ne suis pas libre de te la donner.
- Non. Je ne veux pas savoir. Je vais écrire la lettre et vous l'apporter.
- D'accord, Eugène.

Le bonhomme quitte en chantonnant. Trudel se remet à lire le rapport. Il relit les notes dans son calepin et le contenu du tableau à tour de rôle plusieurs fois. Il revoit ses premières entrevues et voilà que tout tombe en place. Il a trouvé le coupable.

Avant de s'aventurer plus loin sur cette piste, il doit parler à Rosser afin de s'assurer qu'il ne se trompe pas. Rosser lui avait raconté quelque chose. Il avait à peine écouté l'histoire et il voulait s'assurer qu'il avait bien retenu ce que Rosser lui avait dit. Quand Rosser reviendrait-il ? Dans deux ou trois heures. Il devra attendre car il veut être absolument certain de son coup avant d'avancer plus loin.

Trudel est loin d'être jubilant. Il espère se tromper car il ne veut pas appréhender cette personne. C'est troublant, ignoble même. S'il avait raison, sa découverte ne plairait à personne. Même les Chartier seraient déconcertés. Après avoir parlé à Rosser, il retournera à Rochelle voir le petit pirate et lui demander qui il avait vu sur le sentier qui mène à la cabane.

Trudel appelle l'inspecteur Greene pour l'aviser de sa découverte. Greene est heureux d'apprendre qu'il est sur le point d'appréhender le suspect. Son humeur change lorsqu'il apprend qui est le suspect.

- Je comprends pourquoi tu n'es pas trop heureux devant ton succès. Ce ne sera pas une arrestation facile. On aimerait bien que le coupable soit un vrai monstre, mais ce n'est pas toujours comme ça. Dans ton cas, je ne t'envie pas. Bonne chance.
- Merci.
- Changeant de sujet, comment t'arranges-tu avec Rosser ?

Trudel hésite. Il ne voyait plus Rosser du même œil. Depuis qu'il avait rencontré Gisèle, il n'était plus le même homme. Il voulait apprendre la langue française maintenant. En plus, son attitude envers les femmes victimes de violence conjugale et ses connaissances dans le domaine des services d'appui pour ces femmes l'avaient impressionné.

- Nous travaillons bien ensemble.
- Ah oui ! Je croyais qu'il n'aimait pas que tu parles le français devant lui.
- Il est en train d'apprendre la langue.
- Quoi ? Qu'est-ce qui a amené ce changement d'attitude subit ?
- Une jeune femme dénommée Gisèle.
- Je vois. Par contre, s'il y a un problème dans leurs relations, il pourrait se produire chez lui une renaissance plus intensifiée d'intolérance envers le français.
- Oui, je sais. On verra ce que le futur apportera. Tout roule bien en ce moment.
- D'accord. Appelle-moi lorsque tu auras procédé avec l'arrestation.

Trudel lui promet d'appeler. La matinée s'avère ennuyante. Aucun appel, aucune plainte. Il relit tous les rapports du laboratoire, revoit les résultats des études des empreintes digitales, repasse les notes dans son calepin et réétudie le tableau. Il arrive toujours à la même conclusion.

Rosser revient vers quatorze heures. Trudel lui fait signe et lui enjoint de répéter son histoire au sujet de la dame qui criait après ses enfants. Lorsque Rosser a fini, Trudel est encore plus certain d'avoir trouvé le meurtrier.

- Tu viens avec moi à Rochelle ?
- Dans un autre contexte, je serais heureux de le faire. Dans ce cas-ci, je suis réticent d'y participer. Mais, j'y vais pour te seconder. Je te laisse parler en français. Ce sera peut-être plus facile pour la famille.

Trudel est surpris. Il ne regrette pas d'avoir avoué à Greene que son collègue avait changé d'attitude envers la langue française.

- Merci, Rosser. Par contre, j'ai peur que rien ne puisse rendre ce moment plus facile pour la famille.

Rosser hoche la tête et les deux agents partent sans se hâter. Ils sont très peu motivés pour accomplir la tâche qui les attend. Jamais ils n'arriveront à oublier cette journée déplorable. Trudel avait beau se dire que le petit pirate détenait peut-être de l'information qui ferait de la lumière sur cette triste affaire et qui étaierait cette dernière hypothèse. Mais il n'arrivait pas à le croire. Tous les indices indiquaient qu'il avait raison.

Le petit Laurent n'est pas pirate aujourd'hui. Au lieu de ça, il se promène sur une perche avec une tête de cheval en tissu bourré à un bout. Sur sa chemise est épinglée une étoile en carton avec le mot « shérif » écrit au stylo. Un chapeau de cowboy sur la tête et un petit tronc d'arbre sculpté en forme de fusil dans les mains, il prétend chasser des bandits. Trudel sourit. Les parents du petit Laurent ne cherchaient pas à dissuader son imagination débordante. Au contraire, ils l'aidaient à fabriquer ce dont il avait besoin pour s'exprimer. Le petit était chanceux.

Lorsqu'il était enfant, son père ne supportait pas ce genre de jeux et lui aurait ordonné de cesser de faire l'écervelé.

Laurent interrompt son jeu en apercevant la voiture de police. En voyant Trudel sortir de la voiture, il lui sourit et s'approche.

- Pourquoi vous revenez ?

Il n'y avait rien d'impoli dans la question. C'était une simple requête.

- Je suis venu pour te poser quelques questions.
- Tu as un beau pistolet. Je peux le voir.

Trudel dégaine et le lui montre sans le lui laisser toucher. Puis il rengaine son arme.

- Viens, on va parler à tes parents.

Ils se rendent tous les trois à la maison, Laurent en tête.

- On a de la grande visite ! crie Laurent.

Mme Bruno arrive aussitôt, une expression de surprise au visage.

- Vous êtes revenu. Si c'est pour voir mon mari, il n'est pas ici.
- Non, on est venu voir Laurent. J'ai quelques questions à lui poser.
- Maman, il m'a montré son pistolet. J'aimerais en avoir un comme ça.
- Il va falloir que tu grandisses et que tu deviennes homme avant d'en avoir un, lui répond sa mère en lui frottant la nuque tendrement.

Le petit paraît déçu. Puis il hausse les épaules et prend un livre.

- Ce n'est pas le temps de lire, Laurent. Les policiers ont des questions à te poser.

Laurent pose son livre sur le divan avec regret et dévisage les deux agents avec impatience. Trudel s'empresse de lui poser ses questions avant de perdre son attention.

- Qui as-tu vu sur le sentier en face d'ici ?
- Ceux qui marchent dans le bois.
- Oui.
- Des grandes personnes. Bien, plutôt une personne parce que c'était toujours le même gars qui sortait du sentier. Je ne l'ai pas vu cette semaine. Ni la semaine dernière.
- Qui était-ce ?
- Je ne sais pas. Je ne le connais pas.
- Peux-tu me le décrire ?

La description que donne Laurent enlève à Trudel tout espoir de s'être trompé. Il remercie Laurent.

- Pourquoi vous lui demandez ça, demande madame Bruno, l'air perplexe.
- Je ne peux pas vous le dévoiler en ce moment, Madame.

Elle hausse les épaules.

- Je ne vois pas comment ce qu'il vient de vous dire pourrais vous aider dans votre investigation. Il n'a pas dit grand-chose.
- Au contraire, il nous a bien informés. Merci de nous avoir permis de lui parler.
- Vous n'avez pourtant pas l'air heureux d'apprendre ce qu'il a dit.
- Non. Ce n'est pas ce que j'espérais entendre.
- Vous croyez qu'il ment ?
- Non. Au contraire, je crois qu'il dit vrai. C'est qu'on aurait aimé que les choses soient autrement.

Elle continue de le dévisager sans comprendre. Trudel frotte doucement la tête de Laurent et lui sourit. Lorsque Trudel et Rosser partent, Laurent prend son livre et l'ouvre. Il a déjà oublié les deux agents et leurs questions. Sa mère, au contraire, regarde les agents partir d'un regard pensif. *Qu'avait dit Laurent qui était si important ?* Elle secoue la tête et laisse tomber. Elle a trop de travail à finir avant la fin de la journée pour s'intéresser bien longtemps aux affaires de la police.

- Bon. Il faut aller voir notre meurtrier, dit Rosser sans entrain.
- Ouais. Nous n'avons pas de choix.
- Comment va-t-on lui faire admettre ?
- On lui dira qu'on a trouvé ses empreintes sur la roche et sur les jumelles. Et ses empreintes de chaussures sur le site.
- Il ne faut pas oublier les résultats de tests faits avec l'urine.
- Oui. C'est ce qui m'a lancé dans la bonne direction et tous les indices sont tombés en place. Ça été le tournant décisif de l'enquête.
- C'était quoi son motif pour la tuer ?
- Tu n'as pas oublié la dispute entre le couple après la visite de Louise ?
- Non, mais encore pourquoi l'a-t-il tuée au juste.
- Tu vas voir. Nous voici rendu.

Les deux agents sortent de la voiture et s'approche de la maison. Une jeune fille dans la vingtaine sort en vitesse et s'arrête brusquement en apercevant les deux agents.

- Tes parents sont-ils à la maison ? lui demande Trudel.
- Maman est dans la maison. Papa est à l'étable.
- Veux-tu s'il-te-plaît demander à ton père de venir à la maison.

Elle fixe Trudel d'un air inquisiteur.

- Pourquoi ?
- Vas demander à ton père de venir, dit Trudel une deuxième fois.

Elle continue de le dévisager, puis part à la course vers l'étable. Trudel frappe à la porte et une grande femme au corps en forme de poire vient lui répondre.

- Bonjour Madame. On aimerait vous parler, à vous et votre mari.
- Au sujet de quoi ? Je croyais qu'on avait tous les deux un alibi.
- C'est exact, Madame. Mais on doit...
- Qu'est-ce qu'il se passe ? demande le mari en entrant. Il a enlevé ses bottes sur le perron et marche en chaussettes.
- Veuillez s'il-vous-plaît vous asseoir. Nous avons à vous parler.
- Mais qu'est-ce que vous voulez ?
- Assoyez-vous et on va vous le dire.

Le couple s'assoit à la table de cuisine et les deux agents les rejoignent. La jeune fille qu'ils avaient rencontrée sur le perron s'approche et s'assoit elle aussi. Trudel s'apprête à lui demander de s'éloigner puis il change d'avis. Elle est une jeune adulte et elle devra tôt ou tard apprendre la nouvelle.

- Vous avez un fils adolescent ?
- Oui, Roland à quinze ans. Pourquoi demandez-vous ça, répond la femme.

Le mari fronce les sourcils, bouche-bée.

- Qu'est-ce que vous voulez de mon fils ? demande-t-il.
- J'aimerais lui parler.
- Vous n'allez pas me dire qu'il a fait quelque chose de hors la loi.
- Je veux lui parler.
- Et si je refuse !
- Je vais l'emmener avec moi au poste de la GRC.
- Vous n'êtes pas sérieux !

- Oui, Monsieur. Je le suis.

L'homme respire de plus en plus bruyamment. La femme à blêmit. Ébahie, elle a le regard figée sur Trudel. La jeune fille regarde sa mère, puis son père avant de s'adresser à Trudel.

- Qu'est-ce qu'il a fait mon petit frère ?
- Je vais lui parler à lui, devant tes parents.

M. Dufour ordonne à sa fille d'aller chercher Roland. Elle se lève et monte au premier en courant. Les Dufour restent muets pendant qu'on attend l'arrivée de Roland. La fille revient, suivie de Roland. En voyant les deux agents, Roland chancelle et sa sœur l'attrape par le bras.

- As-tu fait une prise de sang aujourd'hui ? Tu as l'air un peu étourdi.

Roland ne répond pas. Il ne bouge pas. Sa mère s'approche de lui.

- Tu ne vas pas bien ?

Aucune réponse. Sa mère lui prend le bras et le mène à la table où elle le fait asseoir. Puis, elle s'adresse à Trudel.

- Mon fils n'est pas bien. Il souffre du diabète depuis l'âge de six ans.
- Oui, je le sais.
- Comment le savez-vous ?
- Votre mère m'en a parlé un jour.

Trudel se tourne vers Roland. L'adolescent n'a pas repris son sang-froid. Il sue à grosses gouttes. Est-ce à cause de sa maladie ou à cause de la situation dans laquelle il se trouve ? Devrait-il procéder ? Puis oui, attendre ne changerait rien. Il fallait finir ce qu'il avait commencé.

- Roland, tu te rends à la cabane dans les bois sur le terrain des Chartier, n'est-ce pas ?

Roland lève la tête et dévisage son interlocuteur. Il ne dit toujours rien.

- Quelle cabane? interroge le père.

- Une cabane que les frères Chartier on construite il y a bien des années. Personne de la famille n'y est allé depuis longtemps. Elle est presque tombée en ruine. Mais le plancher et l'échelle sont encore utilisables. Roland s'y rendait souvent. N'est-ce pas Roland ?

Roland baisse le regard et fixe la nappe. Son visage est de plus en plus pâle.

- Qu'est-ce que ça peut bien faire s'il va jouer dans une vieille cabane sur la terre des Chartier, demande Mme Dufour ? Les Chartier se sont plaints ?

M. Dufour se raidit. Il a compris. Trudel continue.

- Tu étais là le jour où Rose-Alma est morte ?

Le jeune ouvre la bouche pour parler mais se fait interrompre par sa mère.

- Vous pensez qu'il a vu quelque chose ?

Puis elle se retourne vers son fils.

- As-tu vu quelque chose Roland ? Si oui, dis-leur pour qu'ils nous fichent la paix. Je m'en fous de ce que tu as vu, dis leur.

Roland regarde sa mère. Ses yeux se sont embrouillés et deux grosses larmes coulent sur son visage. Sa mère se lève pour enlacer son bras autour de ses épaules. Trudel est ému. Il voudrait bien laisser tomber et se sauver le plus loin possible.

- Tu as vu Rose-Alma sur le sentier ce matin-là.

- Mon fils était malade au lit ce jour-là ! dit la mère.

- Oui, Roland était malade lorsque vous êtes partie pour cueillir des bleuets. Pourtant, il est allé au bureau de poste.

- Comment le savez-vous ? dit Mme Dufour.

- J'ai obtenu une liste de tous les gens qui s'étaient rendus au bureau de poste.

- Aline a dû se tromper.

- Roland a été aperçu sur le sentier qui aboutit sur la route à l'ouest d'ici.

Roland lève la tête en surprise et ouvre la parole pour la première fois.

- Qui m'a vu ?

- Je ne suis pas libre de te le dévoiler.

- Si quelqu'un l'accuse, il a le droit de savoir qui, dit le père.

- Pas dans ce cas. Puis, continuons. Tu sais qu'est-ce qu'on a utilisé pour tuer Rose-Alma, Roland ?

Roland hausse les épaules. Sa mère lâche un cri douloureux. Elle a finalement compris. Trudel continue avant que tout s'effondre.

- Une roche, et sur cette roche on a trouvé tes empreintes digitales. Sur les jumelles aussi.

Toute la famille est en état de choc. D'autres enfants se sont avancés près de la table. Trudel ne les avait pas vus s'approcher. Il se penche pour voir les souliers de l'adolescent. Il n'en porte pas. Il se tourne vers la porte et aperçoit une grande paire de chaussures de sports sur un tapis. Il se lève, prend les souliers et s'adresse à Roland.

- Ce sont tes souliers ?

- Oui, ce sont ses souliers. La jeune fille qui était allée chercher Roland parle d'une voix sourde, haletante.

- Vous les voulez ? C'est pourquoi vous êtes venu ?

- Je vais prendre des empreintes de ses chaussures pour m'assurer que nous ne faisons pas d'erreur et qu'elles correspondent à celles qu'on a trouvées sur le lieu du meurtre.

La mère lâche un grand cri. Les enfants pleurent. Le père renifle.

- Pourquoi as-tu tué Rose-Alma, Roland ? dit Trudel.
- Elle courait après mon père !
- Roland ! Ce n'était pas de tes affaires, répond le père.
- Vous vous êtes disputés tous les deux. J'avais peur que vous vous sépariez !

Le couple se regarde d'un air abattu.

- C'est à cause de ça que tu l'as tuée ? avance Trudel.
- Je ne voulais pas la tuer. J'étais en chemin vers la cabane et je l'ai vue venir. Je suis allé lui dire de laisser papa en paix. Elle a commencé à nier qu'elle s'intéressait à papa. Je me suis fâché.
- Tu t'es penché et tu as ramassé une roche ? demande Trudel.
- Non. Je l'avais ramassée pour l'ajouter à celles qui bordent le jardin de Sylvie.

Il regarde sa sœur.

- Ta collection ! Les roches que tu places autour de mon jardin de fleurs ? dit Sylvie.

Roland hoche la tête.

- Je ne voulais pas la tuer ! Je me suis fâché et je l'ai frappée. J'avais la roche dans la main. Elle est tombée, puis elle ne se relevait pas.
- Vous voyez, caporal, c'était un accident. Mon frère n'a pas fait exprès.
- Je sais qu'il n'avait pas l'intention de la tuer.

Trudel se tourne vers Roland.

- As-tu essayé de l'aider après l'avoir frappée ? interroge Trudel.
- Je l'ai appelée. J'ai essayé de la soulever mais elle ne se réveillait pas. Je l'ai placée sur le sol pour qu'elle soit plus confortable.

- Tu lui as enlacé les mains.

L'adolescent hoche la tête.

- Comment sais-tu qu'elle était morte ? dit Trudel.
- Elle ne bougeait plus.
- Pourquoi alors l'installer confortablement ?
- Je ne sais pas. J'étais affolé. Puis je me suis sauvé.
- Tu n'as pas pensé à aller chercher de l'aide ?
- J'avais tellement peur de l'avoir tuée ! Je n'arrivais plus à penser.
- Peut-être qu'elle était encore vivante. À qu'elle heure l'as-tu frappée ?
- Je ne sais pas trop. Après que c'est arrivé, j'ai couru à la maison et il était onze heure dix quand je suis arrivé. Elle ne bougeait pas.
- As-tu écouté si elle respirait encore, ou si son cœur battait ?
- Non.
- Si tu avais été chercher de l'aide il est possible qu'elle eût été sauvée.
- J'avais tellement peur de l'avoir tuée. J'étais paniqué.
- Tu sais que tu dois venir avec nous à Steinbach, que tu es en état d'arrestation ?
- Quoi ! Il n'a que quinze ans. C'est un enfant, crie la mère.
- Je sais mais il doit se présenter en justice.
- Il a été provoqué, crie le père.
- Par qui ? demande Trudel.
- Par Louise. Elle est venue nous dire que Rose-Alma m'aimait. Puis Rose-Alma a essayé de nier qu'elle me visait.
- Rose-Alma ne vous aimait pas. Elle aimait Joseph, personne d'autre, dit Trudel.

- Ça ce n'est pas vrai. Rose-Alma parlait de ses désirs à Louise et Louise venait avertir l'homme qu'elle visait.

- La seule fois que Rose-Alma a avoué à Louise qu'elle trouvait un homme beau était lorsqu'elle était encore écolière. Louise trouvait Lucien Gagner bien beau et a demandé à Rose-Alma si elle aussi le trouvait beau. Rose-Alma a dit oui pour ne pas la contrarier. Puis Louise est allée voir Lucien pour dire que Roses-Alma le trouvait beau. Et vous connaissez la suite.

- Ce n'est pas comme ça que ce c'est passé, réplique Mme Dufour.

- Louise mentait. Elle vous a menti depuis le début de cette affaire, continue Trudel.

- Pourquoi ferait-elle ça ? demande M. Dufour.

- Parce que ça l'amusait. Elle me l'a admis. En premier, elle le faisait pour attirer l'attention des hommes. Son rôle lui donnait de l'importance devant les hommes. Plus tard elle le faisait pour rigoler.

- Louise n'aurait jamais fait ça. C'est une bonne femme. Elle a tant essayé d'aider Rose-Alma, dit Mme Dufour.

- Ouais, vous ne savez pas de quoi vous parlez, renchérit M. Dufour.

- Louise me l'a admis. Elle trouvait ça drôle. Elle s'est foutue de vous pendant plusieurs années.

Roland se met à pleurer. Sa mère et sa sœur tentent de le consoler. Tout à coup l'adolescent lève la tête.

- Je l'ai tuée parce que j'étais fâché à cause qu'elle aimait mon père et ce n'était pas vrai !

- Non. Elle aimait son mari, personne d'autre.

- Mais Rose-Alma était sournoise. Elle regardait toujours le sol puis levait les yeux vitement vers un homme et les rabaissait coquettement ! dit M. Dufour.

- Elle était bien gênée. Ses parents l'avait surnommée *la laide*. Puis après l'incident avec Lucien Gagner et les autres accusations provenant de Louise, elle avait encore plus peur de regarder les gens en face, surtout les hommes. C'était une femme qui s'est fait abusée dans ce village toute sa vie. Ce que vous voyiez lorsqu'elle rabaissait les yeux c'était de la peur, de la vulnérabilité.

- Je ne savais pas, murmure Roland.
- Je sais. Tu es une victime toi aussi. Une victime des racontars de Louise Rand et de la haine de tout le monde autour de toi.
- Si c'est de la faute à Louise, vous devriez l'arrêter elle et non Roland, supplie la mère.
- J'aimerais bien. Mais la loi ne peut rien contre Louise. Elle n'a pas frappé Rose-Alma. C'est Roland qui l'a fait.

Trudel se lève et demande à Roland de se lever. Rosser sort ses menottes. Trudel lui fait signe de laisser faire. Mme Dufour et les enfants s'accrochent à Roland pour l'empêcher de se lever.

- Laissez-moi tranquille, dit-il en grommelant.

La famille recule et Roland se lève.

- Vous m'avez toujours dit qu'il fallait être responsable de ses actions. Bien je n'ai pas de choix. Je dois aller avec eux. Je me sens trop coupable pour continuer de vivre comme ça.

Il s'effondre en larme. Néanmoins, il s'approche de Trudel. Trudel hoche la tête et le prend doucement par le bras.

- Qu'est-ce qui va lui arriver ? demande Mme Dufour.
- Je ne sais pas, Madame, c'est au juge de décider. J'espère de tout mon cœur que ce dernier va être indulgent envers votre fils. Il va falloir prier pour lui.
- Je vais voir cette Louise, crie M. Dufour.

- Non papa ! Laissez la tranquille. Je ne veux pas que toi aussi tu finisses par te mériter des problèmes avec la loi, supplie Sylvie.
- Sylvie a raison, dit Roland.

L'adolescent s'est calmé. Il se laisse emmener par les deux agents sans rien dire tandis que sa famille pleure à chaude larme.

Rosser et Trudel ont emmené le jeune Roland à Steinbach, où il va être retenu en attendant sa comparution devant le juge. Les deux agents gardent le silence pendant le trajet vers le bureau. Puis Rosser décide de le rompre.
- Tu te demandes peut-être pourquoi je m'y connais tant dans le domaine de la violence conjugale ?
- Oui. Je dois admettre que je me le suis demandé.
- Bien. Ma sœur Candace, l'ainée de la famille, était mariée avec un homme qui l'abusait physiquement. Personne ne le savait et elle n'en parlait pas. Il avait l'air tellement gentil le bonhomme que personne ne s'en doutait. Ce n'était pas un gars qui buvait ou qui avait un sale caractère comme Charles Banville. Lui, personne n'aurait trop de difficulté à croire qu'il était un abuseur. Mon beau-frère William, au contraire, semblait être attentif et doux envers ma sœur. Mes parents l'aimaient bien et trouvait que ma sœur avait fait un bon choix.

« Un jour je suis allé chez elle sans l'avertir. Elle avait un œil au beurre noir et des contusions sur ses bras et ses jambes. Je lui ai demandé ce qui était arrivé. Elle m'a dit qu'elle était tombée dans l'escalier. Je ne l'ai pas crue. Finalement, elle m'a admis que son mari la battait souvent. Elle vivait dans la crainte constante de lui déplaire. Elle avait peur de le contrarier. Elle s'acharnait à préparer ses repas favoris, à garder la maison très propre, à ne pas dépenser trop d'argent à l'épicerie, et ainsi de suite.

Malgré cela, il trouvait toujours une raison de la frapper. Je lui ai dit qu'elle devait le quitter. Elle m'a dit qu'il la tuerait si elle le quittait. Il lui avait dit cela et elle le croyait. Je n'ai pas eu de difficulté à la croire. Un homme qui bat sa femme à ce point, se laisserait aller jusqu'au meurtre. Je n'avais que dix-sept ans à ce temps mais j'avais bien assimilé la situation.

« Je lui ai promis de l'aider. Je l'ai convaincue de m'accompagner chez nos parents afin qu'elle puisse leur expliquer pourquoi elle devait partir. Puis, je l'ai conduite chez une tante qui vivait à une distance de cent kilomètres. On la croyait en sécurité. Deux jours après on a appris d'un oncle que William faisait le tour de la parenté pour demander s'ils savaient où était ma sœur. Je me suis vite rendu chez ma tante. Ma sœur est montée avec moi et nous avons conduit vers l'est pendant deux jours et deux nuits. On ne s'arrêtait que quelques minutes pour acheter quelque chose à manger et s'étirer les jambes.

« On connaissait une famille en Ontario. Des gens qui avaient été nos voisins lorsque nous étions enfants. Ils avaient déménagés en Ontario depuis longtemps, mais notre mère leur écrivait encore et je connaissais leur adresse.

« J'avais pensé à eux en route. J'ai pris une chance car je ne connaissais pas leur numéro de téléphone et je ne pouvais pas les avertir. Ils nous ont bien accueillis et ils ont accepté de loger Candace. Ils ne pouvaient pas le faire plus d'un mois puisque leur mère âgée venait vivre avec eux après ce temps. Ça me donnait au moins le temps de penser à une alternative.

- Tes parents ne t'ont pas aidé ?
- Je ne voulais pas que personne d'autre sache où était Candace. Pas même mes parents. Comme ça il y aurait moins de chance que quelqu'un dévoile accidentellement où elle s'était réfugiée. Mes parents

n'ont pas aimé ça, mais je me suis entêté et j'ai gardé le secret.

« Je n'avais qu'un mois pour lui trouver une autre refuge. Je savais que Candace ne le ferait pas. Elle avait changé. Elle n'était plus débrouillarde comme avant. Elle était devenue docile comme un agneau et manquait de confiance en elle. Alors je me suis informé auprès des Services Publiques de l'Ontario. On m'a référé aux Services Sociaux. J'ai emmené Candace voir une dame qui travaillait dans le domaine de la violence conjugale. Elle connaissait des foyers de refuges pour femmes battues. Elle m'a avoué que j'avais bien fait de ne pas référer le cas de ma sœur à la police. Selon elle, la police ne pouvait pas protéger une femme comme ma sœur parce que la femme ne portait jamais plainte. La travailleuse sociale s'est occupée de trouver un refuge pour Candace. Même moi je ne sais pas où elle est en ce moment.

« Candace nous appelle de temps à autre sans dévoiler où elle se trouve. Elle appelle d'un téléphone public. C'est mieux comme ça. William ne pourra jamais obtenir l'information de nous. Ce con ne l'a pas tuée mais il nous l'a effectivement enlevée car on ne peut plus la voir sans la mettre en danger. Il nous espionne constamment. Elle nous manque énormément.

« J'ai toujours voulu être policier. Cet incident avec ma sœur m'a convaincu que c'était le métier que je devais choisir. Je me suis promis d'aider les femmes qui se trouvaient dans des situations semblables. Après être devenu agent de la GRC, je me suis informé sur les services disponibles pour femmes abusées dans la province. Avant que tu arrives ici, j'ai aidé à deux autres femmes de la région à trouver refuge ailleurs. Une autre a trop peur et vit encore avec son mari. Je me fais du mauvais sang pour elle, mais elle refuse de porter plainte contre lui et elle n'a pas le courage de le quitter. Je me sens tellement impuissant. Je ne peux rien faire pour l'aider. Je tout essayé pour la convaincre.

- On pourrait toujours la présenter à Mme Gosselin. Peut-être qu'elle réussirait à la convaincre.

- On peut toujours essayer.

- J'apprécie tes connaissances dans ce domaine, Mark. Tu t'y connais mieux que moi.

Rosser sourit, visiblement heureux d'avoir impressionné son supérieur.

- Je te remercie d'être intervenu entre moi et Charles. J'ai perdu la tête. D'une certaine manière, il me rappelait mon beau-frère. Il va falloir que je me surveille à l'avenir. Je n'ai pas l'intention de briser la loi.

- De rien. Puis il t'a agressé. C'est une réaction naturelle de vouloir se défendre.

- J'étais prêt à l'abattre tant j'étais enragé.

- Tu t'es tout de même arrêté lorsque je te l'ai demandé. Je n'ai pas eu à te restreindre.

- J'ai dû faire un effort monumental pour ne pas tirer.

Trudel hoche la tête. Plus il apprend à connaître son collègue, plus il l'estime.

Chapitre 28

Trudel se rend chez les Chartier seul. Rosser a d'autres chats à fouetter. Trudel vient d'arriver à Saint-Boniface. Monique lui avait dit de suivre la rue Marion jusqu'à la rue Youville pour se rendre à la rue Dubuc. Il trouve enfin la rue et tourne dans la direction indiquée par Monique. Une grande maison blanche à deux étages avec une véranda au rez-de-chaussée apparaît à sa droite. C'est la maison des Chartier. Il est dix-huit heures. Le temps du dîner. Serait-il mieux de revenir pour ne pas déranger leur repas ? Non. L'heure ne changerait rien. Le message apporterait le désarroi chez les Chartier, peu importe l'heure de la journée. Il ouvre la porte de la voiture et sort sans trop se presser.

Trudel frappe à la porte et Monique vient répondre. Elle lui sourit et l'invite à entrer.

- As-tu mangé, Sylvain ? On vient de se mettre à table. Je peux mettre un autre couvert pour toi.

- Non, mais ne te déranges pas.

Trudel aimerait se débarrasser sans tarder de la lourde corvée qui l'a amené chez les Chartier, pourtant il tente à la remettre à plus tard.

- Je reviendrai lorsque vous aurez fini.

- Non, non. Entre. Je vais mettre un autre couvert. Arthur a fait cuire une lasagne et j'ai préparé une salade. Viens.

Sylvain la suit et s'assoit dans la chaise qu'elle lui indique, à la droite de Joseph. Monique pose une assiette et de la coutellerie devant Sylvain et s'assoit en face de lui.

- Vous avez des nouvelles à nous apprendre, mon caporal, demande Joseph.
- Appelez-moi Sylvain s'il-vous-plaît. Et vous n'avez pas besoin de me vouvoyer.
- D'accord. As-tu des nouvelles pour nous ?
- De l'information importante, oui. Mais mangeons avant.

Joseph le dévisage curieusement. Sylvain espère qu'il n'insistera pas pour qu'il parle avant le repas. L'arôme emmenant du plat de lasagne lui donne l'eau à la bouche malgré la tâche désagréable qui l'attend. Maurice, Arthur et Monique attendent la réaction de leur père.

- D'accord. Mangeons, annonce Joseph.

Aussitôt le repas fini, Joseph se tourne vers Sylvain.

- Puis, ces nouvelles que tu nous apportes.

Trudel prend une grande respiration. Il ne sait où commencer. Puis il se lance dans le récit en commençant par les derniers résultats du laboratoire qu'il avait reçus. Dès qu'il mentionne que les échantillons d'urine prises près du lieu du crime indiquaient que le meurtrier souffrait du diabète, Monique lâche un petit crie sourd. Sylvain n'ose la regarder car il craint ne pas pouvoir continuer. Il va de l'avant sans laisser la chance aux autres de poser des questions. Lorsqu'il a fini, un silence total règne dans la cuisine.

Monique est la première à briser le silence.

- Ce n'est qu'un enfant. Sa pauvre famille. C'est vraiment triste. Je voulais tellement que tu trouves celui qui avait frappé maman, Sylvain. Maintenant, j'aurais mieux aimé que tu ne finisses jamais à le découvrir.
- Je sais, répond Sylvain.
- Tu as dû l'arrêter, dit Maurice.
- Oui. Je n'avais pas le choix. Il a tué. Même s'il n'a pas voulu la tuer et qu'il l'a fait dans un moment de rage, je devais l'arrêter.
- Est-ce qu'il a dit pourquoi il avait tué Rose-Alma ?
- Oui, Joseph. Louise était venue dire à son père que Rose-Alma l'aimait. Brigitte et Armand se sont disputés à ce sujet. Brigitte voulait qu'Armand aille voir Rose-Alma pour lui dire de le laisser en paix. Armand ne voulait pas y aller. Il en avait assez de le faire. Brigitte a insisté et Armand lui a dit que, si elle y tenant tant, elle pouvait aller parler à Rose-Alma elle-même. Puis, il est sorti en claquant la porte. Roland avait peur que ses parents se séparent à ce sujet. Il allait souvent à la cabane que Maurice et Arthur avaient construite dans les bois. Ce jour-là, il ramassait des roches pour les placer autour du jardin de fleurs de sa grande sœur.et a vu Rose-Alma marcher sur le sentier. Il l'a approchée et lui a demandé de laisser son père en paix. Rose-Alma a nié vouloir avoir des relations avec son père. Roland ne l'a pas crue. Il s'est fâché. Il avait une roche dans la main et il l'a frappée.
- Alors, il avait planifié de lui faire mal ! dit Monique.
- Non. Il n'avait pas ramassé la roche pour la frapper. Ce n'était prémédité. Il s'est fâché et a frappé. Malheureusement il avait la roche en main et le coup a été mortel. Après le coup, il était déconcerté par ce qu'il avait fait et il a placé le corps dans une position confortable.

Puis il s'est enfui. Il reconnaît qu'il aurait dû aller chercher de l'aide, mais sur le coup il était tellement désarçonné qu'il ne savait que faire. Il m'a avoué, lorsqu'on le plaçait dans une cellule, qu'il voulait se rendre parce qu'il se sentait tellement coupable. Mais, il n'avait pas le courage de le faire.

Arthur et Joseph restent muets. Monique pleure. Maurice se lève pour la consoler. Joseph ouvre finalement la bouche.

- Ce n'est pas à quoi je m'attendais. Je croyais te voir arrêter Lucien Gagner, Eugène Roux ou même Alfred Michaud pour le crime. Un jeune de quinze ans qui souffre du diabète... C'est inconcevable. C'est une double tragédie. Deux familles ont perdu un de leur membre, et pourquoi ? Tout ça à cause de Louise Rand.

- Tu ne peux pas l'arrêter elle au lieu de Roland, dit Arthur. Après tout, c'est elle qui a commencé toute cette histoire.

- J'aimerais bien l'arrêter mais la loi ne me le permet pas. Par contre, je crois qu'elle va être punie pour ses mensonges. Elle a joué avec les émotions de tout le monde pendant des années. Les gens vont être enragés contre elle lorsqu'ils vont apprendre sa duperie et elle ne pourra plus remettre les pieds à Rochelle. Il va falloir se satisfaire de ça.

- Ouais. Je sais qu'on devrait pardonner son prochain mais j'ai beaucoup de difficulté à lui pardonner à elle, murmure Monique.

- Il ne faut pas se laisser ternir l'âme par la haine, dit Joseph. Oublie cette chipie. On ne veut pas finir par être comme elle ou les citoyens de Rochelle. Ce soir on va prier pour l'âme de ta mère. Puis on va prier pour Roland et sa famille. Le bon Dieu s'occupera de Louise.

Monique regarde son père avec tendresse et secoue la tête. Elle n'arrive pas à comprendre ce père qui refuse

toujours de se laisser entraîner par la rancune et la haine. Arthur se lève de la table et fait les cent pas dans la cuisine. Il se tourne vers Trudel.
- Qu'est-ce qui va lui arriver ? demande-t-il.
- À Louise ? dit Trudel.
- Non. À Roland ?
- C'est un adolescent alors il sera déclaré délinquant et finira sous la tutelle des Services Sociaux de la province.
- Il aura un bon avocat, j'espère, dit Monique.
- Il n'aura pas nécessairement besoin d'un avocat. C'est tout probable qu'il sera représenté en cours par les Services Sociaux.
- Pas d'avocat, dit Maurice.
- Il est tout probable que non. À moins qu'il soit monté à la cour pour adultes.
- Là au moins il aura un avocat, dit Arthur.
- Un avocat lui sera assigné, oui.
- Un bon j'espère, dit Arthur.
- Je ne sais pas. Ses parents pourraient aussi embaucher un avocat pour lui au lieu de se fier à celui assigné par la cour. Puis lorsqu'il se présentera en cour, le juge décidera s'il doit comparaître devant la cour comme adulte.
- Il pourrait finir par se trouver en prison pour la vie ! dit Joseph.
- C'est probable à moins que le juge prenne son âge et le fait que le crime a été commis sans préméditation en considération.

Arthur, qui faisait encore les cents pas dans la cuisine, s'arrête brusquement et s'adresse à Sylvain, l'air désolé.
- Sinon, il pourrait finir par se faire pendre, comme un adulte. Puis, même s'il ne se fait pas pendre, il sera en

prison avec des hommes mûrs, des hommes qui le maltraiteront !

Sylvain ne sait que dire. Arthur a raison. La famille entière est abasourdie par ce qu'il vient de dire et il n'y a rien à leur offrir à part une banalité telle que, *Il faut penser positivement,* ou réitérer que le juge aura sans doute pitié de lui et qu'il le condamnera à une sentence réduite. Il choisit de ne rien dire. Un silence écrasant s'ensuit. Arthur est le premier à le rompre.

- Je pense que beaucoup de gens vont continuer de croire ce que Louise racontait. Ils vont continuer de croire que maman était...

Il s'arrête. Il ne trouve pas le bon mot.

- J'ai une idée qui pourrait remédier ça, dit Sylvain.

- Qu'est-ce que tu penses faire ? dit Maurice.

- J'aurai besoin de ta permission avant de procéder, Joseph.

- Ma permission. Qu'est-ce que tu veux faire, Sylvain ?

Sylvain leur explique son plan. Joseph refuse. Trudel tente de le persuader en répétant certains extraits du journal de Rose-Alma. Les enfants, qui n'avaient rien dit au début, se lancent de son côté. Joseph hésite. Puis finalement, il accepte avec une stipulation. Sylvain doit lui donner une copie de ce qu'il veut partager avec le curé Ristain.

- Mieux encore, lui répond Sylvain. On va le préparer ensemble. J'ai apporté le journal avec moi. Il est dans la voiture.

Tout le monde hoche la tête.

- Je cours le chercher, annonce Sylvain.

Il était soulagé. Il avait expliqué ce qu'il avait à dire et voilà que maintenant la famille lui permettait d'essayer de défendre la réputation de Rose-Alma. Elle avait souffert presque toute sa vie d'une mauvaise réputation au village. Il allait maintenant tenter de leur faire voir la vraie Rose-Alma, la femme dévouée, la mère aimante, la bonne chrétienne qu'elle avait toujours été.

Ce qui le rendait plus heureux encore, c'était qu'il pouvait maintenant tenter de gagner l'amour de Monique. Le meurtre de sa mère était résolu et il pouvait maintenant entamer des relations personnelles sans se soucier de contraintes professionnelles. En plus, Catherine l'avait appelé de l'aéroport de Winnipeg. Elle avait tenté à nouveau de lui faire changer d'idée. Il avait tenu bon. Catherine s'était fâchée. Elle criait encore lorsqu'il avait raccroché. Puis il s'était informé au bureau d'Air Canada. Une dénommée Catherine Desfleurs était bel et bien montée en avion en destination de Montréal. C'était fini entre eux et il en était très soulagé.

Chapitre 29

C'est dimanche. Le ciel est ombrageux. De gros nuages noirs montent à l'ouest, accompagnés de petits nuages blanchâtres en forme de boules qui tourbillonnent. Les éclairs sillonnent le ciel et le tonnerre gronde sourdement. Le grand metteur en scène prépare l'arrière-plan de la mise en scène du dernier épisode de la vie de Rose-Alma à Rochelle. Son corps reposerait toujours dans le cimetière de Rochelle et les citoyens en parleraient pendant longtemps.

Mais aujourd'hui Trudel et l'abbé Ristain allait tenter d'altérer la perception que les gens tenaient d'elle. Ni l'un, ni l'autre n'était certain de réussir. Ils reconnaissaient tous les deux, que pour la majorité des gens, il était difficile d'admettre qu'on s'était trompé et encore plus de changer sa façon de penser.

Les gens de Rochelle arrivent à l'église en contemplant le ciel d'un œil inquiet. Allait-il grêler ? Leurs jardins seraient-ils abimés par la fureur de cette tempête qui avançait à grands coups de vent ?

L'assemblée est assise en attendant le début du service religieux. Le prêtre entre, la foule se lève en commençant par la première rangée pour terminer avec la dernière, comme une vague poussée par le vent.

Trudel trouve un siège à l'arrière de l'église. Ceux qui l'ont vu arriver le regardent d'un air surpris. Mais personne ne s'occupe trop de lui.

Tout semble ordinaire sauf la tempête qui rage de plus en plus fort. La pluie tambourine sur le toit. Les éclairs strient l'intérieur de l'église. Les lumières s'éteignent puis se rallument. Le vent précipite la pluie violemment contre les fenêtres et menace d'ouvrir les portes de l'église. Le tonnerre gronde de plus belle, engloutissant de temps à autre la voix du curé.

Les gens commencent à s'énerver. Ils fixent les fenêtres anxieusement. Un homme ouvre la porte pour sortir. Tout le monde se retourne. L'homme qui était sorti revient aussitôt en se battant contre le vent pour fermer la porte. Il a le visage ruisselant, les cheveux ébouriffés et l'habit mouillé. Il secoue la tête pour leur communiquer qu'ils ont raison. C'est une vilaine tempête et on n'y peut rien.

À l'heure du sermon, la tempête se calme. Les éclairs sont à peine visibles, le tonnerre roule au loin, le vent s'est adouci et la pluie tombe en petites gouttes apaisantes.

Le curé Ristain monte en chaire, organise des feuilles de papiers et puis salue l'assemblée. La foule a déjà repris son calme et a adopté son comportement de sermon : la tête basse, les yeux endormis. Le curé Ristain élève la voix. Les têtes se relèvent, les yeux fixent le curé pendant un moment, puis reprennent leur position habituelle.

- Mes frères et sœurs, j'ai besoin de toute votre attention aujourd'hui !

Les têtes se lèvent, les yeux s'écarquillent. *Qu'est-ce qui lui prend de crier comme ça ?*

- Je dois vous annoncer une mauvaise nouvelle, continue le curé.

Tous les yeux sont maintenant rivés sur le curé.

- Il y en a parmi vous qui le savent déjà mais j'ai cru bon de l'annoncer en chaire afin que tout le monde le sache.

Les yeux rivés sur le curé, les gens attendent en silence. Le curé hésite. Comment leur annoncer cette nouvelle sans créer le chaos dans la foule ?

- La GRC à résolu le meurtre de Rose-Alma et le coupable a été arrêté.

Un brouhaha s'élève de la foule. Qui avait été arrêté ? Chacun regarde autour pour voir qui était absent aujourd'hui.

- Où sont les Michaud ? dit une vieille dame. Elle chuchote.

- Et les Dufour ? demande une autre voix.

Ces questions passent d'une personne à l'autre. Les voix montent de plus en plus. Tout le monde parle en même temps. On a oublié que c'était dimanche et qu'on se trouve à l'église. Le curé crie mais sa voix est enterrée par le tumulte. Enfin, il fait signe à un servant de lui apporter la clochette. Il la sonne sans arrêt jusqu'à ce qu'il obtienne enfin le silence.

- J'ai quelque chose à vous communiqur, mais vous devez garder le silence jusqu'à ce que j'aie fini de parler. Est-ce entendu ?

Un hochement de tête collectif de la foule et le curé reprend la parole.

- Comme je vous ai dit, la GRC a procédé à une arrestation dans le cas du meurtre de Rose-Alma Chartier. Je suis très désolé de vous annoncer que Roland Dufour a été arrêté pour le meurtre.

C'est de nouveau le vacarme dans l'auditoire. Tout le monde s'était retourné pour dévisager Trudel avec étonnement. Leur surprise se tourne aussitôt en acrimonie envers l'agent de police. Le curé recommence à sonner la clochette. Cette fois le silence ne se rétablit pas aussi facilement.

- Il ne faut pas blâmer le caporal. Il n'a fait que son devoir. Lorsque le caporal Trudel est venu m'annoncer qu'il avait arrêté Roland, j'ai voulu croire qu'il se trompait, mais Roland a avoué son crime. Ce n'est pas de la faute du caporal que Roland se trouve en prison. Roland a frappé Rose-Alma et l'a tuée. Il doit payer pour son crime, tel que la société le dicte. Vous vous demandez sûrement pourquoi cet adolescent a commis un tel crime.

Plusieurs voix s'élèvent en même temps, accusant Rose-Alma d'être une femme ignoble et impure. Le curé lève la main pour les faire taire.

- Vous voulez blâmez la victime ? Vous croyez qu'elle était une grande pécheresse, une tentatrice, une femme maudite.

Plusieurs têtes hochent leur approbation.

- Rose-Alma n'est pas à blâmer. Elle était une victime de la haine.

Les regards s'entrecroisent. Les visages assument un air d'incrédulité.

- Rose-Alma écrivait un journal dans lequel elle exprimait ses pensées, ses sentiments.

Une grande majorité de la foule trouve ça amusant. La laide écrivait un journal ! Le curé continue.

- Je reçu la permission de sa famille de partager certains extraits de son journal avec vous.

Ce dernier énoncé du curé attire l'attention de la foule. Tout le monde est curieux de savoir ce que la laide pouvait bien écrire dans son journal. On était prêt à rigoler.

Le curé Ristain commence avec l'incident entre Rose-Alma et Lucien Gagner. On ricane en entendant le curé lire. Puis c'est l'incrédulité qui les empare. Ce n'est pas ce qu'ils ont entendu. On se tourne vers Lucien Gagner qui hausse les épaules en signe d'incompréhension.

- Vous pensez que Rose-Alma ment. Elle dit la vérité. C'est ce qui est réellement arrivé. Puis elle a été faussement accusée à maintes reprises par sa cousine d'entretenir des désirs amoureux envers un grand nombre d'hommes du village. C'était des mensonges. Laissez-moi vous lire ce que Rose-Alma ressentait.

Le curé lit le passage où Rose-Alma décrit comment elle est mal à l'aise devant les gens. Puis il lit les passages qui on rapport avec son amour pour sa famille. Les gens qui secouaient leur tête avec incrédulité au départ écoutent maintenant avec attention.

- Vous voyez. Rose-Alma n'avait aucun intérêt envers les hommes, sauf pour son mari Joseph. Elle aimait sa famille et était dévouée envers son mari et ses enfants. Elle était une très bonne chrétienne. Elle faisait souvent des neuvaines à la Sainte-Vierge et demandait à Dieu de lui aider à pardonner ceux qui lui faisaient de la misère. La Sainte-Vierge a dû s'acharner pour influencer les gens à changer d'attitude envers elle. Mais vous aviez le cœur tellement endurci par la haine que la grâce de Dieu ne pouvait pas y pénétrer.

« Rose-Alma n'était pas vilaine. Elle était une victime. Ses parents l'avaient toujours maltraitée en lui donnant le sobriquet de *la laide* et en lui disant qu'aucun homme ne s'intéresserait à elle. Tout le monde savait ça, mais personne n'est venu à son aide. Au contraire, vous vous êtes mis à l'abuser vous aussi. Et je regrette de constater que les curés qui m'ont précédé, n'ont rien fait non plus. Pire encore, ils l'ont accusé de ne pas répondre à son devoir de femme envers son mari parce qu'elle n'avait que trois enfants. Et moi lorsque je suis arrivé, j'ai vu que ce qui se passait n'était pas acceptable mais j'ai hésité et je n'ai pas agi à temps.

« Vous voyez, mes frères et sœurs, tout ça est arrivé à cause de la haine dans vos cœurs. Les parents de Rose-Alma la maltraitaient. Personne n'a agi en sa défense. Vous vous êtes acharnés à lui faire plus de misère en riant d'elle et de la famille Caron. Puis l'incident à l'école avec Lucien est survenu. Un incident qui n'a pas été occasionné par Rose-Alma mais plutôt par sa cousine. Et même si Rose-Alma avait réellement trouvé Lucien beau, quel mal y avait-il ?

Les regards se croisent.

- Elle n'était qu'une petite fille dans ce temps-là. Puis, elle n'était peut-être pas une grande beauté mais elle n'était pas vilaine. Je pourrais vous nommer des femmes dans ce village qui sont beaucoup plus vilaine que Rose-Alma l'était.

Une grande rumeur de protestation se fait entendre. Le curé élève la voix et continue.

- Les mensonges de la cousine ont continué. Vous vous êtes fait avoir parce que vous étiez trop prêts à croire ce genre de racontars à propos Rose-Alma. Tout le monde lui en voulait et les hommes venaient lui crier des injures. La pauvre femme est devenue de plus en plus inconfortable devant tout le monde, surtout les hommes. Et vous avez interpréter sa peur, son désarroi comme une tentative de vous emmouracher ! Est-ce que la peur dans les yeux d'une femme vous attire vous les hommes ? Êtes-vous assez bêtes que vous n'avez pas reconnu la différence entre la peur et l'aguichement ?

« La vérité est que vous vous êtes acharnés à détester une brave femme qui ne voulait de vous que votre respect. Vous avez entouré Rose-Alma d'un nuage de haine qu'elle traînait avec elle partout où elle allait. Elle ne pouvait pas se rendre au village sans se faire abuser par quelqu'un. Tout le monde lui en voulait, à part de quelques personnes plus perspicaces au village qui voyaient juste et qui savaient que Rose-Alma était une bonne personne. Il y en a parmi ces gens qui ont tenté à maintes reprises de vous faire voir la vérité. Vous ne vouliez rien savoir.

« Et puis, un jour, deux parents se disputent après la visite de la cousine. Un de leurs enfants a peur que ses parents se séparent à cause de Rose-Alma. Pourtant, il n'avait rien à craindre à ce sujet car ses parents n'avaient aucune intention de se quitter. Mais, il est adolescent et il croit que Rose-Alma cause des problèmes entre ses parents. Puis un jour, lorsqu'il marche sur le sentier il voit Rose-Alma arriver. Il s'approche d'elle pour la supplier de laisser son père en paix. Elle lui dit qu'elle aime son mari et personne d'autre. Le pauvre adolescent croit qu'elle ment, alors il se fâche et la frappe. Ce coup n'aurait probablement pas causé la mort de Rose-Alma. Mais, Roland avait ramassé une roche avant d'apercevoir la victime. Il voulait la donner à sa sœur pour qu'elle la place avec les autres autour de son jardin de fleurs. C'était un cadeau pour sa sœur. Dans sa fureur, il a oublié qu'il la tenait dans sa main et il a frappé un coup mortel.

« Vous voyez où vous a porté la haine. Pensez ce que dit Jésus à un docteur de la loi qui lui demande quel est le plus grand commandement de la loi ? Jésus répond, et je cite de Matthieu XX11-34-39), « *Tu aimeras le Seigneur ton Dieu de tout ton cœur, de toute ton âme, de tout ton esprit. Voilà le premier et le plus grand des commandements.* » Puis Jésus ajoute, « *Le second lui est semblable. Tu aimeras ton prochain comme toi-même.* » Et, votre prochain mes chers frères et sœurs, c'est tout le monde. Vous ne devez exclure personne. Vous avez grandement manqué à votre devoir de chrétiens en laissant la haine vous envahir au point où vous avez rendu la vie d'une pauvre femme insupportable. Elle a survécu grâce à l'amour de son mari, qui lui avait compris que Rose-Alma était une très bonne personne.

« Vous ne devez pas blâmer le caporal pour avoir fait son devoir. Vous ne pouvez pas non plus vous retourner contre la cousine. Vous vous êtes laissez aveuglés par votre propre haine. Si vous aviez ouvert grand les yeux, peut-être que vous auriez vu plus clairement. Mais vous étiez prêt à croire tout ce que l'on vous disait de mauvais au sujet de Rose-Alma. Vous vous êtes laissés dupés par la cousine et vous êtes aussi coupables qu'elle. Vous auriez pu lui dire de se taire. Vous auriez pu demander poliment à Rose-Alma si ce que la cousine disait était vrai. La cousine revenait à tout bout de champ raconter une nouvelle histoire. Et vous ne vous êtes jamais demandé si ce qu'elle disait était crédible.

« Et un jour un adolescent a cru que sa famille était en danger d'être détruite à cause de Rose-Alma. Alors il l'a frappée et il l'a tuée. Il est coupable de meurtre. Mais nous sommes tous coupables. Si vous n'aviez pas été si prêts à croire ce que disait la cousine et si vous n'aviez pas détesté Rose-Alma, ce ne serait jamais arrivé. Cet horrible crime n'aurait pas pu se produire. Vous êtes tous coupables. Nous sommes tous coupables. Car moi aussi j'ai eu tort. J'ai hésité de faire mon devoir. Maintenant il est trop tard.

« Je tiens à féliciter tous ceux qui ont refusé de prendre part à cette haine envers Rose-Alma. J'aimerais surtout applaudir ceux qui ont tenté sans succès de la défendre. Nous ne pouvons rien faire pour changer ce qui est arrivé. Mais nous devons prier pour l'âme de Rose-

Alma et demander à Dieu de nous pardonner le mal que nous lui avons fait. Il faut aussi prier pour Roland et sa famille. Demandons à Dieu de protéger Roland et de le soutenir dans ce qu'il doit subir. Prions que la cour soit indulgente et qu'il ne perdre pas la vie pour ce crime dont nous portons tous le fardeau de responsabilité.

Le curé se rend à l'autel pour continuer le service. C'est le silence absolu pendant un moment. Puis, un pleurnichement à peine audible surgit, suivit de d'autres. Lucien Gagner, les bras croisés, fixe le dos du curé d'un regard haineux. Il secoue la tête à maintes reprises mais continue de brûler le dos du curé de son regard. Sa femme regarde le plancher rêveusement.

Trudel attend que tout le monde soit sorti avant de rejoindre le curé. Il le remercie d'avoir essayé de rétablir la réputation de Rose-Alma.

- Ce devait être fait. Les gens avaient besoin d'entendre la vérité. Sinon, ils finiraient par blâmer Rose-Alma pour ce qui lui était arrivé. Et pour ce qui est arrivé à Roland. J'ai peur pour lui. Si la cour n'est pas indulgente, il pourrait être pendu.

- Je sais. Je vais faire tout mon possible pour que le juge comprenne la situation. Joseph m'a dit qu'il voulait témoigner en faveur d'une peine moins sévère pour Roland.

- C'est bon de sa part. Il aurait pu lui en vouloir.

- Il en veut à Louise Rand et est très troublé parce qu'il n'arrive pas à lui pardonner.

- Il est un vrai chrétien, ce Joseph.

Trudel hoche la tête et quitte l'église. Dehors, la majorité des gens sont déjà partis. Un petit groupe de gens est debout près d'une voiture. Lucien Gagner, sa femme, et deux autres couples dont les noms lui échappent. Lucien Gagner parle d'une voix animé et les autres écoutent en hochant la tête.

Trudel entend un marmonnement qui semble parvenir de derrière le bâtiment. Il contourne le coin de l'église et aperçoit un groupe de six personnes agenouillées autour de la tombe de Rose-Alma. Ils prient en égrainant leur rosaire. Le fils de Léon Gagner et Ginette sont parmi eux.

Trudel retourne devant l'église. Lucien Gagner marche à vive allure vers lui, l'air enragé. Trudel se cabre mais Lucien passe à côté de lui et continue son chemin vers le cimetière.

- Léon, viens ici !

Léon lève les yeux, dévisage son père. Puis, il baisse la tête et continue de prier. Lucien s'approche de lui et le prend par l'épaule.

- Tu ne vas pas te mettre à prier pour cette truie !

Léon se lève et repousse la main de son père. Le père recule d'un pas, trébuche sur une pierre tombale et s'allonge sur le dos. Léon lui donne la main pour l'aider à se relever.

- Vas-t-en papa et laisse-moi en paix. Je suis un homme et je déciderai moi-même comment vivre ma vie. Et, je sais que je ne veux pas vivre ma vie comme tu vis la tienne.

- Tu n'es pas mon fils !
- Comme vous voulez, papa.

Lucien refait le trajet à sa voiture en maugréant. Puis, arrivé devant l'église, il s'adresse à sa femme.

- Dans l'auto, Claire !

Claire s'exécute. Elle a à peine le temps de fermer la porte qu'il démarre en faisant crisser les pneus sur le gravier. La voiture disparaît derrière un épais rideau de poussière.

Trudel part sans adresser la parole aux quatre personnes encore réunies près de l'endroit où se trouvait la voiture de Lucien. Il les entend le maudire. Ils n'ont rien compris. Plusieurs paroissiens avaient saisi ce que la haine pouvait apporter, d'autres, comme Lucien et ses amis, étaient trop fiers d'admettre qu'ils s'étaient trompés. Dans leur esprit fermé, la mémoire de Rose-Alma serait à toujours souillée. Rien ne leur ferait changer d'avis.

Trudel est pressé. Il doit se rendre chez les Chartier. Monique et lui ont un rendez-vous, un pique-nique au parc Assiniboine. Son cœur déborde de tendresse en pensant à elle.

Épilogue

Madame Laurencelle paraît épuisée. Son récit terminé, elle fixe les vieux cahiers écoliers sur la table d'un air rêveur. Sylvain Rousset l'observe. Il croit qu'elle va s'endormir sur sa chaise.
- Vous êtes fatiguée, Madame Laurencelle. Je peux vous aider à vous étendre si vous le voulez.

Elle lève les yeux et Sylvain s'aperçoit qu'ils sont mouillés.
- Cette histoire vous touche de près. Étiez-vous parente avec la victime Rose-Alma ?
- Elle était ma mère.
- Votre mère ! Mon Dieu, ça dû être pénible pour vous et votre famille.
- Très pénible, oui. Ça me fait encore pleurer lorsque j'y pense.
- Si Rose-Alma était votre mère, vous êtes donc Monique Chartier et ces cahiers appartenaient à votre mère.

Elle hoche la tête en faisant un petit sourire.
- Vous n'avez donc pas épousé Sylvain Trudel.
- Tu te trompes. Je l'ai épousé un an après la mort de maman.
- Mais vous ne portez pas le nom de Trudel.
- Je me suis remariée il y a cinq ans.
- Qu'est-il arrivé à Sylvain ?
- Un accident. Il avait arrêté un automobiliste pour excès de vitesse sur une route en Saskatchewan. Lorsque Sylvain est sorti de sa voiture pour parler à l'homme au volant, une automobile qui allait trop vite l'a heurté. Il était mort avant d'arriver à l'hôpital. Je n'ai jamais eu la

chance de lui dire au revoir. Il n'avait que cinquante ans. C'est arrivé trois mois après la mort de mon père.

Elle pleure et Sylvain passe son bras autour de ses épaules.

- Je m'excuse, Madame Laurencelle. Je n'aurais pas dû vous poser toutes ces questions.
- Ce n'est rien. C'est bon d'en parler. Après la mort de Sylvain, je ne croyais pas pouvoir continuer à vivre tellement il me manquait. Mais, la vie continue malgré nous. Je ne voulais plus jamais me marier, tellement j'avais peur d'aimer quelqu'un et de le perde. Puis, j'ai rencontré Marcel Laurencelle et je l'ai épousé. Je l'aimais bien, mais pas comme j'ai aimé Sylvain. Je suppose que nous n'avons droit qu'à un seul grand amour dans une vie.

Sylvain hoche la tête.

- Je n'en sais rien. Je n'ai pas encore rencontré l'amour de ma vie.
- Tu le trouveras un jour.
- Sylvain Trudel a-t-il résolu d'autres crimes aussi importants que le meurtre de votre mère ?
- Plusieurs.
- Seriez-vous prête à me les raconter ?
- Peut-être. Mais en ce moment j'ai besoin de repos. Viens m'aider à m'étendre.
- Bien sûr.

Made in the USA
Charleston, SC
19 August 2014